Morte na Cornualha

DANIEL Silva

Morte na Cornualha

Tradução
Laura Folgueira

Rio de Janeiro, 2025

Copyright © 2024 by Daniel Silva. Todos os direitos reservados.
Copyright da tradução © 2025 por Casa dos Livros Editora LTDA. Todos os direitos reservados.

Título original: *A Death in Cornwall*

Todos os direitos desta publicação são reservados à Casa dos Livros Editora LTDA. Nenhuma parte desta obra pode ser apropriada e estocada em sistema de banco de dados ou processo similar, em qualquer forma ou meio, seja eletrônico, de fotocópia, gravação etc., sem a permissão dos detentores do copyright.

COPIDESQUE	Bárbara Waida
REVISÃO	Laila Guilherme e Jacob Paes
CAPA	Adaptada do projeto original de Milan Bozic
ADAPTAÇÃO DE CAPA	Osmane Garcia Filho
IMAGENS DE CAPA	© David Noton Photography/Alamy Stock Photo; © robertharding/Alamy Stock Photo
DIAGRAMAÇÃO	Abreu's System

Dados Internacionais de Catalogação na Publicação (CIP)
(Câmara Brasileira do Livro, SP, Brasil)

Silva, Daniel
  Morte na Cornualha / Daniel Silva ; tradução Laura Folgueira. – Rio de Janeiro : HarperCollins Brasil, 2025.

  Título original: A death in Cornwall
  ISBN 978-65-5511-663-2

  1. Ficção norte-americana I. Título.

25-246913   CDD-813

Índices para catálogo sistemático:

1. Ficção : Literatura norte-americana   813

Eliane de Freitas Leite – Bibliotecária – CRB 8/8415

HarperCollins Brasil é uma marca licenciada à Casa dos Livros Editora LTDA. Todos os direitos reservados à Casa dos Livros Editora LTDA.

Rua da Quitanda, 86, sala 601A – Centro
Rio de Janeiro/RJ – CEP 20091-005
Tel.: (21) 3175-1030
www.harpercollins.com.br

Como sempre, para minha esposa,
Jamie, e meus filhos, Lily e Nicholas

Vou te contar sobre os muito ricos. Eles são diferentes de você e de mim.

— F. SCOTT FITZGERALD

PREFÁCIO

Este é o quinto livro da série de Gabriel Allon a se passar, em parte, no condado inglês da Cornualha. Gabriel se refugiou no vilarejo de Port Navas, às margens do rio Helford, depois do bombardeio em Viena que destruiu sua primeira família. Foi durante esse período que ele ficou amigo de um garoto de onze anos chamado Timothy Peel. Gabriel voltou à Cornualha vários anos depois — com sua segunda esposa, Chiara — e se instalou em um chalé no topo de um rochedo em Gunwalloe. Timothy Peel, então um jovem de vinte e poucos anos, era um visitante frequente.

Parte Um

O PICASSO

I

PENÍNSULA LIZARD

O primeiro indicativo de problema foi a luz acesa na janela da cozinha do Chalé Wexford. Vera Hobbs, proprietária da padaria Cornish Bakery em Gunwalloe, a viu às 5h25 da terceira terça-feira de janeiro. O dia da semana era digno de nota; a proprietária do chalé, a professora Charlotte Blake, dividia seu tempo entre a Cornualha e Oxford. Em geral, chegava a Gunwalloe na quinta-feira à noite e ia embora na segunda-feira à tarde — semanas de três dias úteis eram uma das muitas regalias da vida acadêmica. A ausência de seu Vauxhall azul-escuro sugeria que ela havia levantado acampamento no horário de sempre. A luz acesa, porém, era uma aberração, já que a professora Blake era uma ambientalista devota que preferiria ficar na frente de um trem em movimento a desperdiçar um único watt de eletricidade.

Ela havia comprado o Chalé Wexford com os lucros de seu best-seller que explora a vida e a obra de Picasso na época da guerra na França. Seu ensaio mordaz sobre Paul Gauguin, publicado três anos depois, se saiu ainda melhor. Vera tentara organizar um lançamento do livro no pub Lamb and Flag, mas a professora Blake, ao de algum modo descobrir o plano, deixou claro que não tinha nenhum desejo de ser festejada.

— Se existe mesmo um inferno — explicou —, seus habitantes foram condenados a passar o resto da eternidade celebrando a publicação mais recente do desperdício de papel de alguém.

DANIEL SILVA

Havia feito esse comentário em seu inglês perfeito da BBC, com o arrastado irônico que vem naturalmente a quem é privilegiado desde o nascimento. Ela não era, porém, das classes altas, como Vera descobriu certa tarde ao pesquisar sobre a professora Blake na internet. Seu pai tinha sido um sindicalista agitador de Yorkshire e líder da amarga greve de mineradores de carvão nos anos 1980. Aluna talentosa, fora admitida em Oxford, onde estudou História da Arte. Depois de um breve período no Tate Modern, em Londres, e outro ainda mais breve na Christie's, voltou a Oxford para dar aulas. Segundo sua biografia oficial, era considerada uma das maiores especialistas do mundo em algo chamado PPA, ou pesquisa de proveniência artística.

— Por Deus, o que isso significa? — perguntou Dottie Cox, proprietária da lojinha do vilarejo de Gunwalloe.

— Evidentemente, tem algo a ver com estabelecer o histórico de propriedade e exibição de um quadro.

— Isso é importante?

— Me diga uma coisa, Dottie, querida. Por que alguém seria especialista em algo se não fosse importante?

O interessante era que a professora Blake não era a primeira figura do mundo das artes a viver em Gunwalloe. Mas, ao contrário de seu predecessor, o restaurador recluso que tinha morado por um tempo no chalé perto da enseada, ela era sempre educada. Não do tipo tagarela, veja bem, mas sempre tinha um cumprimento agradável e um sorriso encantador. O consenso na população masculina de Gunwalloe era que a fotografia de autora da professora não lhe tinha feito justiça. Seu cabelo na altura dos ombros era quase preto, com uma única mecha branca provocativa. Seus olhos tinham um tom notável de azul-cobalto. As almofadas fofas de pele escura embaixo deles só completavam o fascínio que ela exercia.

— Ardente — declarou Duncan Reynolds, condutor de trens aposentado da Great Western Railway. — Me lembra uma daquelas mulheres misteriosas que a gente vê nos cafés de Paris. — Embora, até onde qualquer um saiba, o mais perto que o velho Duncan já chegara da capital francesa fosse a estação de Paddington.

Houvera um sr. Blake uma vez, pintor de pouca relevância, mas eles tinham se divorciado enquanto ela ainda estava no Tate. Agora, aos 52 anos de idade e no ápice de sua vida profissional, Charlotte Blake continuava solteira e, segundo todas as aparências externas, sem ligação romântica alguma. Ela nunca recebia convidados e jamais dava festas ou jantares. Aliás, Dottie Cox era a única habitante de Gunwalloe que já a vira com outra vivalma. Fora em novembro do ano anterior, lá em Lizard Point. Estavam se encolhendo contra o vento no terraço do Polpeor Café, a professora e seu amigo.

— Um belo diabinho, ele era. Muito charmoso. Tinha cara de confusão.

Mas, naquela manhã de janeiro, com a chuva caindo pesada e um vento gelado vindo da baía de Mount, a vida amorosa da professora Charlotte Blake não era a preocupação de Vera Hobbs. Não com o Picador ainda à solta. Fazia quase quinze dias que ele atacara pela última vez, uma mulher de 27 anos de Holywell, na costa norte da Cornualha. Ele a matara com uma machadinha, a mesma arma que usara para assassinar outras três mulheres. Vera se confortava um pouco com o fato de que nenhum dos assassinatos havia acontecido quando estava chovendo. Pelo jeito, o Picador preferia o tempo aberto.

Mesmo assim, Vera Hobbs lançou vários olhares ansiosos por cima do ombro enquanto se apressava pela única rua de Gunwalloe — uma rua sem nome nem designação numérica. A Cornish Bakery ficava alojada entre o Lamb and Flag e o Corner Market de Dottie Cox, o mercadinho que, ao contrário do que dizia o nome, não ficava na esquina. O Clube de Golfe Mullion ficava 1,5 quilômetro mais à frente na rua, mais ou menos, ao lado da antiga paróquia. Com exceção de um incidente no chalé do restaurador alguns anos atrás, nunca acontecia nada de mais em Gunwalloe, e isso não era problema nenhum para as duzentas almas que moravam lá.

DANIEL SILVA

Às sete da manhã, Vera tinha terminado de assar a primeira fornada de enroladinhos de salsicha e dos tradicionais pães caseiros. Ela deu um pequeno suspiro de alívio quando Jenny Gibbons e Molly Reece, suas duas funcionárias, entraram correndo pela porta alguns minutos antes das oito. Jenny se acomodou atrás do balcão enquanto Molly ajudava Vera com os pastéis de forno de carne, um alimento básico da dieta córnica. Um boletim da Rádio Cornualha tocava baixinho de fundo. Não houvera assassinatos de ontem para hoje — e também nenhuma prisão. Um motoqueiro de 24 anos tinha sido gravemente ferido num acidente perto do supermercado Morrisons em Long Rock. Segundo a previsão do tempo, as condições de umidade e vento continuariam ao longo do dia, com a chuva finalmente terminando em algum momento do início da noite.

— Bem a tempo de o Picador fazer sua próxima vítima — comentou Molly enquanto colocava colheradas de recheio de carne com vegetais num círculo de massa podre. Ela era uma beleza de olhos escuros e origem galesa, uma pessoa bem difícil. — Já passou da hora, sabe? Ele nunca ficou mais de dez dias sem enterrar sua machadinha no crânio de alguma coitada.

— Talvez já esteja satisfeito.

— Já botou pra fora o que precisava? É essa sua teoria, Vera Hobbs?

— E qual é a sua?

— Acho que ele está só começando.

— E você agora é especialista, é?

— Eu vejo todos os programas de investigação. — Molly dobrou a massa por cima do recheio e frisou as bordas. Tinha um toque maravilhoso. — Ele talvez pare por um tempo, mas, em algum momento, vai atacar de novo. É assim que esses serial killers são. Não conseguem se segurar.

Vera deslizou a primeira bandeja de pastéis para dentro do forno, abriu a próxima folha de massa podre e a cortou em círculos do tamanho de pratos. *A mesma coisa todo dia há 42 anos*, pensou. *Rolar, cortar, rechear, dobrar, frisar.* Exceto aos domingos, claro. Em seu chamado "dia de descanso", ela fazia um almoço de verdade enquanto Reggie ficava bêbado de cerveja *stout* e via futebol na televisão.

Ela removeu uma tigela de recheio de frango da geladeira.

— Você por acaso notou a luz acesa na janela do chalé da professora Blake?

— Quando?

— Hoje de manhã, Molly, querida.

— Não.

— Quando foi a última vez que você a viu?

— Quem?

Vera suspirou. Ela tinha um bom par de mãos, a Molly, mas era uma pessoa simples.

— A professora Blake, meu amor. Quando foi a última vez que você realmente pôs os olhos nela?

— Não me lembro.

— Tente.

— Talvez ontem.

— De tarde, foi?

— Pode ter sido.

— Onde ela estava?

— No carro dela.

— Indo pra onde?

Molly apontou com a cabeça.

— Para o norte.

Como a península Lizard era o ponto mais ao sul das Ilhas Britânicas, todos os outros lugares do Reino Unido eram ao norte. Isso sugeria que a professora Blake estava indo para Oxford. Mesmo assim, Vera pensou que não faria mal dar uma olhada pela janela do Chalé Wexford — o que ela fez às 15h30, durante uma trégua na chuva. Ela relatou suas descobertas a Dottie Cox uma hora depois, no Lamb and Flag. Estavam sentadas em seu cantinho de sempre perto da janela, com duas taças de *sauvignon blanc* da Nova Zelândia entre elas. O céu finalmente havia se aberto, e o sol estava se pondo na direção da orla

DANIEL SILVA

da baía de Mount. Em algum lugar lá fora, sob as águas negras, havia uma cidade perdida chamada Lyonesse. Pelo menos, era a lenda.

— E você tem certeza de que tinha louça na pia? — perguntou Dottie.

— E na bancada também.

— Suja?

Vera fez que sim, séria.

— Você tocou a campainha, né?

— Duas vezes.

— A fechadura?

— Bem trancada.

Dottie não gostou daquilo. A luz era uma coisa, a louça suja era outra.

— Acho que talvez seja melhor ligarmos pra ela, só pra garantir.

Foi preciso pesquisar um pouco, mas Vera acabou achando o número principal do Departamento de História da Arte da Universidade de Oxford. A mulher que atendeu o telefone parecia ser uma estudante. Um longo silêncio se seguiu quando Vera pediu para ser transferida para o escritório da professora Charlotte Blake.

— Quem está falando, por favor? — perguntou a jovem, por fim.

Vera deu seu nome.

— E de onde você conhece a professora Blake?

— Ela mora na minha rua em Gunwalloe.

— Quando foi a última vez que você a viu?

— Aconteceu alguma coisa?

— Um momento, por favor — disse a mulher, e transferiu Vera à caixa postal.

Ela ignorou o convite gravado para deixar uma mensagem e, em vez disso, ligou para a Polícia de Devon e Cornualha. Não para a central, mas para a linha direta especial. O homem que atendeu não se deu ao trabalho de falar seu nome nem sua posição.

— Tenho a sensação terrível de que ele atacou de novo — disse Vera.

— Quem?

— O Picador. Quem mais poderia ser?

— Continue.

— Talvez eu devesse falar com alguém um pouco mais sênior.

— Eu sou sargento-investigador.

— Muito impressionante. E como é seu nome, meu amor?

— Peel — respondeu ele. — Sargento-investigador Timothy Peel.

— Ora, ora — disse Vera Hobbs. — Imagine só uma coisa dessas.

2

QUEEN'S GATE TERRACE

Passava alguns minutos das sete da manhã quando Sarah Bancroft, ainda em meio a um sonho turbulento, estendeu a mão na direção do lado oposto da cama e tocou apenas o algodão egípcio frio. E aí ela se lembrou da mensagem que Christopher tinha enviado no fim da tarde do dia anterior, aquela sobre uma viagem repentina a um destino não divulgado. Sarah estava sentada à sua mesa de sempre no Wiltons, desfrutando de um martíni Belvedere pós-trabalho, com três azeitonas, seco como o Saara, quando recebeu a mensagem. Deprimida com a perspectiva de passar mais uma noite sozinha, tinha imprudentemente pedido um segundo drinque. O que se seguiu foi, na maior parte, um borrão. Ela se lembrava de uma viagem chuvosa de táxi para casa, em Kensington, e uma busca por algo saudável na geladeira Sub-Zero. Sem achar nada interessante, se contentara com um pote de Häagen-Dazs — *gelato* sabor brownie cremoso. Depois, tinha caído na cama a tempo do *News at Ten*. A matéria principal tratava da descoberta de um corpo perto de Land's End, na Cornualha, ao que tudo indicava, a quinta vítima de um serial killer que os veículos sensacionalistas menores tinham batizado de Picador.

Teria sido razoável Sarah colocar a culpa de seus sonhos inquietos no segundo martíni ou no assassino da machadinha da Cornualha, mas a verdade era que tinha horrores mais do que suficientes enterrados no subconsciente para perturbar suas noites. Além do mais, nunca dormia bem quando Christopher estava longe. Oficial do Serviço Secreto de Inteligência, ele viajava com frequência, mais recentemente à Ucrânia, onde havia passado a maior parte do outono. Sarah não se ressentia do trabalho dele, já que, numa vida anterior, tinha servido como agente clandestina da CIA. Hoje, administrava uma galeria de Velhos Mestres em St. James's que às vezes ficava no azul. Seus concorrentes não sabiam nada de seu passado complicado e menos ainda de seu marido bonitão, acreditando que ele fosse um consultor empresarial bem-sucedido chamado Peter Marlowe. Isso explicava os ternos sob medida, o automóvel Bentley Continental e o duplex em Queen's Gate Terrace, um dos endereços mais chiques de Londres.

As janelas do quarto deles davam para o jardim e estavam marcadas pela chuva. Ainda despreparada para enfrentar o dia, Sarah fechou os olhos e dormiu até quase oito, quando enfim se levantou da cama. Na cozinha do andar de baixo escutou o programa *Today*, na Rádio 4, enquanto esperava a máquina de café automática da Krups completar seu trabalho. Parecia que o cadáver da Cornualha tinha adquirido uma identidade na madrugada: dra. Charlotte Blake, professora de História da Arte da Universidade de Oxford. Sarah reconhecia o nome: a professora Blake era uma especialista mundialmente renomada no campo de pesquisa de proveniência. Além disso, um exemplar de seu best-seller sobre a turbulenta vida de Paul Gauguin estava naquele momento na mesa de cabeceira de Sarah.

O restante do noticiário matinal não foi muito melhor. No geral, pintava um retrato de uma nação em declínio terminal. Um estudo recente havia concluído que o cidadão britânico médio em breve seria menos afluente que suas contrapartes na Polônia e na Eslovênia. E se esse cidadão britânico por acaso sofresse um derrame ou um ataque cardíaco, provavelmente suportaria uma espera de noventa minutos para uma ambulância levá-lo ao pronto-socorro mais próximo, onde cerca de quinhentas pessoas morriam a cada semana devido à superlotação.

DANIEL SILVA

Até o serviço de correio, uma das instituições mais reverenciadas do Reino Unido, estava correndo o risco de colapsar.

Eram os conservadores, no poder havia mais de uma década, que tinham levado a essa situação. E agora, com o primeiro-ministro tropeçando, estavam se preparando para uma iminente disputa dolorosa pela liderança. Sarah se perguntou por que qualquer político conservador aspiraria ao cargo. O Partido Trabalhista tinha a liderança nas pesquisas, e esperava-se que ganhasse com facilidade a próxima eleição. Sarah, porém, não poderia opinar na composição do próximo governo britânico. Ela continuava sendo uma convidada no país. *Uma convidada que transitava entre círculos da elite e era casada com um oficial do Serviço Secreto de Inteligência*, pensou, *mas mesmo assim uma convidada*.

Havia uma boa notícia naquela manhã — do mundo da arte, imagine só. *Autorretrato com a orelha cortada*, de Vincent van Gogh, roubado da Galeria Courtauld num ousado assalto-relâmpago mais de uma década antes, havia sido recuperado sob circunstâncias misteriosas na Itália. O quadro seria revelado naquela noite durante um evento apenas para convidados no recém-reformado Grande Salão da galeria. A maioria dos ricos e famosos do mundo da arte londrino estaria presente, assim como Sarah. Ela havia feito um mestrado em História da Arte no Instituto Courtauld antes de obter seu PhD em Harvard, e agora fazia parte do conselho da galeria. Por acaso, também era amiga íntima e associada do restaurador baseado em Veneza que tinha colocado o Van Gogh em forma antes de sua repatriação à Grã-Bretanha. Ele também planejava ir à revelação, e sua simples presença talvez ofuscasse a volta do icônico quadro.

A cerimônia começaria relativamente cedo — às seis da tarde, com um coquetel a seguir —, então Sarah vestiu um belíssimo conjunto de blazer de abotoamento duplo e saia de Stella McCartney. Os saltos de seus escarpins da Prada batiam num ritmo metronômico, 45 minutos depois, enquanto ela cruzava os paralelepípedos da Mason's Yard, um quadrângulo tranquilo de comércio escondido atrás da Duke Street.

MORTE NA CORNUALHA

A Isherwood Fine Arts, fornecedora de quadros de Velhos Mestres dignos de museu desde 1968, ficava na esquina nordeste do pátio, ocupando três andares de um armazém vitoriano meio caído, outrora de propriedade da Fortnum & Mason. Como sempre, Sarah foi a primeira a chegar. Depois de desativar o alarme, ela destrancou as duas portas, uma feita de grades de aço inoxidável e a outra de vidro à prova de balas, e entrou.

O escritório da galeria ficava no segundo andar. Antigamente, havia a mesa da recepcionista — a belíssima, mas inútil Ella fora a última ocupante —, mas Sarah tinha eliminado o cargo, numa manobra para cortar custos. O telefone, os e-mails e a agenda agora eram sua responsabilidade. Ela também lidava com as questões do dia a dia do negócio e tinha poder de veto sobre todas as novas aquisições. Implacavelmente, se livrara de boa parte do arquivo morto da galeria — à maneira de fulano, do workshop de beltrano — a preços de liquidação. Mesmo assim, Sarah era curadora de uma das maiores coleções de quadros de Velhos Mestres na Grã-Bretanha, suficiente para encher um pequeno museu, se ela desejasse.

Não havia nada marcado para aquela manhã, então ela cuidou de uma cobrança pendente. De modo mais específico, um certo colecionador belga que parecia chocado ao ficar sabendo que tinha realmente de pagar pela pintura da escola francesa que havia adquirido da Isherwood Fine Arts. Era um dos truques mais antigos do mundo, pegar emprestado um quadro de um *marchand* por alguns meses e depois enviar de volta. Julian Isherwood, fundador da galeria que levava seu nome, aparentemente era um especialista nesse tipo de acordo. Pelas estimativas de Sarah, a Isherwood Fine Arts tinha a receber mais de um milhão de libras por obras que já haviam sido enviadas. Ela tinha a intenção de cobrar cada centavo, começando pelas cem mil libras devidas à galeria pelo tal Alexis De Groote, da Antuérpia.

— Eu preferiria discutir a questão com Julian — cuspiu o belga.

— Aposto que sim.

DANIEL SILVA

— Peça pra ele me ligar no minuto em que chegar.

— Claro, pode deixar — disse Sarah, e desligou assim que Julian entrou de fininho pela porta.

Passava pouco das onze da manhã, consideravelmente mais cedo que seu horário normal de chegada. Em geral, ele costumava passar na galeria lá pelo meio-dia e, à uma, estava sentado para almoçar em alguma das melhores mesas de Londres, quase sempre com companhia feminina.

— Imagino que tenha ficado sabendo da coitada da Charlotte Blake — disse ele em vez de cumprimentá-la.

— Terrível — respondeu Sarah.

— Uma forma horrorosa de partir, coitadinha. A morte dela sem dúvida vai criar um clima pesado no evento de hoje.

— Pelo menos até tirarem o véu daquele Van Gogh.

— Nosso amigo está mesmo planejando ir?

— Ele e Chiara chegaram ontem à noite. A Courtauld hospedou os dois no Dorchester.

— Como é que estão conseguindo pagar por isso? — Julian tirou seu sobretudo impermeável e pendurou no cabideiro. Ele vestia um terno risca de giz e uma gravata cor de lavanda. Seus abundantes cachos brancos estavam precisando de um corte. — O que, em nome do senhor, é esse som tenebroso?

— Talvez seja o telefone.

— Devo atender?

— Você lembra como?

Franzindo a testa, ele tirou o telefone do gancho e, resoluto, o levou ao ouvido.

— Isherwood Fine Arts. É o próprio Isherwood falando... Por acaso ela está, sim. Um momento, por favor. — Ele conseguiu colocar a ligação em espera sem desconectá-la. — É Amelia March, da *ARTnews*. Quer dar uma palavrinha.

— Sobre o quê?

— Não falou.

Sarah pegou o telefone.

— Amelia, querida. Como posso te ajudar?

— Eu adoraria um comentário seu sobre uma reportagem muito intrigante que estou apurando.

— O assassinato de Charlotte Blake?

— Na verdade, diz respeito à identidade do misterioso restaurador de arte que preparou o Van Gogh para a Courtauld. Você nunca vai adivinhar quem é.

3

BERKELEY SQUARE

— Como você acha que ela conseguiu o furo?
— Com certeza não foi comigo — disse Gabriel. — Eu nunca falo com repórteres.

— A não ser que lhe seja conveniente, é claro. — Chiara apertou de leve a mão dele. — Não tem problema, meu amor. Você tem direito a algum reconhecimento depois de trabalhar no anonimato por tantos anos.

O enorme conjunto da obra dele incluía quadros de Bellini, Ticiano, Tintoretto, Veronese, Caravaggio, Canaletto, Rembrandt, Rubens e Anthony van Dyck — tudo isso trabalhando ao mesmo tempo como agente do vangloriado serviço secreto de inteligência de Israel. A Isherwood Fine Arts havia sido cúmplice dessa farsa que durou décadas. Agora, após se aposentar oficialmente da inteligência, ele era diretor do departamento de pinturas da Companhia de Restaurações Tiepolo, o empreendimento mais proeminente de seu tipo em Veneza. Chiara era gerente-geral da firma, o que significava que, para todos os efeitos, Gabriel trabalhava para a esposa.

Eles estavam caminhando na Berkeley Square. Gabriel estava usando um casaco de comprimento médio por cima do suéter de *cashmere* com zíper e da calça de flanela. Sua Beretta 92FS, que trouxera para dentro do Reino Unido com a aprovação de seus amigos nos serviços de segurança e inteligência britânicos, pressionava a base de sua lombar de forma tranquilizadora. Chiara, com calça *stretch* e um casaco acolchoado, não estava armada.

Ela pegou um celular da bolsa. Como o de Gabriel, era um modelo Solaris de fabricação israelense, considerado o mais seguro do mundo.

— Alguma notícia? — perguntou ele.

— Ainda não.

— O que você acha que ela está esperando?

— Imagino que esteja debruçada sobre o computador tentando desesperadamente encontrar palavras para te descrever. — Chiara o olhou de lado. — Uma tarefa nada invejável.

— Não pode ser tão difícil assim.

— Você ficaria surpreso.

— Posso oferecer uma explicação mais plausível para o atraso?

— Por favor.

— Amelia March, sendo uma repórter ambiciosa e proativa, está neste momento dando mais corpo à sua reportagem exclusiva reunindo material de apoio sobre o retratado.

— Uma retrospectiva de carreira?

Gabriel fez que sim.

— O que haveria de errado com isso?

— Imagino que dependa de qual lado da minha carreira ela escolha explorar.

Os contornos básicos da biografia profissional e pessoal de Gabriel já tinham conseguido chegar a domínio público — que ele havia nascido num kibutz no vale de Jezreel, que sua mãe tinha sido uma das pintoras mais conhecidas dos primórdios de Israel, que estudara brevemente na Academia Bezalel de Arte e Design, em Jerusalém, antes de entrar para a inteligência israelense. Menos conhecido era o fato de ele ter abruptamente abandonado o serviço após a explosão de uma bomba embaixo de seu carro em Viena, que matou seu filho pequeno e deixou sua primeira esposa com queimaduras catastróficas e um transtorno de estresse pós-traumático agudo. Ele a havia colocado num hospital psiquiátrico particular em Surrey e se trancado num chalé na parte mais remota da Cornualha. E lá teria permanecido, despedaçado e enlutado, se não houvesse aceitado uma missão em Veneza, onde se apaixonou pela linda e obstinada filha do rabino-chefe da cidade, sem saber que ela era agente do próprio serviço que ele havia abandonado. Uma história conturbada, certamente, mas nada fora do alcance de uma escritora como Amelia March. Ela sempre parecera a Gabriel o tipo de repórter que tinha um romance escondido na última gaveta da escrivaninha, algo reluzente e espirituoso e cheio de intrigas do mundo da arte.

Chiara estava franzindo a testa para o telefone.

— É tão ruim assim? — perguntou Gabriel.

— É só minha mãe.

— Qual é o problema?

— Ela está preocupada que Irene esteja desenvolvendo uma obsessão não saudável pelo aquecimento global.

— Sua mãe só notou isso agora?

A filha deles, na tenra idade de oito anos, era uma radical climática plenamente desenvolvida. Tinha participado de sua primeira manifestação no início daquele inverno, na Piazza San Marco. Gabriel temia que a filha agora estivesse num caminho perigoso de militância e em breve fosse se grudar a obras de arte insubstituíveis ou jogar tinta verde nelas. Seu irmão gêmeo, Raphael, só se interessava por matemática, para a qual tinha uma aptidão incomum. Era ambição de Irene que ele usasse seus dons para salvar o planeta do desastre. Gabriel, porém, não tinha desistido da esperança de que, em vez disso, o garoto pegasse um pincel.

— Imagino que sua mãe ache que eu sou o responsável pela obsessão climática da nossa filha.

— Evidentemente é tudo culpa minha.

— Uma mulher sábia, sua mãe.

— Em geral — comentou Chiara.

— Ela consegue impedir Irene de ser presa enquanto estamos longe ou será que é melhor a gente pular a revelação e ir pra casa hoje à noite?

— Na verdade, ela acha que a gente devia ficar em Londres mais um ou dois dias pra curtir.

— Uma bela ideia.

— Mas bastante impossível — disse Chiara. — Você tem um retábulo pra terminar.

Era a representação bastante prosaica da Anunciação, de Il Pordenone, que o artista havia pintado para a igreja de Santa Maria degli Angeli, em Murano. Várias outras obras na igreja, todas de mérito menor, também precisavam ser preparadas. O projeto era o primeiro deles desde que assumiram o controle da Companhia de Restaurações Tiepolo, e já estavam várias semanas atrasados. Era essencial que a restauração da igreja fosse finalizada a tempo, sem estourar o orçamento. Ainda assim, mais 48 horas em Londres talvez fossem vantajosas, já que dariam a Gabriel a oportunidade de angariar algumas encomendas particulares lucrativas, do tipo que sustentava seu estilo de vida confortável em Veneza. Seu enorme *piano nobile della loggia* com vista para o Grand Canal tinha diminuído a pequena fortuna que acumulara durante uma vida de trabalhos de restauração. E também, claro, havia seu veleiro Bavaria C42. As finanças da família Allon estavam precisando muitíssimo de um reabastecimento.

Ele usou esse argumento com a esposa, criteriosamente, enquanto viravam na Mount Street.

— Com certeza não vai te faltar trabalho depois que o artigo da Amelia for publicado — respondeu ela.

— A não ser que o artigo dela não seja muito elogioso. Aí, vou ser forçado a vender reproduções de Canaletto aos turistas na Riva degli Schiavoni para ajudar a pagar as contas.

— Por que Amelia March escreveria uma reportagem difamatória logo sobre você?

— Talvez ela não goste de mim.

— Impossível. Todo mundo ama você, Gabriel.

— Nem todo mundo — respondeu ele.

— Diga uma pessoa que não te adora.

DANIEL SILVA

— O barman do Cupido.

Era um café e pizzaria localizado nas Fondamente Nove, em Cannaregio. Gabriel passava lá quase toda manhã antes de embarcar no *vaporetto* Número 4 em direção a Murano. E o barman, sem falhar, deslizava seu cappuccino no balcão de vidro com um escárnio de desdém educado.

— Não o Gennaro, né? — perguntou Chiara.

— É esse o nome dele?

— Ele é um amor. Sempre coloca coraçõezinhos na minha espuma.

— Por que será?

Chiara aceitou o elogio com um sorriso recatado. Fazia vinte anos desde o primeiro encontro deles, e mesmo assim Gabriel continuava perdidamente fascinado pela beleza impressionante da esposa — os esculturais nariz e maxilar, o cabelo escuro rebelde com mechas castanho-avermelhadas, os olhos cor de caramelo que nunca conseguira representar com precisão na tela. O corpo de Chiara era seu objeto de estudo favorito, e seu caderno de esboços era cheio de nus, a maioria executada sem o consentimento da modelo, que dormia. Ele estava torcendo para explorar mais o material antes da reunião desta noite na Courtauld. Chiara era receptiva à ideia, mas tinha insistido em dar uma longa caminhada antes, seguida de um almoço de verdade.

Ela diminuiu o passo e parou na frente de uma loja de Oscar de la Renta.

— Acho que vou deixar você me comprar esse terninho delicioso.

— Qual é o problema com o que você trouxe na mala?

— O Armani? — Ela deu de ombros. — Estou a fim de algo novo. Afinal, tenho a sensação de que meu marido vai ser o centro das atenções hoje à noite e quero passar uma boa impressão.

— Você podia usar um saco de lona e ainda seria a mulher mais linda do evento.

Gabriel entrou na loja atrás dela e, quinze minutos depois, com as sacolas em mãos, eles saíram de novo. Chiara segurou o braço dele enquanto dobravam a curva suave da Carlos Place.

30

MORTE NA CORNUALHA

— Você se lembra da última vez que saímos pra caminhar em Londres? — perguntou ela de repente. — Foi o dia em que você viu aquele homem-bomba indo para Covent Garden.

— Vamos torcer para a Amelia não dar um jeito de descobrir meu papel nisso.

— Nem no incidente em Downing Street — completou Chiara.

— E aquela história em frente à Abadia de Westminster?

— A filha do embaixador? Seu nome saiu nos jornais, se bem me lembro. Sua foto também.

Gabriel suspirou.

— Talvez você devesse checar de novo o site da *ARTnews*.

— Checa você. Não consigo olhar.

Gabriel tirou o celular do bolso do casaco.

— E aí? — perguntou Chiara após um momento.

— Parece que meus medos sobre Amelia March ser uma repórter ambiciosa e proativa tinham fundamento.

— O que ela descobriu?

— Que eu sou considerado um dos dois ou três melhores restauradores de arte do mundo.

— Quem mais ela menciona?

— Dianne Modestini e David Bull.

— Companhias bem exclusivas.

— Sim — concordou Gabriel, e guardou o celular no bolso. — Pelo jeito ela gosta de mim, afinal.

— Claro que gosta, meu amor. — Chiara sorriu. — Quem é que não?

Eles almoçaram no Socca, um bistrô caro na South Audley Street, e caminharam de volta para o Dorchester em meio a uma explosão repentina de um sol brilhante. Lá em cima, na suíte, fizeram amor sem pressa. Exausto, Gabriel caiu num sono sem sonhos e, ao acordar, encontrou Chiara parada ao pé da cama vestindo seu novo terninho, com um colar de pérolas no pescoço.

DANIEL SILVA

— É melhor você se apressar — disse ela. — O carro vai chegar em poucos minutos.

Ele saiu da cama, os pés cambaleando pelo chão, e foi tomar banho. Seus esforços diante do espelho foram rotineiros. Nada de cremes ou unguentos milagrosos, só um sutil rearranjo do cabelo, que não usava tão comprido havia anos. Depois, se vestiu com um terno Brioni de abotoamento simples e uma gravata de listras grossas. Seus acessórios eram limitados a uma aliança de casamento, um relógio Patek Philippe e uma pistola da Fabbrica d'Armi Pietro Beretta.

Chiara se juntou a ele na frente do espelho de corpo inteiro. Com seus escarpins de salto fino, ela pairava sobre ele.

— Que tal? — perguntou ela.

— Acho que o botão de cima do seu paletó deve ter caído.

— É pra vestir assim mesmo, meu amor.

— Nesse caso, você provavelmente devia usar um bom suéter de gola alta por baixo. Vai fazer bastante frio mais tarde.

Lá embaixo, o carro estava esperando, um sedã da Jaguar, cortesia da Galeria Courtauld. Ela ficava no complexo Somerset House na Strand, ao lado da King's College. Amelia March, parecendo bem satisfeita consigo mesma, estava na frente da entrada, junto com vários outros repórteres que cobriam o mundo da arte. Gabriel ignorou as perguntas deles, em parte porque se distraiu com a repentina vibração de seu celular. Esperou até que estivesse dentro do saguão para atender. Reconheceu o nome de quem ligava, mas a voz que o cumprimentou parecia ter ficado uma oitava mais grave desde a última vez que a ouvira.

— Não — disse Gabriel. — Não é problema algum... O cais de Port Navas? Estarei lá amanhã. Três da tarde, no máximo.

4

GALERIA COURTAULD

Autorretrato com a orelha cortada, óleo sobre tela, 60 por 49 centímetros, de Vincent van Gogh, estava em cima de um pedestal coberto com feltro no centro do luminoso Grande Salão da Courtauld, velado com um pano branco e cercado por um quarteto de seguranças. Por enquanto, pelo menos, o quadro estava em segundo plano.

— Eu soube no minuto em que pus os olhos em você — declarou Jeremy Crabbe, o presidente engomadinho do departamento de Velhos Mestres da Bonhams.

— Duvido muito disso — respondeu Gabriel.

— Lembra aquela porcaria de pintura imunda que você e o Julian roubaram de mim naquela venda matinal há uns cem anos?

— Lote 43. *Daniel na cova dos leões.*

— Isso, essa; 218 por 314 centímetros, se não me falha a memória.

— Falha, sim — disse Gabriel. — A tela tinha 325 centímetros de largura.

Jeremy Crabbe tivera a impressão de que era obra do pintor flamengo Erasmus Quellinus, mas qualquer tolo via que as pinceladas pertenciam a ninguém menos que Peter Paul Rubens. Gabriel o preparara, e Julian fez uma fortuna.

— Imagino que ele também soubesse do seu segredinho — disse Jeremy.

— Julian? Ele não fazia ideia.

Jeremy começou a responder, mas Gabriel se virou abruptamente e aceitou a mão estendida de Niles Dunham, curador da National Gallery conhecido por seu olhar infalível.

— Bela jogada, meu camarada — murmurou ele. — Bela jogada mesmo.

— Obrigado, Niles.

— No que está trabalhando agora?

Gabriel respondeu.

— Il Pordedone? — Niles fez uma cara de desgosto. — Ele não está à sua altura.

— É o que me dizem.

— Talvez eu tenha algo mais interessante, se você conseguir achar um tempo.

— Você não vai ter dinheiro pra me pagar, Niles.

— E se eu dobrasse nossa taxa de sempre? Como entro em contato com você?

Gabriel apontou para Sarah Bancroft.

— Ela também é espiã? — perguntou Niles.

— A Sarah? Não seja ridículo.

Niles lançou um olhar duvidoso para o gorducho Oliver Dimbleby, um *marchand* de Velhos Mestres inteiramente infame da Bury Street.

— O Oliver diz que aquele marido dela era assassino de aluguel.

— O Oliver diz muita coisa.

— Quem é aquela criatura impressionantemente linda parada ao lado dele?

— Minha esposa.

— Bela jogada — disse Niles, com inveja. — Bela jogada mesmo.

A próxima mão que Gabriel segurou era de Nicholas Lovegrove, consultor de arte dos super-ricos.

— A ficha acabou de cair — sussurrou ele.

— Ah, é?

— Aquele leilão especial de inverno na Christie's alguns anos atrás. Tinha algo esquisito acontecendo no salão de vendas naquela noite.

— Geralmente tem, Nicky.

Lovegrove não discordou.

— Um cliente meu está querendo se desfazer do Gentileschi dele — falou Nicholas, mudando de assunto. — Mas precisa de alguns retoques e uma nova camada de verniz. Tem alguma chance de você estar disposto a aceitar o trabalho?

— Depende; o seu cliente tem dinheiro?

— Não no momento. Divórcio caótico. Mas acho que consigo convencê-lo a dar uma parte do preço de venda final.

— O que você tem em mente?

— Dois por cento.

— Só pode ser uma piada.

— Tudo bem, cinco. Mas é minha oferta final.

— Se chegar em dez, negócio fechado.

— Que roubo!

— Disso você entende, Nicky.

Sorrindo, Lovegrove chamou uma mulher alta com impecáveis traços de modelo.

— Esta é minha querida amiga Olivia Watson — ele explicou para Gabriel. — Olivia tem uma galeria de arte contemporânea muitíssimo bem-sucedida na King Street.

— Não me diga.

— Vocês já se conhecem?

— Não tive esse prazer. — O que não era verdade. Olivia tinha ajudado Gabriel a destruir a rede de terrorismo externo do Estado Islâmico. A galeria dela era pagamento pelos serviços prestados.

— Acabamos de contratar uma pessoa extraordinária, da Espanha — informou ela.

— Verdade? Como ele se chama?

— *Ela* — disse Olivia, com um sorriso cúmplice. — A abertura é daqui a seis semanas. Eu ficaria honrada se você fosse.

— Improvável — respondeu Gabriel. Aí apontou para o homem que tinha acabado de entrar no salão, seguido por um destacamento de segurança. — Mas talvez ele concorde em ir no meu lugar.

Era Hugh Graves, ministro do Interior do Reino Unido e, se as classes tagarelas de Londres estivessem corretas, o próximo a residir na Downing Street, 10. Estava acompanhado da esposa, Lucinda, CEO da Lambeth Wealth Management, empresa de gestão de patrimônio. No último levantamento, a fortuna do casal valia mais de cem milhões de libras, todas de Lucinda. O marido nunca trabalhara um único dia no setor privado, tendo lançado sua carreira política pouco depois de sair de Cambridge. Seu salário ministerial mal cobriria o custo da limpeza das janelas nas mansões dos Graves em Holland Park e Surrey.

No momento, pelo menos, a chegada do ministro do Interior diminuiu a atenção sobre Gabriel, um acontecimento bem-vindo.

— O que traz o futuro primeiro-ministro à nossa pequena recepção? — perguntou ele.

— Lucinda faz parte do conselho da Courtauld — explicou Lovegrove. — Além disso, é uma das maiores benfeitoras do museu. Aliás, acredito que a firma dela tenha financiado a cerimônia de hoje.

— Quanto custa remover um lençol de um quadro?

— Você se esqueceu de mencionar o champanhe e os canapés.

Hugh Graves de repente estava andando.

— Ah, não — disse Olivia, com um sorriso congelado. — Tenho a terrível sensação de que ele está vindo direto na nossa direção.

— Na sua direção, imagino — falou Gabriel.

— Aposto em você.

— Eu também — adicionou Lovegrove.

O avanço do ministro do Interior foi desacelerado por expressões de apoio de vários mecenas abastados. Finalmente, ele parou diante de Gabriel e estendeu a mão como se fosse uma baioneta.

— É um prazer enfim conhecê-lo, sr. Allon. Como pode imaginar, ouvi falar muito de suas aventuras. Quanto tempo planeja ficar em Londres?

MORTE NA CORNUALHA

— Não muito, infelizmente.

— Alguma chance de fazer uma breve visita ao Ministério do Interior? Eu adoraria ouvir sua opinião sobre os acontecimentos recentes no Oriente Médio.

— Desde quando os acontecimentos no Oriente Médio são de interesse do Ministério do Interior?

— Expandir os horizontes não faz mal pra ninguém, não acha?

— Em especial quando a pessoa provavelmente vai ser o próximo primeiro-ministro.

Graves abriu um sorriso ensaiado. Ele tinha apenas 48 anos, com a beleza fotogênica de um apresentador de noticiário de televisão.

— Nós temos uma primeira-ministra, sr. Allon.

Mas não por muito tempo. Pelo menos eram os rumores em Whitehall. Os jornalistas políticos de Londres concordavam que Hillary Edwards, primeira-ministra historicamente impopular do Reino Unido, teria sorte de sobreviver ao inverno. E, quando chegasse a hora de ela partir, pressupunha-se amplamente que o ambicioso Hugh Graves era quem a levaria até a porta.

— Que tal amanhã à tarde? — insistiu ele. — Exceto se houver algum tipo de crise, estou livre pra almoçar.

— Estou aposentado, ministro Graves. Sugiro que fale com o embaixador israelense, não comigo.

— Se quer saber, ele é um camarada bem desagradável.

— Infelizmente, faz parte do trabalho dele.

O diretor da Courtauld tinha ido até um púlpito ao lado do quadro. Hugh Graves voltou para sua esposa, e Gabriel, depois de aceitar um beijo de Olivia Watson, foi discretamente para o lado de Julian Isherwood. Ele estava olhando os sapatos.

— Pelo jeito, o segredo foi revelado. — Levantando a cabeça, ele fixou em Gabriel um olhar zombeteiro de repreensão. — E pensar que você me enganou todos esses anos.

— Será que você vai conseguir me perdoar?

DANIEL SILVA

— Eu preferiria contar ao mundo que estava por dentro de tudo desde sempre.

— Pode ser ruim para sua reputação, Julian.

— Você foi a melhor coisa que já me aconteceu, meu garoto. Além da Sarah, claro. Não sei o que eu faria sem ela.

O diretor deu uma batidinha no microfone, como um leiloeiro que bate o martelo para começar o evento.

— Onde estava? — perguntou Julian.

— O Van Gogh? Numa *villa* na Costa Amalfitana.

— De quem era a *villa*?

— Longa história.

— Condição?

— Impressionantemente boa. Pintei uma cópia enquanto estava no meu estúdio. O estimado diretor da Galeria Courtauld, ele mesmo especialista em Van Gogh, não conseguiu ver a diferença.

— Malandrinho — disse Julian. — Malandrinho, malandrinho.

Os comentários do diretor foram misericordiosamente breves. Poucas palavras sobre o impacto devastador de crimes contra a arte, menos ainda ao apresentar Gabriel, que recusou um convite de falar com a plateia, mas concordou em ajudar a remover a mortalha branca. Foi auxiliado por Lucinda Graves.

Dois curadores penduraram o quadro em seu local designado, e os garçons apareceram com os aperitivos e o Bollinger. Gabriel e Chiara só tomaram uma taça cada um; tinham uma reserva para jantar às nove no Alain Ducasse, no hotel Dorchester. Às 20h30, estavam transitando pela Piccadilly na limusine Jaguar.

— Foi só coisa da minha imaginação — disse Chiara — ou você gostou daquilo?

— Quase tanto quanto de minha visita recente à Rússia.

Chiara olhou as vitrines iluminadas pela janela.

— E a ligação que você recebeu quando estávamos entrando?

MORTE NA CORNUALHA

— Um investigador da Polícia de Devon e Cornualha.

— O que você fez agora? — perguntou ela, com um suspiro.

— Nada. Ele quer minha ajuda com uma investigação de assassinato.

— Não é daquela professora que foi achada morta perto de Land's End, né?

— É.

— Mas por que justamente você?

— É um velho amigo meu, o investigador. — Gabriel sorriu. — Seu também.

5

PORT NAVAS

Gabriel se levantou na manhã seguinte antes do amanhecer e pegou um Volkswagen na loja da Hertz perto de Marble Arch. Durante o trajeto até o aeroporto de Heathrow, Chiara leu os jornais no celular.

— Pelo jeito você é o assunto de Londres, querido. Tem até uma linda foto sua e de Lucinda Graves revelando juntos o Van Gogh. Preciso dizer, você está muito elegante.

— Como estão as críticas?

— Muito positivas.

— Até o *Guardian*?

— Extasiado.

— Comigo ou com o Van Gogh?

— Com ambos. — Chiara baixou o quebra-sol e analisou seu reflexo no espelho. — Estou horrível.

— Discordo. Aliás, estou questionando a decisão de deixar você subir no avião sem mim.

— Eu adoraria ir para a Cornualha com você, mas tenho uma igreja a ser restaurada e uma mãe que precisa ser resgatada. — Chiara levantou o quebra-sol. — Você acha que eles se lembram da gente?

— Quem?

— A Vera e a Dottie e a galera de sempre no Lamb and Flag.

— Como eles poderiam nos esquecer?

Chiara o olhou fixamente, com uma expressão leve de reprimenda.

— Você foi muitíssimo rude com eles, Gabriel.

— Não era eu — disse ele, na defensiva. — Era só um papel que eu estava interpretando na época.

— Giovanni Rossi. O restaurador de arte italiano temperamental, mas talentoso.

— A esposa dele era adorável, se bem me lembro.

— E muito amada pelos habitantes. — Chiara guardou o celular de novo na bolsa. — Que pena que não ficamos mais tempo em Gunwalloe. Se tivéssemos ficado, teríamos conhecido Charlotte Blake.

Gabriel considerou essa ideia enquanto eles se aproximavam da saída para o Heathrow.

— Você tem razão, sabia?

— Eu sempre tenho.

— Nem sempre — disse Gabriel.

— Quando é que estive errada?

— Me dá uma ou duas semanas. Vou pensar em alguma coisa.

— Você devia estar se perguntando por que Timothy Peel quer que você vá até a Cornualha pra ajudar com a investigação do assassinato da professora Blake.

— Ele sabia que eu estava no país.

— Ele acompanha notícias do mundo da arte?

— Não — respondeu Gabriel. — Ele acompanha notícias sobre mim.

— Com certeza ele deve ter te dado *alguma* ideia do que se trata.

— Disse que não queria discutir por telefone.

— O que poderia ser?

— Algo relacionado a arte, suponho.

— Algo em que a professora Blake estava trabalhando no momento do assassinato?

— Uma teoria interessante — disse Gabriel.

— Será que pode ter alguma ligação?

— Entre o projeto de pesquisa hipotético de Charlotte Blake e o assassinato subsequente por um maníaco com um machado?

DANIEL SILVA

— O Picador usa uma machadinha, seu tonto.

— Uma arma de assassinato bem ineficiente, se quer minha opinião. Eficaz, sim. Mas faz muita bagunça.

— Você nunca usou?

— Uma machadinha? Tenho certeza de que nunca utilizei uma machadinha para absolutamente nenhum propósito, quanto mais matar alguém. É pra isso que servem as armas.

— Acho que eu preferiria ser morta por um tiro do que feita em pedacinhos.

— Pode acreditar em mim — falou Gabriel. — Uma bala também não é nenhum passeio no parque.

Ele tomou café numa cafeteria escura em Slough até o voo de Chiara decolar em segurança, aí sentou atrás do volante do carro alugado e foi para oeste na M4. Era quase meio-dia quando chegou a Exeter. Ele contornou as margens de Dartmoor na A30 e, durante o trajeto até Truro, foi bombardeado por uma chuva torrencial. Quando alcançou Falmouth, a tempestade tinha passado, e, às 14h30, chegando ao minúsculo vilarejo córnico de Port Navas, um sol laranja brilhava forte por uma fenda entre as nuvens.

Mal cabia um único carro na estrada sinuosa e ladeada por cercas vivas que descia até o esteiro. Gabriel tinha dirigido por ela inúmeras vezes, em geral a velocidades que irritavam os vizinhos. Ele os conhecia intimamente — seus nomes, suas ocupações, seus vícios e suas virtudes —, e eles não o conheciam nem um pouco. Ele era o senhor estrangeiro que habitava o chalé do velho capataz perto da fazenda de ostras. Tinha reconfigurado o lugar para atender às suas necessidades. Quartos no térreo, um estúdio em cima. Ninguém em Port Navas, com exceção de um menino de onze anos, tinha a menor ideia do que acontecia ali.

O menino agora era um homem de 35 anos e tinha o cargo de sargento-investigador na Polícia de Devon e Cornualha. Estava parado na popa de uma galeota de madeira de dois mastros ancorada no cais, com o braço levantado numa saudação silenciosa. A galeota, que tinha sido meticulosamente restaurada, outrora pertencera a Gabriel. Ele a havia legado a Timothy Peel no dia em que foi embora de Port Navas pela última vez.

Ele saiu do carro e caminhou até o cais.

— Permissão pra subir a bordo — disse.

Peel encarou os mocassins de camurça de Gabriel com olhar de desaprovação.

— Com esses sapatos, de jeito nenhum.

— Fui eu que lixei e envernizei esse deque, se bem me lembro.

— E eu cuidei muito bem dele na sua ausência.

Gabriel tirou os sapatos e subiu no barco. Peel entregou a ele um copo de delivery vermelho-escuro do café Costa.

— Chá com leite, como você gosta, sr. Allon.

— Não precisa me chamar assim, Timothy.

— Achei que agora sua identidade tivesse sido revelada.

— Foi. Mas insisto que se refira a mim pelo meu primeiro nome.

— Desculpa, mas pra mim você sempre vai ser o sr. Allon.

— Nesse caso, vou chamar você de sargento-investigador Peel.

Ele sorriu.

— Dá pra imaginar?

— Dá, na verdade. Você sempre foi um enxerido nato.

— Só com você. E com o sr. Isherwood, claro.

— Ele fala com carinho de você.

— Se me lembro bem, ele me chamava de sapinho.

— Você devia ouvir as coisas que ele fala de mim.

Eles sentaram no *cockpit*. O barco tinha sido a salvação de Gabriel nos anos perdidos, os anos depois de Viena e antes de Chiara. Quando ele não tinha quadros para restaurar, velejava pelo rio Helford até o mar. Às vezes ia na direção oeste até o Atlântico, às vezes na direção sul até a costa da Normandia; e, toda vez que retornava a Port Navas, Timothy Peel mandava um sinal para ele da janela de seu quarto com um facho de sua lanterna. Gabriel, com a mão no timão e a mente incendiada por imagens de sangue e fogo, piscava suas luzes de navegação duas vezes em resposta.

Ele olhou para o chalé.

— Minha antiga casa pelo jeito foi transformada.

— Um jovem casal que trabalha no centro financeiro de Londres — explicou Peel. — Depois que a pandemia veio, muitos londrinos bem de vida de repente descobriram as alegrias da vida na Cornualha.

— Uma pena, isso.

— Eles não são tão ruins.

Gabriel olhou para o chalé caindo aos pedaços onde Peel tinha morado com a mãe e o namorado dela, Derek, um dramaturgo que vivia encharcado de uísque e tinha problemas para controlar a raiva.

— Caso esteja se perguntando — disse Peel —, ele morreu.

— E sua mãe?

— Continua lá em Bath. Ela e o marido puxaram meu tapete e venderam o chalé, então peguei um lugar pra mim em Exeter.

— Está casado?

— Ainda não.

— O que está esperando?

— Uma mulher como a srta. Zolli, imagino.

— Ela mandou um abraço.

— Espero que não esteja brava comigo.

— A Chiara? Só comigo — garantiu Gabriel. — Mas em geral é assim mesmo.

Um silêncio caiu entre eles. Gabriel ouviu o baque gentil das pequenas ondas contra o bombordo de seu velho barco. Memórias daquela noite em Viena estavam vindo à superfície. Ele as manteve ao largo.

— Muito bem, sargento-investigador Peel, agora que tivemos a chance de matar as saudades, talvez você deva me dizer por que me arrastou até a Cornualha.

— Charlotte Blake — falou Peel. — Professora de História da Arte da Universidade de Oxford.

— E a quinta vítima do serial killer conhecido como Picador.

— Talvez, sr. Allon. Ou talvez não.

6

PORT NAVAS

O sargento-investigador Timothy Peel, veterano de oito anos da Polícia de Devon e Cornualha, foi designado ao caso do Picador depois do segundo assassinato, se juntando a uma equipe de quatro oficiais seniores. Sua primeira missão foi identificar e interrogar todo mundo no sudoeste da Inglaterra, independentemente de idade ou gênero, que tivesse comprado uma machadinha recentemente. Na última terça-feira à tarde, ele estava riscando nomes de sua lista quando recebeu uma ligação na linha direta especial. Era de uma residente de Gunwalloe.

— Quem?

— Vera Hobbs. Quem mais seria?

— Qual parecia ser o problema?

Uma luz acesa no chalé da professora Blake. Peel admitiu que não achou nada de mais na hora, então entrou em contato com mais alguns proprietários de machadinhas antes de telefonar para seus colegas da Polícia de Thames Valley. Acontece que eles já estavam investigando a questão.

— A PTV entrou na casa da professora Blake em Oxford e checou todos os hospitais na jurisdição deles. Não tinha nem sinal dela.

— E o carro de Blake?

— Fui eu que encontrei.

— Onde?

DANIEL SILVA

— No estacionamento do centro de entretenimento de Land's End.

— Se bem me lembro, tem um quiosque de cartão de crédito lá.

— O ticket do estacionamento estava no painel dela. O horário estava marcado como 16h17 da segunda-feira.

Gabriel olhou para oeste.

— Menos de meia hora antes do pôr do sol?

— Vinte e oito minutos, para ser exato.

— Alguém a viu?

— Uma recepcionista que estava chegando para trabalhar no Land's End Hotel viu uma mulher saindo sozinha pelo caminho da costa. Supomos que fosse a professora Blake.

— Às 16h17?

— Nesse horário, é um local lindo. Mas nessas circunstâncias...

Não faz sentido algum, pensou Gabriel.

— Os jornais foram um pouco vagos quanto à localização exata da cena do crime.

— Uma sebe não podada ao norte da praia de Porthchapel. Parecia que o assassino tentou esconder o corpo. O que é interessante. As quatro vítimas anteriores foram deixadas onde haviam caído, com a parte de trás do crânio aberta por um único golpe. Provavelmente morreram antes de baterem no chão.

— E a professora Blake?

— Ele fez um caos com ela. Também parece ter levado seu celular embora.

— Ele levou o celular das outras vítimas?

Peel fez que não.

— Teoria do caso? — perguntou Gabriel.

— Meus colegas acham que a professora Blake deve ter ouvido o assassino chegando por trás dela. E, quando se virou, fez com que ele tivesse um acesso de raiva.

— O que explicaria o exagero na morte.

— Mas não o celular desaparecido.

— Ela talvez tenha deixado cair em algum lugar.

— Já varremos todo o caminho da costa e a área que cerca a sebe onde o corpo foi descoberto. Achamos três celulares velhos, nenhum deles pertencente à professora Blake.

— E não está emitindo sinal?

— O que você acha?

— Acho que você devia se certificar de que ela não deixou no carro.

— Eu sei fazer busca em um carro, sr. Allon. O celular sumiu.

Gabriel não conseguiu segurar um sorriso.

— E você, sargento-investigador Peel? Qual é a *sua* teoria?

Ele passou a mão pela amurada do barco antes de responder.

— Nós sempre fomos meio cautelosos com alguns detalhes dos assassinatos. O número de golpes, a localização, esse tipo de coisa. É procedimento-padrão num caso assim. Ajuda a excluir os malucos e os excêntricos.

— E os imitadores?

— Também. Afinal, como alguém poderia imitar o Picador sem saber os métodos exatos dele?

— Você acredita que a professora Blake foi assassinada por um imitador?

— Estou disposto a considerar a ideia.

— Imagino que não tenha compartilhado essa teoria com seus colegas policiais.

— Acho que não seria sábio perturbar uma investigação tão importante. Não neste estágio da minha carreira.

— O que deixa você sem opção, a não ser ir atrás da questão de forma independente. — Gabriel pausou, aí completou: — Com a ajuda de um velho amigo.

Peel não respondeu.

— O chefe de polícia sabe que você entrou em contato comigo?

— É possível que eu tenha deixado de mencionar.

— Bom garoto.

Peel sorriu.

— Aprendi com o melhor.

DANIEL SILVA

★ ★ ★

Gunwalloe ficava a dezesseis quilômetros a oeste no lado oposto da península Lizard. Eles dirigiram até lá ao anoitecer, no carro alugado de Gabriel.

— Você lembra o caminho? — perguntou Peel.

— Você está deliberadamente tentando me irritar ou é algo natural pra você?

— Um pouco dos dois.

Eles aceleraram, seguindo o perímetro da estação aérea naval de Culdrose, então pegaram a estrada sem nome que se estendia do coração da península Lizard até Gunwalloe. Para além das sebes, havia uma colcha de retalhos de terras agrícolas dormentes. Aí, a estrada dava uma virada repentina para a esquerda, e as sebes sumiam para revelar o mar, em chamas com a última luz do sol poente.

Gabriel desacelerou ao entrar no vilarejo. Peel apontou o pub Lamb and Flag.

— Vamos parar pra uma cerveja e umas risadas com seus velhos amigos?

— Alguma outra hora.

— Que nem aquela música, "Some other time" — comentou Peel. — Eu sempre adorei, especialmente a versão do Bill Evans.

— Você tem bom gosto pra música.

— Devo isso a você.

Eles passaram pelo Corner Market, onde Dottie Cox estava finalizando as compras do último cliente do dia. A enseada de pesca ficava do outro lado de um campo em declive cheio de cravos-do-mar roxos e festucas-vermelhas-das-dunas. Um único chalé, levemente visível no final do crepúsculo, ficava no topo do penhasco.

— Você às vezes tem saudade? — perguntou Peel.

— Tenho, claro. Mas Veneza tem seus charmes.

— A comida é melhor.

— Eu na verdade sempre tive carinho pela culinária da Cornualha.

48

— Talvez possa ficar um verão aqui com Chiara e as crianças.

— Só se você me deixar pegar emprestada aquela sua embarcação tão linda.

— Fechado.

Gabriel virou em direção a uma abertura em uma sebe de abrunheiro curvada pelo vento. Atrás dela ficava o imponente Chalé Wexford, o melhor de Gunwalloe. As janelas estavam escurecidas, com as cortinas bem fechadas. Grudado na porta pesada de madeira estava um aviso declarando que o local era uma cena de crime ativa. O sargento-investigador Timothy Peel enfiou uma chave na fechadura e entrou na frente de Gabriel.

7

CHALÉ WEXFORD

Eles colocaram propés e luvas de látex no hall de entrada e foram para a sala de estar. Os móveis eram contemporâneos e sofisticados, assim como os quadros pendurados nas paredes. Empilhados na mesa de centro baixa estavam monografias e volumes de história e crítica de arte, incluindo um compêndio essencial da enorme obra de Pablo Picasso. A capa era *Autorretrato com paleta*, pintado pelo artista em 1906.

— Já restaurou algum dele? — perguntou Peel.

— Picasso? — Gabriel levantou os olhos e franziu o cenho. — Uma ou duas vezes, Timothy.

— Eu li não faz muito tempo que ele é o artista mais roubado do mundo.

— Leu, é? — falou Gabriel, duvidando.

— E o mais falsificado também — insistiu Peel.

— Correto. Muito provavelmente existem mais Picassos falsos do que reais.

— Mas você com certeza consegue ver a diferença.

— Pablo e eu somos razoavelmente familiarizados — disse Gabriel.

— E gostei do nosso tempo juntos, apesar de ele não ser muito fã do meu ofício.

— Espionagem?

— Restauração. Picasso desaprovava. Achava que o craquelamento e o envelhecimento naturais davam às suas pinturas um senso de personalidade. — Gabriel pausou, aí completou: — Mas estou divagando.

Era um convite para Peel ir direto ao ponto. O jovem investigador respondeu indicando o anel de umidade ao lado do livro.

— Encontramos uma caneca de chá quando entramos no chalé. Supomos que a professora Blake tenha deixado ali na tarde do assassinato.

— E aí, claro, tinha a luz acesa na cozinha.

— E a louça suja na pia e na bancada. Tudo isso sugere que ela estava meio com pressa quando saiu para Land's End.

— Já estipulamos isso — disse Gabriel. — Mas aonde estamos querendo chegar?

— No escritório dela.

Ficava no cômodo adjacente. Ao entrar, Peel acendeu a luminária da escrivaninha. O computador era um iMac com uma tela de 27 polegadas, ideal para analisar fotografias de quadros ou velhos registros de exposições. Gabriel estendeu o braço e mexeu o mouse. O computador acordou e exigiu uma senha de acesso.

— Vocês já descobriram qual é?

— Ainda não.

— E por que não?

— As forças policiais territoriais do Reino Unido não têm mais autoridade para obter dados privados sem o consentimento de um órgão de supervisão governamental conectado ao Ministério do Interior. Estamos esperando aprovação.

— Se quiser, eu talvez consiga...

— Nem pense nisso.

Gabriel baixou os olhos para os livros e papéis espalhados pela mesa. Um dos volumes era *Europa saqueada*, o indispensável relato de saque de arte pelos nazistas escrito por Lynn Nicholas. Embaixo, havia um exemplar de *Picasso: os anos de guerra*, de Charlotte Blake. Gabriel levantou a capa de uma pasta parda que estava perto. Dentro dela, presa por um fecho de metal, tinha uma lista de todas as obras de arte conhecidas roubadas pelos alemães durante a Ocupação.

Peel agora estava olhando por cima do ombro de Gabriel.

— Parece que talvez a professora Blake estivesse pesquisando sobre um quadro.

— Não é lá muito surpreendente, Timothy. Afinal, é isso que ela faz.

— Um Picasso, se quer minha opinião — disse Peel, sem se abalar.

— Por que você suporia isso?

— Ela grifou todos os Picassos saqueados pelos nazistas durante a Segunda Guerra.

Gabriel folheou a impressão volumosa. Parecia ser mesmo o caso.

— Todos esses quadros foram roubados de judeus? — perguntou Peel.

— A maioria — respondeu Gabriel. — Foram levados à galeria Jeu de Paume para triagem e avaliação. As obras que os nazistas achavam desejáveis eram imediatamente embaladas e enviadas de trem para o território alemão.

— E o resto?

— Os nazistas descartaram milhares de quadros no mercado de arte francês, dando assim a *marchands* e colecionadores uma oportunidade sem precedentes de aumentar suas posses às custas de seus conterrâneos judeus.

— Onde estão esses quadros hoje?

— Alguns foram devolvidos aos herdeiros dos donos por direito — contou Gabriel. — Mas muitos continuam circulando pelas veias do mundo da arte ou estão pendurados nas paredes de museus. E é por isso que um *marchand*, colecionador ou curador escrupuloso pode empregar os serviços de uma pesquisadora de proveniência renomada como Charlotte Blake antes de adquirir um quadro com um passado obscuro.

— Ele ia querer o selo de aprovação dela?

— Correto.

— Tem algum outro motivo por que alguém a contrataria?

— Tem, claro, Timothy. Para achar um quadro desaparecido.

Sorrindo, Peel apontou para o bloco de anotações amarelo no canto da escrivaninha.

— Dá uma olhada. Me diz se achar algo interessante.

Gabriel ajustou o facho da luminária e analisou a primeira página.

— Desculpa, mas infelizmente sânscrito não é um dos meus idiomas.

— Pelo jeito, a caligrafia não era o forte da professora.

Gabriel virou para a página seguinte, agora ilegível. A anotação no topo da página que vinha depois, porém, estava feita de forma cuidadosa.

Peel leu em voz alta.

— *Retrato sem título de uma mulher no estilo surrealista*, óleo sobre tela, 94 por 66 centímetros, 1937.

— Picasso pintou inúmeras obras desse tipo nesse mesmo ano.

— Quanto uma valeria hoje?

— Muito dinheiro.

Peel apontou a próxima anotação.

Galerie Paul Rosenberg...

— Ele era o *marchand* de Picasso na época — explicou Gabriel. — A galeria dele ficava na rue la Boétie em Paris. Picasso morou e trabalhou no apartamento ao lado.

— Devemos supor que o quadro tenha sido comprado lá?

— Por enquanto.

O dedo enluvado de Peel desceu pela página.

— Por este homem?

Bernard Lévy...

— Por que não? — perguntou Gabriel.

Peel moveu a ponta do dedo mais para baixo.

— Ele não parece ter ficado com a obra por muito tempo.

Venda privada, Paris, 1944...

— Não era um bom ano para alguém chamado Bernard Lévy se separar de um Picasso — observou Gabriel.

Peel apontou a última entrada da página.

— Mas o que isso poderia significar?

OOC...

DANIEL SILVA

Gabriel pegou o celular. As três letras, quando digitadas na caixa branca do buscador, produziram 27 milhões de páginas de lixo cibernético. Adicionar as palavras *Picasso* e *Sem título* não ajudou em nada.

Ele tirou uma foto da página, aí olhou para o computador apagado. Peel leu os pensamentos dele.

— Eu te aviso se encontrarmos alguma coisa valiosa no minuto em que recebermos autorização.

— Se você quiser…

Peel desligou o computador.

— Nem pense nisso, sr. Allon.

Gabriel pegou o exemplar de *Picasso: os anos de guerra*, de Charlotte Blake, e abriu nos agradecimentos. Eram tão escassos e secos quanto uma típica declaração de proveniência. Sem expressões de gratidão sincera, sem enormes dívidas. Um nome conseguiu conquistar uma proeminência elevada pelo fato de ter sido o último mencionado. Era Naomi Wallach, a principal historiadora do mundo com especialização no mercado de arte francês dos tempos de guerra.

8

VICTORIA EMBANKMENT

Ocorreu a Samantha Cooke, encolhida num banco gelado no Victoria Embankment, as mãos dormentes de frio, que talvez tivesse escolhido o ramo profissional errado. Tinha sido convocada a esse local por uma mensagem anônima. Em tom educado e sintaxe precisa, prometia documentos de uma natureza politicamente explosiva. O remetente queria que Samantha revelasse o conteúdo desses documentos no jornal dela, o *Telegraph*, de tendência conservadora. Por ser a correspondente-chefe de política do jornal e um dos mais respeitados membros da imprensa de Westminster, estava acostumada com histórias que chegavam sem aviso — especialmente aquelas que podiam se provar danosas para a oposição ou, melhor ainda, para um rival dentro do partido da própria pessoa. A maioria das coisas era trivial e mesquinha, mas essa abordagem parecia diferente. Era algo importante. Samantha tinha certeza disso.

Ela sentira a mesma coisa em relação a seu interesse amoroso mais recente, Adam, um divorciado e pai de dois filhos que trabalhava para o Departamento de Saúde. Mas Adam rapidamente passou a se ressentir do fato de ela passar dezoito horas por dia no telefone ou na frente de um computador. Isso também tinha acontecido com todos os predecessores de Adam, incluindo o ex-marido de Samantha, que se casara novamente havia muito tempo e levava uma contente vida de classe

DANIEL SILVA

média alta no arborizado bairro de Richmond. Samantha dividia um apartamento em Primrose Hill com seu gato e, dado o estado precário do jornalismo, vivia com medo de em breve acabar sem emprego. Seus amigos da universidade tinham todos ido trabalhar no setor financeiro e ganhavam montes de dinheiro. Mas Samantha estava decidida a fazer algo fora do comum. Agora, enquanto assistia à lenta rotação da London Eye, ela podia pelo menos se consolar em saber que atingira seu objetivo.

O banco ficava localizado ao lado do memorial da Batalha da Grã--Bretanha. Tinha sido escolhido pelo autor da mensagem, que Samantha deduzia ser um homem bem instruído no fim da meia-idade, uma descrição que se aplicava a uma porção significativa do *establishment* político britânico. Ele a instruíra a chegar às seis da tarde. Mas o Big Ben agora estava batendo 18h30, e não havia nem sinal dele — nem dos documentos prometidos.

Irritada, Samantha pegou o celular e digitou: *Estou esperando.*

O delator anônimo respondeu na mesma hora. *Paciência.*

Não é meu forte, respondeu Samantha. *Agora ou nunca.*

Bem nesse momento, ela ouviu o bater de saltos altos nos paralelepípedos e, olhando para a direita, viu uma mulher vindo de Westminster na direção dela. Tinha menos de trinta anos, se vestia de uma forma profissional e era bem bonita. Estava com a cabeça virada para o Tâmisa, como se admirando a vista e, na mão esquerda, trazia um envelope A4. Um momento depois, o mesmo envelope estava largado na metade desocupada do banco. A jovem, depois de jogá-lo ali, continuou para o norte pela margem do rio e desapareceu da vista de Samantha.

O telefone da jornalista apitou imediatamente. *Não vai abrir?*

Samantha olhou para a esquerda e a direita ao longo da margem do rio, mas não conseguiu ver ninguém que parecia a estar observando. A próxima mensagem que recebeu confirmou que alguém estava, sim.

E então, srta. Cooke?

O envelope estava virado para baixo no banco. Samantha o virou e viu o logo azul-claro do Partido Conservador. A aba não estava selada, e dentro havia um maço de documentos internos relativos aos esforços

56

do partido para levantar fundos — uma grande contribuição política em particular. Os documentos pareciam autênticos. Também eram uma dinamite política.

Samantha pegou o celular e digitou: *São genuínos?*

Você sabe que são, veio a resposta.

Onde você trabalha?

Um momento se passou antes de ele responder: *CCHQ.*

CCHQ era a Sede da Campanha do Partido Conservador. Ficava localizada na Matthew Parker Street, não muito longe do Palácio de Westminster.

Samantha digitou sua próxima mensagem e apertou o ícone de enviar. *Preciso ver você imediatamente.*

Impossível, srta. Cooke.

Pelo menos me diz quem você é.

Pode me chamar de Nemo.

Nemo, pensou Samantha. *Ninguém.*

Ela guardou os documentos de volta no envelope e ligou para Clive Randolph, editor de política do *Telegraph*.

— Alguém acabou de me dar os meios para derrubar a primeira-ministra Hillary Edwards. Interessado?

9

MUSEU DO LOUVRE

Gabriel passou a noite no Godolphin Hotel, em Marazion, e estava de volta ao centro de Londres na tarde seguinte. Deixou o carro na Hertz e a arma na Isherwood Fine Ars, então embarcou num trem Eurostar em direção a Paris. Três horas depois, estava saindo do banco de trás de um táxi na frente do Louvre. Naomi Wallach o esperava ao lado da pirâmide, como prometido. Eles só haviam se falado brevemente enquanto Gabriel atravessava a toda velocidade os campos do norte da França. Agora, à luz evanescente do Cour Napoléon do Louvre, ela o considerava atentamente, como se tentando decidir se era uma falsificação bem-feita ou a coisa real.

— Você não é nada do que eu esperava — disse ela enfim.

— Espero que não esteja decepcionada.

— Agradavelmente surpresa. — Ela tirou um maço de cigarros da bolsa e acendeu um. — Você mencionou que era amigo de Hannah Weinberg.

— Amigo próximo.

— Ela nunca falou de você.

— A meu pedido.

A falecida Hannah Weinberg tinha sido diretora do Centro Weinberg para o Estudo do Antissemitismo na França. Localizado na rue des Rosiers, no Marais, o centro fora alvo de um dos ataques terroristas mais mortais do Estado Islâmico. Naomi Wallach, especialista em restituição do Holocausto focada em questões relacionadas a arte, devia estar entre os mortos e feridos. Mas se atrasara naquela manhã e, quando chegou, encontrou o prédio em chamas e sua amiga Hannah em meio aos escombros. Uma fotografia das duas mulheres, uma brutalmente assassinada, a outra rasgando sua roupa com angústia, viraria a imagem-símbolo da atrocidade. Consequentemente, quando o diretor do Louvre estava procurando alguém para enfim expurgar do acervo do museu obras de arte saqueadas, julgou-se que Naomi Wallach era a candidata perfeita.

Ela virou a cabeça e expeliu um fluxo de fumaça.

— Perdão, *monsieur* Allon. Um hábito nojento, eu sei.

— Tem piores.

— Diga um.

— Comprar um quadro que pertencia a alguém que pereceu no Holocausto.

— Muitíssimos franceses foram afligidos por esse hábito durante a guerra, incluindo um curador deste museu.

— O nome do curador — disse Gabriel — era René Huyghe.

Naomi Wallach o encarou por cima da ponta acesa do cigarro.

— Me parece que você sabe muito sobre o saque nazista da França.

— Não sou de forma alguma especialista no assunto. Mas há muitos anos me envolvi num caso que levou à recuperação de um número considerável de quadros saqueados.

— Onde você os encontrou?

— Estavam nas mãos de um banqueiro suíço cuja única filha viva por acaso era a violinista mais famosa do mundo.

Ela apertou os olhos.

— O caso Augustus Rolfe?

Gabriel fez que sim com a cabeça.

— Estou impressionada, *monsieur* Allon. Foi um grande escândalo. Mas o que o traz ao Louvre?

— Um favor para um amigo.

— Você pode fazer melhor que isso, não é?

DANIEL SILVA

— O amigo é um investigador da Polícia de Devon e Cornualha, na Inglaterra.

A expressão dela ficou sombria.

— Charlotte Blake?

Gabriel assentiu.

— O investigador me pediu para revisar alguns papéis que ela deixou na escrivaninha na tarde de sua morte. Me parece que estava conduzindo uma pesquisa de proveniência de um Picasso.

— *Retrato sem título de uma mulher no estilo surrealista*, óleo sobre tela, 94 por 66 centímetros?

— Você sabia do projeto?

Ela fez que sim, devagar.

— Posso perguntar como?

Naomi Wallach sorriu com tristeza.

— Porque fui eu que pedi pra ela encontrar esse quadro.

Eles atravessaram a Place du Carrousel e começaram a caminhar pela Allee Centrale do Jardim das Tulherias. Os galhos dos plátanos estavam pelados contra o céu noturno. O caminho empoeirado de cascalho fazia barulho sob seus pés.

Naomi Wallach levou o cigarro à boca e tragou.

— Eu disse a mim mesma que vou achar um novo hábito terrível depois de recuperar todos os quadros roubados dos judeus da França durante a guerra e devolvê-los a seus proprietários de direito.

— Você se colocou um objetivo inalcançável, madame Wallach.

— Se eu acreditasse nisso, nunca teria aceitado o cargo no Louvre. O acervo contém 1.700 quadros que foram ou saqueados pelos nazistas, ou adquiridos sob circunstâncias duvidosas. Meu trabalho é estabelecer uma proveniência incontestável para cada obra e encontrar um herdeiro vivo com uma reivindicação válida. Uma tarefa monumental.

— E foi por isso que você pediu para a professora Blake conduzir uma investigação de proveniência em seu nome.

Naomi Wallach fez que sim.

— Eu não tinha tempo para dar ao caso a atenção que ele merecia. Mas também havia uma questão ética envolvida. Desde que aceitei o emprego no Louvre, evitei conduzir investigações privadas. Especialmente as que são tão sensíveis quanto a que envolve Bernard Lévy.

— Quem era ele? — perguntou Gabriel.

— Um empresário bem-sucedido que tinha um olho clínico para arte moderna e de vanguarda. *Monsieur* Lévy se escondeu com a esposa e a filha depois da Rusga do Velódromo de Inverno de Paris, em julho de 1942. Ele foi deportado para Auschwitz em 1944 e morto na câmara de gás ao chegar. A esposa estava no mesmo transporte.

— E a filha?

— Foi adotada por uma família católica na Zona Livre e conseguiu sobreviver à guerra. Ela se casou com outro sobrevivente chamado Léon Cohen em 1955 e, um ano depois, deu à luz um filho chamado Emanuel, que estava terminando os estudos de Medicina na Sorbonne quando ela finalmente contou a ele sobre suas experiências durante a Ocupação. — Naomi Wallach pausou. — E sobre a pequena coleção de quadros antes pendurados no apartamento da família em Paris.

— Uma coleção que incluía uma mulher no estilo surrealista pintada por Pablo Picasso, que Bernard Lévy comprou da Galerie Paul Rosenberg em 1937.

— Talvez. — Naomi Wallach jogou o cigarro no chão e o apagou com a ponta da bota estilosa. — Esses casos sempre são complicados. O dr. Cohen não tinha fotografias, recibos nem documentação de qualquer tipo para apoiar sua reivindicação. Ele me disse que seus avós deixaram tudo para trás quando fugiram de Paris e foram se esconder no Sul.

— O que eles fizeram com o Picasso e o resto dos quadros?

— Evidentemente, Lévy os confiou a seu advogado em Paris. — Ela pegou a bituca do cigarro e a jogou em uma lata de lixo. — Um certo *monsieur* Favreau.

— E Favreau os vendeu?

— O dr. Cohen acreditava que sim.

DANIEL SILVA

— Em que mais ele acreditava?

— Que o Picasso de seu avô estava dentro do Porto Franco de Genebra.

O Porto Franco era uma área de depósitos de quase 56 mil metros quadrados localizada num bairro industrial de Genebra. Na última estimativa, o complexo continha mais de um milhão de pinturas, incluindo o maior acervo de Picassos exceto o dos herdeiros do espanhol.

— É uma distinta possibilidade — disse Gabriel. — Mas por que Cohen suspeitava que estivesse lá?

— Ele alegava ter visto o quadro com seus próprios olhos.

— Num cofre?

— *Non*. Numa galeria que opera dentro das fronteiras do Porto Franco. Tem diversas delas, sabe? O dr. Cohen visitou essa galeria vários meses atrás para ver se havia algum retrato sem título de Picasso no mercado. E adivinha o que achou ali?

— O Picasso do avô dele?

Ela fez que sim.

— Ele pediu pra ver a proveniência?

— É claro. Mas o *marchand* disse que o quadro não estava à venda e se recusou a deixar que ele visse.

— Qual era o nome do *marchand*?

— O dr. Cohen se recusou a me contar.

— Por quê?

— Ele achou que, se eu soubesse com antecedência o paradeiro do quadro, isso podia manchar minha investigação. Ele queria um relatório de proveniência impecável de uma das melhores especialistas, para poder apresentar em juízo.

Havia certa lógica nisso.

— E quando você disse a ele que não estava disponível?

— Ele me pediu o nome de alguém que topasse fazer o trabalho. Charlotte Blake era a escolha óbvia. Era uma historiadora e pesquisadora de proveniência de primeira classe, e seu livro sobre Picasso e a Ocupação é extraordinário. Ela também desdenhava do mercado da

MORTE NA CORNUALHA

arte, especialmente dos chamados colecionadores que adquiriam obras estritamente para fins de investimento e as trancavam em lugares como o Porto Franco de Genebra.

Eles tinham chegado ao fim da Allee Centrale. O trânsito da noite contornava a Place de la Concorde. Eles viraram à direita e foram na direção da Jeu de Paume.

— Cenário do maior roubo de arte da história — disse Naomi Wallach. — Dezenas de milhares de obras que agora valem bilhões incontáveis de dólares. Mas é importante lembrar, *monsieur* Allon, que os nazistas não foram os únicos criminosos. Eles tiveram cúmplices voluntários, homens que tiraram vantagem da situação para forrar os bolsos ou adornar as paredes. Aqueles que continuam em posse de quadros que sabem que foram saqueados também são culpados. São cúmplices de um crime em andamento. Charlotte Blake compartilhava da minha opinião. Era por isso que estava disposta a aceitar o caso de Emanuel Cohen.

— E quando você ficou sabendo que ela foi morta?

— Fiquei chocada, claro, assim como o dr. Cohen.

— Eu gostaria de dar uma palavrinha com ele.

— Imagino que sim. Mas, infelizmente, não é possível.

— Por quê?

— Porque ontem à noite, enquanto estava voltando a pé para seu apartamento em Montmartre, o dr. Emanuel Cohen caiu pelos degraus da rue Chappe e morreu. A polícia parece achar que, de alguma forma, ele escorregou. — A mão de Naomi Wallach tremia enquanto ela acendia mais um cigarro. — Talvez não tenha sido um acidente, afinal.

10

RUE CHAPPE

A morte do dr. Emanuel Cohen, um viúvo sem filhos, não foi registrada pela imprensa parisiense. Naomi Wallach tinha ficado sabendo da notícia naquela manhã por uma amiga no Centro Weinberg e não tinha certeza dos detalhes, incluindo a localização precisa de onde Cohen caíra. Gabriel, depois de jogar conversa fora com o garçom do Café Chappe por alguns minutos, descobriu que o incidente havia acontecido no topo da famosa escadaria perto da basílica. O garçom, que se chamava Henri, tinha dado de cara com a cena quando voltava de seu turno para casa.

— O que você viu?

— Alguns policiais e paramédicos de cabeça baixa, olhando um corpo.

— Tem certeza de que ele estava morto?

— *Oui*. Nesse ponto, ele já estava coberto.

— Onde ele estava?

— No primeiro patamar. Perto do poste de luz.

Na sua ponta sul, onde ficava localizado o café, a rue Chappe era uma rua típica de Montmartre: estreita, de paralelepípedos e ladeada por pequenos prédios residenciais. A escadaria começava na rue André Barsacq. Havia dois lances separados, cada um com um par de patamares e um corrimão de ferro no centro. O segundo lance, mais perto da Sacré Couer, era o levemente mais íngreme dos dois. Gabriel parou no patamar mais alto e se agachou, examinando os paralelepípedos à luz inadequada do poste de rua. Se houvera sangue na noite passada, agora não havia mais. Nem tinha nada que indicasse uma investigação criminal da questão.

Levantando-se, Gabriel subiu até o topo da escadaria. À direita havia um pequeno café e, para além do café, a estação superior do funicular de Montmartre. Um grupo de turistas olhava os domos iluminados da Sacré Couer. Duas jovens estavam analisando as bolsas de luxo falsificadas dispostas numa lona aos pés de um imigrante africano.

Gabriel se virou e olhou escadaria abaixo para a rue Chappe. Algo o fez colocar a mão no poste gelado. Uma queda, até mesmo pequena, sem dúvida resultaria em ferimentos sérios. Ainda assim, a maioria dos pedestres conseguia fazer a subida sem problemas, em especial parisienses que tinham morado a vida toda na cidade e residentes de Montmartre como o dr. Emanuel Cohen.

Gabriel se afastou do topo da escadaria e olhou pela rua nas duas direções. Não havia câmeras de vigilância à vista, nada para registrar como Cohen podia ter perdido o equilíbrio. Se houvesse uma testemunha ocular, ele sem dúvida teria contado à polícia o que observara. Exceto, é evidente, se a testemunha estivesse envolvida em crime leve no momento do incidente e, portanto, houvesse escolhido ficar em silêncio.

Gabriel foi até o vendedor ambulante africano, uma figura de altura imponente, magro como varapau, com olhos cansados em um rosto nobre. Eles trocaram cortesias em francês. Então, Gabriel perguntou ao africano se ele estava vendendo seus produtos nesse local na noite anterior.

Os olhos cansados ficaram desconfiados.

— Por que a pergunta?

— Um amigo meu caiu na rue Chappe. Eu estava me perguntando se você estava aqui quando aconteceu.

— *Oui*. Eu estava aqui.

DANIEL SILVA

— Você viu alguma coisa?

— Você é policial?

— Eu pareço policial?

O africano alto não disse nada. Gabriel baixou os olhos para as bolsas falsificadas aos pés do homem.

— Quanto custa essa?

— A Prada?

— Se você diz.

— Cem euros.

— A da minha mulher me custou cinco mil.

— Você devia ter comprado comigo.

— E se em vez disso eu te der duzentos euros?

— Duzentos euros, então.

Gabriel entregou o dinheiro. O africano o enfiou no bolso do casaco puído e foi pegar a bolsa.

— Não precisa — disse Gabriel. — Só me conta como o meu amigo caiu.

— Ele recebeu uma ligação quando chegou no topo da escadaria. Foi aí que o cara empurrou ele. — O africano apontou para um dos telescópios que funcionavam com moedas do outro lado da rua. — Ele ficou parado bem ali por vários minutos antes de o seu amigo chegar.

— Você conseguiu dar uma olhada nele?

— *Non*. Ele ficou de costas o tempo todo.

— E tem certeza de que não foi acidente?

— Mão esquerda, bem no meio do peito. Lá foi ele escada abaixo. Nunca teve chance.

— O que aconteceu com o homem que empurrou? — Sem receber resposta, Gabriel olhou o inventário do africano. — Que tal eu comprar outra bolsa?

— A Vuitton?

— Por que não?

— Quanto você quer me dar por ela?

— Eu não gosto muito de negociar comigo mesmo.

66

— Cento e cinquenta?

Gabriel entregou trezentos euros.

— Continue falando.

— Outro cara parou do lado dele de moto, e ele subiu atrás. Foi tudo bem profissional, se quer minha opinião.

— E você, claro, contou para a polícia tudo o que tinha visto.

— *Non*. Fui embora antes de eles chegarem.

— Você pelo menos tentou ajudar meu amigo?

— Claro. Mas era óbvio que ele estava morto.

— Onde estava o celular dele?

— Do lado dele no degrau.

— Imagino que você tenha pegado enquanto estava indo embora.

O africano hesitou, aí fez que sim.

— Perdão, *monsieur*. Esses celulares valem muito dinheiro.

— Cadê ele agora?

— Tem certeza de que você não é policial?

— Quando foi a última vez que um policial te pagou quinhentos euros por duas bolsas falsificadas?

— Eu dei o celular para o Papa.

— Ótimo — disse Gabriel. — Quem é Papa?

Enquanto carregava seu inventário em sacos plásticos de lixo, o vendedor ambulante se apresentou como Amadou Kamara e explicou que era do Senegal, a instável ex-colônia francesa da costa oeste da África onde o desemprego e a corrupção pública eram endêmicos. Pai de quatro filhos, concluiu que, para a família sobreviver, ele não tinha escolha exceto ir para a Europa. Tentou a típica rota norte senegalesa, um barco de pesca superlotado com destino às Ilhas Canárias da Espanha, e quase se afogou quando a embarcação virou nas traiçoeiras águas que banham o Saara Ocidental. Depois de emergir na praia, caminhou até a costa mediterrânea do Marrocos, uma jornada de mais de seiscentos quilômetros, e conseguiu chegar à Espanha num bote inflável com doze

DANIEL SILVA

outros homens. Fez trabalhos agrícolas extenuantes sob o sol escaldante da Espanha — pelos quais chegava a receber apenas cinco euros por dia —, depois se mudou para a Catalunha e passou a vender bens falsificados nas ruas de Barcelona. Depois de um probleminha com a polícia espanhola, seguiu para Paris e foi trabalhar para Papa Diallo.

— O distribuidor local de Prada e Louis Vuitton?

— E de muitas outras marcas de luxo também. As bolsas são manufaturadas na China e contrabandeadas para a Europa em navios porta-contêineres. Papa é o maior *player* do mercado de Paris. Ele também é do Senegal — respondeu Amadou Kamara.

— No que mais Papa está envolvido?

— No de sempre.

— iPhones roubados?

— *Mais bien sûr.*

Eles estavam caminhando pela rue Muller, uma rua escura e nada convidativa, raramente atravessada por visitantes estranhos ao 18º *arrondissement*. O destino deles era um bairro de imigrantes conhecido como Goutte d'Or. Gabriel estava carregando um dos sacos plásticos cheio de contrabando, um cúmplice no crime. Não pela primeira vez, ele se perguntou como sua vida chegou a esse ponto.

— E qual é sua história? — perguntou Amadou Kamara.

— É tão insignificante comparada à sua que não vou te entediar com os detalhes.

— Pelo menos, me fale seu nome.

— Francesco.

— Você não é francês.

— Italiano.

— Por que você fala francês tão bem?

— Vejo muitos filmes franceses.

— Que tipo de trabalho você faz, *monsieur* Francesco?

— Eu limpo pinturas antigas.

— E esse tipo de coisa dá dinheiro?

— Depende da pintura.

— Minha filha gosta de desenhar. O nome dela é Alina. A gente não se vê há quatro anos.

— Não conte para Papa sobre os quinhentos euros que eu te dei. Mande para sua família em vez disso.

O Goutte d'Or, também conhecido como Pequena África, ficava a leste do Boulevard Barbès. Suas ruas densamente povoadas estavam entre as mais vibrantes de Paris, especialmente a rue Dejean, a movimentada feira livre do bairro. Gabriel e Amadou Kamara costuraram entre as multidões do começo de noite, um par disforme, para dizer o mínimo.

Havia mais mercados na rue des Poissoniers e um café chamado Le Morzine. Suas vitrines eram obscurecidas por anúncios da loteria e pôsteres de times esportivos africanos. Papa Diallo estava recebendo seus súditos numa mesa lá dentro, cercado por vários comparsas. Tinha bíceps do tamanho de caldeirões. Sua careca esférica parecia estar montada diretamente sobre o torso.

Buscaram uma cadeira de uma mesa vizinha, e Gabriel foi convidado a sentar. Amadou Kamara explicou a situação num dialeto senegalês. Após a conclusão de seu discurso, Papa Diallo mostrou duas fileiras de dentes brancos.

Em francês, perguntou:

— Por que você quer tanto esse celular?

— Era do meu amigo.

— Você é policial?

— Amadou e eu já falamos desse assunto.

Os dois homens trocaram um olhar. Então, Papa fez um gesto de cabeça para um de seus comparsas, que colocou o celular na mesa. Era um iPhone. A tela tinha sobrevivido intacta à colisão com os degraus da rue Chappe.

— Chip original? — perguntou Gabriel.

Papa Diallo fez que sim.

— Consigo duzentos na rua. Mas, para você, vou fazer um preço especial.

— Quanto?

— Mil euros.

— Não parece muito justo.

— A vida também não é, *monsieur.*

Gabriel olhou para Amadou Kamara, que não via a filha havia quatro anos. Aí abriu sua carteira e olhou lá dentro. Tinha vinte euros para chamar de seus.

— Preciso achar um caixa eletrônico — disse ele.

Papa Diallo abriu um sorriso luminoso.

— Eu espero.

11

QUEEN'S GATE TERRACE

Quando Gabriel saiu do café com o celular de Emanuel Cohen no bolso, já era tarde para pegar o último Eurostar de volta a Londres, então dormiu algumas horas num hotel tenebroso perto da Gare du Nord e embarcou no primeiro trem da manhã. Telefonou para Sarah Bancroft enquanto se aproximava da estação de St. Pancras. Quando ela enfim atendeu, sua voz estava pesada de sono.

— Você sabe que dia é hoje?

— Acredito que seja sábado. Um minuto, vou checar.

— Babaca — sussurrou ela, e desligou.

Gabriel ligou de novo.

— O que foi agora? — perguntou ela.

— Preciso do objeto de metal que pesa aproximadamente novecentos gramas que deixei ontem à tarde na sua galeria.

— A Beretta nove milímetros?

— Isso, essa mesma.

— Está descansando na minha mesa de cabeceira.

— Tudo bem se eu passar aí pra pegar?

— Desde quando você pede permissão antes de entrar no meu humilde lar?

— É meu novo eu.

— Gostava bastante do seu eu antigo.

DANIEL SILVA

O trem de Gabriel chegou às 8h30. Ele foi de metrô de King's Cross até a Gloucester Road, então, caminhou até o duplex de Sarah em Queen's Gate Terrace. Ela estava tomando café na ilha da cozinha, vestindo uma calça jeans *stretch* e um moletom de Harvard. Seu cabelo loiro estava preso num coque alto desgrenhado. O estado de seus olhos azuis indicava uma noite longa.

— Concordei estupidamente em jantar com Julian e Oliver — explicou ela, massageando a têmpora direita.

— Por quê?

— Porque era sexta e eu não queria passar a noite buscando alguma coisa pra ver na Netflix.

— Cadê seu marido?

— Desapareceu para partes desconhecidas. Não ouço falar dele há dias. — Ela baixou os olhos para a Beretta, que estava apoiada na bancada. — A maioria dos homens traz flores ao visitar uma mulher. Mas não Gabriel Allon.

Ele deslizou a arma para a cintura da calça, na altura da lombar.

— Está se sentindo melhor?

— Muito.

Sarah deu um bocejo exagerado, aí perguntou:

— Como foi Paris?

— Bem interessante. Mas, se eu soubesse dos seus planos para o jantar, teria levado você comigo.

— Espero que tenha me trazido algo caro.

Gabriel colocou o iPhone na bancada.

— Como você não usa um aparelho Apple, imagino que não seja seu — disse ela.

— Pertencia a um médico parisiense chamado Emanuel Cohen.

— Pertencia?

— O dr. Cohen caiu da escadaria da rue Chappe em Montmartre duas noites atrás. A polícia francesa acredita que tenha sido um acidente, o que não foi.

— Quem disse?

— Amadou Kamara. Ele vende bolsas falsificadas nas ruas de Paris para Papa Diallo. Amadou viu alguém empurrar o dr. Cohen pela escada.

— Como você conseguiu o celular dele?

— Comprei de Papa Diallo. Ele fez um preço especial pra mim. Mil euros. Isso, além dos quinhentos que dei a Amadou por duas bolsas falsificadas.

— Que esperto, você. — Sarah tomou um pouco de seu café. — Com certeza tem uma explicação perfeitamente razoável pra tudo isso.

— *Retrato sem título de uma mulher no estilo surrealista*, óleo sobre tela, 94 por 66 centímetros.

— Picasso?

Gabriel fez que sim.

— Tem vários retratos sem título, se bem me lembro.

— Correto. E um deles pertence ao avô de Cohen, um homem chamado Bernard Lévy. Ele o confiou ingenuamente ao advogado durante a Ocupação.

— E o advogado sem dúvida o vendeu.

— Mas é claro.

— Devo supor que o dr. Cohen estava procurando esse quadro no momento de sua morte?

— Na verdade, ele estava convencido de que o tinha achado.

— Onde?

— Numa galeria de arte no Porto Franco de Genebra. Ele pediu para a principal historiadora com especialização no mercado de arte francês da época da guerra, uma mulher chamada Naomi Wallach, provar que era o Picasso do avô dele.

— Naomi Wallach não está trabalhando no Louvre agora?

— E foi por isso que ela disse a Cohen que não podia aceitar o caso. Mas sugeriu uma alternativa.

— Não Charlotte Blake, né?

Gabriel fez que sim com a cabeça.

DANIEL SILVA

— Mas ela foi assassinada pelo Picador.

— Ela foi assassinada com uma machadinha — disse Gabriel. — Se foi empunhada pelo Picador, não está claro. Aliás, há inconsistências com as mortes anteriores.

— Você acha que ela foi assassinada por causa do Picasso?

— Agora acho.

— Algum suspeito?

— Uma pessoa a ser investigada.

— O *marchand* de arte de Genebra?

Gabriel assentiu com a cabeça.

— E foi por isso que você pagou mil euros por um iPhone roubado.

— E quinhentos euros por duas bolsas falsas.

Sarah esfregou os olhos inchados.

— Tem razão. Eu devia mesmo ter ido com você a Paris.

Durante uma visita recente e totalmente não planejada a Tel Aviv, o antigo serviço de Gabriel dera para ele um novo notebook contendo a última versão do Proteus, o malware de hackeamento de celular mais formidável do mundo. Em geral, o Proteus atacava seu alvo remotamente, por meio da rede de celular de preferência do dono. Mas, como Gabriel estava com o celular-alvo em sua posse, foi tão simples quanto conectar o aparelho ao notebook. O Proteus instantaneamente controlou o sistema operacional do celular e, com um clique do *touchpad* de Gabriel, começou a exportar os dados armazenados em sua memória.

O processo levou vários minutos, deixando Sarah com tempo suficiente para desfazer os danos da saída insensata da noite anterior com Julian e Oliver Dimbleby. Quando ela voltou à cozinha, estava usando calça e um pulôver de *cashmere* pretos. Gabriel entregou a ela um pen drive, que ela inseriu em seu computador.

— Por onde devemos começar?

— Pelo fim — disse Gabriel, e abriu uma pasta com todas as ligações de voz que o aparelho tinha iniciado ou recebido.

A última entrada era uma chamada recebida, aquela atendida pelo dr. Cohen enquanto se aproximava do topo da rue Chappe.

— Talvez a gente devesse ligar para o número — sugeriu Sarah.

— De que adiantaria?

— O dono pode atender.

— E o que exatamente diríamos pra ele? Além do mais, quando foi a última vez que você atendeu a uma ligação de um número desconhecido?

— Ontem mesmo. Eu gosto de torturar a pessoa do outro lado.

— Você deve ter muito tempo livre.

— Eu administro uma galeria de arte de Velhos Mestres, querido.

Gabriel voltou sua atenção aos dados de geolocalização que o Proteus havia extraído do celular do dr. Cohen. Isso lhe permitiu rastrear cada movimento de Cohen, incluindo uma visita feita a Genebra seis meses antes de sua morte. Ele tinha viajado de Paris de trem, chegando à Gare Cornavin às 13h30. O trajeto de táxi até o Porto Franco de Genebra teve duração de dezesseis minutos. Ele fez um único telefonema no caminho.

— É um número de Genebra — disse Gabriel. — Aposto que foi para a galeria.

Ele copiou o número em seu mecanismo de busca e adicionou as palavras *arte* e *Genebra*. Houve mais de seis milhões de resultados, mas só os sete primeiros eram relevantes. Eram de uma galeria de arte baseada no Porto Franco, chamada Galerie Edmond Ricard SA.

— *Monsieur* Ricard é um grande *player* no Porto Franco — observou Sarah. — E escorregadio como uma enguia, ou pelo menos é o que dizem.

— Você nunca negociou com ele?

— Eu não. Mas a gente conhece alguém que provavelmente já.

— Ligue pra ele. Veja se está livre.

Sarah pegou seu celular e discou.

— Olá, Nicky. Sei que é sábado, mas queria saber se você tem um ou dois minutinhos livres… Um almoço com drinques no Claridge's? Que ideia maravilhosa. Que tal à uma hora?

DANIEL SILVA

Sarah desligou.

— Marcado — falou ela.

— Eu entendi isso.

Ela olhou o horário.

— Temos 2h30 pra matar antes do almoço. O que podemos fazer?

— Que tal uma boa e longa caminhada no Hyde Park? Vai fazer maravilhas pela sua ressaca.

— Sim — disse Sarah, se levantando. — Bem a tempo da próxima.

12

CLARIDGE'S

As primeiras gotas de chuva caíram enquanto eles estavam andando pela Rotten Row. Abrigaram-se no café do lago Serpentine Lido e tomaram chá enquanto as nuvens ficavam pretas e o chuvisco suave virava uma tempestade.

— Mais alguma ideia brilhante? — perguntou Sarah.

— Com certeza tem um intervalo ensolarado chegando.

— É a Inglaterra, querido. Não existem intervalos ensolarados no momento. Só melancolia infinita. — Ela mostrou o celular. — Você viu o *Telegraph* hoje de manhã? Sua velha amiga Samantha Cooke conseguiu um belo furo.

Gabriel tinha lido a reportagem durante o trajeto de trem de Paris. Dizia que o tesoureiro do Partido Conservador, o rico empresário internacional e investidor lorde Michael Radcliff, tinha aceitado pessoalmente uma contribuição política de um milhão de dólares, intensamente lavados, de um oligarca russo pró-Kremlin chamado Valentin Federov. Um memorando interno do partido obtido pelo *Telegraph* indicava que a primeira-ministra Hillary Edwards estava ciente da contribuição. A assessoria de imprensa de Downing Street, porém, tinha emitido uma negação rápida e cáustica da alegação, declarando que o lorde Radcliff era o único culpado pelo flagrante lapso de julgamento.

DANIEL SILVA

— Você acha que a coitada da Hillary vai conseguir sobreviver? — perguntou Sarah.

— Não na condição atual dela. Está enfraquecida demais pra lutar contra a oposição.

— Mas como o lorde Radcliff pode ter sido ingênuo a ponto de aceitar uma contribuição de um oligarca russo em meio à guerra na Ucrânia?

— Não é a primeira vez que os conservadores aceitam dinheiro de uma fonte estrangeira questionável. Nem de uma fonte russa, por sinal. O aparato de captação de recursos deles está uma zona há algum tempo.

— O partido inteiro está uma zona. O país também, infelizmente.

— Fica tranquila, o pior ainda está por vir.

— Lá se foi o novo você — disse Sarah.

Eles saíram do café às 12h30 e se dirigiram ao Claridge's. Nicholas Lovegrove, de terno escuro e camisa social com o colarinho aberto, ocupava um sofá de couro verde no famoso restaurante do hotel. Estava contemplando o rótulo de uma excelente garrafa de Montrachet, à qual já causara um prejuízo significativo.

O *maître* levou Sarah e Gabriel à mesa, e Lovegrove se levantou para cumprimentá-los. Não conseguiu esconder a decepção por não almoçar sozinho com uma das mulheres mais sedutoras e misteriosas do mundo da arte. Ainda assim, ficou obviamente intrigado com a presença de Gabriel.

— Allon — falou alto, fazendo com que as pessoas de uma mesa próxima virassem a cabeça. — Que surpresa inesperada.

Os três sentaram, e o garçom encheu as taças com o Montrachet. Lovegrove pediu mais uma garrafa, mas Sarah também quis um *bloody mary* Belvedere.

— Gostei de ver — comentou Lovegrove.

— Jantar com Oliver e Julian ontem à noite — explicou ela.

— Fiquei sabendo. — Lovegrove se virou para Gabriel e o considerou com cautela por um momento. — Vamos discutir a exposição

MORTE NA CORNUALHA

mais recente do Tate Modern ou tenho permissão de interrogar você em detalhes sobre sua carreira impressionante?

— Estou mais interessado na sua, Nicky.

— Infelizmente, os negócios de um conselheiro de arte são mais secretos que os de um espião profissional. Meus clientes exigem discrição absoluta, e nunca traí nem um deles.

Mas Nicholas Lovegrove, um dos mais procurados consultores do mundo da arte, também fazia exigências a seus clientes, entre as quais uma porcentagem de todas as transações, fossem vendas ou aquisições. Em troca, garantia a autenticidade das obras em questão e, com frequência, suas perspectivas de uma revenda lucrativa. Também servia como intermediário entre vendedor e comprador, garantindo que um nunca soubesse a identidade do outro. E se por acaso representasse os dois lados de uma venda, Lovegrove podia esperar uma comissão em dobro. Não era incomum que ele ganhasse mais de um milhão de dólares numa única transação — ou oito dígitos, se a peça fosse algo estratosférico. Era, como dizia aquele jazz, um bom trabalho para quem o conseguia.

— Não tenho interesse em nenhum dos seus clientes — disse Gabriel. — Só queria pedir sua opinião sobre um *marchand*.

— Nunca conheci um que fosse honesto. — Lovegrove sorriu para Sarah. — Com a exceção da presente companhia, claro. Mas qual é o nome do patife?

— Edmond Ricard. A galeria dele fica dentro do Porto…

— Eu sei onde fica, Allon.

— Já foi lá, então?

Lovegrove demorou para responder.

— Qual a natureza desse seu interrogatório?

— É uma pergunta bem difícil de responder, pra falar a verdade.

— Tente.

— Envolve um Picasso.

— Belo começo. Por favor, continue.

— Um Picasso que pertencia a um empresário francês assassinado no Holocausto.

79

— Um caso de restituição?

— Mais ou menos.

— O que significa que tem *mais* coisa na história.

Gabriel suspirou. As negociações tinham começado.

— Diga seu preço, Nicky.

— O Gentileschi.

— Eu faço se você me pagar cinco por cento do preço vencedor.

— Três por cento.

— Que roubo!

— Disso você entende.

— Tudo bem, Nicky, eu limpo seu Gentileschi por míseros três por cento do preço final de venda, mas vou insistir em revisar toda a documentação pra garantir que você não me roubou.

— Meu caro amigo… — murmurou Lovegrove.

— Em troca, você vai me contar tudo o que sabe sobre a Galerie Edmond Ricard.

— Sem divulgar a identidade de nenhum dos meus clientes.

— Combinado.

— Nem de nenhuma das obras que eles podem ter comprado ou vendido por meio dessa galeria.

— Feito.

— Nesse caso — disse Lovegrove, abrindo um grande sorriso —, negócio fechado.

O garçom colocou o *bloody mary* na frente de Sarah. Ela o levantou uma fração de centímetro na direção de Gabriel.

— Que esperto, você — falou, e bebeu.

O cliente tinha um nome chique hifenado que não refletia precisamente as circunstâncias de seu nascimento. Sua fortuna pessoal, porém, era esplêndida e aumentava a cada dia. Seu desejo era adquirir uma coleção de arte que conferisse sofisticação instantânea e, assim, lhe garantisse entrada nos níveis mais altos da sociedade britânica e continental. Com o estimado Nicholas Lovegrove supervisionando, ele encheu sua elegante mansão em Belgravia com uma variedade deslumbrante de quadros do pós-guerra e contemporâneos — já que pós-guerra e contemporâneos eram o forte de Lovegrove. O preço da maratona de compras que durou o ano inteiro foi de meros cem milhões de libras, dez dos quais fluíram direto para o bolso de Lovegrove.

— Que tipo de trabalho seu cliente faz?

— Vou pedir pra você consultar os termos do nosso acordo, Allon.

— Ah, vai, Nicky. Revela alguma coisinha.

— Basta dizer que ele sabe pouco sobre os quadros pendurados nas paredes dele, e menos ainda sobre os maus caminhos do mundo da arte. Eu escolhi as obras da coleção e cuidei das negociações. A única coisa que o cliente fez foi assinar os cheques.

E justamente por isso foi uma surpresa quando o cliente, do nada, pediu que Lovegrove o acompanhasse a Genebra para inspecionar um quadro sendo colocado à venda pela Galerie Ricard.

— O artista? — perguntou Gabriel.

— Digamos, hipoteticamente, que fosse Rothko. E digamos também que, depois de uma inspeção cuidadosa da tela e da proveniência, não tive dúvidas sobre sua autenticidade.

— A Galeria Ricard era proprietária dessa obra?

— Não, imagina. Ricard se intitula como *marchand*, mas, na verdade, é pouco mais que um corretor. Um intermediário, pura e simplesmente. O proprietário registrado era uma empresa chamada OOC Group Ltd.

— OOC? Tem certeza?

Lovegrove fez que sim.

— Evidentemente, OOC significa Oil on Canvas, óleo sobre tela. Imaginei que fosse algum tipo de empresa de fachada. Elas estão muitíssimo em voga, sabe?

— Qual era o preço pedido?

— O equivalente a 75 milhões de dólares.

— Parece um pouco alto.

DANIEL SILVA

— Também achei. Mas Ricard não cedeu e o cliente estava determinado, então assinou o acordo de venda e transferiu o dinheiro de sua conta no Barclays.

Nesse ponto, Lovegrove recebeu uma segunda notícia inesperada. Pelo jeito, seu cliente não tinha interesse em pendurar o Rothko em sua mansão em Belgravia. Em vez disso, desejava deixá-lo no Porto Franco de Genebra, aos cuidados de Edmond Ricard.

— Ele controla uma grande parte do espaço de armazenamento do Porto Franco. Por uma taxa razoável, concordou em guardar o quadro pelo tempo que meu cliente desejasse.

— Me parece que seu cliente nada sofisticado estava recebendo conselhos financeiros bem sofisticados de outra fonte.

— O pensamento passou pela minha mente, sim — disse Lovegrove. — Mas, na época, não questionei a decisão. Vários dos meus clientes guardam obras ali. É perfeitamente legal.

— E sua comissão na transação foi de perfeitos 7,5 milhões.

— Uma porção substancial dos quais eu entreguei à Autoridade Tributária e Aduaneira de Sua Majestade.

Meros seis meses depois, Lovegrove continuou, ele fez uma segunda visita à Galerie Ricard, dessa vez com um cliente que estava procurando um De Kooning.

— E adivinha o que vimos exposto de forma proeminente?

— O Rothko?

Lovegrove fez que sim.

— Tem certeza de que era o Rothko do seu cliente?

— Ah, sim. E estava sendo colocado à venda.

— Por quem?

— Não perguntei.

Mas Lovegrove levantou, sim, a questão com seu cliente ao voltar a Londres. E o cliente admitiu que tinha vendido o quadro a uma terceira parte, dentro da zona livre de impostos do porto, só dois meses depois da compra original.

— Uma rotatividade bem curta — comentou Gabriel.

— Não pelos padrões de hoje, especialmente no Porto Franco de Genebra. Mas com certeza suspeita. Mais importante, era uma violação do nosso acordo. Se ele de fato vendeu aquele quadro, me devia dez por cento do preço de venda.

— Seu cliente concordou em pagar?

— Imediatamente.

— Quanto?

— Ele me escreveu um cheque de 6,2 milhões de libras.

— O equivalente a 7,5 milhões de dólares — falou Gabriel. — O que significa que seu cliente vendeu o quadro exatamente pelo mesmo preço que pagou por ele.

— Pois é, de fato. A questão é: por que raios ele faria uma coisa dessas?

— Talvez você devesse perguntar pra ele.

— Não posso — disse Lovegrove. — Ele parou de trabalhar comigo no dia seguinte.

13

FONDAMENTA VENIER

A igreja de Santa Maria degli Angeli ficava na ponta oeste da Fondamenta Vernier, na ilha de Murano. Gabriel destrancou a porta e entrou com sua mala de mão. Como era domingo, o dia oficial de descanso na comunidade italiana de restauração, ele tinha a igreja só para si. O retábulo imponente de Il Pordenone estava aderido a uma armação de madeira construída especificamente para ele no centro da nave. Gabriel ligou um aquecedor elétrico e um par de luminárias com lâmpadas halógenas e inspecionou seu carrinho. Seus pincéis, pigmentos e solventes estavam como ele os deixara quatro dias antes, ou ao menos era o que parecia. Ele sabia muito bem que Adrianna Zinetti, a melhor limpadora de altares e estatuários em Veneza, regularmente mexia nas coisas dele, mesmo que só para provar que dava para fazer isso sem ser detectada.

Ele colocou a gravação de Christian Tetzlaff do concerto para violino de Brahms em seu tocador de CD portátil, um companheiro fiel durante inúmeras restaurações passadas, e permitiu que seus olhos vagassem por cima da tela. Graças a um período de trabalho ininterrupto antes de ir para Londres, ele havia removido quase toda a sujeira e o verniz antigo da superfície. Era possível que completasse a tarefa hoje, no mais tardar amanhã. Então, começaria a fase final da restauração, o retoque daquelas porções da pintura que tinham descascado ou desbotado com a idade. As perdas, embora consistentes com pinturas venezianas do século XVI, não eram catastróficas. Gabriel imaginava que não levaria mais de um mês para reparar o dano.

Faltava limpar apenas o canto superior esquerdo do retábulo. Gabriel se içou para cima da plataforma de seu andaime e enrolou um pedaço de algodão na ponta de uma haste de madeira. Então o molhou em seu solvente — uma mistura cuidadosamente calibrada de acetona, metil-proxitol e aguarrás mineral — e fez movimentos circulares delicados na superfície da tela. Cada rodilha era capaz de limpar alguns centímetros quadrados antes de ficar suja demais para ser usada. Aí Gabriel precisava montar outra. À noite, quando não estava revivendo momentos de pesadelo de seu passado, esfregava o verniz amarelado de uma tela do tamanho da Piazza San Marco.

Trabalhou num ritmo contínuo, pausando só uma vez para inserir um novo CD no tocador. Ao meio-dia a plataforma estava poluída com várias dezenas de chumaços de algodão sujos, os quais selou dentro de um frasco. Então, após trancar a porta da igreja ao sair, caminhou pela Fondamenta Venier até o Bar al Ponte. Segundos depois de sua chegada, um café e uma pequena taça de vinho branco — a que os venezianos se referiam como *un'ombra* — foram colocados à sua frente.

— Algo pra comer? — perguntou o barman, chamado Bartolomeo.

— Um *tramezzino*.

— Tomate e queijo?

— Ovo e atum.

O barman deslizou o sanduíche triangular para dentro de um saco de papel e o colocou no balcão. Gabriel entregou uma nota e indicou que não precisava de troco. Aí perguntou:

— Você conhece o Bar Cupido, Bartolomeo? A pizzaria nas Fondamente Nove?

— O que fica ao lado do ponto de *vaporetto*? Claro, *signore* Allon.

— Tem um camarada que trabalha lá. Acredito que se chame Gennaro.

— Conheço bem.

DANIEL SILVA

— Sério? Como ele é?

— O cara mais bacana do mundo. Todo mundo ama o Gennaro.

— Tem certeza de que estamos falando do mesmo Gennaro?

— Tem algum problema, *signore* Allon?

— Não — disse Gabriel ao pegar o saco de papel do bar. — Problema nenhum.

Ele comeu o *tramezzino* no caminho de volta à igreja e ouviu *La bohème* enquanto removia o resto da sujeira superficial e do verniz amarelado do retábulo. As janelas com vitral estavam escuras quando terminou. Ele registrou a condição real da pintura com sua Nikon, aí trancou a porta da igreja e caminhou até o ponto de *vaporetto* Museo. Dez minutos se passaram antes de um Número 4.1 aparecer. A embarcação o levou em direção ao sul pela *laguna*, passando por San Michele, até as Fondamente Nove.

Aproximando-se do Bar Cupido, ele viu Gennaro em seu posto atrás do balcão. Em geral, Gabriel frequentava o estabelecimento apenas de manhã, mas, numa noite gelada como aquela, o interior iluminado era quente e convidativo. Então entrou e, num italiano perfeito, fez seu pedido, um café e uma taça pequena de *grappa*, sinalizando assim que era veneziano, e não algum intruso. Cinco minutos depois, saiu de novo na direção da ponte Rialto, se perguntando por que o cara mais bacana do mundo, que todo mundo amava, aparentemente o desprezava. A resposta veio enquanto estava subindo as escadas de seu apartamento, atraído pelo cheiro da comida de sua esposa.

— Sim, claro — murmurou para si mesmo. Era a única explicação possível.

— Talvez eu devesse dar uma palavrinha com ele — disse Chiara.

— Com certeza ele amaria.

— O que você está sugerindo?

— Que Gennaro, o barman, tem segunda intenções com a minha esposa.

— Você obviamente estava ouvindo ópera enquanto trabalhava hoje. — Chiara serviu uma medida generosa de Barbaresco numa taça de vinho e a colocou na ilha da cozinha. — Beba isto, amor. Você vai se sentir melhor.

Gabriel se acomodou numa banqueta e girou o vinho.

— Vou me sentir melhor quando me disser que estou errado sobre você e seu amigo do Bar Cupido.

— É só uma paixonite inofensiva, Gabriel.

— Eu sabia — murmurou ele.

— Tenho idade pra ser mãe dele, pelo amor de Deus.

— E eu tenho idade… — Ele não terminou o pensamento, era deprimente demais. — Há quanto tempo isso está acontecendo?

— *O que* está acontecendo?

— Seu caso com Gennaro, o barman.

— Sabe, você devia mesmo usar máscara quando mexe com solventes. É óbvio que os vapores danificaram terrivelmente seus neurônios.

Chiara tirou a tampa da caçarola de aço inox que descansava no fogão. O aroma do rico ragu de pato temperado com folhas de louro e sálvia, de dar água na boca, encheu a cozinha. Ela provou o prato e adicionou uma pitada de sal.

— Talvez eu também devesse provar — sugeriu Gabriel.

— Só se prometer nunca mais falar do assunto do barman.

— Já acabou tudo entre vocês dois?

Chiara colocou uma colher do ragu num *crostino* e comeu devagar, com uma expressão de prazer.

— Tá bom — disse Gabriel. — Eu me rendo.

— Diga — insistiu Chiara.

— Nunca mais vou mencionar o nome do Gennaro.

— Quem é Gennaro? — quis saber Irene, entrando na cozinha.

— Ele trabalha no Bar Cupido, nas Fondamente Nove — respondeu Gabriel. — Sua mãe está tendo um caso tórrido com ele.

— O que significa tórrido?

— Ardente e apaixonado. Queimando de calor.

DANIEL SILVA

— Parece doloroso.

— Pode ser, sim.

Chiara preparou mais um *crostino* cheio de ragu e fez questão de entregar a Irene. A menina estava usando um pulôver do World Wildlife Fund que Gabriel nunca tinha visto antes.

— Onde você arrumou isso? — perguntou ele, com um puxão na manga.

— A gente adotou um tigre.

— Ele vai ficar no seu quarto ou no do Raphael?

— É uma adoção simbólica — disse Irene, revirando os olhos. — O tigre continua na natureza.

— Que alívio. Mas desde quando você virou ativista dos direitos dos animais além de extremista ambiental?

— Você sabe quantas espécies estão ameaçadas por causa das mudanças climáticas?

— Não faço a menor ideia. Mas com certeza você vai me contar.

— Mais de quarenta mil. E, a cada grau de aquecimento, o problema só vai piorar. — Irene subiu no colo de Gabriel. — Como foi sua viagem pra Paris?

— Quem te disse que eu fui pra Paris?

— A mamãe, bobo.

— Mas eu nunca contei pra ela.

— Eu vi as cobranças dos seus bilhetes de trem e do hotel no seu cartão de crédito — explicou Chiara. — Também notei um saque bem grande de um caixa eletrônico no 18º *arrondissement*, o que pareceu estranho. Afinal, você tinha bastante dinheiro na carteira quando fui embora de Londres. Quase mil euros, aliás.

Gabriel tirou o *crostino* coberto de ragu da mão da filha e o devorou antes que ela pudesse se opor.

— Paris foi interessante — disse ele. — Fui lá pra ver uma pessoa chamada Naomi Wallach. Ela trabalha no Louvre.

Chiara pegou o celular e digitou. Em seguida, entregou o aparelho para Irene.

— Ela é muito bonita — comentou a menina.

— Todas as amigas do seu pai são bonitas. E todas o idolatram. — Chiara recuperou o celular. — Diga para o seu irmão que o jantar vai ficar pronto em dez minutos.

— Eu quero ficar aqui.

— Preciso dar uma palavra em particular com o seu pai.

— Sobre o Gennaro, o barman?

Chiara apertou o nariz da menina entre o polegar e o indicador.

— Irene, por favor.

— Estou muito tórrida — disse ela, e saiu da cozinha fazendo bico.

Chiara jogou um punhado de massa *bigoli* numa panela cheia de água fervente e mexeu.

— Você sabe que é incorrigível, né?

— Olha quem fala.

Chiara pegou o celular de novo.

— É engraçado, mas ela tem cara de Naomi.

— Como é a cara de alguém que se chama Naomi?

— A cara de uma historiadora linda que está tentando expurgar as obras saqueadas do Louvre. — Chiara deixou o telefone de lado. — Mas por que você foi atrás dela em Paris? E, melhor ainda, por que sacou mil euros de um caixa eletrônico no 18º?

— Porque você tinha razão sobre o assassinato da professora Blake.

— Claro que eu tinha, meu amor. — Chiara sorriu. — Quando eu estive errada sobre alguma coisa?

14

SAN POLO

— Quanto você vai ganhar pelo Gentileschi de Nicky?
— Mal vai ser suficiente pra cobrir o custo dos meus solventes e do algodão.

— Seu trabalho vai ser efetivamente *pro bono*, então?

— Sim — disse Gabriel. — Como meu trabalho pra você.

Após lidar com a louça e supervisionar o banho das crianças, eles foram para a *loggia* que dava vista para o Grand Canal. A garrafa de Barbaresco estava na mesa à frente deles. Um aquecedor externo a gás, comprado apesar das objeções lacrimosas de Irene, cortava o ar frio. Gabriel não usava casaco, só um pulôver de lã com zíper. Chiara estava embrulhada num edredom de plumas acolchoado.

— E pensar que nada disso teria acontecido se você não tivesse ido à cerimônia na Courtauld.

— Nisso você está errada.

— Eu? Impossível.

— Charlotte Blake ainda estaria morta, independentemente de eu mostrar a cara na Courtauld. E Emanuel Cohen também.

— Eu estava me referindo ao seu envolvimento pessoal nessa questão — disse Chiara. — Portanto, não estava errada de forma alguma. E me ressinto da sugestão de que eu estava.

— Será que um dia você consegue me perdoar?

— Isso depende de a Irene contar ou não para a professora e os amigos dela sobre meu caso tórrido com Gennaro, o barman.

— Então, afinal, você admite?

— Sim — respondeu ela. — Ando cuidando das suas necessidades sexuais ilimitadas e das dele também. E, no tempo livre, administro a firma de restauração mais proeminente do Vêneto e crio dois filhos, pra não mencionar um tigre. — Ela colocou o resto do vinho na taça de Gabriel. — Mas voltando à questão.

— Minhas necessidades sexuais ilimitadas?

— Sua última investigação.

— Provavelmente eu devia contar tudo o que sei às polícias britânica e francesa.

— Com todo o respeito, meu amor, você *sabe* pouquíssima coisa. Aliás, não consegue nem provar que Emanuel Cohen foi assassinado.

— Tenho uma testemunha.

— O vendedor de bolsas falsificadas senegalês?

— Ele tem nome, Chiara.

— Claro, não quis desrespeitar. Só estava apontando que seu amigo Amadou Kamara não é lá muito confiável.

— Que motivo ele poderia ter pra me enganar?

— Quinhentos euros.

— Você acha que ele inventou a história?

— Ela parecia melhorar cada vez que você dava dinheiro pra ele.

Gabriel admirou a vista do Grand Canal a partir de sua *loggia*.

— Ele precisa mais do que eu.

— Você está começando a parecer sua filha.

— Ela também é ativista pelos direitos dos imigrantes?

— Ela fica perturbada pela forma como muitos venezianos se referem a vendedores ambulantes africanos, e a mãe dela também. Eu os vejo todo dia em San Marco com seus cobertores e suas bolsas, os condenados da terra. A forma como a polícia os persegue é uma desgraça.

— E os vendedores ou fabricantes dos bens de luxo verdadeiros? Não têm direitos?

DANIEL SILVA

— Concordo que as pilhas de bolsas falsificadas nas nossas ruas são uma visão desagradável e que os vendedores estão cometendo um crime e prejudicando os lucros de corporações fabulosamente ricas. Mas é uma vida que ninguém desejaria. Gente como Amadou Kamara vende bolsas falsas por ser desesperadamente pobre.

— O que não faz com que a história dele seja menos crível. Ele viu o que viu.

— Um assassinato cometido de modo a parecer um acidente?

Gabriel fez que sim.

— Quem você imagina que tenha contratado os assassinos?

— Alguém com muitíssimo a perder se aquele Picasso um dia fosse descoberto dentro do Porto Franco de Genebra.

— Quanto ele vale?

— Cem milhões, mais ou menos.

Chiara pensou no assunto.

— Cem milhões não é dinheiro suficiente para justificar dois assassinatos profissionais. Tem que ter mais coisa aí do que só um quadro.

— Mais motivo ainda pra procurar a polícia.

— Uma ideia terrível.

— O que você sugeriria?

— Terminar a restauração do Pordenone.

— E depois?

— Encontrar o Picasso, claro.

— No Porto Franco de Genebra? — perguntou Gabriel. — Um dos armazéns de arte e de outros objetos de valor com a segurança mais pesada do mundo? Por que não pensei nisso antes?

— Não estou falando pra você invadir o Porto Franco e ir de cofre em cofre. Sua única escolha é fazer negócio com esse tal de Ricard. Não pessoalmente, claro. Você é famoso demais pra isso agora. Vai precisar de um intermediário.

— Um colecionador?

Chiara fez que sim.

92

— Mas não dá pra inventar um do nada. Ricard é astuto demais pra isso. Você vai precisar de uma pessoa real. Alguém com uma fortuna considerável e, preferencialmente, um cheirinho de escândalo no passado dela.

— Dela?

Chiara permitiu que um momento se passasse antes de responder:

— Não me obrigue a falar o nome daquela mulher em voz alta. Já tive aborrecimento demais por uma noite.

— O que te faz pensar que ela vai topar?

— O fato de ainda ser loucamente apaixonada por você.

Ela era perfeita, lógico. Era incrivelmente rica, uma celebridade internacional e guardiã de uma substancial coleção de quadros que pertencera a seu desonrado pai. Ainda assim, Gabriel não conseguia se livrar do medo insistente de que a esposa estivesse tentando se livrar dele por uns dias.

— Isso não tem nada a ver com…

— Eu não terminaria essa frase se fosse você.

Ele decidiu que era melhor mudar de assunto.

— Ela vai comprar ou vender?

— Sua namorada? Vender, imagino.

— Também achei. Mas isso quer dizer que ela vai precisar de quadros.

— Quadros sujos — disse Chiara. — Quanto mais sujos, melhor.

— Quantos?

— O suficiente pra chamar atenção.

Gabriel fingiu que estava pensando.

— Seis parece bom.

— Valor de mercado estimado?

— Que tal cem milhões?

— Não é tão bom quanto duzentos — respondeu Chiara. — Ou 250, na verdade.

— Nesse caso, vou precisar de alguns pesos-pesados.

— O que você tem em mente?

DANIEL SILVA

— Um Modigliani seria bom. — Gabriel deu de ombros. — Talvez um Van Gogh.

— Que tal um Renoir?

— Por que não?

— Cézanne?

— Uma bela ideia.

— Você provavelmente também devia dar um Monet pra sua namorada. Nada melhor que um Monet pra chamar a atenção.

— Especialmente um Monet com uma proveniência obscura.

— Sim — concordou Chiara. — Quanto mais obscura, melhor.

Nos próximos dez dias, Gabriel foi o primeiro membro da equipe de restauração a chegar na igreja de manhã cedo e o último a ir embora. Em geral, ele se permitia dois breves *intermezzi* e os fazia no Bar al Ponte. Numa quarta-feira de ventania, Bartolomeo, inesperadamente, levantou o assunto de Gennaro Castelli, o tão querido funcionário do balcão do Bar Cupido.

— Ele quer saber por que você não anda passando lá. Está preocupado que esteja bravo com ele.

— Por que eu estaria bravo com um barman?

— Ele não entrou em detalhes.

— E, de todo modo — disse Gabriel —, como ele sabe quem eu sou? Nunca falei meu nome.

— Veneza é uma cidade pequena, *signore* Allon. Todo mundo sabe quem você é. — Bartolomeo indicou uma travessa de *tramezzini*. — Tomate e queijo ou atum e ovo?

Gabriel voltou à igreja e descobriu que Adrianna Zinetti tinha rearrumado seu carrinho de trabalho e roubado sua cópia do quarteto de cordas "A morte e a donzela", de Schubert, uma peça que ela detestava. Ela entregou o CD de volta naquela noite, no trajeto de *vaporetto* de Murano às Fondamente Nove. Quando passaram pelo Bar Cupido, ela sorriu para Gennaro Castelli pela janela.

— Amigo seu? — perguntou Gabriel.

— Eu bem que queria. Ele é uma delícia.

— O *signore* Delícia tem uma queda pela minha esposa.

— Sim, eu sei. Ele me contou.

— E você, claro, contou para a Chiara.

— Talvez — admitiu Adrianna. — Ela achou bem divertido.

— Quais são as intenções do jovem Gennaro?

— Inocentes, com certeza. Ele tem pavor de você.

— É pra ter mesmo.

— Ah, sério, Gabriel. Ele é o cara mais bacana do mundo.

Gabriel levou Adrianna até a porta do prédio dela em Cannaregio, então, caminhou até a Rialto e pegou um Número 2 até San Tomà. No jantar daquela noite, Chiara não mencionou o nome de seu admirador indiscreto do Bar Cupido, apesar da mensagem de desculpas que sem dúvida recebeu de Adrianna minutos antes da chegada de Gabriel. Em vez disso, ela pediu um relatório do progresso do retábulo e, satisfeita com a atualização de Gabriel, sugeriu que ele levasse Raphael à aula de matemática na tarde seguinte.

— Estou bem ocupado no momento.

— Você já quase terminou, Gabriel. Além do mais, penso que vai achar interessante.

A aula acontecia numa sala de estudos da universidade, onde o tutor de Raphael era aluno de pós-graduação. Gabriel ficou sentado no corredor com Irene, ouvindo o murmúrio das vozes lá dentro. Seu filho, que já dominava álgebra e geometria básicas, agora estava lidando com conceitos inferenciais e dedutivos mais avançados. Apesar de Gabriel entender pouco do material, era óbvio que tinha de algum modo criado um gênio. Seu orgulho era moderado pelo conhecimento de que mentes como a de Raphael eram mais propensas a transtornos e perturbações. Ele já se preocupava com o isolamento profundo do filho. Os pensamentos dele sempre pareciam estar em outro lugar.

Durante a caminhada de volta para casa, o garoto recusou o convite de Gabriel para debater o que tinha aprendido naquela tarde. Irene andava a alguns passos à frente deles, parando de vez em quando para pular numa poça.

— Por que ela está fazendo isso? — perguntou Raphael.

— Porque ela tem oito anos.

— É um número composto, sabia?

— Não sabia, não.

— E também é uma potência de dois.

— Vou ter que acreditar na sua palavra. — Eles atravessaram o rio de la Frescada atrás de Irene. — Você gosta, Raffi?

— Gosto do quê?

— De matemática.

— Sou bom nisso.

— Não foi o que eu perguntei.

— Você gosta de restaurar pinturas?

— Sim, claro.

— Por quê?

— Você não entenderia.

— O que é um inverso aditivo? — Raphael levantou os olhos dos paralelepípedos da Calle del Campanile e sorriu. O menino tinha sido amaldiçoado com o rosto e os olhos cor de jade de Gabriel. — Por que você está me fazendo essas perguntas?

— Porque quero ter certeza de que você está feliz. E estava me perguntando se você se interessaria em estudar algo fora matemática.

— Tipo pintura? — perguntou o menino, fazendo que não com a cabeça.

— Por que não?

— Porque nunca vou conseguir pintar como você.

— Eu achava a mesma coisa quando tinha sua idade. Tinha certeza de que nunca seria tão bom quanto minha mãe e meu avô.

— E você era?

— Nunca tive a chance de descobrir.

— Por que você não tenta de novo?

MORTE NA CORNUALHA

— Sou velho demais, Raffi. Meu tempo já passou. Agora sou apenas um restaurador.

— Um dos melhores do mundo — falou o menino, e correu atrás da irmã pelo Campo San Tomà.

Quando necessário, Gabriel era um dos restauradores de arte mais rápidos do mundo também. Ele terminou o retoque do Pordenone em cinco sessões longas, depois o cobriu com uma camada nova de verniz. Chiara foi à igreja dois dias depois para supervisionar a volta da enorme tela à sua moldura de mármore acima do altar-mor. Gabriel, porém, não estava presente; estava num trem atravessando os Alpes italianos em direção ao norte. Esperou até ter cruzado a fronteira da Áustria antes de telefonar para a violinista mais famosa do mundo.

— Você finalmente caiu em si? — perguntou ela.

— Não — respondeu ele. — Pelo contrário.

15

PHILHARMONIE AM GASTEIG

A Philharmonie am Gasteig, moderna sala de concertos e centro cultural de Munique, ficava na Rosenheimer Strasse, perto das margens do rio Isar. Gabriel, de terno escuro e gravata, com os ombros de seu sobretudo de *cashmere* cobertos de neve, se apresentou na bilheteria. Num alemão perfeito com sotaque de Berlim, pediu seu ingresso reservado para a apresentação esgotada daquela noite do concerto para violino em Mi menor de Mendelssohn e da Sétima Sinfonia de Beethoven.

— Nome? — perguntou a mulher atrás do vidro.

— Klemp — respondeu ele. — Johannes Klemp.

A mulher tirou um pequeno envelope da caixa à sua frente e, depois de revisar o *post-it* grudado nele, pegou seu telefone.

— Algum problema? — perguntou Gabriel.

— Nenhum, *herr* Klemp.

Ela falou algumas palavras ao telefone, com a mão cobrindo o bocal, e desligou. Então entregou o envelope a Gabriel e apontou para a porta no final do *foyer*.

— A entrada para os bastidores — explicou ela. — *Frau* Rolfe está esperando o senhor.

A porta já tinha se aberto quando Gabriel chegou, e uma jovem sorridente com uma prancheta estava parada na fresta.

— Por aqui, *herr* Klemp — disse, e eles saíram por um corredor levemente curvo.

Atrás da porta seguinte ficava a área dos bastidores. A Philharmonie am Gasteig era lar da Orquestra Sinfônica da Rádio Bávara, considerada uma das melhores do mundo. Hoje ela estaria sob o bastão de *sir* Simon Rattle, que, no momento, conversava com o *spalla* da orquestra.

A jovem guia de Gabriel parou diante da porta fechada de um camarim. Uma placa desnecessária indicava o nome de sua ocupante. Ela era facilmente reconhecível pelo tom líquido inigualável que estava tirando de seu violino Guarneri.

A guia levantou a mão para bater.

— Eu não faria isso se fosse você — disse Gabriel.

— Ela deixou instruções específicas.

— Não diga que eu não avisei.

A batida da mulher foi tépida. Instantaneamente, o violino ficou em silêncio.

— Quem é? — perguntou uma voz lá dentro.

— *Herr* Klemp chegou, *frau* Rolfe.

— Por favor, deixe-o entrar. E depois vá embora.

Gabriel abriu a porta e entrou. Anna estava sentada na frente da penteadeira, com o Guarneri embaixo do queixo. O vestido de gala grená que vestia era um tomara que caia brilhante. Seus olhos felinos estavam fixos no reflexo do espelho iluminado.

— Por mais que eu queira ser beijada por você, vou insistir que dê um jeito de se segurar. Levou várias horas de esforço intenso para eu ficar deste jeito. — Com o arco, ela indicou uma cadeira. — Sente-se, plebeu. Só fale quando eu me dirigir a você.

Anna colocou o arco nas cordas do Guarneri e, fechando os olhos, tocou um arpejo sedoso em três oitavas. Ela havia feito o mesmo exercício simples por horas a fio durante os seis meses e catorze dias que viveram juntos na *villa* dela na Costa de Prata, em Portugal. Fora Gabriel, depois de enfiar tudo o que possuía numa mala de lona, que terminara o relacionamento. As frases que ele recitou naquele dia

DANIEL SILVA

eram gastas, mas inteiramente verdadeiras. Era culpa dele, não dela. Era cedo demais, ele não estava pronto. A tempestuosa Anna suportou o teatro dele com uma tolerância incomum antes de finalmente jogar um vaso de cerâmica na cabeça de Gabriel e declarar que nunca mais queria falar com ele na vida.

Em poucos meses, ela se casou. O primeiro casamento terminou com um divórcio espetacular, assim como o segundo. Seguiu-se uma sucessão de namoros e casos altamente midiáticos, sempre com homens ricos e famosos, cada um mais desastroso que o outro. Durante uma recente visita a Veneza, havia deixado claro que a culpa de seu destino trágico era de Gabriel. Se ele tivesse se casado com ela e viajado o mundo ao seu lado enquanto a violinista se banhava na adoração de fãs, Anna teria sido poupada de uma vida inteira de desventuras românticas. Ocorreu a Gabriel, sentado no camarim, que esta era a vida que ela imaginara para eles. Anna não deixaria que a noite fosse desperdiçada.

O arco dela ficou imóvel.

— Conseguiu falar com o Simon? Ele está ansioso pra conhecer você.

— Por que *sir* Simon Rattle ia querer conhecer o humilde Johannes Klemp?

— Porque *sir* Simon sabe o nome verdadeiro de *herr* Klemp.

— Você não fez isso.

— Talvez tenha feito, sim.

Ela tocou a melodia de abertura do segundo movimento em Andante do concerto. Causou um arrepio na espinha de Gabriel, quase uma carga de eletricidade, como ela sabia que aconteceria. Mesmo assim, ele adotou uma expressão de leve tédio.

— Foi tão ruim assim? — perguntou ela.

— Terrível.

Franzindo a testa, ela acendeu um Gitane, violando a rigorosa política contra cigarros da sala de concertos.

— Você causou uma impressão e tanto em Londres semana passada.

— Você notou?

— Foi bem difícil de não ver. Mas por que o pseudônimo bobo hoje?

— Infelizmente, Gabriel Allon não pode ser visto com Anna Rolfe em público.

— E por que não?

— Porque ele precisa da ajuda de Anna. E não quer que seu alvo saiba que eles se conhecem.

— Somos mais do que conhecidos, meu amor. Bem mais.

— Isso foi há muito tempo, Anna.

— Sim — disse ela, contemplando seu reflexo no espelho. — Eu era jovem e bonita na época. E agora...

— Ainda é igualmente bonita.

— Eu tomaria cuidado se fosse você, Gabriel. Posso ser bem irresistível quando quero. — Ela tocou a mesma passagem do segundo movimento do concerto. — Melhor?

— Um pouco.

Ela tragou o cigarro, aí o apagou.

— Então, para que você precisa de mim dessa vez? Outro evento beneficente tedioso ou algo um pouco mais interessante?

— A segunda opção — disse Gabriel.

— Sem russos, espero.

— Provavelmente é melhor a gente conversar sobre isso depois da sua apresentação.

— Por acaso, estou livre pra jantar.

— Uma ideia maravilhosa.

— Mas, se não podemos ser vistos juntos em público, nossas opções são um pouco limitadas. Aliás — falou Anna, em tom de brincadeira —, me parece que o único lugar em que podemos ter garantia de privacidade absoluta é minha suíte no Mandarin Oriental.

— Você vai conseguir se controlar?

— Improvável.

Houve uma batida na porta.

— O que foi agora? — exigiu Anna.

— Dez minutos, *frau* Rolfe.

Ela olhou para Gabriel.

— Você pode esperar aqui, se quiser.

— E perder sua apresentação? — Gabriel ficou de pé e pendurou o casaco no antebraço. — Eu nem sonharia.

— A que horas posso te esperar?

— Me diga você.

— Fique para o Beethoven. Vai me dar a chance de me trocar e colocar uma roupa um pouco mais confortável. — Ela levantou a bochecha para ser beijada. — Você tem minha permissão.

— De algum jeito, vou resistir — falou Gabriel, e saiu.

Sozinha em seu camarim, Anna colocou o arco nas cordas do Guarneri e tocou uma escala de Sol maior em intervalos de terças.

— Não sorria — disse ela à mulher no espelho. — Você nunca toca bem quando está feliz.

O assento indicado a Gabriel por uma jovem ficava na primeira fila, levemente à esquerda do púlpito de Simon Rattle e a menos de dois metros do local em que Anna fez uma apresentação fascinante da obra-prima de Felix Mendelssohn. Na conclusão do movimento final, os 2.500 membros da plateia ficaram de pé e a encheram de aplausos arrebatados e gritos de "Bravo!". Só aí, com um sorriso travesso, ela notou a presença de Gabriel.

— Melhor? — falou, sem emitir som.

— Muito — respondeu ele com um sorriso.

Ele se dirigiu ao *foyer* para tomar uma taça de champanhe durante o intervalo e voltou a seu assento para uma apresentação memorável da vibrante Sétima Sinfonia de Beethoven. Quando *sir* Simon desceu do púlpito, passava um pouco das dez da noite. Lá fora não havia táxis disponíveis, então Gabriel seguiu a pé para o Mandarin Oriental. Enquanto cruzava a Ludwigsbrücke, um Mercedes sedã parou ao lado dele, e a janela traseira se abriu.

— É melhor entrar, *herr* Klemp, senão vai acabar pegando uma pneumonia.

Gabriel abriu a porta e entrou no banco de trás. Enquanto o carro seguia em frente, Anna jogou os braços em torno do pescoço dele e pressionou os lábios em sua bochecha.

— Achei que a gente fosse se encontrar no seu hotel — disse ele.

— Acabei presa no camarim.

— Por quem?

Anna riu baixinho.

— Que saudade desse seu senso de humor.

— Mas não do cheiro dos meus solventes.

Ela fez uma careta.

— Era atroz.

— O som dos seus ensaios infinitos também.

— Realmente te incomodava?

— Jamais, Anna.

Sorrindo, ela olhou pela janela as ruas cobertas de neve do centro histórico de Munique.

— Não teria sido tão terrível, sabe?

— Ser casado com você?

Ela fez que sim devagar.

— Era cedo demais, Anna. Eu não estava pronto.

Ela apoiou a cabeça no ombro de Gabriel.

— Eu me cuidaria se fosse você, *herr* Klemp. Minha suíte é cheia de vasos. E, dessa vez, não vou errar.

16

ALTSTADT

— E qual é o nome desse jovem, posso saber?

— Gennaro.

Anna colocou um dedo na ponta do nariz fino, pensativa.

— Posso estar errada, mas é possível que eu mesma já tenha tido um caso com um Gennaro.

— Dado seu histórico — respondeu Gabriel —, eu diria que as chances são bem boas.

Eles estavam sentados em pontas opostas do sofá na sala de estar da suíte luxuosa de Anna, separados por uma zona de amortecimento de rico cetim preto. O violino Guarneri dela, guardado no estojo, estava apoiado numa cadeira Eames ao lado do Stradivarius. Uma televisão instalada na parede brilhava muda com as últimas notícias de Londres. Lorde Michael Radcliff, tesoureiro do Partido Conservador que havia aceitado uma contribuição manchada de um milhão de libras de um empresário russo, tinha cedido à pressão e renunciado. Esperava-se que a primeira-ministra Hillary Edwards, com o apoio dentro do partido ruindo, anunciasse sua própria renúncia em poucos dias.

— Amiga sua? — perguntou Anna.

— Hillary Edwards? Nunca nos encontramos. Mas eu era bem próximo do predecessor dela, Jonathan Lancaster.

— Tem alguém que você *não* conhece?

— Nunca conheci o presidente da Rússia.

— Sorte a sua. — Anna desligou a televisão e colocou mais vinho nas taças deles. Estavam tomando um borgonha branco Grand Cru de Joseph Drouhin. — Acho que devíamos abrir outra garrafa, você não acha?

— Foi 840 euros.

— É só dinheiro, Gabriel.

— Diz a mulher que tem uma quantidade infinita dele.

— É você que mora em um *palazzo* com vista para o Grand Canal.

— Acontece que sou dono só de um único andar do *palazzo*.

— Coitadinho. — Anna ligou para o serviço de quarto, então levou sua taça de vinho à janela. A vista para o oeste cruzava o centro histórico na direção da torre da Igreja de São Pedro. — Você vem bastante aqui?

— Ao Mandarin Oriental?

— Não — disse Anna. — A Munique.

— Evito sempre que possível, se você quer mesmo saber.

— Até hoje? — Anna sorriu com tristeza. — Levei uma eternidade pra arrancar a história de você.

— Na verdade, você levou mais ou menos um dia e meio.

— Você *queria* me contar sobre seu passado. Meu Deus, você estava um caco naquela época.

— Você também, se bem me lembro.

— Ainda estou. Você, por outro lado, parece delirantemente feliz. — Ela fechou as cortinas. — Você mencionou algo sobre precisar de um favor. Mas tenho a sensação terrível de que foi um truque da sua parte pra me levar pra cama. Se foi mesmo, seu plano funcionou perfeitamente.

— Você prometeu que ia se comportar.

— Eu não falei nada disso. — Anna voltou ao sofá. — Tá bom, você tem minha atenção completa e exclusiva. O que quer de mim dessa vez?

— Quero que você se desfaça de seis quadros que herdou do seu pai.

— Que ideia maravilhosa! — exclamou Anna. — Pra falar a verdade, ando querendo vender esses quadros malditos há anos. Mas, me diga, em quais seis você pensou?

DANIEL SILVA

— O Modigliani, o Van Gogh, o Renoir, o Cézanne e o Monet.

— São só cinco. Além do mais, eu não tenho obras dos artistas. — Ela o considerou por cima da taça de vinho. — Mas você já sabia disso. Afinal, você estava comigo na manhã em que encontrei as últimas dezesseis pinturas da coleção do meu pai de arte impressionista e moderna saqueada.

— Acontece que havia seis quadros adicionais desconhecidos por nós

— Ah, é? — Anna levou a mão à boca, fingindo perplexidade. — E onde estavam escondidos?

— No cofre de um banco em Lugano. O advogado da família Rolfe contou a você depois que o escândalo sobre a conduta do seu pai no pós-guerra passou. Você instruiu o advogado a tirar os quadros da Suíça às escondidas e entregá-los na sua *villa* em Portugal.

— Que safada, eu. Ainda estão lá?

— Estão, claro.

— Nesse caso — disse Anna —, sou obrigada a reportá-los ao governo suíço imediatamente, senão vou ter que pagar multas altas. Veja, o cantão de Zurique taxa anualmente a fortuna de seus residentes. A cada ano, preciso submeter uma lista de minhas posses, incluindo um inventário das obras de arte que tenho. E, a cada ano, o governo embolsa uma porção nada insignificante do meu patrimônio líquido.

— E de quanto ele é ultimamente, se posso perguntar?

— É possível que comece com a letra B.

— E o número antes do B?

Ela deu a resposta com sobrancelhas levantadas:

— Talvez seja um dois.

— Eu nunca soube que tinha tanto assim.

— Sou a única herdeira sobrevivente da fortuna bancária dos Rolfe. Também ganhei somas consideráveis em minha longa carreira de gravações e concertos. Mas a última coisa que eu faria é esconder minha riqueza para evitar pagar impostos. É o tipo de coisa que meu pai fazia.

— Acontece que vocês são mais parecidos do que você imaginava.

Anna franziu a testa.

— Se continuar falando desse jeito, meu amor, você nunca vai me levar pra cama. Mas vamos voltar à questão. Quando, exatamente, meu pai adquiriu esses misteriosos quadros?

— Nos anos 1950, principalmente na França. Eles não aparecem na Base de Dados de Arte Perdida, nem em nenhum outro repositório de obras de arte saqueadas. Mas, dada a conduta deplorável do seu pai no pós-guerra, a maioria dos *marchands* e colecionadores respeitáveis ficaria longe deles. E é por isso que você vai entregá-los a um tal Edmond Ricard, no Porto Franco de Genebra.

— E por que eu faria isso?

— Porque *monsieur* Ricard recentemente esteve em posse de um Picasso que foi roubado de um homem chamado Bernard Lévy durante a Ocupação alemã da França. Com a sua ajuda, vou encontrá-lo e devolvê-lo aos herdeiros de direito de Lévy.

Anna assentiu, contemplativa.

— Se tem mais alguma coisa que eu deveria saber sobre esse seu esqueminha, agora seria um bom momento pra me contar.

— Duas pessoas ligadas ao quadro foram assassinadas.

— Só duas?

— Até onde eu sei, mas talvez tenha outras.

— Ele não vai me matar, né?

— Ricard? Não imagino que vá.

— Porque da última vez que você e eu nos envolvemos com arte saqueada...

A campainha soou antes de Anna poder terminar o pensamento. Levantando-se, ela foi até o hall de entrada e deixou dois garçons do serviço de quarto entrarem. Eles dispuseram a comida na mesa sem comentários e se retiraram apressadamente.

Anna sentou e colocou um guardanapo no colo.

— Talvez eu esteja fazendo isso do jeito errado.

— Fazendo o quê? — perguntou Gabriel, enquanto tirava a rolha da segunda garrafa de borgonha branco.

DANIEL SILVA

— Convencendo você a deixar aquela sua esposa maravilhosa e se casar comigo.

— Anna, por favor.

— Você não pode pelo menos ouvir minha proposta?

— Não.

— Estou disposta a ser generosa.

— Tenho certeza de que sim. Mas eu não tenho interesse no seu dinheiro. Sou desesperadamente apaixonado pela Chiara.

— E o caso impulsivo que ela está tendo com esse tal de Giacomo?

— Gennaro — corrigiu Gabriel. — E não é real.

— Claro que não é. Afinal, por que ela se envolveria com um garoto que serve café sendo casada com você? — Anna baixou os olhos para o prato. — Caso você esteja se perguntando, a resposta é sim. Eu aceito ajudar você a achar esse Picasso.

— Como está sua agenda?

— Vou estar em Oslo na semana que vem e em Praga na seguinte.

— E depois?

— Preciso checar com a minha assistente.

— Por favor, faça isso — disse Gabriel. — E aí se livre dela.

— Por quê?

— Porque vou te dar uma nova.

— Como ela é?

— Pura encrenca.

— Parece meu tipo de garota — falou Anna. — Agora, só preciso dos quadros.

— Vou cuidar disso também.

— Como?

Gabriel, com um movimento da mão, indicou que ele mesmo ia pintá-los.

— Um Modigliani, um Van Gogh, um Renoir, um Cézanne e um Monet?

Ele deu de ombros.

— E o sexto?

— Vou deixar você decidir.

— Toulouse-Lautrec faz parte do seu repertório?

— Não preciso nem de partitura.

— Perfeito — disse Anna. — Toulouse-Lautrec, então.

17

MYKONOS

O sedã BMW i4, totalmente elétrico, entrou deslizando em uma vaga na frente do Café Apollo, na ilha de Mykonos, às duas da tarde seguinte. A mulher que saiu de trás do volante usava uma jaqueta de couro para se proteger do clima tempestuoso de fevereiro e uma calça jeans *stretch* que destacava os quadris e as coxas finos. O cabelo na altura do ombro tinha cor de caramelo com mechas loiras. Os olhos, escondidos atrás de óculos Yves Saint Laurent, eram azul-claros.

Ela entrou no café e sentou a uma mesa contra a janela. A vista era para o leste, na direção do terminal do Aeroporto Internacional de Mykonos, banhado pelo sol. Um amigo estava chegando num voo de Atenas. Ele tinha dado pouco aviso prévio de seus planos de viagem — e nenhuma explicação sobre por que incluíam uma visita a uma ilha grega popular bem no meio do inverno. Ela estava certa de que não era uma visita social. O amigo dela, ex-diretor-geral do serviço secreto de inteligência de Israel, era um homem muito ocupado.

Certamente não era o caso da mulher, uma cidadã dinamarquesa chamada Ingrid Johansen. Ela havia passado a maior parte daquele inverno enfiada em sua *villa* luxuosa na costa sul da ilha, sem companhia exceto por seu sistema de áudio Hegel e uma pilha de romances de Henning Mankell e Jo Nesbø. Seu amigo israelense era responsável pelas circunstâncias atuais dela. Dois meses antes, tinha enviado Ingrid à Rússia para adquirir a única cópia de um plano secreto do Kremlin de declarar guerra nuclear contra a Ucrânia. A operação fora sua introdução ao mundo da espionagem, mas estava longe de ser a primeira vez que ela roubava algo valioso. Ladra profissional e hacker habilidosa, Ingrid tinha comprado sua *villa* em Mykonos com os lucros de uma onda de crimes que durou um verão inteiro em Saint-Tropez. Já o BMW fora pago por um único par de brincos de diamante da Harry Winston, roubado de um cofre de hotel em Majorca.

A operação russa havia resultado num lucro inesperado de vinte milhões de dólares, dinheiro mais que suficiente para que Ingrid se aposentasse. Infelizmente, a compulsão clínica de roubar que ela sentiu a vida toda, um transtorno que aparecera quando era uma criança de nove anos, continuava igualmente poderosa. Só por esse motivo, estava ansiosa pela visita do amigo. Ele precisava dela para alguma coisa; disso, tinha certeza. Seus dedos já estavam formigando de expectativa.

Um garçom enfim foi até a mesa de Ingrid, e, num grego passável, ela pediu café. Chegou enquanto um Airbus da Aegean Airlines baixava do céu sem nuvens. Vinte minutos se passaram antes de os primeiros passageiros saírem pela porta do terminal. O amigo de Ingrid foi o último a aparecer. Ele virou a cabeça para a esquerda e para a direita. Então, parecendo levemente irritado, olhou bem para a frente.

O telefone de Ingrid tocou alguns segundos depois.

— *Pronto?* — disse ela.

— É você que estou vendo sentada nesse café?

— Onde mais eu estaria?

— Eu estou sozinho?

— Vamos descobrir num minuto.

Ele foi na direção do café com o telefone pressionado na orelha. Ingrid, após determinar que ele não estava sendo seguido, apontou o controle remoto para o BMW e apertou o botão de destrancar. Ele jogou a mala de lona no porta-malas, então sentou no banco do passageiro.

— Belo trenó — disse ele.

DANIEL SILVA

Ingrid desligou e saiu correndo do café, com o garçom irritado seguindo-a de perto. Ela lhe entregou uma nota de vinte euros e, pedindo perdão, sentou atrás do volante do BMW.

— Suave como seda — falou Gabriel. — Bem impressionante.

— Exatamente como eu planejei. — Ela ligou o carro e saiu de ré da vaga. — O que traz você a Mykonos, sr. Allon?

— Estava me perguntando se você estaria interessada em renovar nossa parceria.

— Pra onde você planeja me mandar desta vez? Teerã? Beirute?

— Um lugar um pouco mais perigoso.

— Sério? Onde?

— O Porto Franco de Genebra.

A *villa* era branca como um torrão de açúcar e ficava no topo dos penhascos que margeavam a baía de Saint Lazarus. Havia quatro quartos, dois grandes salões de pé-direito altíssimo, uma academia e uma piscina grande. Eles dividiram uma garrafa de vinho branco grego no terraço ao ar livre enquanto viam o sol afundar no mar Egeu. O ar da noite estava frio e tempestuoso, mas não havia um aquecedor a gás à vista. Ingrid, como a jovem filha de Gabriel, era uma alarmista do clima.

— *A* Anna Rolfe? — perguntou ela.

— Infelizmente sim.

— Ela é sua amiga?

— Dá pra dizer que sim.

— Conte mais.

— É possível que Anna e eu tenhamos tido um breve envolvimento romântico há mais ou menos cem anos.

— O que aconteceu?

Gabriel relutantemente forneceu a Ingrid uma versão muito editada da história. Era melhor ela ouvir dos lábios dele, pensou, que dos de Anna.

— Como você teve coragem de fazer isso? — perguntou Ingrid, no fim do relato.

— Espere até você a conhecer melhor.

— Ela é tão difícil quanto dizem?

— Muito pior. Ela demite assistentes pessoais quase com a mesma frequência com que troca as cordas dos violinos. Mas tenho certeza de que você vai conseguir lidar com ela.

— Quando eu começo?

— Anna gostaria que você fosse encontrá-la em Oslo na quinta--feira. Aí você vai acompanhá-la em Praga para as últimas três apresentações da turnê de inverno dela, depois vai ajudá-la a vender seis quadros na Galerie Ricard, em Genebra.

— Seis quadros que vão ser falsificados por você?

— *Falsificado* é uma palavra feia, Ingrid.

— Escolha uma você, então.

— Os quadros vão ser pastiches de obras existentes, e eu não vou tentar lucrar com a venda deles. Portanto, tecnicamente, não sou um falsificador de arte.

— *Pastiche* é uma palavra bem mais simpática que *falsificação*, isso eu admito. Mas não muda o fato de que Anna Rolfe vai estar envolvida numa atividade criminosa. E eu também.

— E quando você já se preocupou com isso antes?

— Acontece que sou procurada por uma série de negócios bem grandes na Suíça. E, se essa sua encenação der errado, posso ter que passar os próximos vários anos numa cela de prisão suíça.

— Seus negócios, como você chama, não são nada em comparação com as gracinhas que eu já fiz em solo suíço. Mesmo assim, tenho amigos poderosos na Polícia Federal e no serviço de segurança. Por isso, estou confiante de que você não vai passar mais que um ou dois anos atrás das grades se for acusada de ser minha cúmplice.

Ela riu baixinho.

— Então você é bom *mesmo*, sr. Allon?

— Com o pincel? Melhor do que sou com a arma.

— Com base na minha experiência pessoal, acho difícil acreditar. Mas tem uma forma mais fácil de recuperar esse Picasso, sabe?

DANIEL SILVA

— Roubar?

— *Roubar* é uma palavra feia.

— Eu já entrei no Porto Franco em duas ocasiões diferentes — falou Gabriel. — Um assalto é impossível. A única forma de conseguir aquele quadro é convencer *monsieur* Ricard a nos dar.

— Você pelo jeito está esquecendo que eu peguei uma diretriz ultrassecreta do cofre pessoal do segundo homem mais poderoso da Rússia. — Ingrid ficou olhando o sol cair abaixo da linha do horizonte. — Você nunca me contou quantos daqueles guardas de fronteira matou naquela manhã.

— Acredito que tenham sido cinco.

— E quantos tiros você deu?

— Cinco — disse Gabriel.

— Enquanto corria morro abaixo com a neve na altura do joelho? Bem impressionante, sr. Allon. Mas como você me fez atravessar a fronteira finlandesa?

— Você não lembra?

— Não — respondeu ela. — Eu não me lembro de nada que aconteceu depois que o Range Rover bateu naquela árvore.

Gabriel olhou para o mar escurecendo.

— Sorte sua.

18

GREAT TORRINGTON

O Picador atacou de novo mais tarde naquela mesma noite, desta vez na cidade de Great Torrington, sua primeira incursão além das fronteiras da Cornualha. A vítima, uma funcionária de 26 anos do pet shop Whiskers Pet Centre, na South Street, foi atacada em algum momento depois das dez da noite enquanto voltava para casa a pé do pub Black Horse, onde estava bebendo com amigos. Foi abatida por um único golpe na parte de trás da cabeça. Seu agressor não tentou esconder o corpo.

Duas das pessoas com quem a vítima tinha ido beber eram homens. Ambos continuaram no Black Horse depois da saída da vítima, mas se encaixavam nos contornos do perfil psicológico inteiramente inútil desenvolvido por um consultor da Polícia de Devon e Cornualha. Portanto, Timothy Peel interrogou longamente os dois homens antes de eliminá-los como suspeitos. Seu único delito, concluiu, fora permitir que uma jovem embriagada voltasse sozinha para casa no escuro.

Peel também ouviu as companheiras de bebedeira da vítima, seus pais transtornados e sua irmã mais nova. As informações que conseguiu o convenceram a fazer uma ligação durante a madrugada para a casa de um ex-namorado fisicamente abusivo. O interrogatório determinou que o mecânico de 32 anos não era dono de uma machadinha e calçava 45, dois tamanhos a mais que as pegadas descobertas na cena do crime. Elas

DANIEL SILVA

tinham sido deixadas por um par de botas de trilha Hi-Tec Aysgarth III. A policial Elenore Tremayne descobriu dois conjuntos de pegadas idênticas — um vindo, outro indo — atravessando a Bastard's Lane, uma rua estreita na borda nordeste da cidade. Isso sugeria a Peel que o assassino tinha vindo por uma trilha pelas terras agrícolas ao redor até Great Torrington e, depois de encontrar sua presa, ido embora pela mesma rota.

Eram quase cinco da manhã quando Peel caiu em sua cama em Exeter. Ele dormiu por uma hora, então dirigiu até Newquay para interrogar novamente um de seus donos de machadinha favoritos — um professor de 48 anos, magro e em forma, que nunca fora casado e morava sozinho num chalé geminado na Penhallow Road. Tinha comprado sua machadinha, da marca Magnusson Composite, por 25 libras mais impostos na B&Q, em Falmouth. Peel o encontrou saindo de casa. Eles entraram para tomar um chá e conversar.

— Pra que você precisa de uma machadinha? — perguntou Peel, olhando para o jardim dos fundos, sem árvores.

— Você me fez essa pergunta da última vez que veio aqui.

— Fiz, é?

— Pra defender a casa — disse o professor.

— Onde você estava ontem à noite?

— Aqui.

— Fazendo o quê?

— Corrigindo provas.

— Só isso?

— Um filme na televisão.

— Como chamava?

— *Vestígios do dia.*

— Tem certeza de que não deu um pulo no Black Horse em Great Torrington para tomar uma cerveja?

— Eu não consumo álcool.

— Costuma fazer longas caminhadas na área rural?

MORTE NA CORNUALHA

— Na maioria dos fins de semana, pra falar a verdade.

— Que tipo de bota você usa?

— Galocha.

— E por acaso você tem um par de Hi-Tecs? Tamanho 43?

— Eu uso 44.

— Posso dar uma olhada no seu armário?

— Estou atrasado para o trabalho.

— Vou precisar ver também aquela sua machadinha.

— Você tem um mandado?

— Não tenho — admitiu Peel. — Mas posso conseguir um em no máximo cinco minutos.

Peel saiu da Penhallow Road às 8h30, com a machadinha selada num saco plástico de coleta de evidências. Enquanto dirigia de volta para a delegacia, ouviu o noticiário na Rádio 4. O assassinato em Great Torrington era o assunto principal, claro. Havia cada vez mais pressão sobre a Polícia Metropolitana, que tinha a jurisdição legal em toda a Inglaterra e no País de Gales, para controlar a investigação. Se isso acontecesse, Peel voltaria a seus deveres normais no Departamento de Investigações Criminais. Seus casos em geral consistiam em investigações sobre narcóticos, abusos sexuais e físicos, comportamento antissocial e roubos com invasão. O caso do Picador, apesar de todo o sangue e das longas horas de trabalho, tinha sido uma quebra bem-vinda da monotonia.

A sede da Polícia de Devon e Cornualha ficava localizada na Sidmouth Road, numa seção industrial de Exeter. Peel chegou alguns minutos antes das dez e foi direto para a sala do inspetor-investigador Tony Fletcher. Fletcher era o investigador principal no caso do Picador.

— Quanto tempo a gente ainda tem? — perguntou Peel.

— O anúncio vai ser feito ao meio-dia, mas os caras de Londres já estão vindo pra cá. — Fletcher olhou para o saco de evidências na mão de Peel. — Onde você conseguiu isso?

DANIEL SILVA

— Com Neil Perkins.

— O professor de Newquay?

Peel fez que sim.

— Ele tem um álibi?

— Muito ruim, mas calça 44.

— Perto o bastante pra mim.

— Pra mim também.

— Digite suas anotações — falou Fletcher. — E ande logo. Ao meio-dia, vamos ser oficialmente tirados do caso.

Peel sentou à sua mesa e atualizou o arquivo existente de Perkins com uma descrição da entrevista e da busca daquela manhã. Ao meio--dia, o arquivo estava nas mãos de uma equipe de dez pessoas composta por investigadores e analistas forenses da Polícia Metropolitana, junto com uma machadinha Magnusson Composite e uma cópia de um recibo de vendas da B&Q, em Falmouth. Eles também estavam com a roupa ensanguentada usada pela professora Charlotte Blake na noite de seu assassinato perto de Land's End. O Vauxhall da professora, após passar por uma varredura em busca de evidências, estava trancado no pátio de veículos rebocados de Falmouth, mas ainda não se sabia onde estava seu celular. Um bloco amarelo descoberto na escrivaninha do chalé da professora Blake em Gunwalloe também havia desaparecido. Peel disse ao inspetor-investigador Tony Fletcher que devia tê-lo perdido.

— Continha alguma coisa interessante?

— Algumas anotações sobre um quadro. — Peel deu de ombros para indicar que a questão não tinha relevância para a investigação. — Pelo jeito talvez fosse um Picasso.

— Nunca gostei dele.

Imaginei, pensou Peel.

— Não consigo de jeito nenhum — continuou Fletcher — entender por que aquela mulher estava andando por Land's End depois de escurecer, sendo que havia um serial killer à solta.

— Nem eu — disse Peel. — Mas com certeza a poderosa Polícia Metropolitana vai descobrir rapidinho.

Fletcher empurrou o arquivo de um caso pela mesa.

— Sua nova missão.

— Algo interessante?

— Uma sucessão de invasões e roubos em Plymouth. — Fletcher sorriu. — De nada.

19

CORK STREET

Enquanto o sargento-investigador Timothy Peel partia em direção a Plymouth naquela tarde de fevereiro, o homem que tinha pedido que ele perdesse sem querer o bloco de anotações de Charlotte Blake estava passando pelas lojas de luxo na Burlington Arcade, em Mayfair. Ele tinha voltado a Londres para resolver uma questão urgente: recrutar o último membro de sua equipe operacional. As negociações prometiam ser árduas e o preço, alto. Ao contrário de Anna Rolfe, Nicholas Lovegrove nunca fazia nada de graça.

O proeminente consultor de arte sugeriu um almoço no Wolseley, mas Gabriel insistiu para se encontrarem no escritório dele em vez disso. Ficava localizado num prédio de tijolos vermelhos na Cork Street, dois pisos acima de uma das mais importantes galerias de arte londrinas. A recepcionista de Lovegrove não estava na mesa quando Gabriel chegou. Seus dois assistentes, ambos historiadores de arte treinados na Courtauld, também estavam ausentes.

— Como pedido, Allon, estamos só nós dois. — Eles se retiraram para o santuário interno de Lovegrove. Parecia uma sala de exibição no Tate Modern. — Do que se trata tudo isso?

— Uma amiga minha está querendo se livrar de alguns quadros e precisa da assistência de um consultor experiente e confiável. Naturalmente, pensei em você.

— Que tipo de quadros?

Gabriel recitou os nomes de seis artistas: Amedeo Modigliani, Vincent van Gogh, Pierre-Auguste Renoir, Paul Cézanne, Claude Monet e Henri de Toulouse-Lautrec.

— Onde estão os quadros agora?

— Logo vão estar na *villa* da proprietária na Costa de Prata.

— Você pelo menos tem fotos?

— Ainda não.

Lovegrove, com seu ouvido afiado para o blá-blá-blá do mundo da arte, estava desconfiado.

— A proprietária tem um nome?

— Anna Rolfe.

— Não a violinista?

— A própria.

— Não me diga que os quadros eram daquele pai horrível dela.

— Infelizmente eram.

— Isso quer dizer que são tóxicos.

— E é por isso que você vai se desfazer deles com a máxima discrição na Galerie Ricard no Porto Franco de Genebra.

Lovegrove encarou Gabriel do outro lado de sua larga mesa.

— Imagino que isso tenha algo a ver com aquele Picasso, não?

— Qual Picasso, Nicky?

— Não existe nenhum Picasso?

— Nunca existiu.

— E os seis quadros de seis dos maiores artistas que já viveram?

— Também não existem. Pelo menos, ainda não — Gabriel sorriu.

Lovegrove puxou o punho de sua camisa francesa enquanto Gabriel explicava o plano. O *briefing* não continha grandes omissões sobre fatos ou intenções. Nicholas Lovegrove, uma grande figura no mundo da arte, não merecia menos.

— Pode até funcionar, sabe? Contém, porém, uma falha séria.

— Só uma?

— Se tudo seguir de acordo com o plano, nenhum dinheiro vai trocar de mãos.

— Isso seria um crime, Nicky.

— Sem dinheiro, sem comissão. Entende o que quero dizer?

— Eu estava torcendo pra você me ajudar pela bondade do seu coração.

— Você me confundiu com outra pessoa, Allon.

Gabriel suspirou.

— Vou restaurar seu Gentileschi por uma taxa fixa de cem mil euros. Mas só se conseguirmos recuperar o Picasso.

— Você vai receber cinquenta mil pelo Gentileschi, independentemente de encontrarmos aquele quadro.

— Fechado — disse Gabriel. — Mas vou precisar do dinheiro adiantado pra cobrir minhas despesas operacionais.

Lovegrove pegou uma caneta.

— Pra onde devo enviar?

Gabriel recitou o número e o código de identificação de sua conta já bem esvaziada no Mediobanca de Milão.

— Vai chegar até o fim do horário bancário de amanhã.

— Você tem minha gratidão, Nicky.

— O que eu quero é sua palavra de que meu papel no *affaire* Picasso nunca vai ser revelado.

— Você tem isso também.

Lovegrove rosqueou a tampa de sua caneta.

— Quando gostaria que eu contatasse *monsieur* Ricard?

— Preciso cuidar de seis coisas antes.

— Os quadros?

Gabriel fez que sim.

— Nesse caso — disse Lovegrove —, sugiro que ponha a mão na massa logo.

★ ★ ★

O crime de falsificação exige mais do que um puro talento artístico. O falsificador deve saber tudo o que há para saber sobre o pintor que está tentando imitar — sua técnica, sua paleta, o tipo de telas e chassis que ele preferia. Muitos falsificadores usavam telas contemporâneas manchadas com chá ou café, mas Gabriel insistia em suportes de idade apropriada. Uma tela dos anos 1950 não serviria para, digamos, um Cézanne ou um Monet. E Gabriel jamais sonharia em usar linho italiano ou holandês para falsificar um quadro de um artista francês. Sim, encontrar essas telas podia ser uma empreitada demorada e custosa. Mas usar o suporte errado é como um falsificador vira um presidiário. Além do mais, Gabriel tinha suas exigências.

Inventar uma proveniência crível que explicasse a reaparição de uma obra antes desconhecida de um artista proeminente era igualmente desafiador. Gabriel também desejava sugerir a possibilidade de que os quadros tivessem sido tomados durante a Ocupação da França. Portanto, certa expertise era necessária. Felizmente, ele conhecia uma historiadora de arte especialista no mercado de arte francês da Segunda Guerra. Eles se encontraram naquela noite numa *brasserie* na rue Saint-Honoré. A historiadora insistiu em sentar ao ar livre, mesmo com o ar noturno gelado, para poder fumar seus cigarros nojentos.

— Seis proveniências fictícias para seis quadros forjados? — perguntou Naomi Wallach. — Está esquecendo, *monsieur* Allon, que atualmente sou funcionária do governo francês?

— Não tenho intenção de lucrar com meu crime. Só vou usar as falsificações para abordar a Galerie Ricard e recuperar o Picasso.

Ela tirou uma caneta e um caderno da bolsa.

— Vou precisar dos nomes dos artistas, dos títulos e das dimensões.

— Não posso te dizer nada sobre os temas da pintura ou as dimensões até adquirir as telas.

— E os artistas?

Gabriel recitou seis nomes: Modigliani, Van Gogh, Renoir, Cézanne, Monet e Toulouse-Lautrec.

Naomi levantou os olhos do caderno.

— Você consegue mesmo...

— Próxima pergunta.

— Onde os quadros foram parar depois de saírem da França?

— Zurique, imagino.

— Coleção privada?

— O mais privada possível.

— E agora?

— Dali, por descendência, para a proprietária atual.

Gabriel adquiriu sua primeira tela, uma natureza-morta sem mérito da escola francesa do século XIX, na manhã seguinte numa loja de antiguidades perto do Jardim de Luxemburgo. Sua segunda tela, uma paisagem, também do século XIX, ele encontrou no começo daquela tarde no extenso mercado de pulgas de Paris. Colocou os quadros no banco de trás de sua perua Volkswagen alugada. Então, após uma parada na loja de suprimentos para artistas Sennelier, no Quai Voltaire, seguiu na direção sul para Avignon.

Passou a noite no Hotel d'Europe e, de manhã, comprou sua terceira tela, outra natureza-morta, numa galeria de arte na rue Joseph Vernet. Em uma visita brevíssima a Aix-en-Provence, ali perto, escolheu a quarta tela — uma paisagem marítima grande, mas insípida —, e uma parada para o almoço em Fréjus resultou na aquisição inesperada de uma tela adorável de um desconhecido pintor de flores francês.

Gabriel encontrou sua sexta tela, um retrato verdadeiramente aterrorizante de uma idosa provençal, numa galeria em Nice e chegou a Veneza pouco depois das duas da manhã. As crianças o acordaram às 7h30 e insistiram que ele as levasse para a escola. Ao voltar para casa, tirou as seis telas de suas molduras e pediu seis molduras falsamente antigas para substituí-las no Girotto Cornici, de Milão. Aí, com o raspador em mãos, reduziu o trabalho de seis artistas franceses mortos há muito tempo a uma pilha de lascas de tinta.

Ele cobriu cinco das telas com tinta de base e imprimatura, mas deixou a sexta sem preparação, como Cézanne preferia. A paleta usual do mestre continha dezoito tonalidades. Gabriel usou a mesma combinação de tintas — feitas pelo mesmo fabricante, Sennelier de Paris — ao executar um pastiche de uma das muitas paisagens provençais de Cézanne. Achou que suas pinceladas estavam um tanto hesitantes, a marca que denunciava um falsificador, então raspou a imagem da tela e rapidamente executou outra. Chiara concordou que era em todos os aspectos superior à primeira.

— E você se pergunta por que seu filho não tem desejo de se tornar um pintor.

— Eu posso ensinar tudo o que ele precisa saber.

— Talento como o seu não dá pra ensinar, meu bem. Você nasceu com isso.

— Ele também.

Gabriel encheu o pincel de tinta negro-de-pêssego — chamada assim porque era feita com caroços de pêssego queimados — e esticou a mão na direção do canto inferior direito da tela.

— Não seria melhor você praticar uma ou duas vezes? — perguntou Chiara.

Franzindo a testa, Gabriel executou a assinatura de Cézanne como se fosse sua.

— Você é bizarro — sussurrou ela.

Com a câmera Nikon, Gabriel documentou seu crime, caso um dia seu trabalho vazasse para o mercado de arte legítimo. Mandou uma das fotografias por e-mail para Naomi Wallach e, uma hora depois, ela enviou a ele sua primeira proveniência fictícia. A última linha dizia: "Dali, por descendência, para a proprietária atual".

Gabriel esperou até 20h10 antes de ligar para a assistente pessoal mais recente da proprietária. Ela atendeu num camarim da Sala de Concertos de Oslo, onde estava sozinha com um violino Stradivarius que valia vários milhões de dólares. Seu primeiro dia no emprego, disse, tinha ido bem melhor do que o esperado.

— Preciso dizer, ela não é o monstro que você pintou. Aliás, é bastante encantadora.

Gabriel desligou e, irritado, limpou os pincéis e a paleta. *Sem dúvida*, pensou consigo mesmo, *ela estava se referindo a uma outra Anna Rolfe.*

20

VENEZA-ZURIQUE

Durante boa parte da semana seguinte, Gabriel continuou prisioneiro de seu estúdio. A barba estava por fazer, seu humor estava frágil, principalmente enquanto trabalhava no Van Gogh, um pastiche das oliveiras azul-esverdeadas pintadas por Vincent enquanto morava no Asilo Saint-Paul em Saint-Rémy-de-Provence. Quando a obra foi finalizada, Gabriel adicionou uma assinatura ao canto inferior direito, sublinhou num ângulo descendente e mandou uma foto para Naomi Wallach em Paris. Ela respondeu uma hora depois com uma proveniência falsa. A saudação em seu e-mail dizia: "Bravo, Vincent!".

Ele pintou seu Modigliani, um nu sentado, numa única tarde, mas precisou de três dias para produzir um Renoir adequado e outros dois até ficar satisfeito com seu pastiche de *Maré baixa em Pourville*, de Monet. O Toulouse-Lautrec ele deixou para o final, escolhendo como tema a forma feminina, que o artista estudara longamente durante suas visitas frequentes a um bordel na rue d'Amboise. Alcóolatra com um torso adulto montado sobre pernas deformadas de tamanho infantil, Toulouse-Lautrec frequentemente trabalhava sob a influência de uma invenção que chamava de Coquetel Terremoto, uma mistura potente de absinto e conhaque. Gabriel se virou com Cortese di Gavi e Debussy, e usou Chiara como modelo para sua prostituta. Naomi Wallach, ao receber a fotografia e as dimensões, declarou que era o melhor Toulouse-Lautrec que ela já vira.

MORTE NA CORNUALHA

Gabriel colocou as seis pinturas em suas novas molduras e as enviou para a *villa* de Anna na Costa de Prata. Uma semana depois, com a ajuda de Carlos e Maria, o caseiro e a empregada de longa data da violinista, ele as pendurou na sala de música dela. Encontrou-se com Nicholas Grove no escritório dele na Cork Street na tarde seguinte, mais uma vez sem equipe presente. Lovegrove examinou as fotos em silêncio por vários minutos antes de dar seu veredito.

— Você é mesmo um homem perigoso com um pincel na mão, Allon. Parecem autênticos de verdade. A questão é: quanto exame científico eles aguentam?

— Muito pouco — admitiu Gabriel. — Mas Ricard vai estar inclinado a aceitá-los como genuínos por causa da fonte.

— O pai da Anna?

Gabriel fez que sim.

— Um colecionador muito conhecido com gosto por arte saqueada.

Lovegrove voltou sua atenção às seis proveniências.

— Estão cheias de furos. Nenhum *marchand* respeitável tocaria nisso.

— Mas você não vai oferecê-los para um *marchand* respeitável. Vai oferecer para Edmond Ricard.

Lovegrove pegou seu celular e ligou.

— *Bonjour, monsieur* Ricard. Veja, tenho uma cliente muito especial com seis quadros incríveis para vender, e o seu nome foi o primeiro que me veio à mente. Tem alguma chance de a gente poder passar na sua galeria na quinta à tarde... Às duas? Vejo você lá.

Lovegrove desligou e olhou para Gabriel.

— Quando posso conhecer essa minha cliente muito especial?

— Vocês vão jantar na quarta à noite na casa dela, em Zurique. Mas fique tranquilo, eu vou estar junto.

— Ela é tão difícil quanto dizem?

— Anna? — Gabriel franziu a testa. — Evidentemente não.

★ ★ ★

DANIEL SILVA

Na manhã seguinte, Nicholas Lovegrove recebeu um e-mail da assistente pessoal de Anna Rolfe, uma tal Ingrid Johansen, com um itinerário para a viagem dele à Suíça. Ela tinha tomado a liberdade, explicou, de reservar a passagem aérea — primeira classe, lógico — e acomodações no exclusivo hotel Dolder Grand, em Zurique. O transporte terrestre seria feito pelo chofer pessoal de Anna, que trabalhava para ela havia muitos anos. "Se precisar de mais alguma coisa", escreveu ela na conclusão, "por favor, fique à vontade para entrar em contato comigo."

O chofer, como prometido, estava esperando no saguão de desembarque do Aeroporto Kloten, em Zurique, quando o voo de Lovegrove chegou no fim da tarde de quarta-feira. O trajeto até a imponente *villa* cor de granito da família Rolfe, que ficava em cima de um morro arborizado conhecido como Zürichberg, levava vinte minutos. Lovegrove subiu os íngremes degraus da entrada até o pórtico, onde uma mulher escandalosamente bonita, de trinta e poucos anos, esperava para recebê-lo.

— Você deve ser a srta. Johansen.

— Devo ser — respondeu ela com um sorriso encantador.

Lovegrove entrou no hall com pé-direito altíssimo. De algum lugar no fundo da enorme casa vinha o som líquido de um violino.

— É mesmo ela? — perguntou ele baixinho.

— É claro. — A mulher pegou o sobretudo de Lovegrove. — O sr. Allon chegou há alguns minutos. Está ansioso para vê-lo.

Lovegrove seguiu a mulher até uma sala de estar com móveis tradicionais. Os quadros que enfeitavam as paredes incluíam um impressionante retrato de um belo jovem nobre florentino. Gabriel estava parado na frente da tela, com a mão no queixo e a cabeça virada levemente para um lado.

— À maneira de Rafael? — perguntou Lovegrove.

— Não — respondeu Gabriel. — Rafael mesmo.

Lovegrove indicou o quadro pendurado ao lado.

— Rembrandt?

Gabriel fez que sim.

MORTE NA CORNUALHA

— O Frans Hals dela está na sala ao lado, junto com um Rubens e algumas imagens de Lucas Cranach, o Velho.

Lovegrove levantou os olhos para o teto.

— Não acredito que é ela de verdade — disse ele, *sotto voce*.

— Não precisa sussurrar, Nicky. Ela não consegue ouvir nada quando está ensaiando.

— Foi o que eu li. Mas é mesmo verdade que a mãe dela...

— É — interrompeu Gabriel.

— Nesta casa mesmo?

Gabriel apontou com a cabeça uma fileira de portas francesas.

— Lá fora, no jardim. Foi Anna quem a encontrou.

— E o pai dela? — perguntou Lovegrove.

— Você está parado no local em que aconteceu.

Lovegrove deu dois passos para a esquerda e ouviu o som sedoso do violino de Anna.

— Você nunca me contou de onde a conhece.

— Julian me pediu pra limpar um quadro para o pai dela.

— Qual?

Gabriel apontou para o Rafael.

— Aquele.

Anna insistiu em preparar o jantar, então eles se reuniram em torno dela na cozinha e seguraram coletivamente a respiração enquanto ela atacava uma grande cebola com uma faca afiadíssima.

— O que vamos comer? — perguntou Gabriel, desconfiado.

— *Boeuf bourguignon*. É um ensopado camponês francês, amado por plebeus como você.

— Talvez eu devesse cuidar das partes que envolvem armas de fabricação suíça.

— De jeito nenhum! — Ela o olhou bem nos olhos enquanto a faca reduzia uma cenoura a perfeitos discos laranja. — Um homem com o seu talento nunca deve usar objetos afiados.

DANIEL SILVA

— Anna, por favor.

— Merda! — sussurrou ela, e enfiou o dedo indicador na boca. — Olha o que você fez.

Gabriel ficou de pé rapidamente.

— Deixa eu ver.

Sorrindo, Anna mostrou-lhe o membro intacto.

— Funciona toda vez.

Gabriel tirou a faca da mão dela e terminou de cortar os vegetais.

— Nada mau — disse ela, olhando por cima do ombro dele.

— Por acaso sou casado com uma cozinheira de primeira.

— Isso foi cruel. — Anna roubou um pedaço de cenoura da tábua de corte. — Até pra você.

Felizmente, o açougueiro de Anna já havia cortado a carne em cubos. Trinta minutos depois, dourada e temperada e embebida numa garrafa de excelente Borgonha, estava cozinhando no forno a 180 graus. Eles compartilharam outra garrafa do vinho à meia-luz da sala de estar enquanto Anna dava a Nicholas Lovegrove um tour guiado de uma hora pelo passado escandaloso de sua família. Ela omitiu diversos episódios em que Gabriel tivera um papel de destaque.

— Pode ter certeza de que *monsieur* Ricard está bastante ciente dos meus vários segredos obscuros. Vou dar meu melhor para convencê-lo de que sou tão inescrupulosa quanto meu pai. Não deve ser difícil. Como você talvez tenha ouvido falar, às vezes posso ser bem desagradável. — Ela olhou para Gabriel. — Você não concorda?

— Vou segurar minha resposta até depois de ter devorado pelo menos duas porções daquele *boeuf bourguignon*.

Eles comeram na mesa da cozinha enquanto ouviam a Rádio Swiss Jazz num velho Bose. Anna estava em seu estado mais charmoso, presenteando-os com histórias hilárias de sua vida amorosa caótica até tarde da noite. Em torno das onze, Lovegrove finalmente foi embora e dirigiu-se ao Dolder Grand. Ingrid cuidou da louça enquanto Gabriel, na sala de estar, dava à sua agente um último *briefing* operacional.

— E onde você vai estar enquanto estivermos dentro do Porto Franco? — perguntou ela.

— Aqui em Zurique. Mas não se preocupe, vou ouvir tudo.

— Como?

Ele abriu o notebook e bateu no *touchpad*. Um momento depois, veio o som de água respingando na pia. Ao fundo, estava a linda versão de "Flamenco Sketches", de Franco Ambrosetti.

— Qual é a fonte do áudio? — perguntou Anna.

— O celular da sua nova assistente.

— Você anda me escutando?

— Sempre que posso.

Gabriel fechou o computador. Anna permitiu que um silêncio pairasse sobre o cômodo antes de falar:

— Lembra a noite em que você encontrou aquela foto no escritório do meu pai?

— Pelo que me lembro, tinha duas.

— Mas só uma que importava.

Era a fotografia do pai de Anna parado ao lado de Adolf Hitler e de Heinrich Himmler, comandante militar da SS.

— O que alguém faz sabendo de uma coisa dessas? — perguntou ela. — Como viver a vida?

— Enchendo o mundo de música até não conseguir mais segurar o arco.

— Esse dia está se aproximando rapidamente. Esses violinistas jovens me deixam no chinelo.

— Mas nenhum deles *soa* como você.

Anna foi até as portas francesas e olhou o jardim.

— É porque eles não cresceram nesta casa.

21

PORTO FRANCO DE GENEBRA

A antiga cidade de comércio e calvinismo conhecida como Genebra ficava na ponta oeste de Lac Léman, a três horas de carro de
Zurique. Seu ponto turístico mais reconhecível não era sua catedral
medieval nem seu elegante centro histórico, mas a Jet d'Eau, que de
repente apareceu, viva, enquanto o Mercedes de Anna acelerava pela
Pont du Mont-Blanc. Ela estava sentada atrás de seu motorista, com
Ingrid ao lado. Seu conselheiro de arte tinha sido relegado ao banco
do passageiro. Tendo falado com clientes ao telefone durante a maior
parte do trajeto, ele agora enaltecia as virtudes da fonte que parecia um
gêiser como se estivesse lendo um guia de turismo.

— É mesmo uma maravilha da engenharia, quando se pensa bem.
A água sai do bocal a duzentos quilômetros por hora e sobe até 140
metros. A qualquer momento, mais de sete mil litros estão no ar.

Ingrid não conseguiu se segurar.

— E sabe quanta eletricidade essa fonte ridícula usa a cada ano? Um
megawatt. Tudo desperdiçado.

— Você está preocupada com o aquecimento global, imagino.

— Você não?

— Ah, até acho que sim. Mas, nesta altura, o que se pode fazer além
de esperar pelo melhor? — Lovegrove olhou o horário. Já eram 14h15.
— Talvez eu deva ligar para Ricard e avisar que estamos atrasados.

MORTE NA CORNUALHA

— Você não vai fazer nada disso — declarou Anna. Aí olhou para Ingrid e disse: — A não ser que nosso amigo ache que precisa.

Ingrid consultou suas mensagens antes de responder.

— Ele não acha, madame Rolfe.

— Mentes brilhantes pensam igual.

Ingrid guardou o celular de volta na bolsa enquanto o Hôtel Métropole passava por sua janela. O elegante bar do saguão, com sua clientela rica, fora um de seus territórios favoritos para caçar. Sua última visita havia rendido uma maleta com mais de um milhão de dólares em dinheiro dentro. Ingrid, como era seu costume, tinha doado metade do dinheiro para a caridade. O resto, confiara ao gerente de sua conta na Banca Privada d'Andorra.

Experimentara sucesso similar no Grand Hotel Kempinski, muito amado pelos grotescamente ricos árabes do golfo, e nas calçadas ladeadas por bancos privados da rue du Rhône, o paraíso dos batedores de carteira. Nunca, porém, tivera oportunidade de visitar o infame Porto Franco de Genebra. Só pensar em estar dentro daquele centro — repositório de incontáveis bilhões em obras de arte, barras de ouro e outros tesouros sortidos — acendera nela a chama de uma ânsia familiar. Estava crescendo o dia todo. Agora, ela se sentia febril de expectativa.

A voz de Anna foi uma distração bem-vinda.

— Você está bem, Ingrid?

— Desculpe, o que disse, madame Rolfe?

— Você não parece bem.

— Estou só um pouco enjoada do carro, só isso. Mas não precisa se preocupar. — Ingrid apontou para uma fileira de prédios cinza e vermelhos inexpressivos se aproximando diante deles. — Chegamos ao nosso destino.

As instalações enormes tinham várias centenas de metros de comprimento e eram rodeadas por uma cerca telada com arame farpado em cima e câmeras de segurança. Um anexo cinza atarracado, onde pequenas empresas faziam negócios dentro das fronteiras do Porto

DANIEL SILVA

Franco, se projetava na ponta sul. A galeria de Edmond Ricard ficava no terceiro andar. Aprumado e bem-vestido, ele esperava no corredor mal iluminado, visivelmente irritado por Lovegrove e sua cliente misteriosa terem cometido a ofensa imperdoável de chegarem atrasados para uma reunião de negócios na Suíça. A expressão do *marchand* mudou no instante em que reconheceu o rosto famoso da cliente. Mesmo assim, ele a cumprimentou com a discrição do Porto Franco.

— Madame Rolfe — disse, em voz baixa. — É uma honra tê-la em minha galeria.

Anna assentiu uma vez, mas declinou a mão estendida de Ricard. Sem se abalar, ele se virou para Ingrid.

— E você é?

— A assistente de madame Rolfe.

— Muito prazer — falou Ricard, e as levou para o pequeno *foyer* da galeria.

Ingrid mal notou o quadro vibrante de Frank Stella pendurado na parede; estava bem mais interessada na fechadura da porta externa. Era de fabricação suíça, mecânica e supostamente impossível de abrir, o que não era verdade.

O próximo cômodo em que entraram, sem janelas, tinha carpete branco e era mobiliado com cadeiras Barcelona idênticas. Um único quadro estava pendurado em cada parede — um Matisse, um Pollock, um Lichtenstein e uma enorme tela de Willem de Kooning.

— Deus do céu — sussurrou Ingrid. — Não é esse o quadro que conseguiu um lance...

— É, sim — disse Ricard, interrompendo-a. — O proprietário colocou aqui em consignação. Pode ser seu por 250 milhões, se estiver interessada.

Ele atravessou uma segunda sala de exibição e os levou para seu escritório. A mesa era preta e estava completamente vazia, exceto por uma luminária moderna e um notebook. Duas garrafas de água mineral, uma com gás e outra sem, estavam no centro de uma pequena mesa de reuniões. Anna, após tomar seu assento, recusou a oferta de

134

MORTE NA CORNUALHA

bebidas de Ricard e também desviou de diversas tentativas do *marchand* de jogar conversa fora.

Ricard voltou-se a Lovegrove.

— Você mencionou algo sobre seis quadros.

Lovegrove abriu sua maleta e tirou uma pasta parda. Lá dentro estavam seis fotos, que ele dispôs na mesa diante de Ricard. O *marchand* examinou cada imagem longamente, aí levantou os olhos para Anna sem expressão.

— Imagino que esses quadros pertencessem ao seu pai.

— Pertenciam, *monsieur* Ricard.

— Pelo que entendo, o espólio dele abriu mão de todas as pinturas impressionistas e pós-impressionistas que ele adquiriu durante a guerra.

— É verdade. Mas meu pai comprou estas vários anos *depois* da guerra.

Lovegrove dispôs as seis proveniências na mesa, e Ricard as folheou deliberadamente.

— Estão longe de ser imaculadas — disse, ao concluir sua revisão. — Mas já vi piores.

— Consultei as bases de dados do Holocausto que eram relevantes — falou Lovegrove. — Não há alegações contra nenhum dos seis quadros.

— Fico aliviado de saber. Mas isso não muda o fato de que estavam nas mãos de um colecionador bastante notório. — Ricard se virou para Anna. — Perdoe minha sinceridade, madame Rolfe, mas a conexão do seu pai com os quadros vai reduzir significativamente o valor deles no mercado aberto.

— Não se você esconder minha identidade dos compradores, *monsieur* Ricard.

O *marchand* não contestou o argumento.

— Onde estão os quadros agora?

— Não na Suíça — respondeu Anna.

— O governo suíço sabe que você os possui?

— Não sabe.

— Posso perguntar por quê?

DANIEL SILVA

— Eu só soube da existência das obras vários anos depois da morte do meu pai. Como você pode imaginar, eu não desejava reviver o drama do caso Rolfe.

— Mesmo assim, o fato de você não ter declarado os quadros é um fator complicador. Veja, madame Rolfe, se eu os vender em seu nome, você vai ter que explicar o lucro repentino às autoridades fiscais cantonais em Zurique, o que vai alertá-las sobre o seu delito anterior. — Ricard baixou a voz. — A não ser, claro, que a gente também esconda a venda.

— Como?

— Estruturando a transação de uma forma que aconteça *offshore* e anonimamente. Aqui no Porto Franco de Genebra, como se costuma dizer, isso é de praxe. — Ricard sorriu para Lovegrove. — Mas claro que seu conselheiro de arte já sabe disso. E é por isso que vocês dois estão aqui hoje.

Lovegrove intercedeu em nome da cliente.

— E se madame Rolfe estivesse interessada numa transação que não envolva uma conta bancária *offshore* nem uma empresa de fachada?

— Que tipo de transação?

— Uma troca dos quadros do pai dela por algo um pouco mais, como posso dizer, imaculado no que diz respeito à proveniência.

— Uma troca não vai resolver os problemas fiscais da sua cliente.

— Se os novos quadros continuarem aqui no Porto Franco, vai.

— Também de praxe — disse Ricard. — Muitos dos meus clientes deixam as obras aqui por anos para evitar taxação e impostos. E muitas vezes, quando decidem vender um quadro, o processo de envio envolve apenas mover uma caixa de um cofre de armazenamento para outro. O Porto Franco contém a maior coleção de arte do mundo, e boa parte dela está à venda. Com certeza conseguimos achar algo que interesse à madame Rolfe.

— Ela prefere obras contemporâneas — disse Lovegrove.

— Ela gosta de De Kooning?

— Madame Rolfe gostaria de considerar cuidadosamente suas opções antes de tomar uma decisão.

MORTE NA CORNUALHA

— É claro — falou Ricard. — Enquanto isso, porém, tem a pequena questão da comissão da galeria.

— Como madame Rolfe não pode escrever um cheque para cobrir o custo da sua comissão, você vai ter que estruturar a negociação de uma forma que leve seus próprios interesses em consideração.

Era um convite para pesar a transação a favor da galeria. Ricard obviamente gostou da sugestão.

— Sobram, então, os seis quadros — disse ele, baixando os olhos para as fotos. — Precisamos transportá-los da localização atual para o Porto Franco. E precisamos fazer isso de um jeito que envolva uma transação. Afinal, o Porto Franco não é um depósito público. Todos os quadros e outros itens de valor trancados aqui, tecnicamente, estão em trânsito.

— Precisa ser feito de uma forma que proteja a identidade de madame Rolfe.

— Sem problemas — falou Ricard, com um gesto de desprezo. — Faço isso o tempo todo. A Galerie Ricard vai ser a compradora oficial. Uma vez que os quadros forem admitidos no Porto Franco, vou colocá--los num cofre controlado apenas por madame Rolfe. O nome dela, porém, não vai aparecer em nenhum de meus arquivos, e as autoridades do Porto Franco não vão saber nada sobre a nossa conexão.

— Tudo isso é bem parecido com o banco do meu pai — disse Anna.

— Com uma importante exceção, madame Rolfe. O Porto Franco nunca entrega seus segredos. — A caneta de Ricard estava pairando em cima do caderno. — Você estava para me dizer aonde enviar a transportadora para coletar os seis quadros.

Anna recitou o endereço de sua *villa* na Costa de Prata.

— Que tal na terça-feira?

Foi Ingrid, guardiã da agenda, quem respondeu. Fez isso baixando os olhos para o celular.

— Terça-feira está ótimo, *monsieur* Ricard.

137

22

PORTO FRANCO DE GENEBRA

Anna e Ingrid viajaram de Zurique à Costa de Prata para supervisionar o ritual de embalagem dos seis quadros. As obras chegaram a Genebra na quinta-feira seguinte e foram liberadas para o Porto Franco na sexta de manhã cedo.

— Um dos maiores achados de que se tem memória — declarou Edmond Ricard durante uma ligação no meio do dia para Nicholas Lovegrove, em Londres.

Mesmo assim, o *marchand* suíço declarou que seus especialistas analisariam as telas antes de seguir em frente. Gabriel passou cinco dias ansiosos em Veneza esperando o veredito deles, que foi favorável. Ricard determinou o valor em impressionantes 325 milhões de dólares, e Lovegrove deu a ele uma lista de artistas estratosfericamente caros que eram de interesse de sua cliente. A lista não incluía o nome Pablo Picasso.

Outras 48 horas se passariam antes de Ricard, pedindo desculpas pelo atraso, mandar a Lovegrove uma lista de quadros para consideração de sua cliente. Incluídos, estavam o Pollock e o De Kooning expostos na galeria de Ricard, junto a obras de Gustav Klimt, Mark Rothko, André Derain, Georges Braque, Fernand Léger, Wassily Kandinsky, Andy Warhol, Robert Motherwell e Cy Twombly. Lovegrove chamou de um começo promissor e, três dias depois, estava de volta ao Porto

MORTE NA CORNUALHA

Franco de Genebra com sua cliente e a assistente dela a tiracolo. Por duas horas, eles percorreram os corredores e os cofres do local, com Gabriel monitorando os trabalhos a partir de Veneza, pelo celular de Ingrid. A cliente de Lovegrove estava se comportando de maneira exemplar, mas longe de deslumbrada.

— Você está procurando alguma coisa específica? — perguntou Ricard quando voltaram à sala dele.

— Vou saber quando vir — disse Anna.

— O De Kooning seria um belo investimento, madame Rolfe. O Pollock também. Estou disposto a aceitar seus seis quadros em troca das duas telas, e ficamos por aqui.

— Coloque isso por escrito — interveio Lovegrove. — Enquanto isso, gostaríamos de ver o que mais está no mercado.

A próxima visita aconteceu na semana seguinte. Incluiu telas adicionais de Pollock e Rothko, ainda outro De Kooning, um Basquiat, um Bacon e um Jasper Johns, mas a cliente de Lovegrove não gostou de nenhuma. Frustrado, Ricard sugeriu que dessem uma olhada numa última obra — uma oportunidade extraordinária, ou era o que ele alegava, que tinha acabado de entrar no mercado. Estava armazenada no Prédio 2, Corredor 4, Cofre 39. Quando Ricard abriu o contêiner de metal para transporte trancado, madame Rolfe inspirou fundo. Uma foto do quadro, tirada por sua assistente, apareceu na mesma hora na tela do computador de Gabriel em Veneza.

Eles estavam chegando mais perto.

A obra em questão, uma paisagem urbana de Barcelona, fora pintada por Pablo Picasso durante a fase de três anos de sua carreira que ficaria conhecida como Período Azul. Ricard expressou surpresa com a reação de madame Rolfe ao quadro. Ele tinha a impressão, explicou, de que ela não se interessava pela obra do espanhol.

— De onde você tirou essa ideia?

— Do seu conselheiro de arte.

DANIEL SILVA

Anna dirigiu um olhar fulminante a Lovegrove.

— Um lapso da parte dele, posso garantir.

— Tem mais de mil Picassos armazenados aqui no Porto Franco — explicou Ricard. — Sei de pelo menos cem atualmente no mercado.

— Eu gostaria de ver cada um deles.

Ricard mostrou a eles mais três Picassos depois do almoço e mais quatro na terça-feira seguinte. Duas das telas eram do Período Rosa, duas eram obras cubistas pintadas durante a Primeira Guerra Mundial, e duas eram obras tardias executadas por Picasso pouco antes de sua morte. A última tela que viram era uma obra surrealista — uma mulher sentada diante de uma janela — pintada por Picasso em 1936, quando morava na rue la Boétie, em Paris. Anna disse ao *marchand* suíço que era sua favorita do lote.

— As peças cubistas também são muito boas — apontou o *marchand*.

— Mas esta é especial.

— Elas não são fáceis de encontrar, madame Rolfe. Sei de uma outra obra similar aqui no Porto Franco, mas é improvável que o proprietário aceite se desfazer dela.

— Tem alguma chance de ele pelo menos permitir que a gente dê uma olhada?

— O Porto Franco não é uma galeria. Colecionadores mantêm seus quadros aqui por um motivo.

Eles voltaram três dias depois, mas as telas que Ricard lhes mostrou eram todas do período pós-guerra. Fizeram uma pausa no fim de semana — Anna e Ingrid o passaram em Zermatt, e Lovegrove, na casa de veraneio dele em Tunbridge Wells — e, na quarta seguinte, viram catorze Picassos impressionantes. Nenhum deles era uma obra surrealista dos anos 1930, deixando Anna previsivelmente decepcionada.

— E a outra tela surrealista que você mencionou? — perguntou ela.

— Falei com o representante do proprietário ontem à noite.

— E?

— Não sei se consigo convencê-lo a vender. Mas, se conseguir, vai ser uma negociação extremamente difícil.

140

— Tenho um vale-presente no valor de 325 milhões de dólares que me foi deixado pelo meu pai. Desnecessário dizer que dinheiro não é problema.

Eram as quatro palavras mais perigosas para dizer na frente de um *marchand* de arte, especialmente um que negociava dentro do Porto Franco de Genebra.

— Se você tiver uns minutos — disse ele, olhando seu relógio —, podemos ir dar uma olhada agora.

— Eu adoraria — respondeu Anna.

O quadro estava guardado num cofre localizado no Prédio 3, Corredor 6. As marcações no caixote de metal para transporte não traziam pistas do conteúdo — um retrato de uma mulher, óleo sobre tela, pintado por Picasso em seu estúdio na rue la Boétie em 1937. Os quatro olharam o quadro por um longo momento em silêncio.

— Dimensões? — perguntou Lovegrove por fim, como se fosse a última de suas preocupações.

— Tem 94 por 66 centímetros — respondeu Ricard.

Lovegrove olhou para Anna.

— O que acha?

— Pode dar o que ele quiser — disse ela, e saiu andando.

As negociações começaram no fim da manhã seguinte, depois de Lovegrove se instalar em seu escritório na Cork Street. Como prometido, o proprietário do Picasso — Ricard alegava não saber sua identidade, nem mesmo se era um indivíduo ou um consórcio de investidores — se fez de difícil.

— Ele quer o Modigliani, o Van Gogh, o Cézanne e o Monet.

— Por um único Picasso? Aposto que quer mesmo — respondeu Lovegrove. — Mas ele não vai conseguir.

— Talvez, antes de negar, você devesse apresentar a oferta à sua cliente.

DANIEL SILVA

— Não vou deixar que ela faça um negócio ruim, independentemente de quanto ela queira aquele quadro.

Quarenta e oito horas se passaram antes de Lovegrove voltar a ter notícias de Ricard. Pelo jeito, o proprietário do quadro tinha se recusado a renunciar a seu posicionamento inicial. A bola, disse Ricard, estava do lado de Lovegrove.

— O Modigliani e o Van Gogh — falou Lovegrove.

— Ele não vai aceitar de jeito nenhum.

— *Quem* não vai aceitar, *monsieur* Ricard?

— O homem do outro lado da linha. Não importa quem ele é.

— Faça a oferta pra ele. Espero notícias suas.

O *marchand* suíço esperou até as 17h30 da tarde seguinte para ligar para Lovegrove com a resposta.

— O proprietário ainda quer os quatro quadros, mas acho que talvez aceite a troca pelo Modigliani, pelo Van Gogh e pelo Cézanne.

— E por que não aceitaria? É o negócio da vida dele.

— Isso é um sim, *monsieur* Lovegrove?

Ele indicou, a contragosto, que era. Às dez da manhã seguinte, tinham um acordo verbal.

— Sobram o Monet, o Renoir e o Toulouse-Lautrec — disse Ricard. — Como madame Rolfe deseja gastar o saldo do chamado vale-presente dela?

— Com o Pollock.

— Feito.

Lovegrove imediatamente ligou para Gabriel com a notícia.

— Temos um acordo, Allon.

— Sim, eu sei.

— Como?

Gabriel desligou sem responder. Lovegrove, depois de tomar um martíni comemorativo com Sarah Bancroft no Wiltons, caminhou até a Regent Street e comprou um celular novo.

23

VENEZA-GENEBRA

Ricard pediu 72 horas para redigir o acordo de vendas, nada incomum para uma transação envolvendo quase um bilhão de dólares em obras de arte. Ele sugeriu que se reunissem de novo no Porto Franco na quinta-feira seguinte, às quatro da tarde, para assinar os documentos e trocar os oito quadros. Lovegrove insistiu que o negócio dependia de uma autenticação final do Picasso e do Pollock, já que ambos os artistas estavam entre os mais frequentemente falsificados do mundo. Ricard não viu nada de incomum no pedido.

— Quando seu especialista gostaria de ver os quadros?

— Pode ser na quinta-feira à tarde. Ele não vai precisar de mais que alguns minutos para tomar uma decisão.

— Ele é um desses, é?

— Pode-se dizer que sim.

O especialista de Lovegrove, que ele não identificou, passou aqueles três dias em Veneza. Foi à igreja de Santa Maria degli Angeli, em Murano, todas as manhãs, evitando certo bar nas Fondamente Nove, e se ocupou das pinturas menores que adornavam a nave. Na terça, aceitou a entrega de um estojo de transporte de obras de arte — grande o suficiente para transportar uma tela que media 94 por 66 centímetros — e, na quarta, acompanhou o filho à aula de matemática na universidade.

DANIEL SILVA

Naquela noite, sentou-se na bancada da cozinha e tomou Brunello enquanto sua esposa preparava o jantar.

O noticiário *Six O'Clock News*, da BBC, saía do alto-falante Bluetooth. A primeira-ministra Hillary Edwards, enfrentando uma rebelião dentro de seu gabinete, tinha anunciado sua renúncia como líder do Partido Conservador. Ela continuaria como primeira-ministra interina enquanto um novo líder era escolhido. O poderoso Comitê de 1922 do partido, querendo evitar uma briga de sucessão prolongada, tinha determinado regras que limitavam o número de candidatos a apenas três.

— Para quem estamos torcendo? — perguntou Chiara.

— Para alguém que consiga estabilizar o país e colocar a economia de pé outra vez.

— Este é o Hugh Graves?

— Os colegas dele pelo jeito acham que sim.

— Ele parece gostar muito de você.

— Ao contrário do seu namorado do Bar Cupido.

— Pelo jeito você não está com fome hoje. — Chiara colocou o noticiário no mudo e trocou o assunto da conversa para a viagem iminente de Gabriel a Genebra. — Você não acha mesmo que ele vai te deixar sair do Porto Franco com o Picasso, né?

— O Gennaro?

— Edmond Ricard — disse Chiara, suspirando.

— Não pretendo dar muita escolha a ele.

— E se ele decidir chamar as autoridades?

— Aí as coisas vão ficar bem interessantes para todos os envolvidos.

— Principalmente sua namorada.

— Para não mencionar a assistente dela — completou Gabriel.

— E se tudo correr de acordo com o plano?

— Vou destruir minhas seis falsificações para Ricard não colocá-las sorrateiramente no mercado, aí vou eu mesmo entregar o Picasso a Naomi Wallach em Paris. Ela já está procurando o herdeiro de Emanuel Cohen por direito.

— Alguém está prestes a ficar extraordinariamente rico.

— E alguém está prestes a ficar bastante irritado.

— O proprietário do Picasso?

Gabriel fez que sim.

— É de se perguntar por que ele concordou em vender, pra começo de conversa — disse Chiara.

— A gente fez uma oferta que ele não podia recusar. Três quadros de valor extraordinário e uma garantia de que o Picasso continuaria trancado no Porto Franco por um bom tempo.

— E pensar que você queria procurar a polícia.

— Pois é — falou Gabriel, segurando a taça de vinho na direção da luz. — Como pude ser tão tonto?

Ele acordou cedo na manhã seguinte e se vestiu com uma calça e um pulôver pretos e uma jaqueta esportiva de *cashmere* cinza. Anna e Ingrid o pegaram no aeroporto de Genebra às 15h30. Pararam numa loja de material de escritório, onde Gabriel comprou um estilete retrátil, depois foram para o Porto Franco.

— Você não está enganando ninguém com essa roupa ridícula de *Homens de preto* — disse Anna. — Pode ter certeza de que *monsieur* Ricard vai saber exatamente quem você é no minuto em que entrar na galeria dele.

— O que vai fazer os trabalhos correrem com mais tranquilidade.

— Você não vai atacá-lo, né? — Anna olhou para Ingrid e sussurrou: — Ele pode ser bem violento quando fica nervoso.

— Acho difícil de acreditar.

— Você não o conhece tão bem quanto eu. Pelo menos, espero que não.

— Não conhece — interveio Gabriel.

— Fico aliviada. Afinal, ela ainda é uma criança.

— Mas não é nada inocente.

— Sim — falou Anna. — Ingrid me contou tudo sobre a dificuldade que sempre teve para controlar os impulsos.

— E você, claro, retribuiu com uma história trágica sua.

DANIEL SILVA

— Como você adivinhou?

O motorista de Anna estacionou na frente do prédio de escritórios na ponta sul do Porto Franco, e Gabriel e Ingrid entraram no saguão atrás dela. O guarda na mesa de segurança consultou uma prancheta, viu que madame Rolfe e seu grupo estavam sendo aguardados às quatro e os direcionou para o elevador. Lá em cima, no terceiro andar, Ingrid apertou o botão do interfone ao lado da entrada da Galerie Ricard, mas não obteve resposta. Anna tentou e teve o mesmo resultado.

— Talvez a gente devesse ligar pra ele — sugeriu ela.

Gabriel ligou para o número da galeria e, depois de vários toques, foi convidado a deixar uma mensagem. Ele desligou e tentou o celular de Ricard. Ninguém atendeu.

— Ele deve estar com outro cliente — falou Anna.

— Para Edmond Ricard, você agora é a única cliente que importa no mundo. — Gabriel tentou abrir a porta, mas estava trancada. Aí olhou para Ingrid e perguntou: — Será que você não tem uma chave micha mágica na sua bolsa?

— Assistentes pessoais de violinistas mundialmente famosas não carregam chaves micha, sr. Allon.

Gabriel tirou um par de ferramentas para abrir fechaduras do bolso do peito do casaco.

— Isto vai ter que servir.

Ingrid cobriu a visão da câmera de segurança enquanto Gabriel inseria as ferramentas na fechadura. Anna ficou fora de si.

— E se o alarme disparar? — sussurrou ela.

— Um ícone global vai ser preso por invadir uma galeria de arte no Porto Franco de Genebra.

— Junto com a assistente dela — murmurou Ingrid.

Gabriel inseriu e tirou a ferramenta da fechadura, manipulando habilmente os pinos.

— Quanto tempo mais você vai levar? — perguntou Anna.

— Depende de quantas vezes mais você me interromper.

Ele virou a fechadura para a direita, e a trava cedeu.

146

MORTE NA CORNUALHA

— Nada mau — disse Ingrid.

— Você devia vê-lo com uma arma — respondeu Anna.

— Já vi, na verdade.

Gabriel abriu a porta. Não houve alarme audível.

— Talvez ainda haja esperança pra nós — falou Anna.

— A não ser que o alarme seja silencioso — apontou Ingrid. — Nesse caso, estamos totalmente ferrados.

Gabriel entrou no vestíbulo da galeria atrás das duas mulheres e permitiu que a porta se fechasse atrás de si. Anna chamou alegremente o nome de Ricard e só recebeu silêncio em resposta.

— Talvez você devesse tocar uma partita pra ele, em vez disso — comentou Gabriel, e entrou na primeira sala de exibições.

Os mesmos quatro quadros estavam em exposição, incluindo o Pollock, que, na opinião apressada de Gabriel, não era autêntico. Duas de suas seis falsificações, o Van Gogh e o Modigliani, estavam apoiadas nos cavaletes cobertos com feltro da segunda sala. As outras quatro obras — o Renoir, o Cézanne, o Monet e o Toulouse-Lautrec — estavam encostadas nas paredes. Não havia nem sinal do *Retrato sem título de uma mulher no estilo surrealista*, óleo sobre tela, 94 por 66 centímetros, de Pablo Picasso.

Ingrid tentou a maçaneta da porta da sala de Ricard.

— Não me diga que está trancada — disse Gabriel.

— Parece que sim — respondeu ela, e saiu da frente.

Gabriel pôs-se a trabalhar, e a fechadura se rendeu em menos de trinta segundos. Sua mão pairou imóvel sobre a maçaneta.

— O que você está esperando? — perguntou Anna.

— Quer mesmo que eu responda?

Gabriel virou a maçaneta e abriu a porta devagar. O odor familiar o atingiu de uma vez, metálico e enferrujado, o cheiro de sangue. Tinha escorrido dos buracos de bala no homem caído atrás da mesa preta elegante. Diante dele estava um acordo de vendas ensopado de sangue com o nome da violinista mais famosa do mundo e, no piso acarpetado, uma moldura vazia. Gabriel não se deu ao trabalho de tirar as medidas.

DANIEL SILVA

Qualquer tolo veria que as dimensões da pintura desaparecida eram 94 por 66 centímetros.

— É o seu Picasso? — quis saber Anna.

— Não — respondeu Gabriel. — *Era* o meu Picasso.

— Imagino que isso signifique estamos ferrados.

— Totalmente.

Parte Dois

O ROUBO

24

PLACE DE CORNAVIN

A sede do NDB, o pequeno mas competente serviço de segurança interna e inteligência externa da Suíça, ficava localizada na
Papiermühlestrasse, 20, na tranquila capital de Berna. Christoph Bittel,
recém-nomeado diretor-geral do NDB, estava presidindo uma reunião
de seus chefes de divisão quando, às 16h12, recebeu uma ligação em seu
celular pessoal. Depois de ver o nome mostrado na tela, pediu licença
para conduzir a conversa na privacidade de seu escritório. Mais tarde,
ficou feliz por ter feito isso.

— Talvez seja uma surpresa pra você — disse ele —, mas estou
inclinado a desligar e voltar à minha reunião.

— Eu não faria isso no seu lugar, Bittel.

— Fala logo.

A explicação durou menos de trinta segundos e envolvia um quadro desaparecido, um *marchand* morto e talvez a mulher mais famosa
da Suíça. Mesmo assim, Bittel tinha certeza de só estar recebendo uma
pequena parte da história.

— Nem pense em sair dessa galeria. Chego em Genebra o mais
rápido possível.

Questões criminais não eram responsabilidade do NDB — a não
ser que envolvessem espionagem ou uma ameaça à segurança da
Confederação, o que não era o caso desse incidente, pelo menos por

DANIEL SILVA

enquanto. Ele representava, porém, uma potencial ameaça aos interesses comerciais suíços, no mínimo porque o crime havia acontecido dentro do Porto Franco de Genebra. As instalações já tinham sido fonte de vários escândalos vergonhosos, incluindo um caso envolvendo um notório *marchand* italiano de antiguidades saqueadas. Verdade seja dita, Bittel não gostava do Porto Franco, nem dos super-ricos globais que escondiam seus tesouros ali. Ainda assim, era do interesse dele, e da Suíça, conter qualquer dano.

Então, Christoph Bittel ligou para a chefe da Polícia de Genebra e explicou a situação o melhor que pôde. Com razões para desconfiar da exatidão do que lhe estavam dizendo, a chefe concordou que era necessário agir com discrição. Ela imediatamente ligou para o chefe da *sûreté*, a divisão criminal da força, e, às 16h27, os primeiros investigadores entraram no edifício comercial atarracado na ponta sul do Porto Franco. A caminho do elevador, instruíram o segurança de plantão no saguão a trancar todas as portas do prédio e permanecer em seu posto até segunda ordem. Não se deram ao trabalho de contar a ele aonde estavam indo nem por quê.

Lá em cima, bateram na porta de vidro da Galerie Ricard e foram admitidos por um homem de estatura e porte medianos vestido quase todo de preto. Estava acompanhado de duas mulheres, uma que os investigadores reconheceram instantaneamente e outra que não reconheceram. A vítima estava em seu escritório, junto com uma moldura vazia. Em uma das duas salas de exibição da galeria, havia seis quadros de seis dos artistas mais famosos que já viveram, ou era o que parecia aos investigadores. Curiosamente, todos os seis tinham sido cortados em pedacinhos.

Em pouco tempo, eles estabeleceram que o cavalheiro vestido quase todo de preto era na verdade o lendário ex-agente de inteligência Gabriel Allon, que a mais velha das duas mulheres era de fato a renomada violinista Anna Rolfe e que a segunda mulher, uma cidadã dinamarquesa chamada Ingrid Johansen, era assistente de madame Rolfe. O interrogatório subsequente revelou que eles haviam chegado

MORTE NA CORNUALHA

à galeria às quatro da tarde para concluir uma transação envolvendo várias obras de arte valiosas, incluindo uma pintura surrealista de 1937 de Pablo Picasso. O ex-agente de inteligência tinha conseguido entrar na galeria abrindo a fechadura e então descoberto que *monsieur* Ricard fora assassinado, e o Picasso, roubado.

— Você tem alguma ideia de quem pode ter feito isso?

— Estou apostando que foi a pessoa que chegou à galeria algumas horas antes de nós. O segurança lá embaixo sem dúvida deu uma boa olhada nele. Aliás, se eu tivesse que apostar, ele talvez até tenha um vídeo.

Um dos investigadores desceu até o saguão para dar uma palavrinha com o segurança. Sim, a Galerie Ricard tinha recebido um visitante no começo daquela tarde, um alemão robusto de pouco menos de quarenta anos. Ele havia chegado às 14h17 e estava carregando um estojo de transporte de obras de arte. Quando saiu do prédio, aproximadamente dez minutos depois, carregava o mesmo estojo.

— Nome?

— Andreas Hoffmann.

— Você deu uma olhada na identidade dele?

O guarda fez que não.

— Onde consigo o vídeo?

— No escritório central da segurança.

Ele ficava localizado no prédio principal da administração. Mas acontece que não havia imagens de um alemão robusto. Alguém, parecia, tinha hackeado a rede de computadores do Porto Franco e apagado seis meses de vídeos salvos. Nesse ponto, o assassinato de Edmond Ricard, galerista no Porto Franco de Genebra, virou um problema de Christoph Bittel e do NDB.

Era perto das oito da noite quando o chefe de inteligência suíço finalmente chegou a Genebra. Ele não foi para o Porto Franco, mas para a sede da Polícia de Genebra, na Place de Cornavin. A violinista mundialmente famosa e sua assistente estavam na cantina de funcionários,

DANIEL SILVA

cercadas de vários policiais admiradores. O ex-agente de inteligência se encontrava numa sala de interrogatório, onde havia sido entrevistado longamente pelo chefe da *sûreté*. Como a sessão era gravada, o sujeito não tinha sido completamente sincero. Mas a versão da história que ele deu a Christoph Bittel, amigo e parceiro de confiança em sua vida prévia, era na maior parte verdadeira.

— Você sabe quantos crimes cometeu?

— Nenhum, na verdade.

— O envio daqueles seis quadros de Portugal ao Porto Franco foi uma violação da lei suíça.

— Mas os quadros não eram verdadeiros.

— Outro crime da sua parte — disse Bittel. Ele era alto, careca e usava óculos, e tinha o comportamento frio de um banqueiro particular de Zurique. — Nem é preciso dizer que é ilegal traficar pinturas falsificadas na Suíça.

— Mas eu não tentei lucrar com meu trabalho. Portanto, não me envolvi em atividade criminosa.

— E o acordo de vendas na mesa de *monsieur* Ricard?

— Eu nunca ia deixar Anna assiná-lo. A transação era uma armadilha minha para achar o Picasso.

— Que agora desapareceu outra vez.

Gabriel não respondeu.

— Você devia ter me procurado desde o começo — falou Bittel.

— E o que você teria feito?

— Teria encaminhado a questão para um juiz de instrução aqui em Genebra, e o juiz teria conduzido um inquérito completo.

— O que teria levado anos, e o proprietário do Picasso ganharia bastante tempo para levá-lo a outro lugar.

— Nós temos leis, Allon.

— E essas leis tornam quase impossível que os donos de direito de arte saqueada no Holocausto recuperem sua propriedade.

Bittel não retrucou, pois não havia o que retrucar. Sugeriu, porém, que esse caso talvez tivesse sido diferente.

— Por quê? — perguntou Gabriel.

— Nossas autoridades fiscais e aduaneiras andam preocupadas com a escala e a legitimidade das atividades de *monsieur* Ricard já há algum tempo. Infelizmente, havia pouca disposição para tomar alguma atitude em relação a isso.

— Fico chocado em saber.

Bittel deu de ombros para indicar desalento, ou resignação, ou algo entre os dois.

— É esse o negócio da Suíça, Allon. Nós atendemos às necessidades dos super-ricos globais. Só o Porto Franco de Genebra traz bilhões de dólares de riqueza por ano ao nosso pequeno país sem acesso ao mar.

— E é por isso que você e seus amigos da Polícia de Genebra estão tentando desesperadamente achar um jeito de encobrir o fato de que alguém hackeou a rede de computadores do Porto Franco e roubou um quadro que vale mais de cem milhões de dólares. Ou talvez os super-ricos globais decidam guardar suas obras de arte e barras de ouro em Singapura ou em Delaware, em vez de na Suíça.

— Uma possibilidade muito real.

— Como você vai lidar com isso?

— Do mesmo jeito que lidei com todas as outras bagunças que você fez na Suíça.

— Eu não estava lá?

Bittel fez que não com a cabeça.

— Nem sua amiga Anna Rolfe.

— Como você pretende explicar o *marchand* morto?

— A Polícia de Genebra vai explorar diversas possíveis teorias, nenhuma delas envolvendo um Picasso que foi de propriedade de um judeu parisiense assassinado em Auschwitz. Você, porém, vai continuar buscando o quadro, e também o assassino de *monsieur* Ricard, é evidente. E vai relatar suas descobertas a mim.

— E se eu declinar sua generosa oferta?

— A Polícia de Genebra não vai ter escolha a não ser prender a assistente de Anna Rolfe. Evidentemente, ela tem mais que uma leve

DANIEL SILVA

semelhança com a suspeita de um roubo ocorrido há não muito tempo no Hôtel Métropole.

— Por um bom motivo — disse Gabriel.

— Dizem que ela é uma ladra profissional das melhores.

— Você devia vê-la com um teclado nas mãos.

— Acha que ela consegue entrar na rede de computadores do Porto Franco de Genebra?

Gabriel sorriu.

— Estava com receio de que você nunca perguntasse isso.

25

RUE DES ALPES

No fim da tarde daquela quinta-feira, a Polícia de Genebra anunciou que o proeminente *marchand* Edmond Ricard tinha sido assassinado a tiros dentro de sua galeria localizada no Porto Franco de Genebra. O breve comunicado dizia então que nada havia sido roubado e nenhum dos bens armazenados dentro dos cofres correra qualquer perigo. A polícia descreveu o suspeito apenas como um homem que falava alemão e tinha quase quarenta anos. Investigadores disseram que estavam operando sob a suposição de que a arma dele tinha silenciador, já que não havia relatos de tiros. Também supunham que o nome dado pelo homem ao segurança no saguão fosse falso e, portanto, não tinham interesse em divulgá-lo.

Curiosamente, nem a polícia nem as autoridades do Porto Franco liberaram imagens em vídeo ou estáticas do suspeito. Também estava ausente do comunicado inicial qualquer menção a como o corpo do *marchand* tinha sido descoberto ou mesmo o horário aproximado do assassinato. Tentativas subsequentes por parte de repórteres de questionar o segurança que estava de plantão naquela tarde se mostraram malsucedidas depois de ele ser redesignado às pressas a um posto bem lá nas entranhas da unidade. O registro de visitantes desapareceu sem deixar rastros.

Se o documento tivesse reaparecido, revelaria o nome da renomada violinista suíça que visitara a Galerie Ricard às quatro da tarde no dia do

DANIEL SILVA

assassinato — e em várias outras ocasiões durante as semanas anteriores. Um acordo de vendas ensanguentado descoberto na mesa do *marchand* teria desnudado o motivo daquelas visitas. Mas o acordo, assim como o livro de registros, parecia ter evaporado. O encobrimento foi tão completo que se estendeu à sede da própria Polícia de Genebra, onde todas as evidências da breve visita da renomada violinista, incluindo selfies e autógrafos, foram deletadas e destruídas. Sua partida, às 21h40, foi feita de uma maneira digna de uma chefe de Estado.

Gabriel e Ingrid saíram do prédio alguns minutos depois. Por causa da conduta passada de Ingrid em Genebra, evitaram os hotéis de luxo e se acomodaram num flat na rue des Alpes em vez disso. As comodidades ali incluíam uma troca diária das roupas de cama e banho e, mais importante, wi-fi ilimitado. Mais tarde, o departamento de TI do Porto Franco de Genebra confundiria o endereço IP do apartamento com um de Râmnicu Vâlcea, uma região da Romênia conhecida pela competência de seus hackers.

Ingrid trabalhava em seu quarto com a porta totalmente fechada e jazz escandinavo fluindo dos alto-falantes de seu notebook. Tord Gustavsen, Marcin Wasilewski, Bobo Stenson, o Quarteto Maciej Obara — essencialmente todo o catálogo da ECM Records. Gabriel mandou uma mensagem para ela oferecendo ajuda e ouviu que ele não entendia nada de computadores e, portanto, só atrapalharia o progresso. Uma parte dele estava tentada a lembrar a Ingrid que havia sido diretor de um dos serviços de inteligência mais tecnologicamente proficientes do mundo — e supervisionara uma série de operações de hackeamento notórias, incluindo várias que tinham como alvo o programa de armas nucleares da República Islâmica do Irã. Isso não significava, porém, que ele compreendesse por completo a feitiçaria digital envolvida nos ataques. Aliás, teria dificuldade de explicar como o micro-ondas na cozinha do apartamento esquentava o leite para seu café.

Ingrid tomava o dela puro, com quantidades perigosas de açúcar. Gabriel o deixou numa bandeja em frente à porta dela. Deixou comida também, mas ela não a tocou. Tampouco dormiu. Dormiria, falou, quando encontrasse o homem que havia matado Edmond Ricard e roubado o Picasso.

Vinte e quatro horas depois da chegada deles, ela se afastou de seu quarto pelo tempo necessário para atualizar Gabriel sobre seu progresso.

— Estou dentro da rede do Porto Franco — explicou ela. — Mas estou tendo dificuldade de descobrir a senha do sistema de segurança.

— Acho difícil de acreditar.

— Chocante, eu sei.

— E quando você descobrir?

— Vou dar uma olhada na pasta de backup pra garantir que o vídeo não esteja lá parado à vista de todos.

— É melhor partir do pressuposto de que os hackers deletaram o conteúdo da pasta de backup enquanto estavam de saída.

— Mas, como você bem sabe, nada nunca é deletado de verdade. Eles não desligaram completamente o sistema, o que quer dizer que as câmeras estavam rolando e o HD estava gravando. Aquele vídeo desaparecido está lá em algum lugar. Só tenho que encontrá-lo e ressuscitá-lo.

— Quanto tempo mais vai demorar?

— Você quer que eu te dê o horário preciso em que vou encontrar e recuperar seis meses de vídeos de vigilância de uma das unidades de armazenamento mais seguras do mundo?

E, com isso, a porta se fechou e a música voltou a tocar — um álbum de composições solo contemplativas do pianista de jazz francês Benjamin Moussay.

— Que tal Schubert ou Chopin em vez disso? — perguntou Gabriel, mas não recebeu resposta a não ser o batuque do teclado de Ingrid.

Ele a viu de novo à uma da tarde do dia seguinte, quando ela anunciou que finalmente tinha descoberto a senha e conseguido acessar o sistema de segurança do Porto Franco. Mais duas horas se passariam antes que ela pudesse confirmar que o hacker também havia drenado a pasta de backup, e nesse ponto a pesquisa ganhou uma natureza forense. Suas batidas nas teclas ficaram mais intensas, sua escolha de jazz, mais tradicional. "Kind of Blue", de Miles Davis. "A Love Supreme", de John Coltrane. Um lindo álbum de *standards* de Keith Jarrett e do contrabaixista Charlie Haden.

Pouco depois das oito da noite, tanto a música quanto o teclado ficaram em silêncio. Gabriel permitiu que mais uma hora se passasse antes de entrar no quarto dela. Encontrou-a esticada na cama, de olhos fechados, as pálpebras se contraindo num pesadelo. Na mão dela havia um pen drive.

Gabriel removeu delicadamente o dispositivo do punho dela e o encaixou na entrada USB de seu próprio computador. Apareceu um pedido de senha em sua tela. Ele tentou várias combinações de letras e numerais, sem sucesso. Aí, digitou a palavra *Aurora*, codinome do plano russo secreto que Ingrid havia roubado em Moscou, e uma pasta apareceu. Dentro, havia várias centenas de imagens estáticas e um único vídeo com treze minutos de duração.

— Te peguei — sussurrou Gabriel, e clicou no ícone de play.

O vídeo começava às 14h17, quando o suspeito, um homem bem-vestido com cabelo loiro-claro, saiu de um Peugeot 508 sedã que parou brevemente na route du Grand-Lancy. Ele tirou um estojo de transporte de obras de arte retangular do porta-malas do carro e foi na direção da entrada do edifício comercial atarracado. Três câmeras diferentes observaram sua breve interação com o segurança, e uma quarta registrou seu trajeto de quinze segundos de elevador até o terceiro andar. Ele apertou o botão do interfone da Galerie Ricard às 14h21 e foi imediatamente admitido. *Claramente*, pensou Gabriel, *estava sendo aguardado*.

Ele permaneceu dentro da galeria por oito minutos, tempo suficiente para atirar três vezes em Ricard e remover o Picasso da moldura. Fez uma breve ligação durante a descida de elevador até o saguão e passou tranquilamente pela mesa de segurança sem uma palavra ou olhar. O mesmo Peugeot estava esperando na route du Grand-Lancy quando o homem emergiu do prédio. Ele colocou o estojo de transporte no porta-malas e sentou no banco do passageiro. O carro acelerou e, às 14h33, desapareceu de vista.

Muito provavelmente, o destino era a França. A fronteira mais próxima era em Bardonnex, um trajeto de aproximadamente vinte minutos. Gabriel ligou para Christoph Bittel e deu a marca, o modelo e a placa do carro. O chefe da inteligência suíça retornou a ligação em menos de uma hora.

— Eles atravessaram para a França às 14h49. E, por sinal, o homem sentado no banco do passageiro tinha cabelo preto.

— E um Picasso que vale cem milhões de dólares.

— Não havia Picasso nenhum, Allon.

— Nunca houve — concordou ele, e desligou.

26

QUAI DES ORFÈVRES

Gabriel e Ingrid saíram do apartamento na rue des Alpes às 10h15 da manhã seguinte e fizeram a curta caminhada até a Gare Cornavin. O trem deles com direção a Paris partiu às onze. Depois de se acomodar em seu assento de primeira classe, Ingrid abriu o notebook e o conectou à internet com um *hotspot* móvel. Gabriel olhou a tela e viu linhas e mais linhas de códigos de computador.

— Tenho até medo de perguntar.

— Copiei alguns arquivos ontem à noite antes de deslogar da rede do Porto Franco. — Ela abriu um novo documento e virou o computador na direção de Gabriel. — Incluindo este.

— O que é?

— Uma lista de todos os indivíduos ou entidades que têm um cofre no Porto Franco de Genebra.

— Tenho quase certeza de que meu amigo Christoph Bittel não nos deu permissão pra pegar um documento desses.

— O que os olhos não veem o coração não sente.

Gabriel rolou a lista de nomes. Não era surpreendente que quase todos os usuários do Porto Franco estivessem escondidos atrás de companhias de fachada anônimas. Cada entrada incluía o endereço do cofre da empresa — prédio, corredor e número —, além da data em que o cofre tinha sido adquirido.

— O documento é pesquisável?

— É, claro. O que você está procurando?

— Uma empresa chamada OOC Group Ltd.

Ingrid digitou o nome, depois fez que não com a cabeça.

— Nada.

— Por acaso você lembra o endereço do cofre em que viu o Picasso?

— Prédio 3, Corredor 6, Cofre 29.

— Procure.

Ingrid digitou o endereço.

— O cofre é alugado por uma empresa chamada Sargasso Capital Investments. Parece que a Sargasso controla também outros seis cofres.

Gabriel digitou o nome da empresa no mecanismo de busca em seu celular e recebeu mais de dez milhões de resultados inúteis. Então olhou para Ingrid e perguntou:

— O que mais você roubou violando meu acordo com o chefe da inteligência suíça?

— Uma lista de todos os funcionários do Porto Franco de Genebra, um registro contendo os nomes de todo mundo que foi admitido no complexo durante os últimos dois anos, além de cinco anos de declarações alfandegárias e documentos de envio. — Ela deu um toque no *touchpad*, e as linhas de código reapareceram na tela. — Também peguei todos os dados de usuário de todo mundo que entrou na rede de computadores do Porto Franco nos últimos dez dias. Um desses usuários, claro, era o hacker.

— Meus hackers sempre escondiam sua identidade ou criavam uma falsa.

— Fiz a mesma coisa quando invadi a rede do Porto Franco. Mas uma persona e um endereço IP falsos não ficam de pé por muito tempo. Tenho certeza de que vou conseguir geolocalizar e identificar nosso hacker.

— Tem alguma chance de você encontrar um hotel em Paris pra gente primeiro?

Ingrid suspirou e abriu um site popular de reservas.

DANIEL SILVA

— Onde você gostaria de ficar?

— O Crillon é bom.

— Durante minha visita mais recente, diversas mulheres perderam joias valiosas. Portanto, sugiro fortemente que a gente escolha outro estabelecimento.

— Que tal o Ritz?

— Não dá — disse ela.

— O George V?

— Infelizmente não.

— Tem algum hotel de luxo em Paris em que você *não* cometeu um crime?

— O Cheval Blanc.

— Nesse caso — disse Gabriel —, acho que não temos escolha a não ser nos contentarmos com o Cheval Blanc.

O hotel ficava no Quai du Louvre, a alguns passos do museu. Os dois estavam em quartos conjugados no quarto andar. Gabriel parou ali por tempo suficiente para deixar a mala e baixar duas fotos do assassino de Edmond Ricard em seu celular. Colocou a cabeça para dentro do quarto de Ingrid antes de sair.

— Tem certeza de que consegue se controlar?

— Bastante — respondeu ela, e abriu o notebook.

Lá fora, Gabriel atravessou a Pont Neuf até a Île de la Cité, depois foi até uma *brasserie* no Quai des Orfèvres. Sentado sozinho a uma mesa nos fundos estava um homem bonito de cinquenta e poucos anos que podia ser confundido com uma estrela do cinema francês, o tipo de cara que ficava bem com um cigarro e passava suas tardes na cama de uma linda jovem antes de voltar para casa e encontrar sua esposa igualmente linda. Na verdade, Jacques Ménard era comandante do Escritório Central para a Luta contra o Tráfico de Bens Culturais, que era como os franceses se referiam a seu esquadrão da arte. O escritório dele ficava localizado a alguns passos adiante na mesma rua, no Quai

164

des Orfèvres, 36, a icônica sede da divisão criminal da Police Nationale. Ménard tinha tomado a liberdade de pedir uma garrafa de Sancerre.

— Uma coisinha pra comemorar seu último golpe de mestre — explicou ele.

— O Van Gogh? A única coisa que eu fiz foi limpá-lo, Jacques.

— Você não espera que eu acredite nisso, né?

Gabriel sorriu.

— Acho melhor a gente provar o vinho.

— Fique à vontade.

Ele tomou um pouco do Sancerre. Era de outro mundo.

— E aí? — perguntou Ménard.

— Acho que devíamos almoçar juntos mais vezes.

— Não podia concordar mais. Aliás, eu estava começando a achar que nunca mais ia ver você.

Gabriel tinha conhecido Jacques Ménard enquanto pesquisava a autenticidade de um quadro adquirido e vendido pela Isherwood Fine Arts. O escândalo resultante tinha arruinado vidas e reputações de Paris a Nova York. Mas não a de Ménard. Ele tinha sido festejado na imprensa francesa, e seu departamento vira um aumento significativo no financiamento. O que explicava a recepção calorosa e a garrafa excepcional de Sancerre.

— Quando foi a última vez que você esteve na cidade? — perguntou ele.

— Me diga você, Jacques.

— Acho que esteve aqui há mais ou menos um mês.

— Estive?

O francês fez que sim.

— E alguns dias antes disso também.

— Parece que você está monitorando meus movimentos.

— Deveria estar?

— Se tivesse algum bom senso, sim.

O garçom reapareceu para anotar os pedidos deles. Gabriel olhou o cardápio e escolheu a *tarte* de cogumelos e o linguado *à meunière*.

DANIEL SILVA

Ménard, depois de deliberar por um momento, optou pela mesma coisa. Quando estavam sozinhos de novo, Gabriel pegou o celular e mostrou as duas fotos ao francês.

— Quem é ele?

— O assassino profissional que matou aquele *marchand* no Porto Franco de Genebra outro dia. Eu estava torcendo pra você conseguir me ajudar a encontrá-lo.

— Por que estou recebendo esse pedido de você, e não da Polícia de Genebra?

— Porque o chefe da inteligência suíça me pediu pra investigar o caso discretamente em nome dele.

— Por que você?

— Nós somos velhos amigos. Por algum motivo, ele ainda confia em mim.

Ménard baixou os olhos de novo para o celular de Gabriel.

— O que você pode me dizer sobre ele?

— Ele se apresentou como Andreas Hoffmann. Ele e seu motorista vieram para a França depois de sair do Porto Franco. Pela fronteira de Bardonnex. Os suíços dizem que eles passaram pelo controle às 14h49.

Ménard tirou um pequeno caderno com capa de couro do bolso frontal do paletó.

— Veículo?

— Um Peugeot 508. Placa francesa.

— Número?

Gabriel recitou, e Ménard anotou.

— Tem mais alguma coisa que você possa me dizer sobre ele?

— Tenho a sensação de que ele voou de Dublin para Paris na terça-feira, 17 de janeiro. Também tenho o palpite de que ele tenha assassinado um homem chamado Emanuel Cohen duas noites depois, em Montmartre.

Ménard soltou a caneta.

— Por que ele teria feito uma coisa dessas?

— O Picasso, Jacques.

— Que Picasso?

— O que ele roubou daquela galeria no Porto Franco. Pertencia ao avô de Emanuel Cohen, um homem chamado Bernard Lévy. Você vai me ajudar a encontrá-lo e devolvê-lo aos herdeiros de direito.

Ménard pegou a caneta de novo.

— Tema?

— *Um retrato de uma mulher no estilo surrealista.*

— Dimensões?

— Tem 94 por 66.

— Óleo sobre tela?

— *Oui.*

27

CHEVAL BLANC

Quando Gabriel voltou ao Cheval Blanc, não havia sinal de Ingrid no quarto dela. Noventa minutos se passaram antes de ela finalmente reaparecer, com uma roupa de lycra ensopada de suor. Estivera treinando na academia do hotel.

— Como foi sua reunião? — perguntou.

— O melhor que se podia esperar. O único jeito de eu conseguir o que precisava foi oferecer sua cabeça a ele. Sua execução está marcada para amanhã, na Place de la Concorde.

Franzindo a testa, ela fechou a porta que unia os quartos deles e trabalhou até de madrugada. Estava de volta à ação de manhã cedo, quando hackeou a rede do Porto Franco para executar alguns programas de diagnóstico. À uma da tarde, estava pronta para fazer uma pausa e almoçar, então eles caminharam ao longo do Sena até o Chez Julien. O celular de Gabriel vibrou no minuto em que sentaram à mesa.

— Seu amigo Inspetor Clouseau? — perguntou Ingrid.

— Minha mulher.

— Ela sabe onde você está?

Gabriel digitou uma breve mensagem e apertou o ícone de enviar.

— Agora sabe.

— Ela não se importa de você estar hospedado num hotel chique de Paris com uma jovem linda?

MORTE NA CORNUALHA

— Não.

— Por que não?

— Porque hotéis chiques e mulheres lindas sempre fizeram parte do meu trabalho.

— Quer explicar?

— Doutrina do Escritório — disse Gabriel. — Eu nunca operava sozinho numa cidade como Paris, ou Roma, ou Zurique. Sempre era acompanhado de uma agente.

— E elas sempre eram bonitas?

— Quanto mais bonitas, melhor. Minha mulher foi uma dessas agentes. Foi assim que a gente se conheceu.

Uma garçonete apareceu, e Gabriel pediu uma garrafa de Chablis.

— Falando em garotas bonitas — falou Ingrid baixinho.

— Era? Não notei.

— Você nota tudo, sr. Allon. — Ingrid baixou os olhos para o cardápio. — Você já sabe?

— Estou inclinado a pedir o risoto com trufas.

— Eu estava falando do Picasso. Como o assassino sabia que ia estar na galeria de Ricard na quinta à tarde?

— Ricard deve ter comentado com a pessoa errada.

— Quem?

— Estou chutando que o dono do Picasso.

— Mas o dono concordou com a troca.

— Talvez sim, talvez não.

— Você está dizendo que Ricard fez o acordo com Anna sem contar ao cliente dele?

— Coisas mais estranhas já aconteceram, Ingrid. O mundo da arte é um pântano obscuro. E, com algumas exceções notáveis, *marchands* são a espuma verde nojenta que flutua na superfície.

A garçonete voltou com o vinho, e eles fizeram os pedidos. Uma hora depois, após tomarem um café, eles saíram para a tarde nublada. O Cheval Blanc ficava para a direita. Ingrid virou para a esquerda. Ela

DANIEL SILVA

virou de novo à esquerda na rue Geoffroy l'Asnier e parou na frente da entrada do Mémorial de la Shoah.

— Gostaria que você entrasse comigo — anunciou ela.

— Por quê?

— Porque eu quero saber o que aconteceu com o homem que era dono daquele Picasso.

— Foi assassinado em Auschwitz junto com mais de um milhão de outros judeus inocentes, incluindo meus avós.

— Por favor, sr. Allon.

Eles entraram no memorial por uma luminosa passagem branca onde estavam inscritos os nomes de mais de 76 mil homens, mulheres e crianças. As salas de exibição contavam a história de sua detenção, sua deportação e seu assassinato. Na cripta, onde uma chama queimava em memória deles, Ingrid agarrou o braço de Gabriel e chorou.

— Talvez isto tenha sido um erro — disse ele baixinho.

— Eu estou bem. — Ela soluçou.

— Será que é melhor irmos embora?

— Sim, acho que sim.

Lá fora, na rua, ela secou as lágrimas do rosto.

— Eu nunca soube.

— Do quê?

— Da Rusga do Velódromo de Inverno de Paris em 1942. *Jeudi noir.*

— A maioria das pessoas não sabe.

— Eles foram presos pela polícia francesa? Treze mil pessoas num único dia?

Gabriel ficou em silêncio.

— Onde isso aconteceu?

— Em Paris inteira. Mas a maioria dos judeus que foram presos morava a uma curta distância daqui. Posso te mostrar, se quiser.

Eles caminharam pelas sombras da rue Pavée e viraram na rue des Rosiers. Outrora o coração da vida judaica em Paris, agora era uma das ruas mais elegantes do *arrondissement*. Lojas de roupas chiques ladeavam as calçadas. Gabriel apontou para os apartamentos.

170

MORTE NA CORNUALHA

— A polícia francesa foi de porta em porta na manhã de 16 de julho de 1942. Tinha uma lista de nomes. Alguns receberam misericórdia e tiveram permissão de escapar, mas não muitos. Só cinco dias depois, 365 deles foram assassinados em Auschwitz. Quase todos os outros estariam mortos no fim do verão.

— E as crianças?

— Tinha mais ou menos quatro mil no total. Foram separadas dos pais e colocadas em vagões de gado. Não se sabe o número que pereceu na jornada até Auschwitz. As que deram um jeito de sobreviver foram para a câmara de gás na chegada.

Gabriel parou na frente de uma butique especializada em jeans de marca. Antes tinha sido um famoso restaurante *kosher* chamado Jo Goldenberg. Gabriel jantara lá uma única vez, numa tarde escura e chuvosa, com um colega de trabalho. Estavam conversando sobre uma mulher cujos avós foram presos na *jeudi noir*. O nome dela era Hannah Weinberg.

O celular de Gabriel perturbou a lembrança. Ele o tirou do bolso do casaco e ficou olhando a tela.

— Sua mulher? — perguntou Ingrid.

— Não — disse Gabriel. — O inspetor Clouseau.

Gabriel deixou Ingrid no Cheval Blanc, aí atravessou o Sena até a Île de la Cité. Dessa vez, encontrou Jacques Ménard num café na Place Dauphine. O investigador francês trouxera consigo um envelope pardo cheio de fotografias. Dispôs a primeira na mesa. Mostrava um Peugeot 508 enegrecido pelo fogo.

— Eles largaram na D30, na Alta Saboia. Não tinha câmeras de trânsito por perto. Devem ter trocado por outro veículo.

— Imagino que a equipe forense não tenha encontrado os remanescentes queimados de um Picasso no porta-malas.

— Não perguntei.

DANIEL SILVA

Ménard pegou de volta a fotografia e colocou outra em seu lugar. Era o homem do Porto Franco passando pelo controle de passaporte no Aeroporto Charles de Gaulle. O registro temporal mostrava 11h52. A data era terça-feira, 17 de janeiro.

— Como você sabia? — perguntou Ménard.

— Ele assassinou uma professora de Oxford chamada Charlotte Blake na Cornualha um dia antes. A rota de fuga mais segura, na minha humilde opinião, é uma balsa até a República Irlandesa.

— Ele pegou o voo das 8h40 da Air France no Aeroporto de Dublin. Passaporte alemão.

— Nome?

— Klaus Müller.

— Imagino que você tenha verificado as viagens anteriores dele. Ménard fez que sim.

— Ele passa muito tempo em aviões.

— Onde é a casa dele?

— Leipzig. Ou é o que ele diz.

A próxima foto que Ménard colocou na mesa tinha menos qualidade. Mostrava o mesmo homem caminhando pelos paralelepípedos da rue Lepic, em Montmartre. O horário era 19h32, mais ou menos uma hora antes do assassinato de Emanuel Cohen.

— Tem vídeo da queda? — questionou Gabriel.

— *Non* — respondeu Ménard. — E é só por isso que não relatei esse caso imediatamente à Police Judiciaire. Mas eles estão investigando o carro queimado na Alta Saboia. É questão de tempo até fazerem a conexão com o assassinato do *marchand* em Genebra. — Ele pausou, antes de completar: — E com o seu Picasso.

— O único jeito de eles descobrirem sobre esse quadro é se você contar.

— Bem colocado. — Ménard devolveu as fotos ao envelope e o entregou a Gabriel. — Tente não matar ninguém, Allon. E me ligue no minuto em que tiver uma pista sobre o paradeiro ou do Picasso ou do homem que empurrou o dr. Cohen por aqueles degraus.

MORTE NA CORNUALHA

— Seria uma violação do meu acordo com meu amigo da inteligência suíça.

Jacques Ménard sorriu.

— *C'est la vie.*

O sol tinha se posto quando Gabriel voltou ao Cheval Blanc. Lá em cima, encontrou Ingrid jogando as roupas na mala.

— Vai pra algum lugar? — perguntou ele.

— Cannes.

Gabriel foi para seu quarto e começou a fazer a mala.

— Eu gosto muito do Carlton, sabe?

— Eu também. Mas infelizmente está fora de cogitação.

— Que tal o Hôtel Martinez?

— Você não pode estar falando sério.

— O Majestic?

— Sem chance, sr. Allon.

28

RUE D'ANTIBES

Ingrid tinha rastreado o hackeamento do Porto Franco de Genebra a um prédio residencial na rue d'Antibes, a rua de compras exclusiva que flui pelo coração do *centre ville* de Cannes. O hotelzinho localizado na frente da casa do hacker não estava à altura do esplendor sugerido por seu nome. Gabriel pediu quartos conjugados num andar alto, e logo lhe entregaram um par de chaves e uma brochura descrevendo as poucas comodidades do hotel. Ele disse ao recepcionista que era residente de Montreal e mostrou um passaporte canadense falso para provar. Sua colega dinamarquesa forneceu o cartão de crédito exigido. Eles planejavam ficar por três noites, explicaram. Talvez uma ou duas a mais se as circunstâncias exigissem. O recepcionista não previa problemas quanto a isso, já que disponibilidade não era uma questão.

Lá em cima, eles destrancaram a porta que ligava os dois quartos e abriram as cortinas para a luz esmaecente da tarde. Três andares abaixo deles ficava a rue d'Antibes. Era de mão única e mal tinha espaço suficiente para um único veículo. Talvez quinze metros separassem os quartos deles das janelas do prédio residencial à frente.

— Isto não vai servir — disse Ingrid.

— Imagino que não — concordou Gabriel.

Eles desceram e saíram para a rua sombreada. Ingrid passou o braço pelo de Gabriel enquanto caminhavam por butiques de luxo.

— Doutrina do Escritório, sr. Allon. Um hotel chique e uma garota bonita.

— Infelizmente, não somos um casal lá muito convincente. E nosso hotel é possivelmente o pior do *centre ville*.

— Mas tem uma localização conveniente, não acha?

Na ponta oposta da rua, havia uma sofisticada loja de eletrônicos. Ingrid entrou sozinha e saiu alguns minutos depois com uma webcam compacta de alta resolução. Mataram uma hora andando pela Croisette antes de voltar ao hotel. Ingrid posicionou a câmera na janela de seu quarto e a conectou ao computador com um cabo USB. Aí fechou as cortinas e apagou as luzes.

Gabriel inspecionou a imagem na tela.

— Você consegue gravar o *feed*?

— Consigo, claro. E, melhor ainda, consigo encaminhar para o meu telefone.

— Que ótimo — disse Gabriel. — Porque não vamos comer neste hotel sob nenhuma circunstância.

— Doutrina do Escritório?

— Agora é.

O prédio tinha cinco andares, com duas lojas no térreo. A entrada residencial ficava espremida entre elas. O painel de interfone listava oito apartamentos. As placas com nomes sugeriam que apenas duas das habitações eram ocupadas por franceses. Três dos nomes tinham origem inglesa, um era espanhol, e outro, alemão. A placa do apartamento 3B estava vazia.

Às 19h30 da mesma noite, as luzes estavam acesas por toda a rue d'Antibes. Apenas quatro dos oito apartamentos mostravam sinais de vida — dois no segundo andar e dois no quarto. Às 19h42, as luzes em um dos apartamentos do quarto andar foram apagadas e, um momento depois, um homem e uma mulher com idade para estarem aposentados emergiram pela porta no nível da rua. A rigidez de seu porte sugeria

DANIEL SILVA

que eram os Schmidt do 4A. Sua roupa dava a entender que estavam saindo para jantar.

Gabriel e Ingrid esperaram até quase nove da noite antes de fazer a mesma coisa. Deixaram os avisos de NÃO PERTURBE pendurados nas duas portas e informaram ao recepcionista que não precisavam que as camas fossem preparadas para dormir — desnecessariamente, já que o serviço não estava sendo oferecido. Na rua, debateram onde jantar.

— Um dos meus restaurantes favoritos no mundo fica em Cannes — disse Ingrid. — Ele não aceita reservas, e a espera por uma mesa é terrível no verão. Mas é perfeito fora de temporada.

— Eu tenho permissão de saber o nome do restaurante?

— É surpresa.

O restaurante, La Pizza Cresci, ficava localizado no lado oeste do Vieux Port, no Quai Saint-Pierre. Lá dentro, eles foram levados a uma mesa à janela no salão principal. Ingrid imediatamente sentiu o desconforto de Gabriel.

— Podemos ir a outro lugar, se quiser.

— Por quê?

— Porque você parece que acabou de ver um fantasma.

Ele ficou olhando pela janela em silêncio.

— Tem alguma coisa que você não está me dizendo? — Ingrid perguntou.

— Pesquise as palavras Abdul Aziz al-Bakari e Cannes.

Ingrid pegou seu celular e digitou.

— Merda — comentou depois de um momento.

— Foi uma noite memorável, posso garantir.

— Desculpa, sr. Allon. Eu não sabia.

— Faz muito tempo.

— Vamos embora.

— Você está de brincadeira? É impossível conseguir uma mesa aqui.

Ingrid não conseguiu segurar uma risada.

— Não posso te levar a lugar nenhum.

MORTE NA CORNUALHA

★ ★ ★

Passava alguns minutos das onze quando eles voltaram ao hotel. As placas de NÃO PERTURBE continuavam penduradas nas portas, e não havia nada que sugerisse que os quartos tivessem sido adentrados durante a ausência deles. Eles assistiram às duas horas de vídeo armazenado numa velocidade quatro vezes maior que a normal. Os ocupantes do 4A voltaram às 22h37, mas fora isso não houvera nenhuma atividade na entrada do prédio. À meia-noite, as luzes tinham diminuído em três dos quatro apartamentos, mas o ocupante do 2B ficou acordado até quase quatro. Ingrid imaginava que tinham encontrado o homem que procuravam. Hackers, explicou, faziam seu melhor trabalho no escuro.

— E o ocupante sem nome do apartamento lá de cima?

— Não me parece que esteja em Cannes no momento. Portanto, estou apostando que o hacker é Martineau, no 2B.

A teoria de Ingrid colapsou às 7h30, quando a pessoa que ocupava o apartamento abriu a veneziana. Madame Martineau era uma matrona de quase setenta anos. Por uma série de motivos, ela não se encaixava no perfil de um típico hacker.

— Eu estava errada — disse Ingrid.

A mulher saiu do prédio às nove, carregando uma tradicional cesta de vime francesa para fazer compras. *Herr* e *frau* Schmidt saíram alguns minutos depois e, às 9h30, "Ashworth", do 2A, fez sua primeira aparição. Era uma mulher esguia, com braços e pernas compridos, cabelo loiro e uns 35 anos.

— O que você acha? — perguntou Ingrid.

— Ela não me parece uma hacker.

— Nem eu, sr. Allon. Talvez eu devesse ir atrás dela.

— Deixa comigo — falou Gabriel, e desceu.

Quando saiu pela porta do hotel, a mulher estava a cem metros à frente na rue d'Antibes. Ele diminuiu a distância para trinta metros e a seguiu a uma cafeteria numa ruazinha lateral, onde ela tomou café

177

DANIEL SILVA

da manhã composto de um *café crème* e um brioche antes de ir até o escritório de uma grande imobiliária britânica. Gabriel entrou e passou alguns minutos analisando as propriedades disponíveis. A mulher do 2A lhe ofereceu um cartão de visita que a identificava como Fiona Ashworth, gerente da filial de Cannes da imobiliária.

Gabriel colocou o cartão no bolso e começou o caminho de volta ao hotel. Na rue d'Antibes, ficou surpreso ao ver Ingrid, vestida com uma calça jeans e um pulôver de algodão, caminhando na direção dele no sol forte. Algo no comportamento dela fez com que ele buscasse abrigo numa farmácia. Ela passou um momento depois, olhando direto para a frente. *Suave como seda*, pensou Gabriel. Muito impressionante mesmo.

Ele comprou alguns itens de higiene desnecessários na farmácia e voltou ao hotel. Lá em cima, sentou diante do notebook e assistiu ao vídeo gravado, começando às 9h30, quando a corretora imobiliária inglesa saíra do prédio. Doze minutos depois, enquanto ela estava tomando café da manhã sob o olhar atento de Gabriel, as venezianas do apartamento 3B tinham se aberto e seu ocupante sem nome aparecera na janela. Ele estava em Cannes, afinal. Tinha cabelo castanho-claro e uma barba malfeita e parecia ter tido uma longa noite, talvez várias. Acendeu um cigarro e, expelindo uma baforada de fumaça, olhou para a esquerda e para a direita da rua. Aí fechou as venezianas e desapareceu.

Mas só até 10h04, quando saiu pela entrada do prédio e foi para leste na rue d'Antibes. Usava uma jaqueta de couro e estava de cabeça baixa, olhando para o celular, que carregava na mão direita. Gabriel agora percebia que tinha passado pelo homem alguns segundos antes de ver Ingrid.

Ele ligou para o celular dela.

— Eu adoraria conversar — disse ela, com calma. — Mas infelizmente estou bem ocupada no momento.

— Cadê você?

— Olhe pela sua janela.

Gabriel fez como sugerido. O homem do 3B estava se aproximando pelo leste. Carregava uma sacola plástica de compras na mão esquerda e o celular na direita. Quarenta metros atrás dele, Ingrid estava inspecionando as mercadorias na vitrine da Zara.

— Ele foi a algum lugar interessante?

— Ao supermercado Monoprix na rue du Maréchal Foch.

— O que ele comprou?

— Isso importa?

— Talvez.

— Café e comida indiana de micro-ondas. — Ingrid entrou na Zara. — Depois de sair do *supermarché*, ele parou num *tabac* e pegou dois maços de Winston.

— Ele se encontrou com alguém?

— Nem uma alma.

O homem tinha chegado na entrada do prédio residencial. Bateu com o indicador da mão direita no teclado da fechadura eletrônica, abriu a porta e entrou. Gabriel fechou as cortinas e sentou na frente do notebook. O homem apareceu na tela um momento depois.

— O que ele está fazendo agora? — perguntou Ingrid.

— Procurando a escandinava que passou a última meia hora o seguindo pelo *centre ville* de Cannes.

— Ele nunca me viu, sr. Allon. E nunca vai ver.

29

RUE D'ANTIBES

Ingrid testou as defesas das redes wi-fi ao alcance de seu computador enquanto a camareira arrumava o quarto. Havia 22 redes no total, com forças de sinal variando de uma a quatro barras. A maioria tinha o nome dos negócios da rue d'Antibes. As restantes pareciam ser privadas. Uma se chamava SCHMIDTNET. Outra era designada ASHWORTH. Havia uma rede sem nome aparente, só uma série supostamente aleatória de letras e números. Ingrid pensou que era essa a que pertencia ao hacker no apartamento 3B.

Quando a camareira foi embora, ela devolveu a câmera ao seu lugar na janela e a reconectou ao computador. Gabriel a encontrou no lobby do hotel e atravessou a rua com ela até uma das lojas no térreo do prédio residencial — a que ficava diretamente abaixo do 3B. Enquanto fingia fazer compras, Ingrid checou as redes wi-fi disponíveis com seu celular. Agora só havia dezenove ao alcance, mas as redes chamadas SCHMIDTNET e ASHWORTH tinham ganhado força. A que não tinha nome aparente também.

— Quatro barras — comentou ela. — Só pode ser ele.

Saindo da loja, eles caminharam até a Croisette e pegaram uma mesa em um dos restaurantes na praia. Gabriel pediu uma garrafa de Bandol rosé e ouviu enquanto Ingrid explicava o que propunha fazer.

— Hackear o hacker?

MORTE NA CORNUALHA

— Não o computador dele — respondeu ela. — Só a rede dele.

— Ele não vai notar?

— Em algum momento, suponho. Mas é o único jeito de determinar se é seguro um de nós entrar no apartamento e dar uma olhada. Se ele for um hacker profissional, vai ficar óbvio.

— Pra você, talvez. Mas eu posso confundi-lo com um daqueles idiotas que passam a noite jogando videogame.

— E é por isso que sou eu que devo entrar.

— Dei uma boa olhada na senha da porta da rua hoje de manhã. Tenho quase certeza de que é...

— Cinco, um, sete, nove, zero, dois, oito, seis.

— E a porta do apartamento dele?

— Com certeza é só uma fechadura francesa comum.

— O que significa que você não vai conseguir abrir sem uma chave micha ou uma granada de mão.

— Tem um chaveiro em Grasse que vende chave micha e outras ferramentas para destrancar cadeados e fechaduras.

— Você já fez negócios com ele antes, imagino?

— *Monsieur* Giroux é um colega viajante. Não tem uma *villa* na Côte d'Azur que ele não tenha roubado. — Ela abriu o cardápio. — Você já veio a este restaurante?

— Uma ou duas vezes.

— E matou alguém enquanto estava aqui?

— Não que eu me lembre.

A pitoresca cidade de Grasse, às vezes chamada de capital mundial da perfumaria, ficava a meia hora de Cannes, aos pés dos alpes franceses. A loja de *monsieur* Giroux estava localizada na Route Napoléon. Gabriel esperou no carro alugado enquanto Ingrid entrava. Ela emergiu dez minutos depois com um conjunto de chaves micha profissionais que, nas mãos certas, abriria qualquer fechadura da Europa em segundos.

DANIEL SILVA

— Ele também incluiu uma pistola de abertura de fechaduras.

— Talvez exista honra entre ladrões, então.

Eles pararam numa loja de ferramentas próxima pelo tempo suficiente para Ingrid comprar uma chave de fenda e um rolo de fita *gaffer*, depois regressaram a Cannes. Era fim de tarde quando voltaram a seus quartos no hotel. Gabriel conectou a câmera a seu computador e ficou de olho no *feed* enquanto Ingrid fazia seus primeiros movimentos tímidos contra a rede sem nome. Às oito da noite, ela estava dentro.

— Como? — perguntou Gabriel.

— É impossível explicar o processo pra alguém como você.

— Um idiota?

— Um leigo.

— Tente.

Ela falou por vários minutos numa língua estranha e estrangeira. Função de derivação, algoritmo *hash* criptográfico, WEP, *frame* de desautenticação, controle de acesso ao meio, protocolos de camada física, algo chamado "pontos de acesso *evil twin*". A conclusão desse palavreado era que a rede fora enganada por ela e entregou sua própria senha.

— Você ainda está conectada?

Ela fez que não.

— Não é seguro eu ficar logada enquanto ele está trabalhando.

— Você por acaso notou algo interessante antes de pedir licença e sair?

— Dois desktops, dois notebooks, quatro celulares e um sistema de alarme.

Gabriel xingou baixinho.

— Não tem problema. Vou desarmar o alarme antes de entrar e reiniciar quando estiver saindo. Ele nunca vai saber que eu estive no apartamento dele.

— A não ser que você por acaso encontre madame Martineau ou *herr* Schmidt na saída.

Ingrid olhou para a tela do computador de Gabriel.

— Ou a adorável Fiona Ashworth.

182

MORTE NA CORNUALHA

A corretora britânica estava voltando para casa de seu escritório na Croisette. Ela digitou a senha — cinco, um, sete, nove, zero, dois, oito, seis — e entrou. Um momento depois, as luzes se acenderam em seu apartamento no segundo andar. As janelas da unidade de madame Martineau também estavam iluminadas. O apartamento acima dela, porém, estava no escuro.

— Ele nunca acende a luz? — perguntou Gabriel.

— Cortinas *blackout*. Um truque da profissão.

— A gente não pode provar que ele é o hacker. Pelo menos por enquanto.

— E se ele for?

— Vou dar uma palavrinha com ele.

— Você não vai perder a cabeça, né?

— Eu não — disse Gabriel. — Virei a página.

Ingrid sorriu.

— Somos dois.

Pouco antes das onze, com os ocupantes do prédio residencial aparentemente deitados para dormir, Gabriel e Ingrid caminharam até o Vieux Port para uma pizza rápida na Cresci. Dessa vez, sentaram num canto escurecido do salão, para Ingrid poder ficar de olho no *feed* da câmera.

— Quem era o outro atirador naquela noite? — perguntou ela.

— Oi?

— O outro assassino que ajudou você a matar Zizi al-Bakari.

— Você já o conheceu.

— Sério? Onde?

— Na Rússia. Foi ele que me ajudou a tirar você do Range Rover e atravessar a fronteira da Finlândia.

Passava da meia-noite quando eles voltaram ao hotel. Ingrid embrulhou o cabo da chave de fenda com várias camadas de fita *gaffer* e praticou abrir a fechadura da porta que conectava os dois quartos. Sua breve aposentadoria não tinha diminuído em nada suas habilidades:

183

DANIEL SILVA

ela conseguiu abrir a porta em questão de segundos. Inclusive, foi mais rápida e mais silenciosa com a chave micha do que com a pistola.

Às duas da manhã, Gabriel insistiu que ela dormisse um pouco. Ela se esticou na cama e lutou com sonhos sobre a Rússia até 7h30, quando acordou assustada. Gabriel lhe serviu uma xícara de café do serviço de quarto. Ela tomou um pouco e fez uma careta.

— Como é possível receber um café ruim na França?

— Você devia ter provado a lama que eles me trouxeram umas horas atrás.

Ela olhou a imagem da câmera.

— Alguma coisa?

— Ainda não.

Ela levou seu café para o banheiro, onde tomou banho e se vestiu com um terninho preto.

— Como estou?

— Parecendo a ladra que roubou vários hóspedes do Carlton e do Martinez alguns anos atrás.

Gabriel ligou para o serviço de quarto e pediu mais um bule de café e um jarro de leite vaporizado. O pedido chegou vinte minutos depois, enquanto a corpulenta madame Martineau saía pela porta do prédio com a cesta de compras de vime na mão. Os Schmidt apareceram pouco depois das nove, seguidos, vinte minutos depois, por Fiona Ashworth.

— Estou pensando em comprar um pequeno *pied-à-terre* na Côte d'Azur — disse Ingrid. — Você por acaso não ficou com o cartão dela, né?

— A Doutrina do Escritório ditou que eu queimasse.

Ingrid, irritada, batia com a unha na mesa.

— Talvez você devesse praticar abrir a fechadura mais umas centenas de vezes.

Antes que ela pudesse responder, as venezianas do apartamento 3B se abriram, e o ocupante apareceu na janela. Como sempre, passou um momento olhando a rua lá embaixo.

— Ele é hacker — disse Ingrid. — E está com medo de alguém o estar observando.

— Alguém está.

Enfim, o homem saiu e as venezianas se fecharam. Ingrid colocou na bolsa as chaves micha e a chave de fenda e enfiou um par de Bose Ultras nas orelhas. Gabriel ligou para o celular dela com seu Solaris seguro e estabeleceu uma conexão. Conseguia ouvir a respiração dela, que estava com frequência elevada.

— Onde diabos ele está? — perguntou ela.

— Bem ali — disse Gabriel, quando a porta da rua se abriu. O homem hesitou na soleira por um longo momento, aí saiu na direção leste. Gabriel abriu as cortinas e olhou para a rua. — Pode seguir.

Ingrid conectou seu computador à rede wi-fi do homem e foi atrás do sistema de alarme enquanto Gabriel ficava de olho na janela. Só precisou de dois minutos.

— Prontinho, sr. Allon. O alarme está desligado.

Gabriel fechou as cortinas.

— Acho que vou descer pra tomar um *café crème* de verdade.

— Posso ir junto?

— Claro — disse Gabriel, e saiu pela porta atrás dela.

30

RUE D'ANTIBES

Lá embaixo, eles desejaram um bom dia ao recepcionista e saíram. Gabriel foi ao café ao lado, e Ingrid atravessou a rua até a entrada do prédio residencial. Ela digitou a senha de oito números no teclado do painel, e o ferrolho se abriu com um baque.

Ao entrar, ela ficou aliviada de encontrar o *foyer* vazio. Ficou completamente imóvel por um ou dois segundos, ouvindo, depois foi na direção da escada. Sua subida até o terceiro andar foi rápida e silenciosa. O apartamento 3B ficava do lado esquerdo do patamar. Ela deslizou a chave micha na fechadura e deu duas batidas firmes com o cabo da chave de fenda. A fechadura se rendeu de imediato.

Ela virou a maçaneta e entrou de fininho no apartamento. O ar estava parado e fedia a tabaco e *curry*. Fechando a porta atrás de si, ficou mais uma vez imóvel e ouviu. O único som era a voz de Gabriel nos fones Bose.

— Checando — disse ele.

— Ainda aqui.

— Mais alguém em casa?

— Parece que não.

— Como está o alarme?

Ela checou o painel do sistema, montado na parede. As luzes de status estavam piscando em verde.

— Parece que alguém desligou.

— Quem poderia ter sido?

O hall de entrada saía num corredor central. Ingrid virou à direita e entrou na sala de estar. Estava iluminada com o brilho de computadores dispostos numa longa mesa de cavalete. Com exceção de um sofá puído, a sala não tinha outros móveis.

Como Ingrid havia previsto, cortinas *blackout* cobriam as janelas.

— Já viu o suficiente? — perguntou Gabriel.

— Provavelmente. Mas acho que vou olhar mais de perto antes de ir.

Ela foi até a mesa. Ele não era nenhum amador, isso era óbvio. Havia seis monitores grandes, três para cada um dos desktops Lenovo de última geração. Todos os seis monitores mostravam evidências de um hackeamento em progresso, talvez mais de um. Os dois notebooks dele estavam abertos e iluminados com atividade. De um dos aparelhos, vinha o som de dois homens conversando em inglês.

Ingrid aumentou o volume.

— Está escutando isso? Ele está ouvindo o telefone de alguém.

— Hora de ir embora, Ingrid.

— Se você insiste.

Ela abaixou o volume para a configuração original e fotografou cada um dos seis monitores, junto com as telas dos notebooks. Bem nesse momento, um dos celulares do hacker vibrou com uma mensagem, que ela rapidamente fotografou.

— Posso saber o que você está fazendo?

— Reunindo informações.

Ao lado de um cinzeiro transbordando, havia um bloco de anotações. O hacker, pelo jeito, era nativo em francês. Ingrid folheou as páginas, tirando fotos.

— Já chega — disse Gabriel.

— Deixa eu terminar.

— Não dá tempo.

— Vai levar só um minuto.

— Você não tem um minuto — falou Gabriel. — Trinta segundos, talvez. Mas com certeza não um minuto.

DANIEL SILVA

★ ★ ★

Mas mesmo essa estimativa se provou otimista. O hacker, observou Gabriel, era claramente um homem com pressa. Estava mais uma vez se aproximando pelo leste, mas não tinha nada nas mãos como resultado de sua breve expedição ao mundo real. Nenhuma sacola de compras ou baguete, só um celular. Se mantivesse o ritmo atual, Gabriel calculava que chegaria à entrada do prédio em vinte segundos ou menos. Havia uma boa chance de encontrar Ingrid enquanto ela estava saindo. No mínimo, ele a veria atravessando a porta. Gabriel conseguia ouvir os passos dela.

— Onde você está? — perguntou ele.

— Descendo.

— Tarde demais. Vire e suba até o quarto andar. Espere no patamar até nosso amigo estar de volta no apartamento.

O hacker estava a uns vinte metros do café. Passou a poucos centímetros da mesa de Gabriel, aí atravessou diagonalmente a rua na direção do prédio. Na entrada residencial, esticou a mão para o painel do interfone, mas um barulho repentino o fez virar a cabeça para a esquerda antes de digitar a senha. Gabriel ouviu o mesmo barulho. Era o rugido de uma moto de alta performance acelerando pela rue d'Antibes.

Um olhar de medo varreu o rosto do hacker. Ele estendeu a mão para o teclado uma segunda vez e, na pressa, digitou a senha incorreta. A moto estava a uns cinquenta metros e se aproximando rápido. Gabriel deslizou uma nota de dez euros embaixo do que restava de seu *café crème* e deu um passo calmo para o meio da rua. O motoqueiro soou a buzina e freou, reduzindo a velocidade, mas sem parar a moto. Gabriel olhou para o hacker e, em francês, gritou:

— Cinco, um, sete, nove, zero, dois, oito, seis.

Dessa vez o hacker digitou a senha corretamente, e o ferrolho abriu. Gabriel virou na direção da moto que se aproximava dele e viu o homem de capacete puxar uma arma de dentro da jaqueta de couro. A arma não tinha silenciador. Aparentemente, silêncio não era uma prioridade.

O motoqueiro apontou a arma na direção do homem que estava parado, congelado, na entrada do prédio. Gabriel se manteve firme na posição por mais um ou dois segundos, depois saiu do caminho do veículo que acelerava e empurrou o hacker para dentro da porta destrancada. Eles caíram um em cima do outro no *foyer*. Lá fora, a moto passou pelo prédio sem desacelerar. O som do motor diminuiu e, um momento depois, desapareceu.

O hacker estava esparramado de barriga para cima no piso de azulejos. Ele sentou e esfregou a nuca, depois checou a ponta dos dedos. Não tinha sangue.

— Você está bem? — perguntou Gabriel.

— *Oui*. Foi só um baque. — Ele ofereceu a mão a Gabriel. — Meu nome é Philippe, aliás. Quem é você?

— Eu sou o homem que acabou de salvar sua vida.

— E não sei nem como agradecer, *monsieur*. Mas como você sabia a senha do meu prédio?

— Vamos subir — disse Gabriel. — Eu te mostro.

31
RUE D'ANTIBES

Ingrid estava esperando no patamar em frente ao apartamento do hacker. Com um sinal de Gabriel, ela destrancou a porta com suas chaves micha e de fenda, depois deu um passo para o lado e abriu um sorriso sedutor para o hacker.

— *Après vous.*

O hacker olhou para Gabriel em busca de uma explicação e, só recebendo um olhar vazio, entrou hesitante no hall escuro. Ingrid silenciou o alarme que berrava digitando o código de desarmar no painel de controle. Gabriel fechou a porta e acendeu as luzes. A exibição teve o efeito desejado.

— Quem é você?

— Pode se referir a mim como *monsieur* Klemp.

— Você é alemão?

— Quando estou a fim de ser.

O olhar do hacker foi para Ingrid.

— E ela?

— Minha parceira.

— Ela tem um nome?

— Estou mais interessado no seu — respondeu Gabriel.

— Eu te disse, é Philippe.

— Philippe do quê?

— Lambert.

— Você está carregando uma arma, Philippe Lambert?

— *Non*.

Gabriel empurrou o hacker contra a parede e o submeteu a uma revista completa. Não achou nada, exceto um segundo celular e uma carteira. A carteira de motorista e os cartões de crédito todos tinham o nome Philippe Lambert.

— Satisfeito? — perguntou ele.

Gabriel entregou a carteira.

— Que tipo de trabalho você faz, Philippe?

— Marketing digital e publicidade. Sou consultor freelancer.

— Isso explicaria por que um homem numa moto estava prestes a te matar.

— Ele deve ter me confundido com outra pessoa. — Lambert pausou, depois completou: — Assim como você, *monsieur* Klemp.

— Acredito que você hackeou o Porto Franco de Genebra há alguns dias. Aliás, minha parceira tem certeza de que foi você que fez esse trabalho.

— Sua parceira não sabe do que está falando.

— Ela rastreou a fonte do hackeamento até seu endereço IP. Também deu uma olhada nos seus computadores enquanto você saiu hoje de manhã. Ela pode te mostrar as fotos, se quiser.

Lambert conseguiu sorrir.

— Invadir um imóvel é um crime na França, *monsieur* Klemp.

— Hackear computadores e roubo digital também.

— Você é policial?

— Para sua sorte, não. — Gabriel tentou passar por Lambert, mas o hacker bloqueou o caminho dele. — Eu te aconselharia, Philippe, a escolher outra atitude.

— Senão o que você vai fazer?

— Minha parceira e eu vamos embora, e o homem da moto vai te matar da próxima vez que você puser o pé pra fora deste apartamento. — Gabriel entrou na sala de estar e observou o entorno deliberadamente.

DANIEL SILVA

— Amei o que você fez aqui no apartamento. Você contratou um decorador ou fez sozinho?

— Eu não vivo no mundo físico. — Lambert apontou para os computadores e monitores dispostos na mesa de cavalete. — Vivo naquele. É um mundo perfeito. Não tem doença nem guerras, enchentes ou fomes. Só uns e zeros. — Ele olhou para Ingrid e perguntou: — Não é mesmo?

Ela foi até a mesa de cavalete e aumentou o volume de um dos notebooks. Os mesmos dois homens estavam conversando em inglês com sotaque britânico.

— Malware macedônio — disse Lambert. — Barato, mas muito eficaz.

— Quem são eles?

— Não posso responder a essa pergunta, *monsieur* Klemp. A não ser que você me conte quem realmente é.

Gabriel trocou um olhar com Ingrid, que sentou na frente dos computadores de Lambert. Segundos depois, a imagem de Gabriel apareceu em três dos grandes monitores. O hacker não pareceu terrivelmente surpreso com a revelação. Aliás, pareceu aliviado.

— O que está fazendo em Cannes, *monsieur* Allon?

— Quero saber quem contratou você pra hackear o Porto Franco de Genebra.

— E se eu te contar?

— Vou interceder em seu nome com as autoridades relevantes.

— O que eu preciso, *monsieur* Allon, é da sua proteção contra o homem da moto.

— Quem o enviou?

Lambert apontou para o notebook.

— Eles.

As posses de Lambert, por assim dizer, já estavam enfiadas numa bolsa de viagem. Algumas trocas de roupa, produtos de higiene, um passaporte, vários mil euros em dinheiro. Ele adicionou os celulares, os notebooks, quatro HDs externos e o bloco de anotações. Limpou completamente os dois desktops Lenovo.

Gabriel ficou de vigia na janela, celular na mão, a voz de Ingrid em seu ouvido. Ela estava no hotel do outro lado da rua, esvaziando apressadamente os quartos deles. Pouco antes das onze, ligou para o recepcionista e o informou que ela e seu colega canadense fariam o *check-out* antes do esperado. O recepcionista mandou um mensageiro pegar as malas. O manobrista foi buscar o carro alugado.

Dez minutos depois, ele estava esperando na rue d'Antibes, motor ligado, bagagens no porta-malas.

Gabriel olhou para Lambert e disse:

— Vamos.

Eles desceram as escadas até o *foyer*. Gabriel abriu a porta e olhou para a rua. Ingrid, tendo pagado a conta, estava esperando na entrada do hotel.

— Vamos lá? — perguntou ela.

Os três saíram para a rue d'Antibes no mesmo instante e entraram no carro à espera — Lambert no banco de trás, Ingrid no do passageiro, Gabriel ao volante. Ele esperou até o carro estar em movimento antes de fechar sua porta. Ingrid tirou os Bose Ultra da orelha e olhou longamente por cima do ombro.

— Nem sinal dele.

— Por enquanto — disse Gabriel, e eles foram para o Vieux Port.

Passaram acelerando num borrão pela La Pizza Cresci, aí pegaram a direção oeste ao longo do crescente de areia dourada que bordeava a Baie de Cannes. Gabriel olhou no retrovisor e viu um motoqueiro a cerca de cinquenta metros.

— Você ia dizendo? — falou ele.

Ingrid se virou para olhar.

— Pode ser um motoqueiro diferente.

— Não é — disse Gabriel. — É o mesmo motoqueiro.

★ ★ ★

DANIEL SILVA

Durante o curto trajeto até a Autoroute, Gabriel fez uma série de manobras já testadas desenvolvidas para expor veículos em perseguição, só para garantir que não houvesse mal-entendidos. O homem na moto o acompanhou a cada curva.

— Esse idiota não sabe quem eu sou?

— Talvez tenha ouvido falar sobre essa página que você virou.

— Fique tranquila, agora ela foi rasgada e está no chão.

— Você por acaso tem uma arma?

— É possível que eu tenha esquecido de trazer.

Gabriel seguiu a rampa oeste para a Autoroute e pisou forte no acelerador. Logo estavam acelerando a 150 quilômetros por hora com o homem da moto seguindo de perto.

— O que acha que ele está planejando fazer? — perguntou Ingrid.

— Se tivermos sorte, ele vai atirar em Philippe e deixar a gente em paz.

— E se não tivermos?

— Ele vai matar todos nós. — Gabriel encontrou o olhar ansioso de Lambert no retrovisor. — E é por isso que não tenho escolha a não ser encorajá-lo a atirar em Philippe.

Eles continuaram para oeste por mais quarenta quilômetros, atravessando uma paisagem provençal pontilhada de pinheiros-guarda-chuva. Aí, na vila de Le Muy, Gabriel virou na D25 e foi para o sul em direção a Saint-Tropez. A estrada estava quase sem trânsito.

— O que raios ele está esperando? — perguntou Ingrid.

— Se eu tivesse que chutar, diria que ele está torcendo para que eu cometa um erro.

— Tipo o quê?

— Isto — disse Gabriel, e deu uma guinada para a D44.

Era uma estrada estreita e traiçoeira que serpenteava pelos morros pouco habitados a norte de Saint-Tropez. Não havia linha central no asfalto, nem acostamento ou gradil. Do lado direito da estrada, subia uma encosta pedregosa e instável. Uma ravina profunda caía à esquerda.

194

Gabriel dirigia perigosamente rápido, segurando de leve o volante, sem nunca tocar o pé no freio. Ingrid e Lambert estavam de olho no homem da moto. Ele não tinha dificuldade de acompanhar a velocidade de Gabriel.

Passaram rápido por um hotel e pela entrada de uma vinícola, aí escalaram a ladeira de um morro e correram pela borda de um pequeno vale de vinícolas e plantações de oliveiras. A moto acelerou e chegou a trinta metros do para-choque traseiro.

— Parece que ele vai atacar — disse Ingrid.

Gabriel olhou no retrovisor. No momento, pelo menos, o assassino estava com as duas mãos nos controles.

— Não é algo tão fácil de fazer, sabe?

— O quê?

— Disparar um revólver enquanto dirige uma moto numa velocidade excessiva.

— Já tentou?

— O assassino nunca dirige. Só atira.

— Doutrina do Escritório?

— Absolutamente.

— E o que ela diz sobre uma situação assim?

— Me diga no instante em que ele colocar a mão direita na frente da jaqueta.

— Agora! — gritou Ingrid.

Gabriel pisou no freio e habilmente fez o carro dar um giro de 180 graus. O homem da moto só conseguiu evitar uma colisão guinando para a esquerda e mergulhando no vale.

Gabriel desacelerou o carro até parar e olhou para Ingrid.

— Ele não deve ter visto minha seta.

— Talvez fosse bom você ir ver como ele está.

Gabriel saiu do carro e desceu a encosta íngreme do morro. A moto mutilada estava largada numa pequena mata de carvalhos, junto com uma pistola tática Heckler & Koch VP9. Gabriel deslizou a arma no

DANIEL SILVA

cós da calça e caminhou até o assassino. Seu corpo estraçalhado tinha pousado na sombra de uma oliveira. *Havia*, pensou Gabriel, *lugares piores para morrer.*

Ele tirou o capacete do homem. O rosto agora sem vida se mostrou instantaneamente familiar. Assim como o nome no passaporte alemão que Gabriel encontrou no bolso de sua jaqueta. Seu celular era do tipo descartável. Mostrava várias chamadas perdidas, todas do mesmo número.

Gabriel jogou o capacete do morto num emaranhado de arbustos e subiu correndo a encosta até o carro. Um momento depois, estava acelerando na direção oposta na D44. Deu o celular a Ingrid e o passaporte a Lambert.

— Você o reconhece?

— *Oui.*

— Klaus Müller é o nome real dele?

— Não tenho como saber.

— *O que* você sabe, Philippe?

— Ele trabalha de vez em quando para o *monsieur* Robinson.

— Quem é Robinson?

Lambert devolveu o passaporte.

— Me leve para algum lugar em que ele não consiga me achar, *monsieur* Allon. Aí eu conto tudo.

32

MARSELHA

Gabriel voltou à Autoroute e mais uma vez foi na direção oeste. Enquanto se aproximavam de Marselha, o celular do homem morto vibrou com uma mensagem. Ingrid baixou os olhos para a tela.

— Ele quer saber se as flores foram entregues.

— Isso explicaria a HK nove milímetros.

— Você devia tê-la deixado na cena.

— Peguei só por questões de segurança.

— De quem?

— Minha, claro. Só um tonto iria a Marselha sem uma arma.

Eles mergulharam no túnel Prado-Carénage e saíram um momento depois no porto movimentado. Era bem maior que sua contraparte em Cannes e tinha uma reputação merecida de criminalidade, motivo de Gabriel ter ido até ali. Ele deslizou o carro numa vaga ilegal no Quai de Rive Neuve e se virou para Philippe Lambert.

— Preciso de dinheiro.

— Pra quê?

Gabriel indicou os peixeiros fazendo suas vendas na esplanada do flanco leste do porto.

— Mil deve dar.

— Pra peixe? — O francês tirou um maço de notas de vinte euros da mala e o entregou. — Espero que seja o melhor peixe de toda a França, *monsieur* Allon.

DANIEL SILVA

— Pode acreditar em mim, Philippe. Você não vai se decepcionar.

Ingrid observou Gabriel descer do carro e ir até um dos peixeiros, um homem de cabelo branco com um suéter puído de lã e um avental de borracha. Seguiu-se uma breve conversa, e o dinheiro trocou de mãos. Aí Gabriel voltou ao carro e sentou ao volante.

— Quem é esse homem? — perguntou Ingrid.

— O nome dele é Pascal Rameau.

— Ele é pescador mesmo?

— É, claro. Mas também tem outros interesses comerciais, todos de natureza criminosa.

— Por exemplo?

— Roubo, pra começar. Com todo o respeito, Pascal e sua gangue são sem dúvida os melhores ladrões da Europa. Fizeram uns trabalhos pra mim nos meus velhos tempos.

— Por que você acabou de dar mil euros pra ele?

— Transporte.

Rameau agora estava com um celular ao ouvido. Encontrou o olhar de Gabriel e apontou para um local no cais. Gabriel apertou o botão do porta-malas e abriu a porta do motorista.

— E o carro? — quis saber Ingrid.

— Um dos homens de Pascal vai deixar na Hertz.

— Que atencioso.

Com as malas em mãos, eles partiram pelo cais. Gabriel comprou uma dúzia de sanduíches numa *boulangerie*, depois parou na farmácia ao lado para comprar adesivos e tabletes de escopolamina.

— Eu não fico enjoada no mar — protestou Ingrid.

— Vai ficar se as ondas tiverem de dois a três metros de altura.

— E você?

— Eu nunca fico enjoado no mar.

Ele atravessou a rua com Ingrid e Lambert e os guiou até um píer que se estendia na direção do centro do porto. Perto do fim do deque, havia um iate de doze metros chamado *Mistral*. O proprietário da

198

embarcação, um homem chamado René Monjean, estava parado no convés de popa usando um casaco impermeável Helly Hansen.

— Há quanto tempo, *monsieur* Allon. — Ele apertou a mão de Gabriel com afeto. — A que devo a honra?

— Tem alguém tentando matar meu amigo. Preciso tirá-lo do continente o mais discretamente possível.

Monjean sorriu.

— Veio ao lugar certo.

Gabriel fez as apresentações, sem sobrenomes, aí perguntou sobre a previsão marítima.

— O vento está começando a soprar — disse Monjean. — Mas não deve estar tão ruim. Vocês chegam em dez horas, doze no máximo.

— Doze horas? — perguntou Lambert. — Aonde você está me levando?

— Líbia — disse Gabriel, e entrou na pequena mas confortável cabine do barco.

Monjean passou um rápido *briefing* a eles.

— Lá embaixo tem um banheiro e duas camas. — Ele deu um tapinha na porta de aço inox da geladeira. — E bastante cerveja e vinho.

Com isso, Monjean seguiu para o *flybridge*. Enquanto o barco se afastava do píer, Gabriel ofereceu a escopolamina a Ingrid. Em vez disso, ela abriu a geladeira e tirou a tampa de uma garrafa de Kronenbourg.

— Que tipo de trabalhos Pascal Rameau fazia pra você?

— O tipo que eu não podia fazer sozinho.

— Nosso capitão participava desses roubos?

— Claro. Não tem ninguém melhor do que René Monjean.

— Ele por acaso já conseguiu fazer um roubo em Moscou? — Ingrid tomou a cerveja e sorriu. — Imaginei que não.

Monjean contornou a Île Pomègues, a maior das quatro ilhas na entrada do porto de Marselha, e foi na direção do farol Planier. Lá, virou para sudeste e aumentou a velocidade para confortáveis 25 nós. O vento

DANIEL SILVA

vinha contínuo do norte, o mar estava moderado. Gabriel e Ingrid tomaram Kronenbourg no convés da popa e viram o sol se pondo, enquanto Lambert fumava um Winston atrás do outro. Três vezes pediu para Gabriel revelar o destino deles, só para receber três respostas diferentes. Gabriel, por sua vez, pressionou Lambert por mais informações sobre o homem a quem tinha se referido como *monsieur* Robinson. Lambert, cobrindo a chama do isqueiro com a mão em concha, revelou que o nome de Robinson era Trevor e que ele era chefe de segurança de uma pequena firma de advocacia com escritórios em Mônaco e nas Ilhas Virgens Britânicas.

— A firma tem um nome?

— Ainda não, *monsieur* Allon.

Às 20h30, a última luz do pôr do sol se foi, e a lua crescente brilhava como uma tocha no céu sem nuvens. O vento aumentou, o ar ficou mais frio, as ondulações passaram de um metro de altura. Ingrid entrou no salão, relutantemente engoliu uma dose de escopolamina e grudou um adesivo na lateral do pescoço. Então desembrulhou os sanduíches que Gabriel tinha comprado em Marselha e puxou a rolha de uma garrafa de rosé.

— O jantar está servido — chamou ela, e Gabriel e Lambert vieram do convés da popa.

René Monjean ligou o piloto automático Garmin e o alarme de colisão AIS e se juntou a eles na cozinha. As circunstâncias improváveis da reunião impossibilitavam a conversa séria, então eles falaram amenidades educadamente e ouviram Melody Gardot no sistema de áudio de bordo de Monjean. Era uma aquisição recente, explicou ele, parte de uma grande remodelação do *Mistral* que fizera naquele inverno. Ele não disse nada sobre como havia financiado o projeto, e Gabriel, que tinha certeza de que sabia a resposta, não perguntou. René Monjean não era lá muito exigente com o que roubava, mas se especializava na aquisição ilícita de pinturas.

Às 22h30 ele estava de volta aos controles na estação principal de comando do leme, com uma garrafa térmica de café forte para passar a

200

noite. Ingrid e Lambert pegaram as camas, e Gabriel se esticou no sofá-
-cama no salão. Exausto, dormiu até as sete. Encontrou René Monjean
no *flybridge* no ar frio da manhã.

— *Bonjour, monsieur* Allon. — Monjean apontou uma ilha pedregosa
a cerca de dois quilômetros da proa. — Île de Mezzu Mare. Você e seus
amigos vão estar em terra firme em uma meia hora.

Gabriel desceu para a cozinha. Ingrid, atraída pelo aroma do café
recém-passado, emergiu do convés inferior. Sentou-se à mesa e esfregou os olhos.

— Por algum motivo, estão doendo pra caramba.

— É efeito colateral da escopolamina.

— Quanto tempo mais você pretende me obrigar a ficar neste barco?

— Mais alguns minutos.

— E depois?

— Um trajeto cênico de carro pelas montanhas.

— Maravilha. — Ingrid tomou um pouco do café. — É minha
imaginação ou estou sentindo cheiro de alecrim e lavanda?

— Com certeza é só a escopolamina.

Ingrid pegou o pacote e leu a bula.

— Irritação das pálpebras, dores de cabeça, sensações de inquie-
tude e problemas de memória. Mas absolutamente nada sobre alecrim
e lavanda.

O porto agitado para o qual René Monjean guiou habilmente o *Mistral*
era em Ajaccio, terra natal de Napoleão Bonaparte e capital da por vezes
incontrolável ilha francesa da Córsega. Ingrid e Lambert tomaram café
da manhã numa cafeteria perto do terminal de balsas enquanto Gabriel
cuidava do carro alugado. Às 9h15, estavam acelerando pela costa oeste
escarpada da ilha. Lambert, deitado de lado no banco de trás, ficou
vendo as ondas rolando pelo pitoresco Golfu di Liscia.

— Muito melhor que a Líbia, *monsieur* Allon. Mas aonde exatamente
você está me levando?

DANIEL SILVA

— A uma aldeia na Alta Córsega. Fica perto do Monte Cinto. — Gabriel olhou Ingrid de relance e completou: — A montanha mais alta de Córsega.

— Exatamente o que eu estava querendo escutar.

Gabriel seguiu a estrada costeira até o balneário de Porto, depois se direcionou ao continente e começou a longa subida das montanhas. Ingrid abriu a janela, e o cheiro pungente de alecrim e lavanda encheu o carro.

— Eu sabia que não era da minha cabeça — disse ela.

— *Macchia* — explicou Gabriel. — É uma vegetação densa que cobre a maior parte do interior da ilha. Quando o vento está na direção certa, dá pra sentir o cheiro do mar.

Eles passaram pelas cidades de Chidazzu e Marignana e Évisa, depois atravessaram a fronteira para a Alta Córsega. Na aldeia seguinte, uma jovenzinha apontou para Ingrid com o primeiro e o quarto dedos da mão direita.

— Por que ela fez isso?

— Ficou com medo de você passar *occhju* pra ela. Mau-olhado.

— Com certeza eles não acreditam nessa bobagem.

— Os corsos são supersticiosos por natureza. Vivem com medo de contrair mau-olhado, especialmente de estranhas loiras como você.

— E se isso acontecer?

— Eles têm que ir na *signadora*.

— Bom — disse Ingrid —, que bom que esclarecemos tudo.

Além da vila, num pequeno vale de bosques de oliveira que produziam o melhor azeite da ilha, ficava uma propriedade murada. Os dois homens de guarda na entrada estavam bem armados. Gabriel lhes deu uma buzinadinha amigável, e os homens tocaram as abas dos tradicionais chapéus *birretta* em resposta.

— Quem mora aqui? — perguntou Ingrid.

— O homem que vai garantir que nada aconteça com Philippe.

A estrada subiu um morro íngreme e desceu até o próximo vale, e logo era pouco mais que uma trilha de cascalho e terra. Mesmo assim, Gabriel acelerou.

Ingrid deu um olhar nervoso por cima do ombro.

— Tem alguém seguindo a gente de novo?

— Não — respondeu Gabriel. — O perigo está à frente.

— Onde?

Nesse exato momento, um bode doméstico com chifres, talvez com uns 115 quilos, se levantou do lugar onde descansava, embaixo dos galhos contorcidos de três oliveiras antigas, e assumiu uma posição defensiva no meio da estrada.

— Aí — falou Gabriel, e pisou no freio.

A inimizade no comportamento da fera ficou imediatamente óbvia. Até Ingrid, que era nova na ilha, conseguia ver que tinha algo errado. Ela olhou para Gabriel em busca de explicação. A voz dele, quando enfim falou, estava pesada de desespero.

— O bode pertence a Don Casabianca.

— E?

— Tivemos nossas discordâncias no passado.

— Você e Don Casabianca?

— Não.

— Você não está falando do bode? — perguntou Ingrid.

Gabriel fez que sim, sério.

— Você foi indelicado com ele?

— Ao contrário.

— Você deve ter feito *alguma* coisa pra irritá-lo.

— É possível que eu o tenha insultado uma vez, mas ele mereceu.

— Aperte a buzina — disse Ingrid. — Com certeza ele vai sair da nossa frente.

— Pode acreditar, isso só vai piorar as coisas.

Ela esticou o braço pelo banco da frente e buzinou. O bode, indignado, abaixou a cabeça e deu quatro cabeçadas na frente do carro. A última estilhaçou vidro.

— Eu avisei — falou Gabriel.

— E agora?

— Um de nós tem que ir conversar com ele.

DANIEL SILVA

Ingrid levantou a mão na direção do para-brisa.

— Fique à vontade.

— Se eu puser um pé pra fora deste carro, vai ser uma luta mortal.

— E Philippe?

— Impossível. O bode é corso. Ele detesta os franceses.

Ingrid abriu a porta e colocou um pé no caminho empoeirado.

— Algum conselho?

— O que quer que você faça, não o olhe direto nos olhos. Ele tem o *occhju*.

Ingrid, incrédula, saiu do carro e se dirigiu ao bode em dinamarquês. Gabriel, claro, não tinha ideia do que ela estava dizendo, mas o bode parecia atento a cada palavra. Quando ela terminou de falar, a criatura deu um último olhar malévolo a Gabriel, depois se retirou para a *macchia*.

Ingrid se acomodou no banco do passageiro com um sorriso e fechou a porta. Gabriel pisou no acelerador e saiu em disparada antes de o bode ter a chance de mudar de ideia.

— O que você falou pra ele?

— Garanti que você sentia muito por magoá-lo. Também deixei implícito que você tomaria atitudes pra expiar sua conduta.

Gabriel, fervendo de raiva, dirigiu em silêncio por um momento.

— Ele se desculpou por atacar o carro?

— Não mencionei.

— Qual foi a gravidade dos danos?

— Grave — respondeu ela.

Gabriel olhou para Lambert por cima do ombro.

— Vou precisar de mais mil euros.

33

ALTA CÓRSEGA

A *villa* isolada que ficava no fim do caminho tinha um telhado de telhas vermelhas, uma grande piscina azul e um terraço amplo que recebia sol de manhã e, à tarde, era sombreado por pinheiros-larícios. Gabriel entrou na propriedade sem a ajuda de nenhuma chave ou de um aparato de abrir fechadura e levou Ingrid e Philippe Lambert para dentro. A mobília da sala de estar estava coberta com panos brancos. Ingrid abriu as portas francesas e analisou os volumes pesados sobre história e política que preenchiam as belas estantes.

— Quem mora aqui? — perguntou ela, a cabeça inclinada para o lado.

— O dono da *villa* é um cidadão britânico.

Ingrid bateu na lombada de uma biografia de Clement Attlee.

— Isso explicaria por que todos esses livros são em inglês.

— Explicaria — concordou Gabriel.

Ela apontou uma pequena paisagem de Claude Monet.

— E como você explica isso?

— O proprietário é um consultor empresarial bem-sucedido.

— Mas por que o consultor empresarial com um Monet pendurado na parede se esqueceu de trancar a porta da frente?

— Porque ele trabalhava para o homem que mora na grande propriedade que fica no próximo vale. Portanto, ninguém na Córsega,

DANIEL SILVA

quanto mais um criminoso profissional, seria burro a ponto de pensar em roubar este lugar.

Gabriel entrou na cozinha e abriu a porta da despensa. Estava vazia, exceto por um pacote fechado de Carte Noire e duas caixas de leite. Ele preparou o café na prensa francesa e esquentou o leite numa panela no fogão enquanto Ingrid e Lambert se arrumavam nos quartos. Às 12h30, estavam todos reunidos em torno da mesa da cozinha. Lambert acendeu um Winston e ligou seus notebooks. E aí contou tudo a eles.

Ele começou seu relato com uma versão resumida de seu currículo inesperadamente brilhante. Nascido num *arrondissement* nobre de Paris, era filho de um executivo sênior da gigante francesa de serviços financeiros Société Générale e formado na prestigiosa École Polytechnique, onde estudara Ciência da Computação Avançada. Ao se formar, escolheu adiar uma carreira lucrativa no setor privado e, em vez disso, entrou para o DGSE, o serviço de inteligência externa da França.

— Trabalhei na Diretoria Técnica. Vigilância eletrônica e outras tarefas especiais. Não éramos nem de longe tão bons quanto vocês, israelenses, mas também não éramos nada maus. Eu passava muito do meu tempo tendo o Estado Islâmico como alvo. Aliás, forneci suporte técnico para aquela operação conjunta franco-israelense que você fez depois do ataque ao Centro Weinberg. Foi uma belezura, *monsieur* Allon. Mesmo.

Lambert saiu do DGSE após dez anos e foi trabalhar no escritório parisiense da SK4, a firma de segurança corporativa sueca. Ele se especializou em segurança de rede e monitoramento de sistemas para escritórios e infraestruturas físicas, e seus clientes incluíam alguns dos maiores nomes do mercado francês. Seu pacote-base de remuneração era de meio milhão de euros por ano, cinco vezes maior que seu antigo salário no DGSE.

— A vida era boa — disse Gabriel.

— Não tinha do que reclamar.

— O que aconteceu?

— Trevor Robinson.

Foi Robinson, com uma ligação ao celular pessoal de Lambert, que fez a abordagem inicial. Ele disse que queria discutir uma proposta comercial consideravelmente confidencial. Deixou nas entrelinhas que valeria muito a pena para Lambert ouvir o que ele tinha a dizer.

— Por acaso ele mencionou o nome da empresa para a qual trabalhava?

— Ele não falou quase nada.

— E você, claro, disse que não estava interessado.

— Eu tentei, *monsieur* Allon. Mas ele foi bem persistente.

Robinson admitiu que sua firma tinha um escritório em Mônaco e sugeriu que se encontrassem lá. Lambert voou numa sexta à tarde e fez *check-in* no luxuoso Hôtel de Paris, onde Robinson tinha reservado uma suíte no nome dele. Encontraram-se para um café na manhã seguinte, continuaram suas discussões em um almoço no Le Louis XV e chegaram a um acordo durante um cruzeiro pelo Mediterrâneo no iate da firma.

— O iate tem um nome?

— *Discretion.*

— Sonoro. E a firma?

— Harris Weber & Company.

Ingrid abriu seu notebook.

— Não faça isso — disse Lambert. — Eu instalei o software de rastreamento no site da firma. É o melhor que tem.

Gabriel abriu seu próprio notebook e achou uma referência à Harris Weber & Company num diretório de firmas de advocacia de Mônaco. Havia um endereço no boulevard des Moulins e um telefone, mas nada mais. Lambert completou o resto da imagem, começando com os nomes completos dos sócios-fundadores da firma, Ian Harris e Konrad Weber.

— Harris é britânico, e Weber é de Zurique. Se conheceram no início dos anos 1990, trabalhando para o mesmo cliente, e decidiram abrir a própria firma. Nenhum dos dois jamais viu o interior de um tribunal. O negócio deles é ajudar empresas e indivíduos endinheirados

DANIEL SILVA

a reduzir seus encargos fiscais movendo os ativos para centros financeiros *offshore*.

— E Robinson?

— Entrou na firma em 2009.

— Vindo de onde?

— Da divisão de contrainteligência do MI5.

— Por que uma firma de advocacia comum especializada em serviços financeiros *offshore* sentiria necessidade de contratar um ex-agente do MI5 para cuidar de sua segurança?

— Porque a Harris Weber é qualquer coisa, menos uma firma comum. Seus clientes incluem algumas das pessoas mais ricas e poderosas do mundo. Algumas das mais perigosas também. Quando se lida com esse tipo de gente, vale a pena ter um homem como Trevor Robinson na folha de pagamento.

— Para não mencionar Philippe Lambert.

— Para deixar claro, eu não sou funcionário da Harris Weber. Sou um consultor independente com um único cliente, uma empresa chamada Antioch Holdings. É uma sociedade limitada baseada nas Ilhas Virgens Britânicas. A Antioch me paga vários milhões de dólares por ano, a vasta maioria dos quais fica escondida em contas *offshore*. Também posso usar um apartamento em Mônaco e uma *villa* de luxo em Virgin Gorda.

— E que tipo de serviço você presta a esse cliente?

— No papel? — Lambert deu de ombros. — Segurança de redes.

— E na realidade?

— O mesmo trabalho que eu fazia para o DGSE.

— Coleta de inteligência eletrônica.

— *Oui, monsieur* Allon. E outras tarefas especiais.

Entender a natureza dessas tarefas exigiu que Lambert oferecesse uma explicação mais completa da Harris Weber & Company e das estratégias que ela usava para atender a seus clientes. Eram, na maior parte, os mais

MORTE NA CORNUALHA

ricos dos ricos, multibilionários que viajavam em jatinhos privados e superiates e mantinham residências suntuosas em cada canto do globo. Raramente, porém, eram donos oficiais de seus brinquedinhos e imóveis caros. Em vez disso, adquiriam os símbolos de sua imensa riqueza usando empresas de fachada criadas pela Harris Weber. Essas empresas tinham sedes nominais não em Mônaco, mas em Road Town, nas Ilhas Virgens Britânicas, onde a firma mantinha um escritório pequeno, mas movimentado, na Waterfront Drive. Adele Campbell, secretária do escritório, atuava como diretora dessas entidades corporativas.

— Na última contagem — disse Lambert —, ela controlava mais de dez mil empresas, o que a tornaria uma das empresárias mais poderosas do mundo. Os proprietários reais das sociedades limitadas só são conhecidos pelos advogados da firma.

Comprar casas e outros bens de luxo atrás da camuflagem de uma empresa de fachada *offshore*, apontou Lambert, era perfeitamente legal e tinha inúmeras vantagens, começando pela economia em impostos. Mas também permitia que os clientes super-ricos conduzissem seus negócios em segredo, invisíveis aos olhos curiosos do governo, da lei e de seus concidadãos. Era esse o mundo que a Harris Weber & Company oferecia a seus clientes. Um mundo exclusivo sem regras nem impostos, em que as necessidades dos menos afortunados não eram uma preocupação.

— Há quinze anos, a riqueza total em mãos particulares pelo mundo era de cerca de 125 trilhões de dólares. Agora, é de 450 trilhões de dólares, aproximadamente dez por cento dos quais estão em centros financeiros *offshore*, fora do alcance de cobradores de impostos. O que significa que o dinheiro não pode gerar receita fiscal para fornecer escolas melhores, ou moradia, ou saúde para cidadãos comuns.

A maioria dos clientes da empresa, continuou Lambert, tinha adquirido sua fortuna de maneira legítima ou por meio de herança e estava determinada a empregar todas as medidas legalmente disponíveis para evitar pagar impostos — mesmo que essas medidas fossem, na melhor das hipóteses, eticamente questionáveis e pudessem muito bem levar a danos reputacionais se divulgadas ao público. Uma parcela significativa da

DANIEL SILVA

clientela da Harris Weber, porém, ganhava seu dinheiro com atividades criminosas ou roubando de seus cidadãos. A firma representava nove chefes de Estado cleptocratas, dezenas de funcionários públicos corruptos e inúmeros bilionários russos que tinham ficado ricos por sua proximidade com o Kremlin. A maior parte de seu dinheiro ilícito estava investida em imóveis, que eles compravam usando empresas de fachada *offshore*.

— Você sabe por que a maioria dos cidadãos comuns não tem dinheiro para morar em cidades como Londres, Paris, Zurique ou Nova York? É porque os super-ricos globais estão fazendo os preços dos imóveis subirem com a ajuda de fornecedores *offshore* como a Harris Weber. Um cliente sozinho, um soberano do Oriente Médio que não será nomeado, comprou mais de um bilhão de dólares em propriedades comerciais e residenciais em Londres e Manhattan, escondendo-se atrás de uma rede complexa de sociedades limitadas e trustes de várias camadas criados e secretamente administrados pela firma. E, quando o potentado decidiu lucrar com a venda de algumas dessas propriedades, as transações aconteceram *offshore*, com a Harris Weber embolsando vários milhões de dólares em honorários.

A firma ficou insanamente rica, assim como muitos de seus parceiros comerciais — especialmente os gestores de patrimônio e banqueiros particulares europeus, que eram uma fonte valiosa de clientes. A Harris Weber prometia a todo mundo sigilo absoluto, mas problemas inevitavelmente surgiam. Quando isso ocorria, Trevor Robinson dava os nomes a Philippe Lambert, e Lambert os acionava e sugava tudo.

— Telefones, computadores, dados médicos e financeiros. Qualquer coisa em que eu conseguisse pôr as mãos. Eu dava o material a Robinson, e ele o usava para fazer os problemas desaparecerem.

— Ele chantageava as pessoas?

— As que tinham sorte. As que não tinham recebiam a mensagem dele de outras formas.

— Quem eram essas?

— Qualquer um que fosse uma ameaça aos negócios ou aos clientes da firma.

— Por exemplo?

— Autoridades fiscais, reguladores, jornalistas investigativos, às vezes até os próprios clientes.

— E uma historiadora de arte de Oxford?

Lambert hesitou, aí assentiu devagar.

— *Oui, monsieur* Allon.

— Por que ela virou alvo?

— *Retrato sem título de uma mulher*, de Pablo Picasso.

— O quadro era uma ameaça à firma?

— Não só à firma. Aos clientes, aos sócios, aos bancos... — Lambert deu de ombros. — A tudo.

34

ALTA CÓRSEGA

Foi Ian Harris, um pequeno colecionador que gostava de retratos holandeses, que originalmente teve a ideia. Ele se referia a ela, inofensivamente, como "a estratégia da arte". Não arte como investimento, mas arte como meio de lavar dinheiro, esconder riqueza e, mais importante, transmitir riqueza de seu país de origem a paraísos fiscais *offshore*. Foi possibilitada pela longa tradição de segredo do mundo da arte. Quase setenta bilhões de dólares em quadros e outros *objets d'art* trocavam de mãos a cada ano, a maior parte de modo privado. Compradores em geral não sabiam a identidade dos vendedores, vendedores não sabiam a identidade dos compradores e reguladores e autoridades fiscais dos governos não sabiam quase nada de nada.

Mas explorar essa vulnerabilidade inerente, explicou Philippe Lambert, exigia um local como o Porto Franco de Genebra, que permitia que os clientes armazenassem suas obras de arte em cofres com controle climático alugados por empresas de fachada anônimas. Sob as leis fiscais do Porto Franco, a empresa de fachada não precisava divulgar seu proprietário beneficiário. Ele podia comprar uma pintura de duzentos milhões de dólares num leilão em Nova York ou Londres e evitar todos os impostos apenas a enviando ao Porto Franco. Além do mais, o proprietário secreto da empresa de fachada podia lucrar com a venda de sua pintura de duzentos milhões dentro das fronteiras do Porto Franco, sem implicações fiscais.

— O Porto Franco sempre teve um lado obscuro — disse Lambert. — Mas a Harris Weber & Company transformou o lugar numa máquina de lavar de 55 mil metros quadrados.

— Qual era o papel da Galerie Ricard? — perguntou Gabriel.

— Ricard era uma lavadeira, só isso. Ele trocava as cargas, apertava os botões e recebia um pedacinho de cada transação. Mas sempre tinha brigas pelo dinheiro. Ele achava que não era valorizado nem pago o suficiente.

Apesar de toda a engenhosidade, seguiu Lambert, a estratégia da arte era bem simples. Só necessitava de duas sociedades limitadas de fachada nas Ilhas Virgens Britânicas, que a Harris Weber criava por uma modesta taxa. O cliente, então, comprava um quadro — num leilão ou de maneira privada, por meio dos auspícios de uma galeria — e o enviava imediatamente ao Porto Franco, onde era colocado num cofre alugado por uma das empresas de fachada. O cliente, em seguida, vendia o quadro, às vezes em questão de dias ou até horas, na Galerie Ricard, sob condições de estrito segredo. Os lucros da venda eram enviados à segunda empresa de fachada, com o dinheiro depositado em um dos bancos caribenhos parceiros da Harris Weber. Lá, permanecia invisível às autoridades fiscais do país-sede do cliente. Ele estava livre para investir o dinheiro em *equities* ou *commodities* — livre de impostos, claro —, ou podia usá-lo para adquirir ativos valiosos como jatinhos particulares, iates e casas de luxo.

Como resultado do esquema, várias centenas de bilhões de dólares em riqueza privada eram canalizadas para fora dos países e enterradas embaixo de camadas de trustes e fachadas corporativas. A Harris Weber & Company e sua cavalariça de advogados eticamente comprometidos recebiam centenas de milhões em honorários jurídicos e comissões. Ainda não satisfeitos com seus ganhos, decidiram se aprofundar cada vez mais na estratégia da arte entrando eles mesmos no negócio. Com uma porção dos lucros, adquiriram uma coleção pequena mas extremamente

DANIEL SILVA

valiosa de quadros caros, que usavam primariamente para lavar dinheiro — "vendas" fraudulentas responsáveis por gerar centenas de milhões em comissões e lucros adicionais. Eles armazenavam os quadros no Porto Franco de Genebra sob supervisão da Galerie Ricard e administravam a coleção por meio de uma sociedade limitada anônima de fachada baseada nas Ilhas Virgens Britânicas.

— OOC Group Ltd.?

— *Oui, monsieur* Allon. Significa Oil on Canvas. Mas havia várias outras empresas de fachada e trustes em camadas entre o OOC Group e a Harris Weber. Seria extremamente difícil alguém montar o quebra-cabeça.

A não ser, claro, que surgisse um problema com um dos quadros do inventário da firma — um problema que permitisse que um requerente numa ação judiciária penetrasse os registros da Harry Weber por meio do processo de produção antecipada de provas. Essa era a situação que a firma enfrentava quando Trevor Robinson acordou Lambert de um sono profundo numa manhã bem cedo em meados de dezembro. Robinson estava nas pistas de esqui de Chamonix. Lambert estava na *villa* de Virgin Gorda.

— E o problema?

— O Picasso — disse Lambert. — A Harris Weber o adquiriu há dez anos numa venda privada intermediada pela Christie's em Londres. A professora Blake tinha de algum jeito descoberto os detalhes da transação, incluindo o nome do comprador.

— Oil on Canvas Group Ltd.?

Lambert fez que sim.

— Mas como Trevor Robinson sabia o que ela havia descoberto?

— Ele não entrou em detalhes. Só queria que eu descobrisse se a professora realmente tinha as informações. Hackeei o celular e o computador dela e peguei tudo, incluindo a sua versão sobre a proveniência do quadro. Listava o nome do proprietário original e o nome do herdeiro por direito.

— Dr. Emanuel Cohen.

— *Oui, monsieur* Allon.

MORTE NA CORNUALHA

Lambert também descobriu o nome do homem com quem a professora Blake estava tendo um caso extraconjugal: Leonard Bradley, um investidor rico e aficionado por arte que morava com a esposa e três filhos numa casa no topo de um penhasco perto de Land's End, na Cornualha. Lambert encaminhou as informações a Trevor Robinson, junto com centenas de mensagens íntimas e dados de geolocalização que apontavam o local dos encontros deles. Lambert supunha que o ex-espião britânico fosse usar as informações comprometedoras meramente para pressionar a professora Blake e obrigá-la a alterar as descobertas de sua investigação. Trevor Robinson, porém, tinha outras ideias.

— Ele queria que eu mandasse uma mensagem para a professora Blake do número de Bradley.

— E a natureza da mensagem?

— Bradley precisava discutir uma questão da maior urgência.

— A sra. Bradley tinha descoberto o caso?

— Era o que ficava implícito.

— A que horas Bradley queria encontrá-la?

— Cinco da tarde.

— No penhasco acima da praia de Porthchapel?

— *Oui.*

— O que você fez?

— Mandei a mensagem — disse Lambert. — E, duas horas depois, a professora Blake estava morta.

Emanuel Cohen morreu três dias depois, vítima de uma aparente queda dos degraus da rue Chappe, em Montmartre. Lambert não sabia nada sobre o destino do médico. Estava ocupado trabalhando em outra questão, um funcionário da receita norueguesa excessivamente zeloso que tinha um dos clientes mais importantes da firma na mira. Lambert deu a Trevor Robinson uma montanha de material comprometedor — o norueguês tinha um fraco por pornografia infantil — e Robinson deu a Lambert sua próxima missão.

DANIEL SILVA

— Hackear o Porto Franco de Genebra?

Lambert fez que sim.

— Robinson te falou por quê?

— O problema com o Picasso tinha ressurgido.

Desta vez, porém, a ameaça era interna. Edmond Ricard tinha recebido uma oferta lucrativa pelo Picasso e queria aceitar. A compradora em potencial, curiosamente, era Anna Rolfe, a violinista renomada no mundo todo. Ela pretendia armazenar o quadro no Porto Franco de Genebra sob supervisão de Ricard. Ele estava confiante de que a tela permaneceria trancada e fora das vistas do público no futuro próximo.

— Imagino que a Harris Weber & Company tenha se oposto à negociação?

— Veementemente.

— Por que os sócios simplesmente não disseram a Ricard que a tela não estava no mercado?

— Eles disseram.

— E?

— Ricard concordou em se retirar das negociações. Mas eu estava monitorando o telefone dele e sabia que ele não tinha intenção de sair do negócio. Ia ser uma troca, em vez de uma venda direta. O Picasso em troca de obras de Van Gogh, Modigliani e Cézanne. Ricard planejava vender os três quadros e embolsar o dinheiro. Estava confiante de que seus parceiros na Harris Weber nunca descobririam.

— Porque os parceiros dele pretendiam deixar o Picasso no Porto Franco para sempre.

— *Exactement*, *monsieur* Allon. E, para a firma, a traição de Ricard foi a gota d'água.

Lambert estava confiante em sua habilidade de entrar sem ser detectado na rede do Porto Franco. Mesmo assim, por um excesso de cautela, ele executou o hackeamento em um apartamento alugado às pressas em Cannes. Sozinho em sua sala escurecida com vista para a rue d'Antibes, ele estava monitorando as câmeras de segurança do Porto Franco quando um homem com um estojo de transporte de obras de

216

arte entrou no edifício comercial atarracado na route du Grand-Lancy, 4, sede da Galerie Ricard. Quinze minutos depois, quando o homem saiu do prédio, Lambert apertou uma única tecla e seis meses de vídeos de segurança do Porto Franco desapareceram no éter.

— Ou foi o que você pensou — disse Gabriel, e clicou no *touchpad* de seu notebook.

Lambert olhou a tela, depois olhou para Ingrid.

— Como você conseguiu ressuscitar?

— Foi bem fácil, na verdade.

Eles assistiram enquanto o homem com o estojo de transporte de obras de arte saía do elevador no terceiro andar e pedia para ser admitido na Galerie Ricard.

— O que você achou que fosse acontecer em seguida? — perguntou Gabriel.

— Robinson me disse que ia remover o Picasso da galeria antes de Ricard conseguir completar a transação com Anna Rolfe.

— Remover?

— Palavra de Robinson, não minha.

— Quando você percebeu que ele tinha te tornado cúmplice de mais um assassinato?

Foi só na manhã seguinte, quando Lambert leu sobre a morte de Ricard no *Nice-Matin*. Alarmado, ele ligou para Trevor Robinson em Mônaco e o informou que ia tirar umas férias longas em algum lugar bem longe. No Brasil, talvez. Ou, melhor ainda, no Sri Lanka. Em vez disso, ele se trancou no apartamento em Cannes e começou a pegar todos os arquivos da Harris Weber & Company em que conseguia pôr as mãos. Seu plano, até onde pode-se dizer que existia um, era usar o material para garantir sua sobrevivência quando chegasse o dia em que Trevor Robinson decidisse que ele já não era útil para a firma.

— Esse dia chegou bem mais cedo do que eu esperava. Por sorte, *monsieur* Allon, você estava lá pra evitar que eu fosse morto.

— Não agradeça a mim, agradeça à minha associada. Foi ela que rastreou o hackeamento àquele apartamento em Cannes.

DANIEL SILVA

Lambert olhou para Ingrid e perguntou:

— Como?

Ela revirou os olhos.

— Só espero que você tenha apagado seus rastros um pouco melhor quando hackeou a base de dados da Harris Weber.

— Apaguei, sim.

— Achou algo interessante? — quis saber Gabriel.

Lambert pegou um dos HDs externos que tinha trazido consigo.

— Um diretório com todas as empresas de fachada já criadas pela companhia. Mas infelizmente é inútil sem os nomes dos proprietários beneficiários.

— Os clientes, você quer dizer?

— *Oui, monsieur* Allon.

— E onde encontraríamos isso?

— Todas as informações confidenciais entre advogado e cliente ficam armazenadas offline, num HD externo. E o HD está trancado num cofre dentro do escritório da firma em Mônaco.

— De que quantidade de dados estamos falando? — perguntou Ingrid.

— Três terabytes, pelo menos.

— O cofre tem uma porta?

— Claro.

— Que alívio — disse Ingrid. — Combinação ou teclado?

35

VILLA ORSATI

Os HDs externos de Philippe Lambert continham mais do que apenas uma lista das empresas de fachada criadas pela firma de advocacia Harris Weber & Company. Ele também salvara o conteúdo do celular desaparecido de Charlotte Blake — os metadados, os dados de geolocalização, o histórico de busca, os e-mails e as mensagens de texto. Tudo isso não deixava dúvidas de que ela estivera envolvida com Leonard Bradley, um investidor rico que trabalhava com negociação de alta frequência e era dono de uma substancial casa no topo de um penhasco, próxima do local onde ela foi assassinada.

Também havia uma cópia da proveniência da professora Blake para um *Retrato sem título de uma mulher*, óleo sobre tela, 94 por 66 centímetros, de Pablo Picasso. Foi comprado, descobriu ela, na Galerie Paul Rosenberg, em junho de 1939, pelo empresário e colecionador Bernard Lévy. Em julho de 1942, uma semana após a Rusga do Velódromo de Inverno de Paris, Lévy confiou o quadro a seu advogado, Hector Favreau, e se escondeu no sul com a esposa e a filha. Favreau ficou com a obra até 1944, quando a vendeu a André Delacroix, um oficial sênior no regime colaboracionista de Vichy. O quadro continuou na família Delacroix até 2015, quando foi colocado à venda na venerável casa de leilões Christie's, em Londres. O quadro conseguiu meros 52 milhões de libras, em parte por causa das preocupações com seu passado.

DANIEL SILVA

O comprador era o OOC Group Ltd., de Road Town, nas Ilhas Virgens Britânicas. Charlotte Blake, ex-funcionária da Christie's, tinha uma cópia do acordo de venda para provar.

Mas como Trevor Robinson ficara sabendo das descobertas explosivas da professora Blake? A explicação mais provável era que Robinson houvesse recebido uma dica, provavelmente em meados de dezembro. Gabriel vasculhou os e-mails e as mensagens da professora, mas não achou nada que sugerisse que ela tinha dividido a informação com alguém. Os dados de geolocalização do celular indicavam que ela havia passado as longas férias acadêmicas de inverno isolada em seu chalé na Cornualha. Sua única viagem nesse período foi uma visita de três dias a Londres, onde, na tarde de 15 de dezembro, passou noventa minutos na Galeria Courtauld.

Ocorreu a Gabriel que Sarah Bancroft, membro do conselho da Courtauld, talvez soubesse algo sobre a visita da professora Blake à galeria. Ele fez um telefonema para a Isherwood Fine Arts, onde ela estava mostrando um quadro a um potencial comprador. Ela pareceu aliviada ao ouvir a voz dele.

— Por favor, me diga que você não o matou — disse ela.

— Quem?

Ela deu a resposta num falso sussurro:

— *Monsieur* Ricard.

— A gente provavelmente deveria adiar essa discussão até eu voltar a Londres.

— Onde você está agora?

Em linguagem codificada, Gabriel informou a Sarah que tinha pegado emprestada a *villa* do marido dela na Córsega. Então contou sobre os noventa minutos que a professora Blake havia passado na Galeria Courtauld em meados de dezembro.

— Com certeza tem uma explicação perfeitamente razoável — disse ela.

— Tipo o quê?

— Ah, sei lá. De repente ela queria ver um quadro.

— Até onde eu consigo ver, ela ficou num mesmo ponto durante toda a visita.

— E você tem certeza de que foi no dia 15?

— Por que a pergunta?

— Eu estava na Courtauld nesse mesmo dia. Uma porcaria de reunião de conselho. Três horas de tédio absoluto, depois das quais fui pra casa e me deitei na minha cama vazia.

— Ainda está vazia?

— Nem pense nisso — disse ela, e desligou.

Às 13h15 daquela tarde, Gabriel disparou o Proteus no celular de Trevor Robinson. Em menos de uma hora, o malware de hackeamento tinha controlado o sistema operacional do aparelho. Depois de baixar os e-mails e as mensagens do ex-oficial do MI5, Gabriel instruiu Ingrid a localizar e deletar o malware macedônio de Philippe Lambert, que era inferior. Armada com o Proteus, ela levou cinco minutos.

— Você se importaria se eu fizesse uma cópia disso pra mim?

— Me importaria, na verdade. Mas pode ficar com isto. — Gabriel entregou a pistola tática HK a Ingrid. — Preciso ir resolver uma coisa. Atire em qualquer um que chegar a cinquenta metros da *villa*.

Lá fora, Gabriel entrou no carro alugado danificado e saiu pela estrada de terra. O bode maldito de Don Casabianca estava reclinado à sombra de três oliveiras antigas. A fera permaneceu lá, vigilante mas imóvel, enquanto Gabriel freava e abria a janela. Ele se dirigiu ao adversário em francês.

— Olha, não sei o que minha amiga te disse antes, mas nada nesta situação entre nós é culpa minha. Aliás, é uma das poucas disputas na minha vida em que sou completamente inocente. Portanto, sou eu que mereço um pedido de desculpas, não você. E diga para o seu mestre, o abominável Don Casabianca, que espero que ele pague pelos danos que você infligiu ao meu automóvel.

DANIEL SILVA

E, com isso, Gabriel fechou a janela e saiu numa nuvem de poeira. Ele seguiu pela estrada morro acima e abaixo até o vale vizinho, e um momento depois parou na entrada da grande propriedade. Os dois guardas olharam a frente do carro com expressões de leve espanto. Não se deram ao trabalho de pedir uma explicação. A longa rixa de Gabriel com o caprino malcomportado de Don Casabianca já era parte do folclore da ilha.

Os guardas abriram o portão, e Gabriel subiu por uma longa entrada de carros ladeada com oliveiras de Van Gogh. O escritório de Don Anton Orsati ficava no segundo andar de sua *villa*, que parecia uma fortaleza. Como sempre, ele recebeu Gabriel sentado atrás da mesa pesada de carvalho que usava como escrivaninha. Estava vestindo uma calça larga, sandálias de couro empoeiradas e uma camisa branca bem passada. Ao lado de seu cotovelo estava uma garrafa de azeite Orsati — já que azeite era a frente legítima por meio da qual o *don* lavava os lucros de seu verdadeiro negócio: assassinato de aluguel. Gabriel era uma de apenas duas pessoas que tinham sobrevivido a um contrato da família Orsati. A outra era Anna Rolfe.

Levantando-se, Don Orsati estendeu uma mão de pedra para Gabriel e disse:

— Eu estava começando a achar que você estava me evitando.

— Perdão, Vossa Santidade. Mas precisei cuidar de uma questão urgente.

O *don* o olhou de modo cético com um par de olhos pretos. Era como ser estudado por um canino.

— A questão urgente não é aquela loira bonita, né?

— O homem no banco de trás.

— Dizem que você deu mil euros para René Monjean tirá-lo de Marselha.

— O que mais dizem?

— Um funcionário de uma vinícola em Saint-Tropez topou com um corpo hoje de manhã cedo. Um motoqueiro, sem identificação nem celular. A polícia pelo jeito acha que alguém o forçou a sair da estrada.

— Eles têm um suspeito?

O *don* fez que não com a cabeça.

--— Esta época é tranquila por ali. Aparentemente, ninguém viu nada.

Gabriel jogou o passaporte alemão em cima da mesa sem dizer nenhuma palavra. Don Orsati abriu na primeira página.

— Um profissional?

— Dos bons.

— Você era o alvo?

— O homem no banco de trás — explicou Gabriel. — Um hacker que trabalha para uma firma de advocacia corrupta em Mônaco.

— Quem queria que ele morresse?

— A firma de advocacia corrupta.

— E a loira bonita?

— Era ladra profissional.

— E agora?

— Difícil dizer, pra falar a verdade. Ela ainda é um trabalho em andamento.

O *don* segurou o passaporte entre dois dedos grossos.

— Você está com isso por algum motivo?

— Valor sentimental, principalmente.

— Nesse caso, talvez seja melhor a gente se livrar dele. — Don Orsati levou o passaporte até a grande lareira de pedra e o jogou na pilha de madeira de *macchia* que queimava na grade. — E como nós da Companhia de Azeite Orsati podemos ajudar você?

— Preciso de proteção para o hacker.

— Por quanto tempo?

— Pelo tempo que eu precisar para fazer um assalto na firma de advocacia corrupta.

— E se o assalto der errado?

— Estou confiante de que não vai dar.

— Por quê?

— Por causa da loira bonita.

★ ★ ★

DANIEL SILVA

Gabriel contou a Anton Orsati o resto da história lá fora, no terraço, tomando uma garrafa de rosé corso pálido. Ele não omitiu nenhum dos detalhes suculentos, incluindo o fato de que estava trabalhando em conluio com duas polícias europeias e o serviço secreto de segurança e inteligência da Suíça. O *don*, que ganhava a vida em parte evitando envolvimentos com a segurança pública, ficou perplexo, como já se era de esperar.

— E quando a polícia perguntar para a testemunha estelar, esse tal de Philippe Lambert, onde ele se escondeu depois da tentativa de assassinato?

— Minha esperança, Don Orsati, é que não chegue a tanto.

— Temos um provérbio sobre esperança aqui na Córsega.

— E um para quase todas as outras ocasiões também — completou Gabriel.

— Quem vive de esperança — disse Don Orsati, inabalado — morre na merda. E quem abre a porta para a polícia se arrepende depois. Especialmente se essa pessoa tiver a minha profissão.

— Estou bem certo de que isso não é um provérbio corso de verdade.

— Mesmo assim, a mensagem é sagrada e correta.

— Mas quem dorme — falou Gabriel, citando um provérbio próprio — não pega peixe. E quem procura acha.

— E o que exatamente você procura na firma de advocacia Harris Weber & Company em Mônaco?

— Vários milhões de páginas de documentos incriminadores.

— Que levarão à recuperação do Picasso desaparecido?

Gabriel fez que sim.

— Também levarão à acusação dos sócios-fundadores da firma, para não mencionar um bom número de pessoas extremamente ricas que usaram métodos antiéticos ou, em alguns casos, ilegais para esconder centenas de bilhões de dólares de sua riqueza em paraísos fiscais *offshore*.

— Pode ser um choque pra você, Gabriel, mas acredito que o que um homem faz com seu dinheiro é problema dele, não do governo. Dito isso, concordo em cuidar de Lambert até as ameaças à vida dele

224

serem eliminadas. Mas espero ser reembolsado por sua hospedagem e sua alimentação, para não mencionar o custo de mão de obra extra necessária para a segurança dele.

— Ele tem vários milhões de dólares num banco nas Ilhas Virgens Britânicas.

— Bom começo. — Orsati sorriu. — A questão é: onde devemos colocá-lo?

— Por enquanto, ele pode ficar comigo na casa do Christopher.

— Enquanto você planeja esse seu assalto?

Gabriel assentiu.

— Christopher sabe o que você está planejando?

— Não tem ideia.

— Talvez seja sábio incluí-lo.

— Christopher não é mais funcionário da Companhia de Azeite Orsati. É oficial do Serviço Secreto de Inteligência de Sua Majestade.

— E daí?

— Um dos sócios-fundadores da Harris Weber é britânico, e a firma está incorporada nas Ilhas Virgens Britânicas, que é um território ultramarino do Reino Unido.

— Isso é um problema?

— Como regra geral, os serviços de inteligência ocidentais são proibidos de espionar seus próprios cidadãos.

— Mas você não está espionando a firma. Só vai roubar os arquivos.

— É basicamente a mesma coisa.

— Não importa o quanto a sua amiga bonita seja boa — disse Orsati. — Você não pode mandá-la para aquele escritório sozinha. Precisa de pelo menos mais uma pessoa, preferivelmente profissional.

— Alguém em mente?

— Que tal o homem que te deu uma carona até a Córsega?

— Você consegue providenciar isso?

— Considere feito. — Orsati levantou o olhar para o céu que escurecia. — Quando a tempestade chega, os cães fazem a cama.

— E os bodes? — perguntou Gabriel.

DANIEL SILVA

— Algum problema?

— Ele atacou meu carro hoje de manhã. Alguém tem que pagar os danos, e não vou ser eu.

Don Orsati suspirou.

— Moedas são redondas e vêm e vão.

— Bodes também — falou Gabriel em tom sombrio.

— Nem um único pelo da cabeça dele, senão vai ter uma guerra.

— Isso também não é um provérbio, Don Orsati.

36

ALTA CÓRSEGA

O planejamento operacional começou alguns minutos depois das oito da manhã seguinte, quando René Monjean, após mais uma travessia noturna vindo do continente, guiou o *Mistral* até uma minúscula marina na cidade turística de Porto. Gabriel estava lá para encontrá-lo. Eles colocaram a embarcação em ordem, depois subiram no carro e se dirigiram para as montanhas no leste.

— O que aconteceu com sua lanterna, *monsieur* Allon?

— Vandalismo.

— Corsos — murmurou Monjean, cheio de desdém.

— Imagine o que eles acham de vocês, marselheses.

— Eles não nos suportam. Mas, também, os corsos não suportam ninguém. É por isso que eles são corsos. — Monjean acendeu um cigarro e olhou para Gabriel em meio a uma nuvem de fumaça. — Você, porém, parece ter boas conexões na ilha.

— Vale a pena ter amigos como Don Orsati no meu ramo.

— E qual é seu jogo hoje em dia?

— Sou restaurador de arte. Mas, no meu tempo livre, ajudo a polícia a resolver crimes relacionados a arte.

— Que interessante — disse Monjean. — No meu tempo livre, às vezes cometo crimes relacionados a arte.

— Andou roubando alguma coisa ultimamente, René?

DANIEL SILVA

— Depende das regras básicas da nossa relação.

— Uma mão lava a outra, e as duas mãos lavam o rosto.

— O que isso quer dizer?

— É um provérbio corso. Quer dizer que vou te usar como fonte ou agente, mas nunca vou falar nada sobre você para meus amigos da polícia francesa. Nem de qualquer outra força policial, aliás. Tudo vai ficar *entre nous*.

— E o dinheiro?

— Não vem da cantoria.

— Outro provérbio corso?

Gabriel fez que sim.

— Vou te pagar o que você quiser. Claro, desde que seus honorários sejam sensatos.

— Dependeria da natureza do trabalho e do valor do alvo.

— Preciso que você roube alguns documentos de uma firma de advocacia em Mônaco.

— Quantos?

— Vários milhões.

Monjean riu.

— Como eu vou carregar vários milhões de documentos de um prédio comercial em Mônaco?

— Você vai copiá-los de um dispositivo de armazenamento digital.

— Não é a minha, *monsieur* Allon. Eu roubo objetos, não dados.

— Mas é a da Ingrid.

— A mulher da outra noite?

Gabriel fez que sim.

— Ela é profissional.

— Como a gente vai entrar no prédio?

— Philippe vai abrir as portas remotamente. Vocês vão entrar, copiar os documentos e sair de novo.

— Quanto tempo vai levar?

— Três ou quatro horas.

228

MORTE NA CORNUALHA

— Muita coisa pode dar errado em quatro horas.

— Ou em quatro minutos — completou Gabriel.

Monjean caiu em silêncio.

— Mais alguma pergunta, René?

— Só uma.

— Manda.

— Como você conhece Don Orsati?

— Alguém o contratou pra me matar há muito tempo.

— Por que você não está morto?

— Sorte de principiante.

— Mas você não é principiante.

— Modo de falar, René.

— Posso fazer mais uma pergunta, *monsieur* Allon?

— Se precisar mesmo.

— O que realmente aconteceu com o seu farol?

Não houve uma recorrência vergonhosa do incidente naquela manhã, pois, mais uma vez, o bode turbulento de Don Casabianca permitiu que Gabriel passasse pelas três oliveiras antigas sem ser perturbado. Dois dos homens de Don Orsati agora estavam de guarda na frente da *villa* no fim da estrada de terra e cascalho. René Monjean colocou sua mala de lona no hall de entrada e foi para a sala de estar. Seu olhar afiado de repente atraído pela paisagem de Monet pendurada na parede.

— É real? — perguntou a Gabriel.

— Me diga você.

O ladrão de arte se aproximou para olhar melhor.

— Definitivamente é real.

— Nada mau, René.

— Não tenho treinamento formal, mas consegui desenvolver um olho bem bom para pinturas.

— Eu te aconselharia a esquecer que já viu esta.

— O dono é amigo do Don Orsati?

229

DANIEL SILVA

— Dá pra dizer que sim.

Eles entraram na cozinha, onde Ingrid e Lambert estavam encarando notebooks. Gabriel novamente cuidou das apresentações, mas, desta vez, não deixou nada para a imaginação. Ingrid ficou de pé para apertar a mão de Monjean da maneira apropriada, ou foi o que ela quis fazer parecer. O ladrão de arte a olhou desconfiado.

— *Monsieur* Allon me garantiu que você é uma profissional.

— Ele diz o mesmo de você. Aliás, segundo ele, não tem ninguém melhor do que René Monjean.

— Nisso ele tem razão.

— Acho que você vai perceber que eu também sou bem boa.

— Veremos.

Ingrid devolveu o celular que tinha tirado do bolso de Monjean.

— Veremos mesmo.

Com uma área total de apenas dois quilômetros quadrados, o Principado de Mônaco era o segundo menor país soberano do mundo, maior apenas que a Cidade do Vaticano. Suas atrações principais eram a catedral histórica, o aquário e os jardins exóticos e, claro, o Cassino de Monte Carlo. Cerca de 38 mil habitantes moravam na cidade-estado, mas menos de dez mil eram cidadãos monegascos. Eram protegidos por uma força de segurança altamente profissional que contava com 515 oficiais, o que significava que o minúsculo Mônaco tinha a maior presença policial *per capita* em relação a qualquer lugar do mundo.

O boulevard des Moulins se estendia por apenas quinhentos metros no coração do principado e era ladeado por elegantes prédios residenciais cor de manteiga nos quais sessenta mil euros compravam exatamente um metro quadrado de propriedade. A Harris Weber & Company ocupava dois andares do prédio comercial localizado no número 41. No térreo, havia um salão de beleza — chique, claro — e uma filial do banco Société Banque de Monaco. Diretamente à frente, havia um café chamado La Royale.

230

— É o lugar perfeito pra matar uns minutos enquanto você conhece o bairro — disse Lambert. — Mas não se preocupem, os advogados da Harris Weber não sonhariam em pôr os pés ali.

Os outros ocupantes do boulevard des Moulins, 41, continuou ele, eram médicos, contadores, consultores financeiros e arquitetos. Visitantes eram admitidos remotamente pelas recepcionistas dos locatários, mas aqueles que trabalhavam no prédio destrancavam a porta de entrada com seus cartões-chave pessoais. As mesmas chaves operavam o elevador, com acesso aos andares cuidadosamente restrito. O saguão e a área da recepção da Harris Weber ficavam no quarto andar, mas os escritórios dos sócios-fundadores e dos associados seniores ficavam acima, no quinto.

— Junto com o de Trevor Robinson — completou Lambert.

— E a sala de arquivos? — perguntou Gabriel.

— Fica lá no quarto.

Lambert estava logado no sistema. Ele bateu em algumas teclas de seu notebook e uma imagem da sala de arquivos apareceu em sua tela, cortesia das câmeras de segurança interna da Harris Weber. Uma jovem atraente estava naquele momento agachada ao lado da gaveta aberta de um arquivo de metal.

— *Mademoiselle* Dubois. É uma das secretárias. Qualquer um na firma pode acessar os arquivos de papel guardados nesses armários, mas o acesso à sala segura é estritamente limitado. — Lambert apontou para uma porta vagamente fora de foco do lado esquerdo da imagem. — A fechadura é numérica e biométrica, mas eu consigo desativá-la.

— Tem uma câmera de vigilância naquela sala?

— Tem, claro. Trevor Robinson não confia em ninguém.

Lambert mexeu nas teclas do notebook, e uma pequena sala sem janelas apareceu em sua tela. Continha uma mesa, uma cadeira giratória, um computador desktop, uma impressora e um cofre executivo com porta dupla.

— O computador tem *air-gap* — continuou Lambert. — Se um dos advogados seniores precisa revisar documentos confidenciais entre

DANIEL SILVA

advogado e cliente, ele tira o dispositivo de armazenamento do cofre e o conecta no desktop. Se precisa imprimir os documentos, só fica com eles pelo tempo necessário. Trevor Robinson cuida de picotar tudo pessoalmente. Se pudesse fazer o que lhe dá na telha, queimaria os documentos em vez disso. É como um serviço de inteligência.

Gabriel apontou a fechadura eletrônica no cofre.

— Imagino que você não saiba a senha.

— Infelizmente não. Sempre que alguém digita a senha, eles bloqueiam a vista da câmera, o que é feito automaticamente. Trevor Robinson a muda a cada poucas semanas, para irritação de *herr* Weber, que tem uma memória péssima.

Ingrid olhou mais de perto a fechadura.

— Reconhece? — perguntou Gabriel.

Ela fez que sim.

— É de fabricação americana, segura mas vulnerável. Como muitas fechaduras eletrônicas, o atuador interno pode ser manipulado de fora do cofre com um ímã.

— Qual tem que ser a potência?

— Um ímã de terra rara de quarenta por vinte milímetros deve resolver. Chaveiros profissionais chamam de disco de hóquei. Eles são chamados de ímãs permanentes, de tão fortes. E são muito perigosos. — Ela olhou de relance para Monjean. — Não é verdade, René?

Ele assentiu como quem sabe das coisas.

— Um colega esmagou um dedo usando um negócio desses.

— Espero que tenha valido a pena — disse Gabriel.

— Um vaso *tianqiuping* azul e branco. — Monjean sorriu. — Rendeu dois milhões no mercado negro.

— Alguma outra opção? — perguntou Gabriel.

— Um discador automático computadorizado — falou Ingrid. — Você conecta na fechadura e deixa que ele execute sequências de números até topar com a frequência correta.

— Quanto tempo leva?

— Não dá pra saber. Podem ser doze minutos ou doze horas.

— Você consegue colocar as mãos em um desses com pouco aviso prévio? — perguntou Gabriel.

— Meu amigo em Grasse com certeza me vende um.

— *Monsieur* Giroux? — perguntou Monjean.

Ingrid franziu a testa.

— Acho melhor Philippe fazer um tour pelo escritório inteiro.

Começou na recepção do quarto andar, com seus móveis estilosos e obras de arte combinando, e terminou na sala de reuniões do quinto andar, onde Ian Harris e Konrad Weber estavam no momento reunidos com uma criatura de aparência astuta com um rosto plastificado e um terno com preço sob consulta. Não havia áudio, só vídeo. As câmeras, explicou Lambert, eram escondidas.

— Eles trabalham até que horas da noite?

— O horário comercial da firma é das dez às seis, mas um dos jovens associados sempre fica até as nove.

— Fim do expediente nas Ilhas Virgens Britânicas?

Lambert assentiu com a cabeça.

— E o resto do prédio?

— Já está morto nesse horário. Assim que o último advogado for pra casa, Ingrid e René vão ter o lugar só pra eles. Eu os coloco dentro do prédio e autorizo a saída de novo quando for a hora.

— Como é a internet aqui?

— Sólida como pedra e surpreendentemente rápida. Seu amigo tem uma rede excelente.

Gabriel se virou para Monjean.

— Rota de fuga?

— A fronteira francesa fica a cinquenta metros a oeste do prédio, mas minha preferência seria ir embora de barco.

— Você consegue reservar uma vaga no porto?

— Nesta época do ano? — Monjean deu de ombros para indicar que não seria problema. — Você pode passar a noite ouvindo meu novo sistema de áudio enquanto Ingrid e eu roubamos os documentos. E aí todos nós podemos fazer um belo cruzeiro noturno juntos pra comemorar.

DANIEL SILVA

Gabriel começou a responder, mas parou quando ouviu o som de um carro se aproximando lá fora no pátio. O motorista cumprimentou os seguranças de Don Orsati na língua corsa e entrou na *villa*. Estava usando um terno cinza-escuro de Richard Anderson, da Savile Row, uma camisa social branca com o colarinho aberto e sapatos Oxford feitos à mão. O cabelo era clareado de sol, a pele, firme e escura, os olhos, de um azul vivo. O buraco no centro de seu queixo grosso parecia ter sido esculpido por um cinzel. A boca parecia permanentemente fixa num meio sorriso irônico.

— Ora, ora — disse ele. — Que reunião mais alegre.

37

ALTA CÓRSEGA

No outono de 1989, Gabriel relutantemente concordou em dar uma palestra em Tel Aviv para uma delegação visitante de oficiais do Serviço Aéreo Especial, ou SAS, o regimento militar de operações especiais de elite da Inglaterra. O assunto era o assassinato direcionado de Abu Jihad, subcomandante da OLP, em sua *villa* à beira-mar em Tunis, uma operação executada por Gabriel. Ao fim de sua apresentação, ele tinha posado para uma fotografia com os membros da plateia, usando um chapéu e óculos de sol para esconder sua identidade. Após a última foto ser tirada, o bonito oficial britânico parado ao lado dele estendeu a mão e disse:

— Meu nome é Keller, aliás. Christopher Keller. Imagino que vamos nos encontrar novamente um dia.

Desde o momento em que chegou à sede do SAS em Herefordshire, era óbvio que Christopher era diferente. Suas pontuações na Killing House, a "Casa da Morte", um infame local de treinamento onde os recrutas praticavam combate em contato direto e resgate de reféns, eram as maiores já registradas. Sua conquista mais notável, porém, era a convocação na Endurance, uma marcha de 65 quilômetros pelas montanhas Brecon Beacons, cortadas pelo vento. Carregando uma mochila de 25 quilos e um rifle de assalto de 4,5 quilos, Christopher estilhaçou o recorde do percurso em trinta minutos, uma marca ainda não superada.

DANIEL SILVA

Ele foi designado a um esquadrão operacional especializado em guerra móvel no deserto, mas sua inteligência e sua capacidade de improvisar rápido logo chamaram a atenção da Unidade de Reconhecimento Especial do SAS. Depois de oito semanas de treinamento intenso, ele chegou à Irlanda do Norte, arrasada pela guerra, como especialista em vigilância à paisana. As sutilezas dos sotaques locais exigiam que a maioria de seus colegas utilizasse os serviços de um Fred — o termo da unidade para um ajudante local — com o objetivo de rastrear membros do IRA ou fazer vigilância de rua. Mas Christopher logo desenvolveu a habilidade de imitar os vários dialetos de Ulster com a rapidez e a confiança de um nativo. Conseguia até trocar de sotaque num piscar de olhos. Num minuto, soava como um católico de Armagh, no outro, como um protestante da Shankill Road, em Belfast, depois, como um católico dos conjuntos habitacionais de Ballymurphy.

Sua combinação única de habilidades não passou despercebida por um jovem oficial ambicioso do T Branch, o departamento de terrorismo irlandês do MI5. O oficial, chamado Graham Seymour, não estava impressionado com a qualidade da inteligência que andava recebendo dos informantes do MI5 na Irlanda do Norte e queria inserir um agente próprio. Christopher aceitou a missão e, dois meses depois, entrou em West Belfast posando como um católico chamado Michael Connelly. Alugou um apartamento de dois quartos no complexo residencial Divis Tower na Falls Road e conseguiu o trabalho de entregador de uma lavanderia. Seu vizinho, com quem ele tinha uma relação cordial, era membro da Brigada de West Belfast do IRA.

Anglicano por nascimento, Christopher ia regularmente à missa na Igreja de St. Paul, o templo religioso favorito do IRA. Foi lá, num domingo chuvoso durante a época sacra da Quaresma, que ele conheceu Elizabeth Conlin, filha de Ronnie Conlin, comandante de campo do IRA para Ballymurphy. O breve caso deles terminaria com o brutal assassinato de Elizabeth e o sequestro de Christopher. Seu interrogatório aconteceu em uma fazenda em South Armagh e foi conduzido por um integrante sênior do IRA chamado Eamon Quinn. Enfrentando

236

MORTE NA CORNUALHA

a perspectiva de uma morte atroz, Christopher decidiu que seu único recurso era lutar para escapar. Quando conseguiu fugir, quatro terroristas calejados do IRA estavam mortos. Dois tinham sido praticamente cortados em pedaços.

Ele voltou à sede do SAS em Hereford para o que imaginou que seria um longo descanso, mas sua estadia foi abreviada em agosto de 1990, quando Saddam Hussein invadiu o Kuwait. Ele rapidamente se reuniu à sua antiga unidade e, em janeiro de 1991, estava no deserto oeste do Iraque, procurando os lançadores de mísseis Scud que faziam chover o terror em Tel Aviv. Na noite de 28 de janeiro, sua equipe localizou um lançador a 160 quilômetros a noroeste de Bagdá e mandou as coordenadas por rádio a seus comandantes na Arábia Saudita. Noventa minutos depois, uma formação de caças-bombardeiros da Coalizão voava baixo no deserto. Mas, num caso desastroso de fogo amigo, a aeronave atacou o esquadrão do SAS em vez do local do Scud. Oficiais britânicos concluíram que a unidade inteira fora perdida, incluindo Christopher.

Na verdade, ele tinha sobrevivido ao incidente sem um arranhão. Seu primeiro instinto foi mandar um rádio para a base e pedir extração. Em vez disso, irado pela incompetência de seus superiores, ele começou a andar. Escondido embaixo do robe e do turbante de um árabe do deserto e altamente treinado na arte da movimentação clandestina, ele atravessou as forças da Coalizão e entrou na Síria sem ser detectado.

Continuou para oeste, atravessando a Turquia e a Grécia, e acabou parando na costa da Córsega, onde caiu nos braços abertos de Don Anton Orsati. Com sua aparência do norte europeu e treinamento no SAS, Christopher era uma adição valiosa ao rol de assassinos corsos do *don*. Seu reencontro profetizado com Gabriel ocorreu treze anos após o primeiro. Gabriel só sobreviveu à ocasião porque Christopher declinou uma oportunidade perfeita de matá-lo. O favor foi devolvido convencendo o diretor-geral do Serviço Secreto de Inteligência, o SIS, a dar um emprego a Christopher. Como o diretor era ninguém menos que Graham Seymour, o homem que tinha enviado Christopher para West Belfast, as negociações correram tranquilamente.

DANIEL SILVA

Segundo os termos generosos do acordo de repatriação de Christopher, o SIS lhe deu uma nova identidade e permitiu que mantivesse a pequena fortuna acumulada trabalhando para a Companhia de Azeite Orsati, uma parte da qual ele investira em seu duplex em Queen's Gate Terrace. Pouco depois, ele conquistou Sarah Bancroft. Gabriel de início havia se oposto ao relacionamento, mas, no fim, teve um papel relevante na decisão deles de se casarem. A cerimônia aconteceu numa casa segura do SIS. Gabriel levou a noiva ao altar.

O SIS também tinha permitido que Christopher ficasse com a posse de sua confortável *villa* na Córsega. Sentado numa espreguiçadeira ao lado da piscina, Gabriel explicou a seu velho amigo a natureza do crime que planejava no Principado de Mônaco. Christopher, como Don Orsati antes dele, ficou profundamente perturbado com o que estava ouvindo.

— Você me colocou numa situação precária. — Ele chacoalhou um pouco seu copo de Johnnie Walker Black Label, fazendo o gelo tilintar. — Muito precária mesmo.

— Com todo o respeito, Christopher, sua vida toda foi uma longa situação precária.

— Mas isso não muda o fato de que agora sou obrigado a informar a meus superiores suas descobertas sobre o assassinato da professora Charlotte Blake, incluindo o papel de um ex-oficial do MI5 chamado Trevor Robinson. Se as alegações do seu hacker forem verdadeiras, vai ser um escândalo histórico.

— As alegações *são* verdadeiras — disse Gabriel.

— Prove.

— Pretendo.

— Roubando os nomes dos clientes da Harris Weber?

Gabriel fez que sim.

— O que você vai fazer com eles?

— Depende dos nomes, acho.

— Dado que a Harris Weber & Company é, para todos os efeitos, uma firma britânica, é provável que muitos dos clientes também sejam. Também é provável que alguns deles sejam figuras públicas. Gente

238

MORTE NA CORNUALHA

que ganhou muito dinheiro. Gente chique, com grandes imóveis em Somerset e nas Cotswolds. Entende o que estou dizendo?

— Não acho que esteja claro, não.

— Esses arquivos, nas mãos erradas, podem causar muito prejuízo.

— Ou nas mãos certas — respondeu Gabriel.

Christopher acendeu um Marlboro com um isqueiro Dunhill dourado e exalou uma nuvem de fumaça. Ela foi carregada por um sopro de vento repentino que fez os pinheiros-larícios que cercavam o terraço se dobrarem.

— O plano? — perguntou.

— Sinto muito — respondeu Gabriel. — É só pra quem precisa saber.

Christopher colocou uma mão pesada como uma marreta no antebraço de Gabriel.

— Você estava dizendo?

Gabriel obedeceu ao pedido de um *briefing* operacional.

— Como nosso velho amigo René Monjean se envolveu nisso? — quis saber Christopher.

— Foi ideia do *don*, na verdade.

— Na minha experiência, René não trabalha de graça.

— Ele espera ser pago em algum momento.

— E Ingrid?

— Tem mais dinheiro do que você.

— Vocês dois estão...

— Estamos o quê?

— Você sabe — disse Christopher.

— Na verdade, não sei.

Uma voz feminina atrás deles calmamente forneceu a resposta:

— O que seu amigo quer saber, sr. Allon, é se estamos transando.

Gabriel e Christopher viraram nas cadeiras ao mesmo tempo e viram Ingrid parada no deque de ladrilho, vestida com roupa de ginástica de lycra e um par de tênis Nike.

— Vou sair pra dar uma corrida. Volto em duas horas.

239

DANIEL SILVA

Ela se virou sem mais palavra e sumiu. Christopher drenou o resto do uísque.

— Imagina se eu não me sinto um babaca completo.

— E devia mesmo, seu canalha.

— Ela nunca faz um barulho? E quem diabos faz um treino de corrida de duas horas?

— A Ingrid.

— Onde você a encontrou?

— Te conto a história hoje a caminho de Mônaco.

— Não vou chegar nem perto de Mônaco.

— Como quiser. Mas, se mudar de ideia, o *Mistral* parte da marina em Porto à meia-noite.

— Você viu a previsão do tempo? — Christopher sorriu e disse: — *Bon voyage*.

38

ALTA CÓRSEGA

Quando Ingrid chegou às três oliveiras antigas, estava avançando num ritmo acelerado. Pausou por tempo suficiente para desejar uma boa tarde ao bode de Don Casabianca — o coitadinho realmente era muito inofensivo —, depois virou numa trilha que a levou morro acima até uma floresta de pinheiros. O vento estava aumentando, prometendo uma travessia dura ao continente naquela noite. Ela se perguntou se o inglês chamado Christopher Keller se juntaria a eles. Tinha ficado tentada a contar a verdade sobre a natureza de seu relacionamento com Gabriel — e sobre o trabalho que fizera em Moscou —, mas isso não lhe competia. Além do mais, tinha a sensação de que o próprio Christopher já havia feito um ou dois trabalhos sujos.

Depois de meia hora de esforço contínuo, ela percebeu que não tinha a menor ideia de onde estava. Pausando, checou a localização em seu celular e viu que a aldeia ficava logo além do morro seguinte. Viu-a um momento depois, quando parou, ofegante, em cima da cordilheira. Os sinos da igreja estavam batendo duas da tarde.

Ela tomou o cuidado de não virar o tornozelo durante a descida do morro oposto e entrou na aldeia numa caminhada sem pressa. Uma única rua passava em espiral por casas de cortinas fechadas até chegar a uma praça ampla e empoeirada. Era rodeada de três lados por lojas e

DANIEL SILVA

cafés e, do quarto, pela igreja. A casa paroquial ficava ao lado e, depois dela, uma casinha torta.

Ela pegou uma mesa em um dos cafés e pediu um café preto para a garçonete indiferente. No centro da praça, vários homens com camisas brancas bem passadas jogavam uma partida altamente disputada de *pétanque*. Duas mães mal-humoradas estavam sentadas num banco sob os galhos de um plátano enquanto os filhos corriam um atrás do outro com pedaços de pau. Outra criança, uma menina de oito ou nove anos, estava batendo na porta da casinha torta.

A porta se abriu na hora, e uma mãozinha pálida emergiu, segurando um pedaço de papel azul. A garota o levou até o café do outro lado da praça. Ingrid se assustou quando a criança sentou à sua mesa.

— Quem é você? — perguntou ela.

A menina entregou o pedaço de papel sem falar nada.

Eu estava esperando você...

Ingrid levantou os olhos.

— Quem mora naquela casa?

— Alguém que pode te ajudar.

— Com o quê?

A menina não disse mais nada. Ingrid não conseguia tirar os olhos do rosto da criança. A semelhança era sobrenatural.

— Quem é você? — perguntou ela.

— Você não me reconhece?

— Reconheço, claro. Mas não é possível.

— Fale com a velha — disse a menina. — E aí você vai saber.

Quando Ingrid chegou ao outro lado da praça, a mulher estava na soleira da casa, com um xale nos ombros frágeis e uma cruz pesada pendurada no pescoço. Sua pele era pálida como farinha. Os olhos eram poços negros.

Ela colocou a mão na bochecha de Ingrid.

— Você está com febre.

242

— Eu estava correndo.

— Do quê? — A velha abriu mais a porta e convidou Ingrid a entrar. — Não tenha medo. Você não tem nada a temer.

— Primeiro, me fala da menina.

— O nome dela é Danielle. Ela mora aqui na aldeia. Um dia vai tomar meu lugar.

— Ela é exatamente igual a…

— Igual a quê? — perguntou a velha.

— A mim — respondeu Ingrid. — Ela é igual a como eu era na idade dela.

— Não parece possível. Afinal, a criança é corsa. E você, claro, é dinamarquesa.

Antes que Ingrid pudesse responder, a mulher a puxou para a casa e fechou a porta. Uma vela queimava na mesinha de madeira em sua sala. Era a única luz no cômodo.

A mulher sentou devagar numa das cadeiras e apontou para a cadeira à frente.

— Sente-se — disse.

— Por quê?

— Um pequeno ritual para confirmar minhas suspeitas.

— Sobre o quê?

— O estado da sua alma, minha criança.

— Minha alma está ótima, muito obrigada.

— Tenho minhas dúvidas.

E aí Ingrid entendeu. A velha era a *signadora*, curadora dos afligidos pelo mau olhado.

Relutante, Ingrid sentou. Na mesa diante dela havia um prato cheio de água e uma pequena tigela de óleo.

— Para a gente tomar? — brincou ela.

A velha a olhou através da luz da vela.

— Seu nome é Ingrid Johansen. Você é de uma cidadezinha perto da fronteira alemã. Seu pai era professor. Sua pobre mãe não fazia nada a não ser cuidar de você. Você não deu outra escolha a ela.

DANIEL SILVA

— Quem te falou essas coisas?

— É um dom de Deus.

Ingrid deu um sorriso cético.

— Me conte mais.

— Você chegou ontem de manhã de barco, vindo de Marselha — disse a mulher com um suspiro.

— Assim como vários milhares de outras pessoas, imagino.

— O barco é de René Monjean, o ladrão marselhês que trabalha para Pascal Rameau. Você estava acompanhada do israelense, o que tem o nome do arcanjo. Amanhã à noite, você e René vão roubar uns documentos para ele em Mônaco. — A mulher sorriu, depois perguntou: — Quer saber a senha do cofre?

— Por que não?

— Nove, dois, oito, sete, quatro, seis. — A *signadora* empurrou a tigela pela toalha de mesa. — Coloque seu dedo no óleo e deixe três gotas caírem na água.

Ingrid fez o que foi mandado. O óleo devia ter se reunido em uma única mancha. Em vez disso, se estilhaçou em mil gotículas, e logo não havia rastro dele.

— *Occhju* — sussurrou a *signadora*.

— *Gesundheit* — respondeu Ingrid.

A cruz no pescoço da velha refletia a luz bruxuleante da vela.

— Quer que eu diga quando aconteceu? — perguntou ela.

— Vou chutar que peguei enquanto estava em Moscou. O clima estava péssimo.

— Você tinha a idade de Danielle — disse a *signadora*. — Tinha um homem que morava na mesma rua da sua família. O nome dele era Lars Hansen. Uma tarde, enquanto você estava brincando…

— Já chega — interrompeu Ingrid, sem expressar emoção.

A velha permitiu que um momento se passasse antes de continuar:

— Você nunca contou a ninguém, então sua mãe não entendia por que você começou a roubar coisas. A verdade é que você não conseguia se segurar. Você estava acometida pelo *occhju*.

— Eu roubo porque gosto.

— Você rouba porque *precisa* roubar. Mas eu tenho o poder de fazer a doença ir embora. Uma vez que o mal tiver saído do seu corpo, você vai conseguir resistir à tentação de pegar o que não é seu.

A *signadora* pegou a mão de Ingrid e começou a falar pesarosamente na língua corsa. Um momento depois, emitiu um grito de dor e começou a chorar. Aí afundou na cadeira e pareceu perder a consciência.

— Merda — sussurrou Ingrid, e tentou acordá-la.

A velha finalmente abriu os olhos e falou:

— Fique tranquila, minha criança. Não vai ficar muito tempo dentro de mim.

— Não entendo.

— O *occhju* saiu do seu corpo para o meu. — Com seus olhos negros, a *signadora* indicou a tigela de óleo. — Tente de novo.

Ingrid mergulhou o dedo no óleo e permitiu que três gotas caíssem no prato de água. Desta vez, elas se reuniram em uma única mancha. Aí, a *signadora* fez o teste ela mesma e o óleo se estilhaçou.

— *Occhju* — sussurrou ela.

— Como você sabia dele?

— De quem, minha criança?

— Lars Hansen.

— É um dom de Deus — falou a velha, e seus olhos se fecharam.

39
ALTA CÓRSEGA

— Você podia ter me avisado.

— Você me disse que ia sair pra correr — falou Gabriel.

— Não que ia à aldeia.

— E se você soubesse?

— Não teria deixado você chegar perto dela. Ela me matou de susto mais de uma vez.

Eles estavam parados diante das portas francesas da sala de estar da *villa*. As roupas de corrida de lycra de Ingrid estavam ensopadas com a chuva que agora castigava o terraço. Os pinheiros-larícios se contorciam com as rajadas de vento.

— Como é possível ela saber da minha infância?

— Você está me pedindo pra explicar o inexplicável.

— Ela sabe nossos planos para amanhã à noite, aliás. Meu Deus, ela sabe até o código da porcaria do cofre.

— Pelo jeito não vamos precisar daquele ímã de terra rara e do discador automático, então.

— Melhor garantir.

— Provavelmente — concordou Gabriel. — Mas ela nunca erra.

Uma rajada de vento sacudiu as portas francesas.

— Talvez seja melhor a gente esperar mais um dia — comentou Ingrid.

— A previsão é que a chuva acabe lá pelas oito. À meia-noite, o céu vai estar limpo.

— E o estado do mar?

— Dois a três metros.

— Só isso? — Ingrid espiou na cozinha. Philippe Lambert estava monitorando a atividade de fim de tarde na Harris Weber, e René Monjean via uma partida de futebol na televisão. — Cadê seu amigo?

— Escalando a montanha mais alta da Córsega.

— Neste clima?

— Ele curte.

— Engraçado — disse Ingrid —, ele não me parece um consultor empresarial.

— Porque ele não é.

— Ele vai com a gente pra Mônaco?

— Ele diz que não.

— Que pena. — Ingrid observou a chuva em silêncio por um momento. — Tinha uma menina na aldeia. A que me trouxe o bilhete da *signadora*.

— Danielle?

— Como você sabia?

— A gente já se conheceu — explicou Gabriel.

— Você lembra como ela é?

— Da última vez que a vi, tinha uma semelhança chocante com minha filha.

— Sério? Mas me diga uma coisa, sr. Allon. Como é sua filha?

Eles passaram o resto da tarde trabalhando nos documentos que Philippe Lambert tinha roubado de seu ex-empregador. No total, a Harris Weber & Company dera à luz mais de 25 mil corporações de fachada anônimas *offshore*. A maioria tinha sido criada a pedido de gestores de patrimônio ou das divisões de *private banking* de grandes firmas de serviços financeiros. A Harris Weber usava codinomes para esconder a identidade de seus parceiros, e todos eles recebiam enormes gratificações e comissões

DANIEL SILVA

em troca de levarem seus negócios para lá. Seus maiores clientes se chamavam Azulão e Garça, que Lambert acreditava serem provavelmente o Credit Suisse e a Société Générale. Uma empresa chamada Rouxinol tinha pedido que a Harris Weber criasse e administrasse mais de cinco mil empresas de fachada. Lambert suspeitava que a firma fosse britânica.

Os nomes dos proprietários beneficiários, os super-ricos por trás das empresas anônimas, não apareciam nos documentos. Podiam ser encontrados apenas no cofre do escritório da Harris Weber em Mônaco. Konrad Weber o abriu às 17h30 e, após anexar o dispositivo de armazenamento offline no computador com *air-gap*, imprimiu diversos documentos. Colocou-os em sua maleta, aí guardou o dispositivo de armazenamento de volta no cofre e trancou a porta.

O advogado suíço saiu do escritório, como sempre, às seis em ponto. Ian Harris se foi às 18h15, assim como a maioria dos associados seniores e da equipe de secretariado, mas Trevor Robinson continuou lá até quase sete. Lambert gravou a partida do chefe de segurança, incluindo os trinta segundos que passou esperando o elevador. A câmera de vigilância do *foyer* ficava à esquerda de Robinson — *o lado que mais o favorecia*, pensou Gabriel. Com o maxilar quadrado e a ampla cabeleira loira com fios grisalhos, ele parecia consideravelmente mais jovem do que seus 64 anos. Não havia nada em seu comportamento para sugerir que ele houvesse orquestrado o assassinato de três pessoas a fim de proteger sua firma e os clientes dela. Mas, por outro lado, Gabriel não esperava nada menos. Oficial aposentado de contrainteligência do MI5, Trevor Robinson era um mentiroso e enganador profissional.

Ao que tudo indicava, porém, Robinson não sabia que seu celular agora estava infectado com o malware israelense conhecido como Proteus. O malware permitiu que Gabriel e Lambert escutassem as duas ligações feitas por Robinson durante a curta caminhada do escritório da firma até seu apartamento na avenue Princesse Grace. A primeira foi para uma ex-esposa em Londres chamada Ruth. A segunda, para o filho deles, Alistair, que despachou o pai para a caixa postal. Robinson deixou uma mensagem seca — não expressava nem amor nem afeto — e desligou.

248

Ele recebeu um telefonema às 21h05, enquanto estava parado em seu terraço com vista para a Plage du Larvotto, a praia artificial de Mônaco. Era Brendan Taylor, o jovem associado que tinha saído perdendo e estava trabalhando até tarde. Taylor informou a Robinson que o escritório de Road Town agora estava fechado e que ele ia para casa. Robinson perguntou a Taylor se a porta da sala de arquivos estava seguramente trancada, e Taylor respondeu que sim. Aí ele apagou as luzes e entrou no elevador. Eram 21h10.

Nesse ponto, o vento estava uivando pelos vales do noroeste da Córsega e rasgando as telhas do telhado de Christopher. De Christopher em si, porém, ainda não havia nem sinal. Gabriel fez vários telefonemas para o celular dele, mas ninguém atendeu. Uma mensagem ficou sem resposta.

— Talvez a gente devesse ligar para a *signadora* — sugeriu Ingrid. — Com certeza ela consegue localizá-lo.

— A *signadora* não tem celular.

— Que boba, eu. Mas temos que falar para alguém que ele está desaparecido.

— Christopher é um alpinista de primeira classe e basicamente indestrutível. Com certeza ele está bem.

Ingrid subiu para seu quarto para tomar banho, trocar de roupa e fazer a mala. Quando voltou, Gabriel lhe ofereceu um adesivo de escopolamina.

— Coloque agora. Você vai me agradecer depois.

Ela grudou o adesivo atrás da orelha esquerda e engoliu dois tabletes para garantir. Aí olhou o horário. Eram 22h15.

— Vamos dar até 22h30 pra ele.

Eles esperaram até 22h45 em vez disso. Gabriel fez uma última ligação para Christopher antes de colocar o casaco. Então olhou para Lambert e disse:

— O que quer que você faça, não tente sair desta *villa*. Caso contrário, aqueles dois homens lá fora vão atirar em você e te enterrar no mar dentro de um caixão de concreto.

— Fique tranquilo, *monsieur* Allon. Eu não vou a lugar nenhum.

Gabriel sorriu.

DANIEL SILVA

— Você vai ter notícias minhas de manhã. Desde que, claro, o nosso barco não vire e afunde.

Ele saiu para a noite varrida pelo vento e entrou no carro alugado. René Monjean estava deitado no banco de trás. Ingrid ficou com o banco do passageiro. Ela se inclinou para o para-brisa enquanto o facho do único farol iluminava as três antigas oliveiras.

— Você acha que aconteceu alguma coisa com ele? — perguntou ela.

— Tomara que sim.

— Eu estava falando do seu amigo.

— Eu também. — Gabriel desacelerou e parou quando o bode de Don Casabianca saiu da *macchia* e bloqueou o caminho. — Achei que tivéssemos resolvido esta situação.

— Evidentemente não.

— Fale algo pra ele em dinamarquês de novo. Ele parece responder bem a isso.

— Quer que eu pergunte se ele sabe onde está o Christopher?

— Só se você quiser que ele quebre o outro farol.

Ingrid abriu sua janela e, com algumas palavras calmantes, persuadiu o bode a se afastar. Gabriel seguiu a estrada até a entrada da Villa Orsati e perguntou se os guardas tinham visto Christopher. Eles o informaram que o inglês havia jantado sozinho com Don Orsati depois de uma subida difícil no Monte Cinto, mas já não estava na propriedade.

— Quando ele foi embora?

— Faz mais ou menos uma hora.

— Ele disse pra onde estava indo?

— Desde quando ele diz?

Gabriel ficou tentado a perguntar a Sarah Bancroft se ela sabia do paradeiro do marido, mas essa atitude teria violado os preceitos mais básicos de sua antiga profissão. Então ele desceu a traiçoeira encosta oeste das montanhas com a luz de um único farol e chegou na minúscula marina em Porto alguns minutos depois da meia-noite. Foi quando viu Christopher, ainda com seus equipamentos de escalada da Gore-Tex, sentado no convés de popa do *Mistral* com um cigarro nos lábios, uma mala de lona ao lado. Ele ponderou o mostrador luminoso de seu relógio de pulso, aí olhou para Gabriel e sorriu.

— Você está atrasado.

— Achei que você não fosse com a gente.

— E perder toda a diversão? Jamais. — Christopher jogou o cigarro nas águas oleosas da marina. — Deixe a chave naquele seu carro alugado. E não se preocupe com o farol quebrado. Sua Santidade vai cuidar de tudo.

Eles guardaram as malas embaixo do deque e trancaram as gavetas e os armários da cozinha. Aí Gabriel e René Monjean subiram para o *flybridge* e ligaram os motores. Rumaram para o oeste pelas águas agitadas do golfo de Porto antes de virar para o norte. O estado do mar piorou instantaneamente. Ingrid sentiu uma onda de náusea tomá-la e decidiu se arriscar lá fora, no convés de popa. Encontrou Christopher relaxando no *cockpit*, como se o barco embaixo dele estivesse deslizando num vítreo lago ornamental.

— Está se sentindo mal? — perguntou ele.

— Um pouco. E você?

— Na verdade, estou me sentindo um pouco culpado.

— E devia mesmo, sr. Keller. Você nos deu um susto e tanto.

— Eu estava falando do incidente de hoje à tarde na piscina.

— Quando você perguntou ao Gabriel se estávamos tendo um caso? Christopher fez que sim.

— A verdade é que eu sabia que vocês não estavam.

— Por quê?

— Porque Gabriel é loucamente apaixonado pela mulher e pelos filhos. E por acaso também é o homem mais decente e honrado que já conheci.

— E você, sr. Keller? É decente e honrado?

— Hoje, sou. Mas ainda tenho uma veia travessa.

— O Gabriel também.

— Isso é verdade — disse Christopher, e acendeu outro cigarro.

40

MÔNACO

— Um pouco melhor que Marselha, não acha, *monsieur* Allon?
— Na verdade, René, eu sempre tive um fraco pela sua cidade natal.

— Muitos criminosos — respondeu Monjean.

— Eu também tenho um fraco por eles.

Estavam se aproximando da entrada de Port Hercule, o maior dos dois portos de Mônaco. Os prédios residenciais de luxo que se enfileiravam na orla brilhavam à luz forte do sol da manhã. Um superiate monstruoso, de talvez cem metros de comprimento, se agigantava em um dos cais.

Gabriel rapidamente pesquisou o nome da embarcação na internet.

— É de um membro da família real do Qatar.

— O que ele faz pra ter todo esse dinheiro?

— O mínimo possível, imagino.

Um capitão do porto num barco que parecia um baleeiro os dirigiu à vaga deles. Ficava em um cais barulhento, com lojas e restaurantes. Gabriel conectou seu notebook à rede wi-fi via satélite do *Mistral*, aí ligou para Philippe Lambert, na Córsega. Lambert estava acordado e monitorando as câmeras de vigilância interna da Harris Weber. Às 8h30, o escritório ainda estava deserto.

Gabriel aumentou o volume do *feed* de áudio do celular de Trevor Robinson e passou um bule de café na cozinha. Ingrid desceu com uma xícara e, lá embaixo, se lavou no apertado chuveiro de popa antes de colocar seu terno escuro. René Monjean emergiu da cabine principal vestido com calça jeans e pulôver preto. Lá em cima, no salão, Gabriel aconselhou o ladrão francês a fazer umas compras enquanto conhecia o bairro do escritório da Harris Weber.

— As lojas em Mônaco são as mais caras do mundo — protestou Monjean.

— O que significa que você com certeza vai achar algo apropriado pra usar nas festividades de hoje à noite.

Monjean e Ingrid saíram do *Mistral* às 9h15 e seguiram pelo cais. Gabriel saiu para o deque frontal e encontrou Christopher deitado sem camisa numa almofada, com uma cerveja na mão.

— Meio cedo pra isso, não?

— Estou de férias no iate do meu amigo em Mônaco. Uma bebida fermentada no meio da manhã é parte do meu disfarce elaborado.

— Posso te pedir para fazer uma tarefinha para mim do lado francês da fronteira?

Christopher suspirou.

— O que você tem em mente?

— Queria que você pegasse um pacote com um certo *monsieur* Giroux. Ele vai esperar você na frente do clube de tênis em Cap-d'Ail.

— Por que *monsieur* Giroux não pode trazer o pacote até aqui?

— Porque contém um discador automático de senhas e um ímã de terra rara de quarenta por vinte milímetros.

— Nesse caso, talvez seja melhor você cuidar disso, amigo. — Christopher fechou os olhos. — Esses ímãs de terra rara são perigosos pra caramba.

Ingrid parou embaixo do toldo branco da loja da Gucci na avenue de Monte-Carlo.

— Talvez aqui dê pra gente achar algo apresentável pra você vestir.

— Só se a gente roubar — respondeu René Monjean.

DANIEL SILVA

Eles seguiram pela calçada imaculada até a próxima loja.

— E a Valentino? Tem coisas lindas para homens.

— Prefiro a Hermès. — Ficava logo ao lado. — Lar da camisa polo de setecentos euros.

Ingrid olhou a bela roupa usada pelo manequim na vitrine.

— E da estola de *cashmere* de cinco mil euros.

— Com certeza dá pra conseguir por menos — disse Monjean. — Muito menos.

— Você está me desafiando?

— Ficaria ótima com o terno que você está usando.

Ficaria mesmo. Mas Ingrid não tinha desejo de possuir aquilo. Com certeza era só um efeito colateral da escopolamina. Os olhos dela doíam demais.

— Passo — falou ela.

— Quer que eu pegue pra você?

— Vestido assim? — Ela o olhou de cima a baixo. — Eles não te deixariam entrar na loja.

Os dois seguiram a avenida, passando pelo Cassino de Monte Carlo e pelo Hôtel de Paris, aí caminharam pelos Jardins de la Petite Afrique até o boulevard des Moulins. O número 41 ficava à direita. Eles sentaram a uma mesa ao ar livre no La Royale, e Monjean pediu dois *café crèmes* com seu francês de Marselha.

— Você já notou que não tem sujeira neste lugar? — perguntou ele.

— Nem pobres.

— Tem muitos pobres, sim. Eles varrem os pisos e trocam as camas e limpam os banheiros, mas não têm permissão de morar aqui. Pra te falar a verdade, eu detesto Mônaco. É o lugar mais tedioso do planeta Terra.

— Já trabalhou aqui?

— Claro. E você?

— É possível que eu tenha batido umas carteiras no cassino. Também tive um bom resultado no Hôtel de Paris.

— Cofre de quarto?

Ela fez que sim.

254

— Como você abriu?

— Palavra mágica.

— O que tinha dentro?

— Um colar de diamante e cem mil euros em dinheiro.

— Quanto você conseguiu pelo colar?

— Duzentos e cinquenta.

— Na Antuérpia?

— Na verdade, o devolvi à Harry Winston da avenue Montaigne, em Paris. Eles gentilmente me deram um reembolso, apesar de eu não conseguir achar minha nota fiscal.

— Vou me lembrar disso — falou Monjean. Do lado oposto do *boulevard*, um homem bem-vestido estava se aproximando da entrada do número 41. — Pra mim, parece um advogado britânico.

— Como você sabe?

— Talvez por causa do pau enfiado no rabo dele.

Ingrid apontou com a cabeça para a jovem bonita que se aproximava do prédio pela direção oposta.

— E lá vem *mademoiselle* Dubois.

O homem bem-vestido chegou primeiro. Inseriu seu cartão na leitora e segurou a porta para a secretária — e para o homem que saiu do banco de trás de um Mercedes sedã. Era Ian Harris, sócio-fundador da firma de advocacia corrupta que levava seu nome.

— Acho que vou curtir isso — disse Monjean. — Só queria que pudéssemos roubar mais coisa dele, não só aqueles arquivos.

— Eles valem centenas de bilhões de dólares.

— Não pra mim. Mas é bem irônico, não acha?

— Ladrões roubando ladrões?

— Exato.

— Justiça poética, eu diria.

O celular de Ingrid vibrou com uma mensagem.

— Aconteceu alguma coisa? — perguntou Monjean.

Ela olhou de relance para o homem de cabelo loiro com fios grisalhos e maxilar quadrado vindo pela calçada.

DANIEL SILVA

— Ele te parece um assassino?

— Os bons nunca parecem.

Trevor Robinson enfiou a chave na leitora e entrou no prédio.

— Já viu o suficiente? — perguntou Ingrid.

— *Oui.* — Monjean engoliu o resto do café. — Vamos sair daqui.

Numa loja de computadores no boulevard d'Italie, Ingrid comprou dois HDs externos do tamanho da palma da mão com espaço de armazenamento combinado de dezesseis terabytes, mais do que suficiente para lidar com os arquivos confidenciais da Harris Weber. Aí conduziu René Monjean até uma loja de roupas americana perto do clube de iate e supervisionou a compra de um blazer, uma calça de alfaiataria, sapatos Oxford de couro, uma camisa social azul e uma maleta.

Eles voltaram ao *Mistral* pouco depois do meio-dia, e Gabriel e Christopher tinham preparado o almoço. Comeram no convés de popa banhado de sol, como quatro amigos em férias, enquanto monitoravam o *feed* de áudio do celular de Trevor Robinson. O ex-oficial do MI5 estava almoçando no Le Louis XV com o chefe da divisão de gestão de patrimônio do HSBC. O assunto da conversa era a perspectiva de perda e exposição de dados. Robinson garantiu ao executivo do HSBC que os arquivos mais confidenciais da firma estavam offline e eram inteiramente inacessíveis.

— Não vai ter vazamento da Harris Weber & Company — prometeu ele. — Você e seu banco não têm absolutamente nada a temer.

Ingrid ajudou René Monjean a lavar a louça, aí foi para sua cama dormir algumas horas. Pela primeira vez em muitos anos, Lars Hansen a visitou em sonhos. Desta vez o encontro aconteceu num pomar de enormes pinheiros-larícios com cheiro de lavanda. Quando ela voltou para casa, sua mãe apontou para ela à maneira corsa e gritou: "*Occhju*".

Ela acordou sobressaltada e encontrou sua cama na semiescuridão. Eram quase 19h30. Lavou-se rapidamente no chuveiro de popa, arrumou o cabelo e vestiu o mesmo terninho escuro. Depois montou

256

a bolsa. Seu notebook estava cem por cento carregado. Mesmo assim ela adicionou um carregador, junto com os dois HDs externos. Não estava levando nem carteira nem identidade, só o celular e um bolo de dinheiro. Após um momento de deliberação, jogou a chave micha e a chave de fenda, mais por hábito que qualquer outra coisa. O discador automático de senhas e o ímã de terra rara estavam na maleta de René Monjean.

Lá em cima, na cozinha, Ingrid se serviu uma xícara de café da garrafa térmica. Gabriel estava sentado à mesa, um celular ao lado do cotovelo, o notebook aberto. Dos alto-falantes, vinha o som da voz de Trevor Robinson. Ao fundo, havia um murmúrio baixo em várias línguas.

— Onde ele está?

— Crystal Bar, no Hôtel Hermitage. Brendan Taylor está cuidando da lojinha.

— Alguém abriu o cofre hoje à tarde?

— Ian Harris. Ele devolveu o dispositivo de armazenamento depois de terminar.

— Você por acaso viu a senha?

— Não — disse Gabriel. — Mas chuto que seja nove, dois, oito, sete, quatro, seis.

Christopher e René Monjean estavam lá fora, no convés de popa. Monjean estava ridículo com o blazer e a calça de alfaiataria — um ladrão fingindo ser empresário. Christopher, com seu terno sob medida da Savile Row, parecia legítimo. Ingrid pegou um dos Marlboros dele. A combinação de cafeína e nicotina elevava a frequência cardíaca e a pressão dela, mas Ingrid se sentia atipicamente serena. Não havia formigamento na ponta dos dedos, nem febre.

Ela terminou de fumar o cigarro e voltou ao salão. Trevor Robinson tinha saído do Crystal Bar e estava caminhando pela avenue Princesse Grace, na direção de seu apartamento. Brendan Taylor jogava paciência em seu computador na Harris Weber. Os dois se falaram às 21h05. Robinson perguntou a Taylor se a sala de arquivos estava trancada. Taylor respondeu a Robinson que sim.

DANIEL SILVA

O jovem associado saiu do escritório às 21h09, mas Gabriel esperou até 21h30 para despachar sua equipe operacional. Christopher saiu do *Mistral* primeiro, seguido dez minutos depois por Ingrid e René Monjean. Enquanto caminhavam pela avenue de Monte-Carlo, Ingrid permitiu que seus olhos vagassem pelos produtos caros exibidos nas vitrines das lojas. Antigamente, só a visão já a teria incendiado. Agora, estranhamente, ela não sentia nada.

41
BOULEVARD DES MOULINS

Ambas as mesas ao ar livre do La Royale estavam vagas. Christopher escolheu uma, pediu café e um conhaque, acendeu seu isqueiro Dunhill e aproximou um Marlboro da chama. Só aí telefonou a Gabriel.

— Confortável? — perguntou o velho amigo.

— Mais do que nunca.

— Nossos associados estão indo na sua direção.

Christopher olhou para a esquerda e viu Ingrid e René Monjean caminhando pela calçada do lado oposto do *boulevard*. Não havia mais nenhum pedestre à vista — nem oficiais da Sûreté Publique de Mônaco.

— Podemos ir? — perguntou Gabriel.

— Acredito que sim.

Ingrid e Monjean pararam na entrada do número 41. O *boulevard* estava tão silencioso que Christopher, de seu posto de observação no café, conseguiu ouvir o baque do ferrolho. Só aí tomou um primeiro gole de conhaque.

Tinham começado muito bem.

Ingrid e Monjean cruzaram o saguão semi-iluminado até o único elevador do prédio. Não havia necessidade de apertar o botão: Philippe Lambert, a 160 quilômetros ao sul, nas montanhas da Córsega, já o

DANIEL SILVA

chamara. Ingrid olhou diretamente para a câmera de vigilância durante a subida lenta até o quarto andar.

— Como estou? — perguntou ela.

— Ótima — respondeu Gabriel. — Mas quem é esse camarada de aparência desagradável do seu lado?

— Nem ideia.

As portas se abriram, e Ingrid entrou no *foyer* atrás de Monjean. Uma única luz no teto brilhava fraca. Na parede diretamente à frente deles, havia um logo discreto da Harris Weber & Company. Ao lado, uma porta de vidro e uma leitora de cartão.

— Abre-te sésamo — disse Ingrid.

Uma campainha soou, uma tranca se abriu.

Estavam dentro.

Nada no estiloso ambiente de trabalho da Harris Weber sugeria que a firma estivesse envolvida na prática do direito. Ingrid seguiu um corredor, passando por uma fileira de escritórios fechados com paredes de vidro, aí virou à esquerda. Uma porta trancada impediu seu avanço.

— Pronta quando você estiver — disse ela, e a tranca cedeu.

A sala em que entraram estava escura. Com a função lanterna do celular, Ingrid iluminou várias fileiras de arquivos metálicos. Na ponta oposta da sala, havia mais uma porta.

— Você se importaria? — perguntou ela.

Lambert destrancou remotamente a porta, e Ingrid e Monjean entraram. Uma mesa, uma cadeira giratória, um desktop, uma impressora e um cofre executivo de porta dupla com fechadura eletrônica.

Ingrid digitou a senha.

— Merda — sussurrou ela.

— Nem me diga — disse Gabriel.

Ingrid abriu a porta do cofre.

— Sempre funciona.

Ela iluminou o interior.

— *Merde* — falou René Monjean.

— Qual o problema agora? — perguntou Gabriel.

260

MORTE NA CORNUALHA

— Vários milhões de euros em dinheiro — respondeu Ingrid.

— Tem mais alguma coisa?

— Uma pilha bem grande de documentos físicos e um HD externo de vinte terabytes da SanDisk.

Ingrid removeu o SanDisk e o conectou ao seu notebook.

— Quanto tem em dados? — perguntou Gabriel.

— São 3,2 terabytes.

— Quanto tempo vai levar?

— Um momento, por favor. Sua pergunta é muito importante pra nós. — Ingrid conectou um dos dispositivos de armazenamento que tinha comprado naquela manhã e iniciou a transferência. — Segundo a janelinha na minha tela, vai levar quatro horas e doze minutos.

— O que vai dar a vocês bastante tempo pra fotografar o restante dos documentos.

— Seria um prazer — disse Ingrid, e desligou.

René Monjean estava olhando as pilhas de notas bancárias recém--impressas.

— Quanto você acha que tem?

— Cinco ou seis milhões.

— Acha que eles sentiriam falta de um ou dois milhões?

— Provavelmente.

— Não está nem tentada?

Não, pensou Ingrid. *Nem um pouquinho.*

Pouco antes das onze da noite, o garçom do La Royale informou a Christopher que o estabelecimento fecharia em breve. Ele tomou um último café, fumou um último cigarro, aí pagou a conta e se foi. Ligou para Gabriel enquanto caminhava pela calçada deserta do *boulevard*.

— Quanto tempo falta? — perguntou ele.

— Três horas e quinze minutos.

— Uma eternidade.

— E mais um pouco.

DANIEL SILVA

— Se eu ficar mais tempo nesta rua, a *sûreté* vai me prender por vadiagem.

— Seria um favor para o resto do mundo.

— Mesmo assim — disse Christopher —, minha detenção seria uma surpresa desagradável para meus superiores em Londres. Também nos deixaria sem ninguém próximo de nossos dois colegas.

— Nesse caso, provavelmente você devia achar outro lugar para passar as próximas três horas e catorze minutos.

Christopher desceu a ladeira suave até a Place du Casino e pegou uma mesa ao ar livre no Café de Paris, o célebre restaurante de Mônaco que ficava aberto até três da manhã. Pelo bem de seu disfarce não muito elaborado, pediu um prato de massa com trufas e uma garrafa de um Montrachet caro, depois ficou assistindo quando um Lamborghini de um milhão de euros, vermelho-vivo, parou na frente da entrada ornamentada do Cassino de Monte Carlo. Os flashes das câmeras dos *paparazzi* reunidos dispararam enquanto o proprietário do veículo, um estilista espanhol famoso, entrava no cassino com uma modelo subnutrida nos braços.

O garçom apareceu com o Montrachet. Christopher, que tinha muito tempo para gastar, demorou a sinalizar sua aprovação. Quando ficou sozinho de novo, ligou para Gabriel com uma atualização sobre seu paradeiro.

— Aguentando por um fio, né?

— Ridiculamente entediado, se você quer saber. Quer que te leve alguma coisa?

— Ingrid e René Monjean.

A conexão caiu enquanto outro carro com valor de sete dígitos parava na entrada do cassino. Desta vez, era um Bugatti. Um homem de cabelo branco, uma linda jovem. Christopher olhou seu relógio.

Muito tempo para gastar.

Passava da meia-noite quando Ingrid finalmente terminou de fotografar todos os documentos físicos guardados no cofre. Ela devolveu os arquivos à sua posição original, aí checou a barra de progresso de seu computador. O tempo original estimado, no fim, tinha sido pessimista demais. O software operacional agora previa que a transferência dos dados se completaria em uma hora e 39 minutos, o que os faria sair pela porta no máximo à 1h45. No que dizia respeito a Ingrid, quanto mais rápido fossem, melhor. Não era seu primeiro trabalho longo — seu último roubo tinha envolvido semanas de planejamento e observação —, mas a retirada quase sempre ocorria num piscar de olhos.

René Monjean, olhando por cima do ombro dela, também estava ficando inquieto.

— Não dá pra fazer nada pra ir mais rápido? — perguntou ele.

— O que exatamente você tem em mente?

Monjean parou de olhar o computador e ficou encarando o dinheiro.

— Você não está pensando em fazer alguma coisa idiota, né?

— Você já viu tanto dinheiro assim antes?

— Duas vezes.

— Sério? Quando?

— Meu último trabalho. Recebi cinco adiantados e cinco na entrega.

— O que você roubou?

— Algo que não devia.

Monjean fechou a porta do cofre.

— Boa decisão, René.

À 00h45, Christopher já não era bem-vindo no Café de Paris, então pagou a conta e atravessou a praça na direção do último refúgio que lhe sobrava, o Cassino de Monte Carlo. Lá dentro, pagou a taxa de admissão obrigatória de vinte euros e comprou quinhentos euros em fichas, que imediatamente perdeu na mesa de roleta inglesa. Comprou mais quinhentos e deixou quase tudo jogando Vinte e Um. Finalmente, à 1h30, o crupiê lhe apresentou um par de damas. No instante em que Christopher pediu para dividir em duas mãos, seu celular vibrou, deixando-o sem escolha a não ser sair da mesa e abandonar o dinheiro que lhe restava.

DANIEL SILVA

— Como sempre — disse ele —, seu *timing* é impecável.

— Desculpa por atrapalhar sua noite, mas Trevor Robinson acaba de sair do apartamento dele.

— Aonde ele está indo?

— Parece que na direção do escritório.

— À 1h30?

— Na verdade, 1h32.

— Ele sabe que estão lá dentro?

— Se sabe, ainda não chamou a *sûreté*.

Christopher viu o crupiê pegar o resto de suas fichas.

— Imagino que você tenha instruído nossos amigos a sair do local.

— Ingrid quer terminar de copiar os arquivos, o que não é surpreendente.

— E você, claro, mandou que ela fosse embora imediatamente.

— O que não adiantou nada.

Christopher atravessou o salão de jogos na direção da saída.

— Tempo restante?

— Treze minutos.

— Onde ele está?

— Indo para o oeste no boulevard d'Italie.

— Alguma sugestão?

— Improvise.

264

42

BOULEVARD D'ITALIE

Christopher esperou até chegar à avenue de Grande Bretagne antes de começar a correr. Ele foi para o leste, passando por casas residenciais às escuras, aí subiu um lance de escadas que o levou até o boulevard d'Italie. À 1h30, estava deserto exceto por um único pedestre, um homem em forma, com cabelo loiro e fios grisalhos, marchando na direção oeste num passo determinado. Christopher desejou boa-noite ao homem em francês quando se cruzaram na calçada escurecida. Então parou repentinamente e gritou em inglês:

— Desculpa, mas você por acaso é Trevor Robinson?

Robinson deu mais alguns passos antes de parar e se virar. Um oficial de inteligência aposentado que conhecia todos os truques, ele olhou Christopher com desconfiança.

— Sou, na verdade — disse enfim. — E quem é você?

— Peter Marlowe, meu nome. A gente se conheceu há uns cem anos no bar do Connaught. Ou talvez tenha sido no Dorchester. Eu estava com um cliente na época, e ele fez a gentileza de nos apresentar. — Christopher estendeu a mão e sorriu. — Que surpresa agradável. Que coisa encontrar você justamente aqui.

Aproximadamente trezentos metros separavam o escritório da Harris Weber & Company do local onde o diretor de segurança da firma

DANIEL SILVA

estava conversando com um homem que alegava ser um consultor empresarial chamado Peter Marlowe. Um pedestre andando em ritmo normal provavelmente cobriria a distância em três minutos e meio, menos se estivesse com pressa. O que significava que Gabriel, em seu centro de operações improvisado a bordo do *Mistral*, tinha pouca margem para erros.

Ele checou a imagem da câmera de vigilância e viu Ingrid debruçada sobre o notebook.

— Quanto tempo falta?

— Cinco minutos — respondeu ela.

— Não tem como Christopher mantê-lo ocupado por tanto tempo.

— Com certeza ele vai pensar em alguma coisa. Ele me parece um cara engenhoso.

Um momento se passou.

— Quanto tempo falta? — perguntou Gabriel.

— Quatro minutos e sete segundos. Mas quem está contando, né?

— Eu estou.

— Fique tranquilo — disse Ingrid. — Eu também.

Ele alegou ser um gestor de patrimônio independente que tinha ido a Mônaco se encontrar com um cliente, um expatriado britânico fabulosamente rico que morava na Odeon Tower, o prédio mais alto do principado. A discrição profissional não permitia que identificasse o cliente, e Trevor Robinson, claramente ansioso para seguir seu caminho, não insistiu.

— Perdão — disse Christopher, torcendo para prolongar o encontro por mais um ou dois momentos —, mas não consigo me lembrar do nome da sua firma.

— Harris Weber & Company.

— Ah, isso. Serviços financeiros *offshore*, se não estou enganado.

— Não está.

— Tem um cartão, por acaso?

Robinson pôs a mão no bolso da frente do paletó e entregou um. Christopher o analisou demoradamente à luz amarelada do poste de iluminação da rua.

— Tenho um cliente que precisa de uma firma com a expertise particular de vocês.

— Ficaríamos felizes de ajudar, se pudermos.

— Eu gostaria muito de falar mais sobre isso. Tem alguma chance de você estar livre para um drinque amanhã?

— Não estou, na verdade.

— Da próxima vez que eu vier à cidade?

— Claro, sem dúvida. — Robinson se virou para ir embora, aí hesitou. — Me diga uma coisa, sr. Marlowe. Como era o nome do seu cliente que nos apresentou?

— Acho que foi o George Anderson.

— Infelizmente nunca ouvi falar dele.

— Talvez tenha sido o Martin Elliot — sugeriu Christopher.

— Não parece familiar — falou Robinson, e saiu pelo *boulevard*.

Christopher esperou até ele ter desaparecido, aí desceu os degraus para a avenue de Grande Bretagne. Ficou aliviado de encontrar Ingrid e René Monjean esperando por ele na Place du Casino.

— Espero que tenha valido a pena — disse ele.

— Valeu — respondeu Ingrid.

— Tudo?

Ela sorriu.

— Cada bytezinho.

Eles desceram a avenue de Monte-Carlo até o porto e subiram no *Mistral*. René rapidamente desatou as cordas e subiu a escada até o *flybridge*. Ingrid e Christopher foram para a cozinha e encontraram Gabriel olhando seu notebook.

— Cadê o Trevor? — perguntou Christopher.

— Há alguns minutos, fez uma ligação do telefone fixo de seu escritório. Não consegui monitorar o lado dele da conversa porque, por algum motivo, ele desligou o celular.

DANIEL SILVA

— E agora?

— Está parado na frente do cofre.

— Fazendo o quê?

— Enchendo uma maleta com dinheiro. — Gabriel olhou para Ingrid. — Tem alguma coisa pra mim?

Sorrindo, ela entregou o HD externo. Gabriel conectou o dispositivo a seu notebook, e uma única pasta apareceu em sua tela. Dentro da pasta havia milhares de outras, cada uma com o nome de um cliente. Magnatas e monarcas, cleptocratas e criminosos. Os mais ricos dos ricos, os piores dos piores.

— Puxa vida — disse Gabriel. — Vai ser feio.

Parte Três

A DISPUTA

43

QUEEN'S GATE TERRACE

Ingrid fez um backup dos arquivos da Harris Weber durante a viagem noturna de Mônaco a Marselha. Deu uma cópia a Gabriel e confiou outra a Christopher. Juntos, eles embarcaram ao meio-dia num trem para Paris, aí pegaram o Eurostar das 16h10 para Londres. Um táxi os levou a um endereço elegante em Kensington.

— Onde estamos? — perguntou Ingrid.

— Em casa — respondeu Christopher.

— Que agradável!

— Espere só até você ver a mulher dele — comentou Gabriel.

Ela estava fazendo um martíni para si na cozinha, uma mulher bonita, com roupa estilosa, grandes olhos azuis e cabelo loiro na altura do ombro. Deu um beijo em Christopher e cumprimentou Gabriel com afeto notável. A companheira de viagem atraente deles foi olhada com desconfiança.

— Eu sou a Sarah — disse ela enfim. — E quem seria você?

— Eu seria a Ingrid.

— Muito prazer. — Sarah deu um sorriso frio e se virou para Gabriel. — Querem me contar onde andaram, garotos?

— Mônaco.

— Fazendo o quê?

DANIEL SILVA

— Christopher jantou no Café de Paris e perdeu as calças no cassino. Ingrid roubou vários milhões de documentos incriminadores de uma firma de advocacia corrupta chamada Harris Weber & Company.

— Parece que vocês se divertiram muito. Por que eu não fui incluída?

— Você pode nos ajudar a revisar os documentos, se quiser.

— Vários milhões, você diz? Como posso resistir a um convite desses? — Ela abriu a porta da geladeira Sub-Zero. — O que vamos jantar? Leite talhado, queijo mofado ou algo que pode ou não ter sido um pimentão antigamente?

— Talvez seja melhor pedir delivery — sugeriu Gabriel.

Sarah pegou o celular.

— Por algum motivo, estou a fim de comida chinesa.

— Quando você já me viu comer comida chinesa?

— Agora que você mencionou, nunca. — Ela passou pelas opções do aplicativo Deliveroo. — Acho que então é italiano ou italiano, né?

— Bem melhor.

— O que você vai querer? Vitela à milanesa ou *tagliatelle* com ragu?

— Vou deixar você decidir.

— *Tagliatelle*, então. — Ela se virou para Ingrid. — E você?

— Vou querer um desses — disse ela, e apontou para o martíni.

Sarah sorriu.

— Assim que se fala.

Eles trabalharam até a comida chegar, trabalharam durante o jantar, depois seguiram trabalhando na madrugada. O volume de material era enorme, mas não era difícil ligar os pontos. Mais de vinte mil empresas e indivíduos haviam usado os serviços da Harris Weber desde a sua fundação, e a firma tinha guardado cada documento e cada pedaço de papel gerados pelos relacionamentos — incluindo certificados de incorporação, registros bancários e de faturamento, cópias impressas de e-mails e fotos escaneadas de minutas escritas à mão rubricadas pelos próprios sócios. Uma era um lembrete de Ian Harris para mandar

272

ao cliente em questão, um monarca do Oriente Médio, um presente de aniversário de sessenta anos. O arquivo de Sua Majestade indicava que ele havia montado um portfólio global de imóveis que valia mais de quinhentos milhões de dólares. No papel, todos os imóveis eram de corporações de fachada criadas pela Harris Weber & Company. O primeiro-ministro corrupto do monarca também era cliente.

Assim como os ex-primeiros-ministros de Qatar, Iraque, Paquistão, Ucrânia, Moldávia, Austrália, Itália e Islândia. Havia centenas de outros funcionários governamentais também, alguns não mais no cargo, outros ainda em posições de poder. A elite política da Espanha parecia ter uma afinidade especial com os serviços da Harris Weber, assim como suas contrapartes na Argentina e no Brasil. A filha bilionária do ex-ditador de Angola fez negócios breves com a firma. Também era cliente o filho de um ex-secretário-geral da ONU.

O mundo dos esportes profissionais estava bem representado, sobretudo as ligas de futebol europeias, notoriamente corruptas. O setor de entretenimento contribuía com vários nomes em negrito. Um era de uma estrela de *reality* que era famosa por ser famosa e assim ganhava milhões. Um empresário do ramo musical usou uma empresa de fachada criada pela Harris Weber para comprar seu superiate. E, quando decidiu vender a embarcação para um príncipe saudita — com um lucro considerável, claro —, a Harris Weber cuidou da papelada.

Outros clientes da firma incluíam uma conhecida montadora de automóveis italiana, o proprietário de uma das maiores redes hoteleiras do mundo, um bilionário da indústria têxtil indiano, um barão do aço sueco, um magnata da mineração canadense, o líder de um cartel de drogas mexicano e, curiosamente, um descendente de Otto von Bismarck. E ainda havia, é lógico, os oligarcas russos. Cada um deles devia sua extraordinária riqueza ao presidente cleptocrata russo, e alguns sem dúvida estavam guardando uma parte da fortuna ilícita dele. Gabriel agora sabia os nomes das empresas de fachada que eles usavam para esconder suas atividades — e os números das contas nos bancos que guardavam o dinheiro.

DANIEL SILVA

Um dos clientes russos da Harris Weber andava no noticiário ultimamente. Era Valentin Federov, o investidor bilionário cuja contribuição de um milhão de libras ao Partido Conservador tinha forçado as renúncias abruptas da primeira-ministra Hillary Edwards e do tesoureiro do partido, lorde Michael Radcliff. O arquivo do russo listava nada menos que doze empresas de fachada registradas nas Ilhas Virgens Britânicas e doze contas bancárias correspondentes, todas em duvidosas casas de finanças caribenhas. O interessante era que lorde Michael Radcliff, empresário e investidor multimilionário, também era cliente da Harris Weber.

— Tem razão — murmurou Christopher. — Isso definitivamente vai ser feio.

— Bastante — concordou Gabriel.

Lorde Radcliff, ávido colecionador de pinturas de Velhos Mestres que tinha adquirido uma série de obras por meio da Isherwood Fine Artes, era proprietário beneficiário de quatro empresas de fachada anônimas. Mas uma dessas entidades, a LMR Overseas, alugava um cofre de armazenamento no Porto Franco de Genebra — ou foi o que Ingrid conseguiu estabelecer com uma pesquisa rápida no documento que havia pegado na rede de computadores do Porto Franco. A Driftwood Holdings, uma das muitas empresas de fachada de Valentin Federov, também tinha um cofre.

Assim como uma empresa de fachada de propriedade da montadora italiana. E do barão do aço sueco. E do magnata de mineração canadense. E do fundador da maior casa de moda da Itália. E do herdeiro de uma dinastia de transportes grega. E do presidente de um conglomerado de bens de luxo francês. E do ex-CEO do agora defunto RhineBank AG de Frankfurt. No total, cerca de 52 clientes milionários da Harris Weber & Company controlavam cofres no depósito livre de impostos, assim como a própria firma. A empresa de fachada usada por ela era a Sargasso Capital Investments, que era subsidiária do OOC Group Ltd. A diretora nominal da empresa era Adele Campbell, de Road Town, Ilhas Virgens Britânicas. Os proprietários beneficiários eram Ian Harris e Konrad Weber.

MORTE NA CORNUALHA

Às quatro da manhã, Gabriel havia reunido as descobertas mais explosivas num documento de cem páginas. Mas o que fazer com o material? Entregar à Autoridade de Conduta Financeira, a FCA, órgão regulador financeiro independente do Reino Unido, estava fora de questão. Os arquivos tinham sido obtidos ilegalmente, e o histórico da FCA era medíocre, para dizer o mínimo. Gabriel concluiu que o único recurso deles era vazar para um repórter amigável. Havia, porém, uma ou duas questões que ele queria resolver antes.

— Por exemplo? — perguntou Christopher.

— Como Trevor Robinson sabia que Charlotte Blake tinha identificado uma empresa de fachada registrada nas Ilhas Virgens Britânicas chamada OOC Group como proprietária atual do Picasso?

— Qual é a resposta?

— Obviamente, a professora Blake contou pra alguém.

— Algum candidato?

— Só um.

44

LAND'S END

—Belo trenó — comentou Ingrid, e passou a mão pelo painel de couro do Bentley Continental GT de Christopher. — Totalmente elétrico, né?

— Lunar — respondeu Gabriel. — Um negócio avançadíssimo.

Sorrindo, ela apoiou a cabeça na janela, cansada. Estavam indo para o oeste na Cromwell Road à luz acinzentada do início da manhã.

— Não lembro a última vez que dormi.

— Tente descansar um pouco. Temos um longo trajeto à frente.

— Longo *quanto*?

— São cinco horas até Land's End. Mas temos que fazer uma parada em Exeter no caminho.

— Inspetor Dalgliesh?

— Peel — disse Gabriel. — E ele é só sargento-investigador.

— Peel? Tipo pio de pássaro?

— Timothy Peel. E, acredite, ele já ouviu todas as piadinhas. Ele era meu vizinho quando criança. Os outros meninos da escola o provocavam sem parar.

— Foi por isso que ele virou policial?

— Aparentemente, eu tive algo a ver com isso.

— E como você vai me explicar?

— Com o mínimo de palavras possível.

MORTE NA CORNUALHA

— Caso você esteja se perguntando — disse Ingrid, suprimindo um bocejo —, eu nunca roubei nada em Exeter. Aliás, tenho certeza de que nunca pus os pés lá.

Ela reclinou o assento e fechou os olhos. Gabriel ligou o rádio e ouviu as notícias na BBC. O Comitê de 1922 de membros da base conservadora ia se reunir na tarde seguinte para começar a seleção de um novo próximo primeiro-ministro. O ministro do Interior, Hugh Graves, continuava sendo o favorito, mas esperava-se que enfrentasse uma disputa difícil com o ministro das Relações Exteriores, Stephen Frasier, e com o ministro das Finanças, Nigel Cunningham. A primeira-ministra Hillary Edwards, durante uma breve aparição diante dos repórteres na porta do número 10 da Downing Street, havia recusado um convite para pesar a balança. Um painel de especialistas políticos concordava que uma palavra de gentileza da impopular premiê de saída seria o mesmo que um beijo da morte.

— Você acha que foi coincidência? — perguntou Ingrid de repente.

— Valentin Federov e lorde Michael Radcliff serem ambos clientes da Harris Weber?

— Exato.

— Andei me perguntando a mesma coisa. — Gabriel dirigiu em silêncio por um momento. — Você já hackeou um banco?

— Nunca.

— Acha que consegue?

— Você está esquecendo que eu acabei de hackear o Porto Franco de Genebra?

— Realmente.

— Procurando algo em particular?

— Não tenho certeza. Mas vamos saber quando encontrarmos.

Gabriel aguardou até ter chegado em Bristol antes de telefonar para Timothy Peel. Ele insinuou que havia identificado o assassino da professora Charlotte Blake e deixou evidente que suas descobertas não podiam

DANIEL SILVA

ser transmitidas eletronicamente. Peel sugeriu que se encontrassem em um pub perto da sede da Polícia de Devon e Cornualha. Gabriel, depois de digitar o nome do estabelecimento no sistema de navegação do Bentley, disse que estaria lá no máximo às 12h30.

O pub em questão era o Blue Ball Inn, na Clyst Road. Gabriel e Ingrid chegaram e viram Peel sentado a uma mesa isolada nos fundos. Ele apertou a mão de Ingrid, notou a aparência dela e seu sotaque escandinavo, e aí olhou para Gabriel em busca de explicação.

— Ingrid forneceu assistência técnica e de outros tipos à minha investigação.

— Outros tipos?

— Já vou chegar lá.

Peel pegou um caderno de investigador e uma caneta e os dispôs na mesa. Gabriel olhou os itens com reprovação, e Peel os devolveu ao bolso.

— Quem a assassinou, sr. Allon?

— Um assassino de aluguel alemão chamado Klaus Müller.

— Onde ele está agora?

— Infelizmente, *herr* Müller morreu num trágico acidente numa estrada da Provença há alguns dias.

— Você estava envolvido nesse acidente?

— Próxima pergunta.

— Quem contratou Müller pra matar a professora Blake?

— Uma firma de advocacia que está usando quadros valiosos como o Picasso para lavar dinheiro e esconder a riqueza de algumas das pessoas mais ricas e poderosas do mundo. Müller a assassinou com uma machadinha pra fazer parecer que ela era vítima do Picador. E teria se safado se não fosse você.

— Ainda tem uma coisa no caso que não faz sentido.

— Por que Charlotte Blake estava andando por Land's End depois do anoitecer?

Peel fez que sim.

— Eu sei a resposta disso também.

— Como?

— O celular dela.

— Você o encontrou?

— A segunda melhor alternativa.

Não foi necessário que Gabriel explicasse a Timothy Peel quem era Leonard Bradley, nem onde ele morava. A casa dos Bradley, uma das maiores no oeste da Cornualha, tinha sido alvo de ladrões locais inúmeras vezes. Uma invasão no inverno anterior tinha resultado na perda de vários milhares de libras em eletrônicos, prata e joias. Peel havia encontrado dois dos culpados — eram uns babacas de Carbis Bay — e até conseguido recuperar parte da propriedade roubada. Bradley tinha ficado muitíssimo agradecido, assim como sua esposa.

Consequentemente, Peel estava confiante de que Leonard Bradley concordaria em falar com ele se aparecesse sem ser anunciado em sua porta. Se Bradley estaria disposto a discutir seu relacionamento extraconjugal com a falecida professora Charlotte Blake, era outra história. O modo mais fácil de garantir sua cooperação seria marcar um interrogatório formal. Mas isso exigiria que Peel divulgasse tudo oficialmente a seus superiores, para não mencionar os caras da Polícia Metropolitana que agora estavam a cargo da investigação do Picador. Esse caminho envolveria certas confissões da parte de Peel — confissões que quase certamente acabariam com sua breve carreira.

E foi assim que o sargento-investigador Timothy Peel, às 14h30 daquela tarde, se viu atrás do volante de seu Vauxhall Insignia sem identificação, seguindo um belo Bentley Continental que acelerava para o oeste pela A30. Enfim, o Bentley parou no estacionamento de Land's End, e a passageira, uma dinamarquesa bonita de trinta e poucos anos, seguiu para o centro de entretenimento. O motorista se juntou a Peel no Vauxhall. Ele seguiu para Porthcurno, a minúscula aldeia onde o corpo da professora Blake tinha sido descoberto.

DANIEL SILVA

— E tem certeza absoluta de que ela estava envolvida num relacionamento romântico com Bradley?

— Quer ler as mensagens?

— Prefiro não ler. Mas ele sem dúvida vai negar.

— Não estou aqui pra julgá-lo. Só quero saber se Charlotte Blake lhe contou que tinha achado o Picasso.

— O que faz você pensar que ela pode ter contado?

— Não te ensinaram nada na escola de investigação, Timothy?

Ele virou numa pista estreita na direção da costa.

— E se ela tiver contado mesmo?

— Eu gostaria de saber o motivo. E, se for relevante à nossa investigação, vou insistir no assunto.

— *Nossa* investigação?

— Foi você que me arrastou pra essa história.

— Mas meus superiores não sabem disso.

— E nunca vão saber.

— A não ser que eu faça alguma coisa idiota.

— Tipo o quê?

Peel guiou o Vauxhall por um portão aberto e parou na frente de uma casa imponente de pedra empoleirada no topo do penhasco.

— Tipo isso — disse ele, e saiu do carro.

45

PENBERTH COVE

Foi Cordelia Bradley quem atendeu a porta. Era uma mulher alta de pele pálida com uns cinquenta anos, cabelo avermelhado bagunçado pelo vento e olhos da cor do céu da Cornualha sem nuvens. Ela se lembrou de Peel da investigação do roubo e o cumprimentou afetuosamente. Lançou um olhar espantado para Gabriel.

— Perdão, sr. Allon, mas você é a última pessoa que eu esperava ver na minha porta.

Ela os convidou a entrar. Peel, enquanto ainda estava parado no hall de entrada, perguntou se o marido dela estava em casa e tinha um momento para conversar.

— Sim, claro. Mas do que se trata?

— O sr. Allon está terminando um projeto de pesquisa em que a professora Blake trabalhava no momento do assassinato. Estava esperando que o sr. Bradley pudesse ajudá-lo.

— Por que o Leonard?

Foi Gabriel quem deu uma resposta mentirosa:

— Eu encontrei o nome e o telefone dele nas anotações dela.

— Que estranho.

— Por quê?

— Porque o Leonard e a Charlotte estudaram juntos em Oxford e se falavam ao telefone regularmente. Não tem motivo nenhum pra

DANIEL SILVA

ela anotar o número dele. Estava armazenado nos contatos. — Ela fez uma pausa antes de completar: — E o meu também.

A mulher os levou por um corredor central até um par de portas francesas com vista para o mar. Perto da beira do penhasco, havia um chalé separado, com paredes de vidro.

— O escritório do meu marido — explicou Cordelia Bradley. Aí puxou um celular do bolso e sorriu sem abrir os lábios. — Vou avisar a ele que vocês estão indo.

Chegava-se ao chalé por um caminho de cascalho bem cuidado. Leonard Bradley, alerta ao perigo, esperava na porta. Era um homem esguio com um rosto delicado e cabelo escuro. Sua roupa era casual, mas cara. Seu sorriso, artificial.

— Vocês me pegaram no meio de uma transação bastante complexa, senhores, mas, por favor, entrem.

Gabriel e Peel entraram no chalé atrás de Bradley. O escritório dele era uma obra de arte arquitetônica, o reino de um alquimista que magicamente criava dinheiro a partir de dinheiro. Ele se acomodou atrás de sua grande mesa de vidro e convidou Gabriel e Peel a se sentarem em duas cadeiras modernas na frente. Em vez disso, eles continuaram de pé.

Seguiu-se um silêncio desconfortável. Finalmente, Bradley olhou para Gabriel e perguntou:

— Por que está aqui, sr. Allon?

Gabriel trocou um longo olhar com Peel antes de responder:

— Charlotte Blake.

— Imaginei.

— Vocês dois eram amigos próximos. — Gabriel abaixou a voz. — Mais próximos do que o normal.

— E o que exatamente está querendo insinuar?

— Vamos pular essa parte, pode ser? Eu li as mensagens.

O rosto de Bradley ficou sem cor.

— Seu canalha moralista!

— Não sou nenhuma das duas coisas, garanto. — Gabriel deliberadamente passou o olhar pelo escritório magnífico de Bradley. — Além do mais, você sabe o que dizem de quem tem teto de vidro.

O comentário abaixou a temperatura, mas só um pouco. Leonard Bradley fez sua próxima pergunta a Peel:

— Eu sou suspeito do assassinato de Charlotte?

— Não é.

— Este é um procedimento oficial?

— Não.

— Nesse caso, sargento-investigador, por que você está aqui?

— Posso ir embora, se quiser — respondeu Peel, e começou a ir para a porta.

— Fique — insistiu Bradley. Aí olhou para Gabriel e pediu: — Pode sentar, por favor, sr. Allon? Você está me deixando muitíssimo desconfortável.

Gabriel sentou numa das cadeiras, e Peel instalou-se ao lado dele. Bradley ficou olhando intensamente para a tela de seu computador, com a mão pairando acima do teclado.

— Você queria me perguntar alguma coisa, sr. Allon?

— A professora Blake estava conduzindo uma investigação de proveniência confidencial na época de seu assassinato.

— Sim, eu sei. — O olhar de Bradley se acomodou brevemente em Gabriel. — *Retrato sem título de uma mulher*, de Pablo Picasso.

— Quando ela te contou sobre isso?

— Alguns dias depois de obter uma cópia do registro de venda da Christie's. Revelava que o quadro estava nas mãos de uma corporação de fachada *offshore* chamada OOC Group Ltd. Charlotte queria saber se eu conseguia descobrir o nome do proprietário beneficiário da OOC.

— E o que você...

Bradley levantou a mão, pedindo silêncio. Então, bateu uma vez no teclado.

— Acabei de ganhar três milhões de libras para meus investidores numa jogada de conversão de moedas com várias camadas. É o tipo

DANIEL SILVA

de coisa que eu faço, sr. Allon. Aposto em minúsculas flutuações dos mercados e alavanco as transações com grandes somas de dinheiro emprestado. Às vezes, seguro minhas posições só por um ou dois momentos. Charlotte achava que era um jeito verdadeiramente ridículo de ganhar a vida. — Ele pausou. — Como você, imagino.

— Teto de vidro — repetiu Gabriel.

O comentário colocou um sorriso breve no rosto de Leonard Bradley.

— Estudamos juntos em Oxford, a Charlotte e eu. Ela era de Yorkshire, classe trabalhadora até o talo. O sotaque dela na época era tenebroso. A galera mais nobre era bem cruel com ela.

— Mas você não?

— Não — respondeu Bradley. — Sempre gostei da Charlotte, apesar de eu mesmo ser considerado bem nobre. E quando a encontrei num fim de tarde andando pelo Caminho da Costa Sudoeste... — Ele ficou em silêncio por um momento. — Bem, foi como se tivéssemos voltado a ser estudantes de graduação.

— E quando ela pediu sua ajuda?

— Conduzi uma pesquisa corporativa rotineira sobre a empresa conhecida como OOC Group Ltd. E, quando minha pesquisa não rendeu nada de útil, coloquei Charlotte em contato com uma velha amiga mais familiarizada com o mundo dos serviços financeiros *offshore*. Infelizmente, ela foi ainda menos útil do que eu, mas elas bateram um bom papo. Charlotte depois não parou de falar bem dela.

— Pode me dizer o nome dela?

— Sim, claro. Foi Lucinda Graves.

— A esposa do próximo primeiro-ministro britânico? — perguntou Gabriel.

— É o que dizem. — Bradley saiu de trás de sua mesa e os levou lá fora. Eles pararam na beira do penhasco por um momento, admirando a vista de Penberth Cove. — É sua primeira visita à Cornualha, sr. Allon?

— É — mentiu ele. — Mas com certeza não vai ser a última.

Bradley olhou para o oeste, na direção da praia de Porthchapel.

MORTE NA CORNUALHA

— Você leu mesmo as mensagens de Charlotte?

— Receio que sim.

— Por que ela estava andando sozinha no caminho da costa numa segunda à tarde? Por que não estava no carro voltando para Oxford?

Gabriel não falou nada.

— Pensei mesmo que essa fosse ser sua resposta — disse Leonard Bradley, e voltou à sua casa de vidro.

Durante o trajeto de volta a Land's End, Timothy Peel começou um grande discurso sobre a destruição iminente de sua carreira outrora promissora como agente da Polícia de Devon e Cornualha. Gabriel esperou até o monólogo chegar à conclusão antes de garantir ao jovem sargento-investigador que seus medos eram exagerados.

— Tenho certeza de que não é nada, Timothy.

— Tem mesmo?

— Uma certeza razoável — disse Gabriel, corrigindo sua afirmação anterior. — Afinal, Lucinda Graves é esposa do próximo primeiro-
-ministro.

— O nome dela aparece em algum dos arquivos que você roubou da Harris Weber?

— *Roubou* é uma palavra feia.

— Pegou emprestado?

— Não. O nome de Lucinda Graves não aparece nos arquivos. Mas isso só significa que ela não é uma *cliente*.

— O que mais ela poderia ser?

— A Harris Weber recebe a maioria de seus clientes de gestores de patrimônio em grandes bancos ou de firmas pequenas como a de Lucinda. É completamente possível que ela faça negócios com eles.

Peel xingou baixinho.

— Preciso contar ao meu chefe de polícia tudo o que sabemos, preferivelmente *antes* de ele ficar sabendo por Leonard Bradley.

— Leonard não vai falar nada pra ninguém. Nem você.

DANIEL SILVA

Peel virou no estacionamento de Land's End. Ingrid estava sentada no capô do Bentley, com as costas apoiadas no para-brisa.

— Onde você arrumou esse carro?

— É emprestado — disse Gabriel.

— E a garota?

— Roubada.

— Imagino que ela seja casada.

— Não.

— Envolvida com alguém?

— Não tenho como saber.

— Acha que ela talvez se interesse em tomar um drinque com um policial bonito do interior quando tudo isso acabar?

— Provavelmente não.

Peel destrancou as portas do Vauxhall.

— E agora?

— Vou descobrir se a esposa do próximo primeiro-ministro é uma criminosa.

— E se ela for?

Gabriel saiu sem dizer mais nada e entrou atrás do volante do Bentley. Ingrid, depois de deslizar do capô, se abaixou para entrar no banco do passageiro. Peel os seguiu para o leste até Exeter, depois saiu para o acostamento e piscou os faróis. Gabriel piscou os dele duas vezes e se foi.

Leonard Bradley tinha o hábito, ao fim de cada dia de *trading*, de colocar um par de galochas e caminhar sozinho pelos penhascos. O tempo longe de sua mesa e de seus computadores, dizia a Cordelia e às crianças, era parte essencial de seu trabalho. Dava a ele uma chance de tirar o entulho da cabeça, de refletir sobre seus sucessos e se consolar pelo deslize ocasional no mercado, de ver o que esperava na próxima esquina, de literalmente olhar além do horizonte.

Até recentemente, as peregrinações pelos penhascos também tinham dado a Bradley a oportunidade, talvez uma ou duas vezes por semana, de passar alguns momentos com Charlotte. Eles fingiam se encontrar perto da praia de Porthchapel. E, se não houvesse mais ninguém à vista, se esgueiravam para o bosque fechado perto da velha igreja de St. Levan. Os encontros apressados, com beijos apaixonados e puxões desesperados nas roupas, só alimentavam o desejo. Sim, o caso fora longo, mas eles transaram poucas vezes de fato. O problema deles era de natureza logística. Bradley morava e trabalhava na casa isolada que compartilhava com a mulher e os filhos, e Charlotte dividia seu tempo entre Oxford e a pequena Gunwalloe, cidade cheia de fofocas, na península Lizard. Ela proibia Bradley de visitá-la ali. Seus vizinhos, dizia, a observavam com olhos de águia.

Especialmente Vera Hobbs e Dottie Cox. Se elas nos virem juntos, vamos ser o assunto da Cornualha...

Por muito tempo após o assassinato de Charlotte, Bradley só havia se aventurado na direção leste, diversas vezes vagando até a aldeia de pescadores de Mousehole. Agora ele foi para o oeste, na direção do brilho do sol poente, descendo até Logan Rock, passando pelo mirante de Porthcurno, atravessando o estacionamento do teatro Minack até os penhascos acima da praia de Porthchapel. Ele meio que esperava ver Charlotte aguardando ali, com um sorriso travesso no rosto.

— A gente já não se encontrou antes? — ela costumava dizer.

E Bradley respondia:

— Ora, sim, acredito que tenhamos estudado juntos em Oxford.

Bradley era nobre, e Charlotte era pobre e do norte. Garotos nobres como Bradley não se casavam com garotas pobres do norte. Eles se casavam com garotas como Cordelia Chamberlain.

Ele olhou na direção das árvores fechadas perto da igreja de St. Levan e imaginou os últimos segundos terríveis da vida de Charlotte. Era óbvio que Gabriel Allon e o jovem investigador não acreditavam que ela tivesse sido assassinada pelo serial killer conhecido como Picador. Ela foi morta por causa da investigação sobre o Picasso — e Bradley, de uma forma ou de outra, tivera uma mão na morte dela. Agora, para piorar tudo, ele tinha conseguido emaranhar a esposa do próximo

DANIEL SILVA

primeiro-ministro no problema. Depois de pesar cuidadosamente suas opções, ele concluiu que sua única escolha era alertá-la de que em breve teria notícias de ninguém menos que Gabriel Allon.

Ele fez a ligação parado em meio à ventania do penhasco acima da praia de Porthchapel, a poucas centenas de metros do ponto onde Charlotte fora assassinada. Para sua surpresa, a esposa do próximo primeiro-ministro atendeu de primeira.

— Escute, Lucinda — disse ele com um ar de falsa indiferença. — Sei que você deve estar ocupadíssima no momento, mas não vai imaginar quem veio me ver hoje.

46

OLD BURLINGTON STREET

Quando eles chegaram a Taunton, os olhos de Gabriel estavam pesados de cansaço. Bristol era o lugar mais óbvio para passar a noite, mas Ingrid sempre desejara visitar a antiga cidade romana de Bath, e era um desvio de apenas alguns quilômetros do caminho deles. Os dois caminharam pelo esplendor do centro histórico cor de mel até o pôr do sol, aí se retiraram a quartos adjacentes no hotel e spa Gainsborough, na Beau Street. Ingrid conectou o computador ao seu *hotspot* móvel, checou a velocidade de download e começou a trabalhar.

Desta vez, seu alvo era o BVI Bank, uma instituição financeira notoriamente corrupta localizada do outro lado da rua do bar Watering Hole, em Road Town. Por causa da diferença de fuso, os funcionários do BVI ainda estavam em suas mesas quando Ingrid começou seu ataque. Um deles, um vice-presidente chamado Fellowes, sem querer lhe concedeu acesso aos dados mais confidenciais do banco, incluindo uma conta ligada à LMR Overseas, a empresa de fachada do lorde Michael Radcliff.

— Ah, meu Deus do céu — disse Ingrid.

— O que foi? — perguntou Gabriel do quarto ao lado.

— Só 48 horas depois de lorde Radcliff renunciar como tesoureiro do Partido Conservador, ele recebeu um pagamento de dez milhões de libras.

— De quem?

DANIEL SILVA

— Você não vai acreditar nisso.

— Nessa altura, não me surpreenderia se você me dissesse que o dinheiro veio do próprio Winston Churchill.

— É até melhor do que isso.

— Não tem como.

— Acho que você vai querer vir até aqui.

Gabriel se içou para fora da cama e atravessou a porta comunicante. Ingrid estava sentada à escrivaninha, com o rosto iluminado pelo brilho do notebook. Com Gabriel olhando por cima de seu ombro, ela apontou para o nome da empresa que tinha pagado dez milhões de libras ao lorde Michael Radcliff.

Era a Driftwood Holdings.

— Valentin Federov? — perguntou Gabriel.

Ingrid sorriu.

— Sabe o que isso significa?

— Significa que o oficial do Partido Conservador que aceitou a contribuição de um milhão de libras que derrubou a primeira-ministra Hillary Edwards recebeu dez vezes mais que isso do mesmo empresário russo.

— Parece uma coincidência pra você?

— Não — respondeu Gabriel. — Parece uma conspiração pra tirar Hillary Edwards de Downing Street.

— Eu também achei. Mas por quê?

Ingrid baixou as informações da conta de lorde Radcliff para seu HD externo, depois copiou os dados para o dispositivo de backup de Gabriel. Ambos conseguiram dormir várias horas e, às oito da manhã seguinte, estavam na M4 na direção leste. Enquanto se aproximavam do aeroporto de Heathrow, Gabriel ligou para o número principal da Lambeth Wealth Management e pediu para falar com a CEO da firma, Lucinda Graves. Foi transferido para a assistente da sra. Graves, que o questionou longamente sobre a natureza da ligação. No fim de sua inquisição,

290

ela anotou as informações de contato dele, mas sem esperança de que a sra. Graves fosse retornar muito em breve. A eleição da liderança do Partido Conservador estava marcada para começar oficialmente às duas da tarde. Se tudo fosse de acordo com o planejado, o marido da sra. Graves logo seria primeiro-ministro.

Gabriel desligou e olhou para Ingrid.

— Foi tão bem quanto se poderia esperar.

Mas, quando chegaram ao bairro de Chiswick, nos arredores de Londres, o telefone dele estava tocando.

— Por favor, perdoe minha assistente — disse Lucinda Graves. — Como você pode imaginar, de repente sou a financista mais popular de Londres.

— Pra falar a verdade, fiquei feliz por ela parecer não reconhecer meu nome.

Lucinda Graves riu.

— Infelizmente, não tivemos a oportunidade de conversar naquela noite na Courtauld. Meu marido vai ficar roxo de inveja.

— E por quê?

— Ele ficou muito decepcionado por você recusar o convite dele para passar lá no Ministério do Interior. Mal posso esperar pra contar a ele que você veio me ver em vez disso.

— É um convite?

— Qualquer momento antes das duas da tarde seria bom.

— Consigo chegar às onze.

— Pelo som, você está dirigindo.

— Na M4.

— Sabe onde fica meu escritório?

— Na Old Burlington Street, em Mayfair.

— Pergunta idiota de fazer a um espião — comentou ela.

— Agora sou restaurador de arte, sra. Graves.

— Tem um estacionamento Q-Park bem em frente ao nosso escritório — disse ela. — Minha assistente vai providenciar uma vaga pra você.

E, com isso, a ligação foi encerrada.

DANIEL SILVA

— Bom — falou Ingrid —, foi melhor que o esperado.

— Foi — concordou Gabriel. — Imagine só.

Ele deixou Ingrid num café em Picadilly e, às 10h55, guiou o Bentley pela rampa estreita do Q-Park. O prédio comercial do outro lado da Old Burlington Street tinha seis andares, cor cinza-clara e design contemporâneo. Uma mulher de quase trinta anos cumprimentou Gabriel no saguão e o acompanhou até o andar. Lucinda Graves estava ao telefone quando eles entraram no escritório dela. Desligou imediatamente e, levantando-se, estendeu a mão.

— Sr. Allon. Que bom vê-lo de novo.

A assistente se retirou, e Lucinda conduziu Gabriel até uma área de estar onde um serviço de café esperava numa mesa baixa e elegante. Era tudo muito formal e ensaiado. Gabriel teve a sensação desconfortável de estar sendo cortejado.

Lucinda sentou e encheu duas xícaras.

— Você já viu as filas na frente da Somerset House? Graças a você, a Courtauld agora é o museu de arte mais disputado de Londres.

— Eu adoraria ficar com o crédito, mas o Van Gogh estava numa condição incrivelmente boa quando chegou até mim.

— Você realmente não teve nenhum papel na recuperação do quadro?

— Eu o autentiquei para o Esquadrão da Arte italiano. Mas esse foi o máximo do meu envolvimento.

— E agora você está investigando o assassinato daquela historiadora de arte de Oxford?

Gabriel conseguiu esconder sua surpresa.

— Como você sabia?

— Você é o profissional. Me diga você.

— Ou o governo britânico está monitorando meu telefone ou Leonard Bradley te ligou depois que eu saí da casa dele. Estou apostando que foi Leonard.

292

Ela sorriu com um charme considerável. Sem a escolta de segurança e o marido fotogênico, ela era mais baixa do que Gabriel lembrava e tinha uma aparência inteiramente comum. Sua característica mais atraente era a voz gutural de contralto. Era fácil imaginar Lucinda Graves cantando músicas sentimentais num cabaré escurecido.

Ela olhou de relance para a grande televisão na parede. Seu marido estava falando com um grupo de repórteres na frente do Palácio de Westminster.

— Quer fazer uma previsão?

— Infelizmente, sei muito pouco sobre o funcionamento interno da política britânica.

— Mas isso não é verdade, não é? Afinal, você morou neste país por vários anos após aquele incidente em Viena, e meu marido me diz que era bem próximo de Jonathan Lancaster. Era por isso que ele estava tão interessado em se encontrar com você.

— O que mais seu marido te falou? — perguntou Gabriel.

— Que você era o chamado agente de inteligência externa que ajudou Lancaster quando ele se encrencou com aquela agente adormecida russa que estava trabalhando na sede do partido. O nome dela me fugiu.

— Madeline Hart.

— O pior escândalo político britânico desde o caso Profumo — disse Lucinda. — E mesmo assim Lancaster conseguiu sobreviver por sua causa. — O olhar dela voltou à televisão. — Por favor, continue, sr. Allon.

— O ministro das Finanças não vai sobreviver à votação de hoje.

— Não é uma previsão muito ousada. Mas quem vai ter mais votos?

— O ministro do Interior, Hugh Graves.

— Quantos ele vai receber?

— Não o suficiente para forçar o ministro Frasier a sair da corrida.

— Ajudaria a unificar o partido se Stephen se retirasse graciosamente.

— A única forma de Frasier se retirar é se seu marido permitir que ele continue no Ministério das Relações Exteriores.

— Jamais. Hugh pretende limpar todo o gabinete.

DANIEL SILVA

— Nesse caso, ele vai ter que oferecer uma rampa de saída a Frasier.

— Tipo?

— Um convite público pra ficar como ministro das Relações Exteriores. Frasier, claro, vai recusar a oferta. E, amanhã de manhã, seu marido vai entrar no número 10 da Downing Street pela primeira vez como primeiro-ministro.

— Nada mau, sr. Allon. Acho que vou sugerir isso a Hugh.

— Eu agradeceria se você não mencionasse meu nome.

— Fique tranquilo, vai ser nosso segredinho.

Gabriel tomou um gole do café.

— E você? — perguntou ele. — O que vai acontecer se seu marido for vitorioso?

— Não vou ter escolha a não ser me afastar da Lambeth Wealth Management até Hugh sair do cargo. Só espero que o mandato dele seja tão longo quanto o de seu amigo Jonathan Lancaster. Ele ainda está na Câmara dos Comuns, como você sabe. — Ela pausou por um momento, depois disse: — O apoio dele tornaria Hugh invencível.

Era um convite mal velado para que Gabriel ajudasse a garantir o apoio de Jonathan Lancaster à candidatura do marido dela. Sem nenhum desejo de ter sequer um pequeno papel na eleição do próximo primeiro-ministro britânico, ele guiou a conversa de volta à questão em pauta.

— Sim — falou Lucinda. — Eu de fato conversei com a professora Blake sobre o Picasso.

— E por acaso você lembra quando foi?

— É importante?

— Talvez seja.

Lucinda apontou um controle remoto para a televisão, e o marido dela desapareceu.

— Em algum momento antes das festas de fim de ano, se bem me lembro. Ela me telefonou aqui no escritório e disse que estava procurando um Picasso que tinha sido adquirido na Christie's por uma empresa de fachada anônima.

— OOC Group Ltd?

MORTE NA CORNUALHA

Lucinda fez que sim.

— Ela perguntou se eu estaria disposta a usar meus contatos no mundo financeiro de Londres para determinar quem ou o que era o OOC Group. Eu disse a ela que não seria ético.

— Posso perguntar por quê?

— Porque muitos dos meus clientes mais importantes fazem negócios usando empresas de fachada. Aliás, é bem difícil encontrar uma pessoa rica em Londres que não faça.

— Então você nunca se encontrou com ela?

— Não tive tempo. Dezembro sempre é um dos nossos meses mais ocupados.

— E você nunca mencionou a ninguém?

— Pra falar a verdade, eu me esforcei pra esquecer que já tinha ouvido falar de uma empresa chamada OOC Group Ltd — Lucinda se levantou, e sua assistente magicamente apareceu na porta. — Sinto muito por não poder ajudar mais, sr. Allon. Mas foi maravilhoso finalmente conhecê-lo. Fique tranquilo, você terá um bom amigo em Downing Street se Hugh vencer a disputa pela liderança.

— Não tenho dúvidas de que ele vai vencer — disse Gabriel, e foi na direção da porta.

— Você já descobriu o que é? — perguntou Lucinda de repente.

Gabriel parou e se virou.

— Oi?

— O OOC Group.

— Não — mentiu ele. — Ainda não.

Eram 11h27 quando o chamativo Bentley, guiado pelo lendário agente de inteligência e restaurador de arte Gabriel Allon, emergiu do estacionamento Q-Park na Old Burlington Street em Mayfair. Lucinda Graves sabia disso porque estava parada na janela de seu escritório, marcando o horário em seu celular. Ela deixou cinco minutos se passarem antes de ligar para um número guardado no diretório de suas chamadas

DANIEL SILVA

recentes. O homem do outro lado lhe deu uma atualização sobre os movimentos de Allon.

— Ele acabou de pegar uma mulher na Regent Street. No momento, estão indo para o sul na Haymarket.

— Indo para onde?

— Já retorno.

Lucinda desligou com relutância. Mais dez minutos se passaram antes de seu telefone tocar.

— E então?

— Eles acabaram de entrar na Galeria Courtauld.

— Ele sabe — falou Lucinda, e desligou.

47

GALERIA COURTAULD

— Um pedido bastante incomum — comentou o dr. Geoffrey Holland. — Sinceramente, não vejo como posso atendê-lo.

O diretor da Galeria Courtauld estava sentado atrás de sua escrivaninha, com um dedo indicador pressionando os lábios finos. Gabriel se encontrava diante dele como um advogado argumentando seu caso. Ingrid estava lá embaixo, vagando pelas salas de exibição, um crime esperando para acontecer.

— Eu não pediria se não fosse importante, dr. Holland.

— Seja como for, temos diretrizes estritas sobre esse tipo de coisa.

— E deveriam ter mesmo. Mas, neste caso, acho que há uma razão convincente para abrir uma exceção.

— Está falando de sua restauração *pro bono* do Van Gogh?

Gabriel sorriu.

— Eu nem sonharia em usar uma tática tão barata.

— Claro que sonharia. — O indicador de Holland agora estava batendo um ritmo *staccato* na superfície da mesa. — E tem certeza de que a professora Blake esteve aqui no dia em questão?

— Ela chegou às 16h12 e saiu pouco antes de o museu fechar. Se eu tivesse que chutar, ela passou o tempo todo no café.

— Não é nada incomum. Muitos de nossos frequentadores regulares acham o café um lugar maravilhoso para passar uma tarde.

DANIEL SILVA

— Mas Charlotte Blake não era uma frequentadora comum. Era uma pesquisadora de proveniência mundialmente renomada que estava procurando um Picasso que valia mais de cem milhões de libras.

— Você acha mesmo que o vídeo vai ajudá-lo a encontrar?

— Eu não estaria aqui se não achasse.

Holland considerou a resposta de Gabriel por um longo instante.

— Tudo bem, vou abrir uma exceção. Mas vai ter um custo.

— Quanto?

— Meu Florigerio precisa de uma boa limpeza.

— *A virgem e o menino com são João criança*? Quem está usando táticas baratas agora, Geoffrey?

— Quer ver o vídeo ou não?

— Adoraria.

Holland tirou o telefone do gancho e discou um número interno.

— Oi, Simon. Geoffrey aqui. Puxe o vídeo das quatro da tarde de 15 de dezembro. Preciso dar uma olhada numa coisa imediatamente.

— 16h12, você disse?

— Em ponto.

— Você se importaria se eu perguntasse como sabe disso, sr. Allon?

— Me importaria, na verdade.

Simon Eastwood, ex-investigador da Polícia Metropolitana que agora trabalhava como chefe de segurança da Courtauld, martelou o teclado de um computador em seu escritório, e uma imagem estática do saguão do museu apareceu na tela.

— Está vendo a mulher?

— Ainda não.

Eastwood colocou a cena em movimento com um clique do mouse. Quando o horário no canto inferior direito da tela mostrou 16:12:38, Gabriel pediu para o chefe de segurança pausar a gravação. Aí apontou para a mulher que entrava pela porta usando um sobretudo Burberry e um cachecol para se proteger do frio de dezembro.

MORTE NA CORNUALHA

— Aí está ela.

Eastwood continuou a gravação. Como Gabriel previu, a professora Charlotte Blake foi direto para o café da Courtauld e fez seu pedido no balcão carmesim. A mesa que ela escolheu ficava num canto deserto do salão. Depois de tirar o casaco, ela puxou um livro da bolsa e começou a ler.

Eram 16h25.

— Viu? — disse Geoffrey Holland. — Ela apenas veio ao café para tomar uma xícara de chá e comer um bolinho.

— Na mesma tarde em que você estava reunido com o conselho do museu.

— Não vejo a relevância disso.

— Você lembra a que horas a reunião acabou?

— Se bem me lembro, ela se arrastou até quase cinco.

Gabriel pediu para Simon Eastwood avançar a gravação até 16h55 e aumentar a velocidade de reprodução. Charlotte Blake ficou sentada com a imobilidade de uma figura num quadro enquanto clientes e funcionários se agitavam ao redor dela como insetos.

— Pause — pediu Gabriel quando o horário mostrou 17:04:12. Aí apontou para uma das figuras da tela. — Você a reconhece?

— Sim, claro — respondeu Geoffrey Holland.

Era Lucinda Graves.

Gabriel pediu que Simon Eastwood continuasse a reprodução na velocidade normal. Eastwood olhou para Geoffrey Holland em busca de aprovação, e Holland, depois de hesitar por um momento, assentiu. Aí eles assistiram em silêncio à esposa daquele que em breve seria o primeiro-ministro sentar-se na frente de uma mulher que, dentro de um mês, estaria morta. Segundo as aparências, a conversa delas foi cordial. Terminou às 17h47. Elas foram as últimas clientes a sair do café.

— Posso ficar com uma cópia desse vídeo? — perguntou Gabriel.

Eastwood olhou para Geoffrey Holland, que anunciou sua decisão sem demora:

— Não, sr. Allon. Não pode.

299

DANIEL SILVA

★ ★ ★

— Talvez ela tenha esquecido — disse Ingrid sem convicção.

— Não esqueceu. Ela me convidou ao escritório dela para tentar arrancar informações de mim e aí mentiu na minha cara. Muito bem, por sinal. Lucinda Graves é o elo entre Charlotte Blake e Trevor Robinson. Lucinda é o motivo de Charlotte ter sido assassinada.

Eles estavam caminhando para o oeste pela Strand, na direção da Trafalgar Square.

— Pensando bem — falou Ingrid —, explicaria muita coisa.

— A começar pelo escândalo Federov — completou Gabriel. — Foi arquitetado por Lucinda e seus amigos da Harris Weber para forçar Hillary Edwards a renunciar. Foi um golpe contra uma primeira-ministra em exercício.

— E não podemos provar nada disso.

— Com uma importante exceção.

— O pagamento de dez milhões de libras de Valentin Federov a lorde Radcliff?

— Exato.

Eles dobraram uma esquina para a Bedford Street e seguiram na direção de Covent Garden. Ingrid perguntou:

— Quanto Radcliff sabe?

— Se eu tivesse que chutar, ele sabe de tudo.

— O que significa que Sua Excelência é um homem dos mais perigosos.

— Eu também sou — respondeu Gabriel.

— O que você está planejando?

Ele puxou o celular do bolso, digitou uma mensagem e apertou ENVIAR.

A resposta foi instantânea.

Eu te ligo de volta em cinco minutos...

★ ★ ★

O amado Bentley de Christopher estava enfiado numa vaga apertada no último nível de um estacionamento na Garrick Street. Gabriel, certo de que o veículo não tinha sobrevivido intacto a essa provação, desceu correndo a escadaria interna, com Ingrid nos calcanhares. A luz do patamar inferior, que estava acesa uma hora antes, já não estava funcionando. Assim, ele não viu o objeto — um punho humano ou talvez uma bala de alto calibre — que bateu no lado esquerdo de seu crânio. Estava consciente de suas pernas cedendo embaixo do corpo e de seu rosto colidindo com o concreto. Então só houve escuridão, quente e úmida, e o toque eletrônico ensurdecedor de seu celular não atendido.

48

WESTMINSTER

O telefone na outra ponta da ligação pertencia a Samantha Cooke, correspondente-chefe de política do *Telegraph*. Desnecessário dizer que ela ficou perplexa com a incapacidade de falar com seu velho amigo. No passado ele tinha sido uma fonte confiável, especialmente durante o caso Madeline Hart, que fizera a reputação de Samantha. Além do mais, foi *ele* quem fez contato com *ela*. Sua mensagem deixava implícito que ele tinha descoberto informações vitais relacionadas à eleição pela liderança do Partido Conservador, que a própria Samantha tinha colocado em movimento com sua reportagem explosiva sobre a contribuição de Valentin Federov. Ela havia prometido ligar de volta para ele em cinco minutos e cumpriu sua palavra. E agora, inexplicavelmente, ele a estava ignorando.

Samantha discou de novo e então, depois de desconsiderar o convite automático para deixar um recado, mandou uma mensagem rápida expressando seu desejo urgente de falar com ele. Incluía uma referência à sua localização atual, que era o Lobby dos Membros do Palácio de Westminster. Apesar de toda a tensão no ar, havia pouca dúvida de como seria a primeira rodada da votação. Inclusive, Samantha já tinha escrito sua reportagem, com exceção da contagem final de votos. Declarava que a candidatura do ministro das Finanças Nigel Cunningham havia chegado ao fim e que uma enorme maioria de membros da base conservadora queria que o ministro do Interior, Hugh Graves, fosse o líder na próxima eleição geral. O ministro das Relações Exteriores, Stephen Frasier, tinha ficado abaixo das expectativas. Mesmo assim, pretendia levar seu caso à base do partido.

Tudo direto e reto, pensou Samantha, *e maçante que só*. O que era apenas uma das razões pelas quais estava tão ansiosa para fazer contato com sua fonte. "Eu sou o Gabriel Allon", ele tinha dito a ela quando se encontraram pela primeira vez. "Só faço coisas grandes."

Mas por que ele não estava atendendo as ligações dela? Samantha mandou outra mensagem e, sem receber resposta, xingou baixinho.

— Com certeza não é tão ruim assim — disse uma voz masculina que soava familiar.

Samantha levantou os olhos do celular e viu o rosto sem expressão de Hugh Graves. Ela conseguiu rapidamente recuperar a compostura.

— Meu editor — resmungou.

— Se ele tivesse algum bom senso, dobraria seu salário.

— Tenho sorte de ainda ter um emprego, ministro Graves. São tempos difíceis para os jornais impressos.

— E também para outras indústrias britânicas. Mas garanto que o futuro do país é imenso.

Parecia que ele estava ensaiando o discurso que logo faria na porta do número 10. Samantha não queria saber daquilo.

— As previsões econômicas mais recentes — apontou ela — pintam um cenário bem mais desolador.

— Acho que você vai ter uma grata surpresa com o que o próximo ano vai trazer.

— Com você no número 10?

Ele sorriu, mas não falou nada.

— E a sra. Graves? — insistiu Samantha. — Vai ser uma das suas conselheiras?

— Minha esposa é uma economista brilhante. Eu seria tolo de não pedir os conselhos dela. Mas, não, Lucinda não vai ter nenhum papel formal no meu governo, se ele vier a acontecer.

DANIEL SILVA

— Posso citar isso?

— Sinto muito, Samantha. Regras do Lobby.

As restrições do sistema de jornalismo do Lobby exigiam que ela obedecesse aos desejos do ministro.

— Não pode me falar pelo menos *alguma* coisa oficialmente, ministro Graves? Afinal, se não fosse por mim...

Não havia necessidade de terminar a frase. Se não fosse por Samantha, Hugh Graves não estaria com o sorriso confiante de um homem que sabia que em breve seria primeiro-ministro.

— Aguardo ansiosamente pela votação desta tarde — disse ele. — E confio que meus colegas chegarão à decisão correta quanto a quem deve liderar o partido e o país.

Maçante de novo, pensou Samantha, *mas ia ter que servir*.

— Quantos votos o senhor vai receber?

— Logo vamos descobrir — respondeu ele, e saiu pelo lobby.

Samantha enviou a fala oficial à editoria de política, depois tentou de novo falar com Gabriel. Sua ligação não foi atendida. Frustrada, ela enviou outra mensagem.

Não houve resposta.

A votação começou quando o Big Ben badalou duas da tarde. O cenário, como sempre, era a Sala 14 do Comitê dos Comuns, a maior do Palácio de Westminster. Fora tal o nível da trapaça durante a última disputa pela liderança que os membros tiveram que mostrar seus passes parlamentares ao entrar e foram proibidos de levar o celular. A votação foi conduzida com uma formalidade digna de um conclave, apesar de ser numa caixa preta de metal, não num cálice de ouro enorme, que os membros do Parlamento colocaram suas cédulas de papel.

Às 16h30 os votos tinham sido tabulados, e todos os 325 membros do Partido Parlamentar Conservador estavam apertados dentro da Sala 14 para ouvir os resultados. Foram entregues com todo o drama de uma previsão do tempo de fim de semana por *sir* Stewart Archer, presidente

MORTE NA CORNUALHA

do Comitê de 1922. Samantha Cooke assistiu aos trabalhos pelo celular, depois inseriu os números em seu texto e o mandou direto para o site do *Telegraph*. Não houve surpresas. Nigel Cunningham estava fora, Hugh Graves estava no controle e Stephen Frasier, apesar de um resultado surpreendentemente ruim, jurava continuar na luta.

Mas onde raios estava Gabriel Allon?

49

NEW FOREST

Levaria mais 45 minutos até que Gabriel conseguisse dizer com qualquer grau de confiança que não estava de fato morto. Ele chegou a essa conclusão no distrito de New Forest, em Hampshire, mas isso também teria sido uma surpresa para ele. Encapuzado e amordaçado, com as mãos e os pés imobilizados por fita adesiva, ele estava basicamente isolado do mundo ao seu redor. Percebia algum movimento motorizado — conseguia ouvir o zumbido de um motor e pneus correndo em asfalto molhado — e podia discernir a presença quente de um corpo deitado ao lado dele. O leve aroma de perfume feminino o avisou que era Ingrid.

Como essa situação havia se dado continuava sendo um mistério para Gabriel. Ele se lembrava de uma reunião num escritório estiloso em Mayfair e de uma visita a um museu de arte de Londres, mas não saberia dizer qual. O ferimento em sua cabeça tinha ocorrido numa escadaria fétida — disso, pelo menos, ele tinha certeza. Havia sido atingido com algo pesado atrás da orelha esquerda, apesar de não ter ideia de quem estava empunhando o instrumento. A sensação pegajosa na lateral de seu pescoço lhe disse que o golpe havia resultado em sangramento substancial. Sua incapacidade de manter um pensamento simples sem dúvida era sintoma de uma concussão grave.

Ele sempre se orgulhara de seu domínio do tempo. Era uma das muitas habilidades peculiares desenvolvidas por ele quando criança, a capacidade de declarar, com a precisão de um cronômetro, quando um minuto ou uma hora se passavam. Agora o tempo se esvaía por entre seus dedos como água, e qualquer esforço para medir seu progresso fazia sua cabeça latejar. Em vez disso, ele tentou se lembrar do propósito de sua visita ao escritório em Mayfair. Havia encontrado uma mulher ali, uma mulher com uma voz agradável. Lucinda era o nome dela, Lucinda Graves. O marido dela era alguém importante. Um político, sim, era isso. O próximo primeiro-ministro, ou era o que diziam.

Mas por que ele tinha visitado justamente Lucinda Graves? E o que o compelira a visitar um museu depois? Eram essas as perguntas que ricocheteavam na mente repentinamente desordenada de Gabriel quando o veículo abaixo dele — ele supunha que fosse um furgão — fez uma curva à direita para uma estrada de terra. Certo tempo depois, alguns minutos, talvez uma hora ou mais, o automóvel parou fazendo barulho de trituração em uma cama de cascalho. Aí, o motor morreu e as portas foram abertas com força. Gabriel, com a cabeça latejando, contou os passos de pelo menos quatro homens.

Dois pares de mãos o agarraram, um pelos ombros, o outro pelas pernas, e o levantaram da traseira do furgão. Nenhum de seus carregadores falou uma palavra enquanto o levavam pela extensão de cascalho até algum tipo de abrigo. O piso em que o deitaram era de concreto, frio como a superfície de um lago congelado.

— Cadê a Ingrid? — ele tentou gritar através da mordaça, mas uma porta de madeira deslizante se fechou com um ruído, e as trancas de um cadeado pesado se encaixaram.

Assim como uma parte da memória de Gabriel. Ele tinha ido ao escritório estiloso em Mayfair, lembrou com um flash de clareza repentina, para perguntar a Lucinda Graves sobre a conversa dela com Charlotte Blake. E depois havia feito uma visita à Galeria Courtauld para provar que Lucinda mentira para ele. Lucinda Graves era o motivo de a professora Blake estar morta — e de Gabriel estar deitado, encapuzado e atado num chão frio de concreto. O marido de Lucinda em breve

DANIEL SILVA

seria primeiro-ministro, e Gabriel em breve estaria morto. Disso, pelo menos, ele tinha certeza.

Às seis daquela tarde, Whitehall inteiro concordava que o resultado era certo. A única pergunta ainda a ser respondida, pensava-se, era como ia se dar. A margem de vitória de Hugh Graves no Comitê de 1922 tinha sido consideravelmente maior do que os especialistas e calculadores de probabilidades haviam previsto, sugerindo que os membros do Parlamento do Partido Conservador estavam ansiosos para demonstrar lealdade ao homem que logo controlaria o destino político deles. Após a votação, foram em massa ao escritório parlamentar de Graves dar parabéns e fazer lobby por um assento em seu gabinete. Então encontraram o repórter mais próximo e declararam — anonimamente e em tons cochichados — que era hora de Stephen Frasier sair da corrida.

O ministro das Relações Exteriores foi confrontado com as declarações durante uma entrevista por vezes contenciosa no noticiário *Six O'Clock News*. Não ajudou em nada que o apresentador da BBC tivesse erroneamente se referido ao rival de Frasier como "primeiro-ministro Graves". O bando leal a Frasier, que estava encolhendo, pedia que ele levasse a corrida até o fim. Mas, durante uma reunião com seus conselheiros políticos mais próximos às sete daquela noite — cujos detalhes de algum jeito foram vazados para a imprensa —, foi deixado claro a Frasier que ele enfrentaria uma batalha inglória. Graves, defensor do Brexit e de leis de imigração duras, era popular com a base cada vez mais populista do partido, enquanto Frasier, convertido tardio ao euroceticismo, era visto com desconfiança. O melhor que ele poderia esperar, aconselharam, era uma derrota desequilibrada. O resultado mais provável, porém, era uma surra que prejudicaria sua carreira. A jogada mais sábia seria declarar um cessar-fogo para o bem do partido e pedir paz.

E, assim, o ministro das Relações Exteriores, Stephen Frasier, às 20h07, deu o primeiro passo hesitante na direção de uma retirada digna do campo de batalha. Fez isso com um telefonema a seu rival, de celular pessoal para celular pessoal. Graves sugeriu que se encontrassem em sua casa palaciana em Holland Park. Frasier, que fora servidor público a vida toda, com recursos bem mais modestos, insistiu que a reunião acontecesse em vez disso na sede da campanha do Partido Conservador.

— Quando? — perguntou Graves.

— Que tal às nove?

— Vejo você lá.

— E sem vazamentos — insistiu Frasier.

— Dou minha palavra.

Mas, às 20h30, a capitulação iminente de Stephen Frasier era o assunto de Whitehall. A notícia chegou a Samantha Cooke enquanto ela dava uma dentada num *panini* de brie com bacon no Caffè Nero da Bridge Street. A jornalista devorou o resto do sanduíche enquanto corria para a sede da campanha. Quando ela chegou, Hugh Graves estava saindo do banco de trás de seu carro ministerial, com a maior pinta de primeiro-ministro. O ministro das Relações Exteriores apareceu cinco minutos depois.

— Acabou? — questionou Samantha.

Mas Frasier sorriu bravamente e disse:

— Na verdade, só está começando.

O que não era verdade, como Samantha Cooke, com uma rápida série de ligações para suas fontes de confiança, logo descobriu. Frasier tinha ido à sede do partido oferecer sua espada em rendição. Graves planejava, em troca, fazer uma oferta de paz, um convite completamente dissimulado para que continuasse como ministro das Relações Exteriores no novo gabinete. Frasier, evidentemente, recusaria a oferta com educação e voltaria à retaguarda. Tudo acabaria a tempo do *News at Ten*. E na manhã seguinte, depois de receber o convite obrigatório do monarca para formar um novo governo, Hugh Graves atravessaria a porta de entrada mais famosa do mundo como primeiro-ministro.

Samantha compôs uma atualização e, às 21h30, era a reportagem principal do site do *Telegraph*. Ela encaminhou um link para o número de Gabriel Allon, mas de novo não recebeu resposta. Agora estava

DANIEL SILVA

preocupada que ele tivesse sido vítima de alguma tragédia horrível. Um acidente, talvez algo pior. Felizmente um dos melhores amigos e associados dele já havia chegado à mesma conclusão. E, às 21h45 daquela noite, enquanto o restante da Londres oficial esperava uma nuvem de fumaça branca sair da sede do partido, ele estava num táxi indo para Garrick Street, a última localização conhecida de seu Bentley.

50

GARRICK STREET

A tecnologia que permitiu que Christopher Keller determinasse o paradeiro de seu automóvel não era nada mais sofisticado ou secreto que o aplicativo da Bentley em seu celular. Ele tinha usado o mesmo software para monitorar os movimentos de Gabriel e Ingrid durante a visita deles à Cornualha. Sabia, por exemplo, que eles haviam almoçado no Blue Ball Inn na Clyst Road em Exeter, sem dúvida com o sargento-investigador Timothy Peel da Polícia de Devon e Cornualha. Também sabia que eles tinham passado a noite em Bath, provavelmente no hotel e spa Gainsborough na Beau Street. Às onze daquela manhã, o Bentley estava na Old Burlington Street, em Mayfair, e pouco antes do meio-dia foi levado para a Garrick Street, em Covent Garden. Christopher não fazia ideia do motivo, já que todas as tentativas de falar com Gabriel tinham sido frustradas. Mais sinistro ainda era que agora o telefone dele estava aparentemente fora do ar.

O táxi deixou Christopher na frente de uma Waterstones. Ele atravessou a Garrick Street, o celular numa mão, o controle extra para o carro na outra, e desceu a rampa em espiral do estacionamento. Encontrou o carro apertado numa vaga de canto no nível inferior, com as portas destrancadas. Não havia bagagem nem bolsas de notebook — nem HDs externos contendo documentos confidenciais entre advogado e cliente da Harris Weber & Company.

DANIEL SILVA

Christopher caminhou até a porta de metal que dava para a escadaria interna. No concreto, havia gotículas escuras de algo que parecia sangue seco. Ele encontrou mais gotículas nos degraus, mas teve que usar o celular para enxergá-las, já que alguém havia desatarraxado a lâmpada do teto. *Este era o ponto em que eles haviam atacado*, pensou. Eram profissionais, homens como ele mesmo. Mas, como se tratava de Londres, onde as câmeras de vigilância nunca piscavam, estava tudo gravado.

Ele correu até o Bentley e sentou ao volante. Em cinco minutos, após pagar a cobrança exorbitante por uma estadia de dez horas, estava acelerando por Whitehall na direção da Parliament Square. O drama político que se desenrolava na sede da campanha do Partido Conservador tinha paralisado Westminster. Ele batalhou para atravessar o Broad Sanctuary até a Victoria Street e continuou a oeste para a Eaton Square, em Belgravia, onde, às 22h10, chegou na casa de Graham Seymour, o diretor-geral do Serviço Secreto de Inteligência.

A excêntrica esposa dele, Helen, atendeu a porta vestida com um cafetã de seda fluido. Graham estava lá em cima em seu escritório, vendo as notícias na televisão. Ele inclinou um copo de vidro lapidado de uísque *single malt* para a tela. Hugh Graves e Stephen Frasier estavam parados lado a lado, na calçada iluminada na frente da sede do partido. Graves era só sorrisos. Frasier se mostrava estoico na derrota.

— Parece que temos um novo primeiro-ministro — disse Graham.

— Infelizmente, temos um problema bem maior que esse — respondeu Christopher.

Graham pôs a televisão no mudo.

— O que foi agora?

Christopher se fortificou com um pouco do uísque antes de tentar explicar a situação.

— O que raios ele estava fazendo em Covent Garden?

— Verdade seja dita, não faço a menor ideia.

Franzindo o cenho, Graham pegou seu telefone seguro e ligou para Amanda Wallace, sua contraparte no MI5.

312

— Desculpa por ligar tão tarde, mas infelizmente temos uma pequena crise pra resolver. Parece que aconteceu alguma coisa com nosso amigo Gabriel Allon... Sim, eu sei. Por que tinha que ser justamente na noite de hoje?

Mais tarde, ficaria determinado que Amanda Wallace ligou para a Sala de Operações da sede do MI5 em Millbank às 22h19 e informou ao oficial de plantão que Gabriel Allon estava desaparecido e presumia-se que sequestrado. Então deu ao oficial de plantão a última localização conhecida de Allon, que era um estacionamento público na Garrick Street. Ele tinha chegado lá ao meio-dia num automóvel Bentley emprestado. O MI5 não deveria fazer qualquer esforço para identificar o proprietário do veículo, já que ele era um agente clandestino do serviço rival baseado no lado oposto do Tâmisa, em Vauxhall Cross.

Com uma série de ferramentas de vigilância invasivas à sua disposição, o oficial de plantão e sua eficaz equipe rapidamente determinaram que o Bentley emprestado havia entrado no estacionamento às 12h03. Allon saiu quatro minutos depois, acompanhado por uma mulher bonita de trinta e poucos anos. Eles seguiram a pé até a Galeria Courtauld, lá perto, onde ficaram por um período de 42 minutos. Ao saírem, conversaram animadamente enquanto caminhavam pela Strand. Depois de virarem na Bedford Street, Allon pareceu ter enviado uma única mensagem.

Eles voltaram ao estacionamento na Garrick Street às 13h15 e não foram vistos novamente. O próximo veículo a sair do local, às 13h20, foi um furgão Sprinter da Mercedes-Benz, azul-escuro, dirigido por um homem grande usando um macacão escuro e um gorro de tricô. Ele atravessou a ponte Waterloo até Southbank e, às três da tarde, estava se aproximando de Canterbury. A última localização conhecida do furgão era Kent Downs, uma área preservada de quase 850 metros quadrados onde as câmeras de vigilância eram escassas. O oficial de plantão do MI5 e sua equipe supunham que os sequestradores tivessem

DANIEL SILVA

transferido Allon e a mulher para um segundo veículo — e que eles já não estivessem no sudeste da Inglaterra.

Mas o que é que Gabriel Allon estava fazendo em Londres para começo de conversa? E aonde ele tinha ido antes de sua visita à Galeria Courtauld? Uma resposta à segunda pergunta, pelo menos, era fácil de obter. Allon tinha deixado a mulher em Picadilly às 10h55 e dirigido até a Old Burlington Street, onde entrou em um moderno prédio comercial de seis andares. A cliente mais conhecida do prédio, curiosamente, era a firma de gestão de patrimônio dirigida por Lucinda Graves, esposa do próximo primeiro-ministro.

Foi essa intrigante notícia que Amanda Wallace, a diretora-geral do MI5, deu à sua contraparte no Serviço Secreto de Inteligência às 23h10, por uma linha segura.

— A questão, Graham, é: o que ele estava fazendo lá?

— Lucinda faz parte do conselho da Courtauld, se bem me lembro.

— Faz, sim.

— Pode ter algo a ver com arte — sugeriu Graham.

— É possível.

— Não imagino que você tenha mencionado nada disso ao ministro do Interior. Afinal, ele *é* seu chefe.

— Não quero estragar a noite dele. Evidentemente, estão fazendo uma festa e tanto em Holland Park no momento.

— Nesse caso, acho que devíamos manter isso entre nós por enquanto.

— Concordo plenamente.

Graham desligou e olhou para Christopher.

— Você tem alguma ideia de por que seu amigo Gabriel Allon foi ver a esposa do próximo primeiro-ministro britânico hoje de manhã?

— Lucinda Graves? — Christopher se serviu de mais um copo do *single malt* antes de responder: — Na verdade, infelizmente tenho.

314

51

BLACKDOWN HILLS

Eram 23h17 quando a porta de madeira do abrigo finalmente se abriu nos trilhos e dois homens entraram na cela improvisada de Gabriel. Amarrado e encapuzado, ele não tinha noção do horário, mas o número de visitantes era fácil de discernir pelo arrastar dos sapatos no piso de concreto. Eles o agarraram pelo ombro e o puseram de pé. Instantaneamente seu mundo escurecido começou a girar, fora de controle.

Cortaram a fita de seus tornozelos e o empurraram para que Gabriel andasse, mas suas pernas não respondiam, e ele temia estar prestes a vomitar. Por fim, a tontura melhorou e ele conseguiu pôr um pé na frente do outro, hesitante, como um paciente andando pelos corredores de uma ala cirúrgica. Seus primeiros passos foram no piso de concreto do abrigo, depois no cascalho da entrada. Uma chuva leve estava caindo, e o ar tinha cheiro de terra recentemente revirada. Não dava para ouvir som nenhum, exceto o triturar dos passos. Os de Gabriel eram arrítmicos e vacilantes, o cambalear de um homem ferido.

— Cadê ela? — ele tentou perguntar através da fita que o amordaçava, mas seus dois carrascos só riram em resposta.

Sua opinião ponderada, tendo vivido por vários anos no Reino Unido, era que se tratava da risada de dois ingleses criados na classe operária, talvez de trinta ou 35 anos de idade. Ambos eram vários centímetros mais altos que Gabriel, e as mãos que o seguravam de pé

DANIEL SILVA

eram grandes e poderosas. Ele se perguntou se um dos homens era responsável pelo amassado no lado esquerdo de seu crânio. Só torcia para ter a oportunidade de devolver o favor.

No fim, o cascalho foi substituído pela base mais firme de um caminho asfaltado. Aí, depois da subida exaustiva de um lance de escada, havia um teto sobre a cabeça de Gabriel e carpete sob seus pés. Os dois homens o ajudaram a sentar-se numa cadeira reta e tiraram o capuz. Gabriel fechou os olhos. A fotofobia causada pela lesão na cabeça tornava a intensidade da luz dolorosa.

Ele abriu um olho devagar, depois o outro, e analisou o cômodo ao seu redor. Levou um momento para compreender a escala do lugar: era do tamanho de uma quadra de tênis. As poltronas e os sofás com enchimento estavam cobertos de seda, chintz e brocado, e havia um cheiro penetrante de coisa nova no ar. Os livros com encadernação de couro que cobriam as estantes pareciam intocados. As pinturas de Velhos Mestres com molduras folheadas a ouro tinham a aparência de ter sido executadas naquela mesma tarde.

Os dois homens que tinham levado Gabriel até aquele lugar agora estavam parados como pilares ao lado dele. Mais dois homens estavam sentados em poltronas *bergère* idênticas, e Trevor Robinson, de terno escuro e gravata, servia-se de uísque no carrinho de bebidas.

Ele acenou com o decantador de cristal na direção de Gabriel.

— Quer, Allon?

Gabriel, com a boca coberta por fita adesiva, não tentou responder. Robinson, sorrindo, devolveu o decantador ao carrinho e levou seu copo até um aparador ornamentado. Estava repleto dos destroços de dois notebooks, dois HDs externos de oito terabytes e um celular. Pela aparência, era o aparelho Android de Ingrid. O telefone Solaris de Gabriel estava no bolso de seu casaco quando ele entrou no estacionamento em Garrick Street. Ele imaginava que agora estivesse na bolsa Faraday com bloqueio de sinal que Robinson segurava na outra mão.

Ele acenou com a cabeça na direção de Gabriel, e um dos homens arrancou a fita de sua boca. A dor foi como um tapa forte na cara.

MORTE NA CORNUALHA

Momentaneamente, pelo menos, fez com que ele esquecesse o latejar incessante na cabeça.

— Que tal aquele drinque agora? — perguntou Robinson. — Você parece que está precisando.

Gabriel olhou ao redor do cômodo.

— Você está muito bem de vida, Trevor. A aposentadoria precoce do MI5 obviamente foi a coisa certa para a sua carreira.

— A propriedade é de um cliente da firma. Ele permite que a gente pegue emprestada para ocasiões especiais.

— E esta é uma?

— Sem dúvida. — Robinson jogou a bolsa de Faraday numa mesa de centro enorme. Caiu com um baque. — Afinal, não é sempre que a gente recebe uma lenda.

— Sua hospitalidade deixa um pouco a desejar.

— Por causa do galo na sua cabeça, você diz? Desculpa, Allon, mas infelizmente não tinha outro jeito. — Robinson indicou um dos dois homens sentados em silêncio nas poltronas. — Foi o Sam que fez, se você quer saber. Às vezes, ele não mede a própria força.

— Por que você não corta a fita dos meus pulsos pra eu poder lhe agradecer direito?

— Eu não faria isso se fosse você. Sam é veterano do Regimento. Assim como os dois homens parados ao seu lado. Agora trabalham para uma empresa de segurança particular em Londres. Os clientes da empresa são todos extremamente ricos e exigem apenas o melhor.

Gabriel olhou para o quarto homem.

— E ele?

— Terceiro Batalhão do Regimento de Paraquedas. Passou bastante tempo no Afeganistão.

— Sobra a Ingrid — disse Gabriel.

— A srta. Johansen está descansando e não pode ser perturbada.

— Você não fez nada idiota, né, Trevor?

— Eu não — respondeu Robinson. — Mas infelizmente Sam foi forçado a aplicar um pouco de pressão pra soltar a língua dela. Depois

317

DANIEL SILVA

disso, ela cooperou bastante. Aliás, com a ajuda dela, consegui recuperar os documentos que você roubou do nosso escritório em Mônaco e do BVI Bank em Road Town. Agora você não tem provas para apoiar nenhuma alegação de improbidade financeira por parte da Harris Weber & Company ou de seus clientes.

— Como você sabia? — perguntou Gabriel.

— Sobre o seu roubo dos nossos arquivos confidenciais? Eu não sabia — admitiu Robinson. — Mas imaginei depois de dar uma palavrinha com um dos meus ativos pagos no governo suíço. Eu o encontrei em Berna na manhã seguinte ao seu pequeno assalto.

— Isso explicaria por que você foi tirar dinheiro do cofre durante a madrugada.

— Foi um dinheiro bem gasto, no fim. Minha fonte me contou que foi você que descobriu o corpo de Edmond Ricard na galeria dele no Porto Franco. Também disse que você estava trabalhando com a inteligência suíça pra encontrar o assassino de Ricard e recuperar o Picasso. Nem é preciso dizer que fiquei alarmado com a notícia, assim como os sócios-fundadores da minha firma. Você é um adversário digno.

— Fico lisonjeado.

— Não fique, Allon. O gelo sob seus pés está bem fino mesmo. Felizmente para você e sua comparsa, fui autorizado a te oferecer um acordo. Como seu representante nessa questão, te aconselho fortemente a aceitá-lo.

— Os termos?

— Você receberá dez milhões de libras, pagos a uma sociedade limitada de fachada que a Harris Weber & Company vai criar em seu nome. Em troca, vai assinar um acordo de confidencialidade que o proibirá de discutir este caso no futuro. A srta. Johansen também receberá dez milhões de libras. E aí, claro, tem a pequena questão do Picasso, que o OOC Group Ltd. vai devolver aos herdeiros de Bernard Lévy numa data a ser determinada. Sem nenhuma admissão de ilegalidade, devo adicionar.

— Tentador — disse Gabriel. — Mas infelizmente tenho algumas exigências próprias, a começar pelos aspectos financeiros. Em vez de pagar vinte milhões de libras para mim e para minha comparsa, a Harris

Weber & Company vai doar um bilhão de libras para as instituições de caridade britânicas de nossa escolha para desfazer um pouco dos danos que sua firma causou ajudando os ricos a sonegar impostos. E aí, claro, tem a pequena questão de Hugh Graves, que precisa sair da disputa pela liderança para Stephen Frasier poder virar primeiro-ministro. — Gabriel conseguiu dar um sorriso. — Sem nenhuma admissão de ilegalidade, devo adicionar.

Trevor Robinson também sorriu.

— Você não ficou sabendo, Allon? O ministro das Relações Exteriores jogou a toalha mais cedo. Está marcado para Hugh Graves se encontrar com o rei no Palácio de Buckingham amanhã de manhã. Assim que Sua Majestade pedir pra ele formar um governo...

— A Harris Weber vai se tornar dona de um primeiro-ministro — interrompeu Gabriel. — E foi por isso que Lucinda Graves ligou pra você alguns minutos depois de se encontrar com Charlotte Blake na Courtauld. Estava compreensivelmente preocupada que seus laços com a firma fossem expostos durante algum litígio pelo Picasso. Portanto, a firma decidiu tomar medidas apropriadas para proteger seu investimento de vários milhões de libras no futuro político do marido dela.

— Os melhores planos dos ratos e dos homens... — falou Robinson, citando o poema de Robert Burns. — E eles quase foram destruídos porque uma historiadora de arte de Oxford encontrou um recibo de venda na Christie's.

— Que bom que elucidamos isso.

— Fique tranquilo, tem muita coisa nesse caso todo que você não sabe.

— A começar pelas suas motivações. O que a Harris Weber espera ganhar tornando Hugh Graves primeiro-ministro?

— Você não pode ser tão ingênuo assim, Allon. — Robinson foi devagar até o carrinho e completou seu drinque. — Seu senso implacável de certo e errado é admirável, mas infelizmente está bem fora de moda no momento. A verdade é que não existe mais certo e errado. Só existe poder e dinheiro. E, quase sempre, um gera o outro. — Ele

DANIEL SILVA

olhou de relance para Gabriel por cima do ombro. — Tem certeza de que não quer nada?

— Um par de fones de ouvido com cancelamento de ruído seria bacana.

— O mais sábio seria você escutar o que eu tenho a dizer. A velha ordem está ruindo, Allon. Uma nova ordem está surgindo no lugar. Nós, da Harris Weber, nos referimos a ela como cleptopia. Não há leis na cleptopia, pelo menos não para quem tem recursos ilimitados, e ninguém liga para as necessidades da grande massa de seres humanos menos afortunados. Poder e dinheiro são as únicas coisas que importam. Os que não têm querem possuí-los. E os que têm querem segurá-los a todo custo. Estou te oferecendo a oportunidade de fazer parte desse mundo. Entre nessa mina de ouro enquanto pode. Se você não está *offshore*, não está em lugar nenhum.

— Prefiro meu mundo ao seu, Trevor. Além do mais, míseros dez milhões não dão pra muita coisa na cleptopia.

— Seu mundo desapareceu. Você não enxerga? E, se não assinar o acordo, você e aquela sua dinamarquesa bonita também vão desaparecer.

— Eu já falei minhas condições — disse Gabriel.

— Hugh Graves? Acabou, Allon. Nada pode pará-lo agora.

Gabriel olhou para a bolsa de Faraday.

— Talvez seja melhor você olhar meu telefone. Isso deve fazê-lo mudar de ideia.

— A srta. Johansen alegou que não sabia a senha.

— Tem catorze dígitos — falou Gabriel. — Às vezes até eu tenho dificuldade de lembrar.

Robinson abriu a bolsa e tirou o celular.

— Bem pesado, né?

— Mas muito seguro.

Robinson segurou o celular a alguns centímetros do rosto de Gabriel.

— Sem reconhecimento facial?

— Você está falando sério?

— Me diga a senha.

— Me mostre a Ingrid.

Robinson suspirou e aí enterrou o punho no abdome de Gabriel, deixando-o incapaz de falar por quase dois minutos. Ele permitiu que mais um minuto se passasse antes de recitar catorze números.

— Três, dois, um, seis, cinco, nove, três, cinco, um, quatro, cinco, quatro, sete, seis.

Robinson digitou os números e franziu a testa.

— Não funcionou.

Gabriel teve ânsia antes de responder:

— Você obviamente digitou errado.

— Recite de novo.

— Três, dois, um, seis, cinco, nove, cinco, três, um, quatro, cinco, quatro, sete, seis.

Mais uma vez, o celular rejeitou a senha digitada. Desta vez, foi um dos ex-oficiais da SAS que golpeou Gabriel. A força do soco quase fez seu coração parar.

Robinson estava berrando na cara dele:

— Me dá a porra da senha, Allon! A senha *certa*!

— Ouça com cuidado desta vez, seu idiota. Você só tem mais três tentativas antes de o celular se autodestruir.

— Devagar — alertou Robinson.

— Três, dois, um, seis, cinco, nove, três, cinco, um, quatro, cinco, nove, sete, seis.

O próximo golpe atingiu Gabriel na maçã do rosto e quase o fez perder a consciência.

— Última chance — disse Robinson.

Gabriel cuspiu um monte de sangue no tapete luxuoso antes de recitar os catorze dígitos na sequência certa. Robinson, com a mão tremendo de raiva, conseguiu digitá-los corretamente. O celular vibrou enquanto ele olhava para a tela.

— É minha esposa, por acaso?

— Samantha Cooke, do *Telegraph*.

O celular parou de vibrar e, alguns segundos depois, pulsou com uma mensagem.

— O que diz?

— Diz que você tem uma hora para aceitar a oferta generosa da Harris Weber & Company. — Robinson deslizou o telefone na bolsa de Faraday e selou a abertura de velcro. — Senão você e a dinamarquesa bonita morrem.

Eles colocaram de novo o capuz na cabeça de Gabriel e, após uma jornada encharcada de chuva por paralelepípedo e cascalho, o jogaram no piso de concreto de sua cela e trancaram a porta. Ele logo percebeu que desta vez não estava sozinho: tinha alguém deitado ao seu lado. O leve aroma de perfume feminino e medo lhe disse que era Ingrid.

— Eles bateram em você? — perguntou ela.

— Não consigo lembrar. E em você?

— Uma ou duas vezes. E aí eu fiz um acordo com eles.

— Boa garota. Quais eram os termos?

— Prometi contar tudo pra eles se concordassem em deixar um médico te examinar.

— Caso esteja se perguntando, eles não cumpriram a parte deles no acordo. Aliás, me deram uma bela surra lá.

— A senha do seu telefone?

— Sim.

— Eu imaginava.

— Você realmente não sabe?

Ela suspirou e a recitou perfeitamente.

— Sua ajuda teria sido útil antes — disse Gabriel. — Tive uma dificuldade enorme pra lembrar essa porcaria.

— Quanto tempo o telefone ficou fora do saco de Faraday?

— Tempo suficiente.

52

PETTON CROSS

Na periferia oeste da cidade de Cheltenham, no condado de Gloucestershire, há uma enorme estrutura circular que lembra uma nave espacial abandonada. Conhecida por aqueles que trabalham lá como o Donut, o prédio é lar da Sede de Comunicações Governamentais, ou GCHQ na sigla britânica, o serviço de inteligência de sinais do país. Vinte e quatro horas por dia, sete dias por semana, seus oficiais escutam comunicações confidenciais ao redor do mundo. Ocasionalmente, porém, eles são designados para tarefas mais mundanas, como determinar a localização aproximada de um celular. Conseguem fazer isso com bastante facilidade, desde que o aparelho esteja ligado e transmitindo um sinal.

Três oficiais veteranos da GCHQ se encontravam engajados justamente numa dessas buscas naquela noite. Estavam bem familiarizados com o celular em questão. Era um aparelho seguro usado pelo chefe aposentado da inteligência israelense, um homem que, ao longo dos anos, tinha trabalhado intimamente com suas contrapartes em Millbank e Vauxhall Cross. Via de regra, e apesar das garantias do contrário, a GCHQ rastreava o dispositivo dele sempre que aparecia numa das redes britânicas, embora todas as tentativas de penetrar suas formidáveis defesas tenham se provado inúteis.

Logo os oficiais conseguiram determinar que o telefone tinha voltado ao Reino Unido dois dias antes, que tinha se aventurado até

DANIEL SILVA

Land's End, na Cornualha, que tinha passado uma noite na antiga cidade romana de Bath e que tinha apagado às 13h37 daquela tarde perto do Greenwich Park, no sudeste de Londres. Mas finalmente, às 23h42, o celular acordou de seu sono de horas e se reconectou à rede. O sinal foi breve, cerca de cinco minutos, o suficiente para os três oficiais identificarem a localização da torre de celular mais próxima.

Foi esse dado, pequeno mas vital, que o oficial de plantão em Cheltenham, às 23h54, revelou ao chefe do SIS, Graham Seymour. Graham, que ainda estava em sua casa em Belgravia, por sua vez deu a notícia a Amanda Wallace, do MI5. Os dois espiões experientes concordaram que, pelo menos por enquanto, deviam continuar escondendo a informação tanto da primeira-ministra quanto do homem que em breve a sucederia, o ministro do Interior, Hugh Graves.

Concordaram igualmente que era uma questão de inteligência, e não algo que pudesse ser deixado apenas nas mãos da polícia. Ainda assim, não tinham como montar uma tentativa de resgate sem primeiro alertar o chefe de polícia da força territorial local. Foi Graham Seymour, pouco depois da meia-noite, que fez a ligação, acordando o chefe de um sono profundo. A conversa deles durou dois minutos, foi desagradável e caracterizada por uma distinta falta de sinceridade da parte de Graham. Ele se recusou a divulgar até mesmo os menores detalhes sobre a natureza da emergência e insistiu em manter controle completo da resposta. Não precisava de assistência, falou, exceto por um carro e um motorista, ambos à paisana. Para a surpresa do chefe de polícia, ele pediu um oficial específico para o trabalho.

— Mas ele é um investigador júnior sem absolutamente nenhuma experiência nesse tipo de coisa.

— Se quer saber, chefe, estamos de olho nele há algum tempo.

E foi assim que, noventa minutos depois, o sargento-investigador Timothy Peel estava sentado ao volante de um Vauxhall Insignia sem identificação, observando um helicóptero Sea King da Marinha Real Britânica se aproximar de Exeter vindo do leste. Ele pousou no heliponto na sede da Polícia de Devon e Cornualha à 1h47, e uma única figura vestida de preto saiu da cabine com uma mochila de náilon em um ombro robusto. De cabeça baixa, ele correu pela pista e entrou no banco do passageiro do Vauxhall.

— Timothy — disse com um sorriso. — Prazer em finalmente conhecer você.

Ele instruiu Peel a ir até a M5 e seguir na direção norte. Às duas da manhã de uma quarta-feira chuvosa, a estrada estava vazia. Peel dirigia a mais de 140, sem luzes ou sirene. Seu passageiro não estava impressionado.

— Esta porcaria não vai mais rápido? — perguntou.

Peel aumentou a velocidade para mais de 160.

— Quer me dizer aonde estamos indo?

— Petton Cross.

Era uma aldeiazinha de nada, perto da fronteira com a vizinha Somerset.

— Algum motivo particular?

— Explico quando chegarmos lá — respondeu seu passageiro, e acendeu um Marlboro com um isqueiro Dunhill dourado.

— Precisa mesmo? — perguntou Peel.

Ele sorriu.

— Preciso.

Peel abriu a janela alguns centímetros para ventilar a fumaça.

— Acabei de perceber que não sei seu nome.

— Tem um bom motivo.

— Como eu deveria te chamar?

— Que tal David?

— David? — Peel balançou a cabeça. — Não combina com você.

— Nesse caso, pode me chamar de Christopher.

— Bem melhor. O que você tem aí, Christopher?

— Binóculo Zeiss de visão noturna, duas Glocks, vários pentes extras de munição nove milímetros, alguns telefones seguros e uma caixa de biscoito McVitie's.

DANIEL SILVA

— Chocolate amargo?

— Mas é claro.

— Eu mataria por um.

Ele pegou o tubo de biscoitos da mochila e entregou um a Peel.

— Um rapaz da Cornualha, você?

— Basicamente.

— De que parte?

— Lizard.

— Port Navas, por acaso?

Peel girou a cabeça para a esquerda.

— Como você sabia?

— Um amigo meu morava lá. No antigo chalé do capataz com vista para o cais. Restaurador de arte por ofício. Espião no tempo livre.

Peel voltou os olhos para a estrada.

— Minha mãe e eu morávamos na casa na ponta do esteiro. Éramos vizinhos.

— Sim, eu sei. Ele me contou a história uma noite, quando estávamos escondidos numa casa segura e a televisão estava quebrada.

— Onde ficava a casa segura?

— Sabe que não lembro? Mas lembro do carinho com que falou de um garoto que, com uma lanterna, fazia sinal para ele do quarto toda vez que voltava a Port Navas. Você foi muito importante, Timothy. Mais do que você imagina.

— Ele me tornou a pessoa que eu sou.

— Temos isso em comum, nós dois. — Christopher baixou a voz. — E é por isso que vim aqui hoje.

— O que tem em Petton Cross? — perguntou Peel.

— Uma torre de celular detectou a presença do celular de Gabriel há cerca de duas horas. Minha profunda esperança é que ele e a amiga dele, Ingrid, estejam nas proximidades.

— O que aconteceu?

— Eles foram sequestrados em Londres hoje à tarde. De um estacionamento na Garrick Street, muito profissional. Mais ou menos uma hora antes de acontecer, Gabriel fez uma visita ao escritório de Lucinda Graves, em Mayfair. Eu estava me perguntando se você saberia o motivo.

— A professora Charlotte Blake.

Christopher apontou para a saída da A38.

— Melhor ir mais devagar, Timothy, senão vai perder a saída.

Era menor até do que a minúscula Gunwalloe, só um punhado de chalés e fazendas reunidos em volta do cruzamento de quatro pequenas ruas. Uma levava para o norte. Peel a seguiu por algumas centenas de metros, depois virou numa alameda estreita que os fez subir a ladeira de um pequeno morro. À direita deles, mal visível acima da sebe densa, brilhava uma única luz vermelha em cima de uma torre de celular.

Não havia acostamento nem ponto de parada e descanso, então Peel desacelerou o Vauxhall até parar no centro da pista. A proximidade imediata de sebes exigiu que ele saísse de lado de trás do volante. No porta-malas havia um par de galochas, item obrigatório para o trabalho policial na área rural da Inglaterra. Ele as calçou e jogou o facho de uma lanterna na sebe. Era impenetrável à luz.

— Deve ter uma abertura em algum lugar — disse Christopher.

— Nesta estrada, não.

— Então acho que vamos ter que atravessar, né?

Christopher jogou a mochila por cima do ombro e caminhou através da sebe como se fosse uma porta aberta. Quando Peel conseguiu se extrair de lá, o homem do SIS estava na metade do prado do outro lado. Peel correu de modo desajeitado atrás dele em suas galochas e estava ofegando quando finalmente chegou à beira do morro. Christopher respirava normalmente, apesar do Marlboro recém-aceso saindo do canto de sua boca.

Ele puxou o binóculo de visão noturna da mochila e, girando devagar na base do poste, varreu a terra em todas as direções. Algumas luzes estavam acesas aqui e ali, mas, fora isso, este canto de Devon ainda dormia profundamente.

DANIEL SILVA

Por fim, ele abaixou o binóculo e apontou para o nordeste.

— Tem uma propriedade bem grande a alguns quilômetros pra lá. Você por acaso não saberia de quem é?

— Ali é Somerset, senhor.

— E?

— Não é minha jurisdição.

— Agora é.

Peel estendeu a mão.

— Posso dar uma olhada?

Christopher entregou o binóculo, e Peel analisou a propriedade em questão. Parecia ter uns quarenta hectares. A substancial mansão georgiana de tijolos vermelhos se encontrava em condição impecável. As luzes estavam acesas no térreo, e havia um Range Rover estacionado na entrada. Atrás da casa principal, havia uma coleção de galpões agrícolas. Também havia mais um veículo, um furgão Mercedes-Benz Sprinter. Parecia a Peel que tinha alguém sentado no banco do motorista.

Ele abaixou o binóculo.

— Uma simples consulta ao registro de imóveis vai nos dizer quem é o dono.

— O que você está esperando?

Peel ligou para Exeter e deu ao policial de plantão uma descrição geral do terreno e um endereço aproximado — um pouco a norte da velha igreja de St. Michael em Raddington, lado oeste de Hill Lane.

— É em Somerset — respondeu o policial de plantão.

— E eu não sei?

— Já retorno.

— Rápido — disse Peel, e desligou.

Christopher estava de novo olhando pelo binóculo de visão noturna.

— Espero que ele não mencione nada disso ao chefe de polícia de vocês.

— Ele é um rapaz da Cornualha, que nem eu.

— Isso é um sim ou um não?

328

O celular de Peel apitou com uma mensagem antes que ele pudesse dar uma resposta.

— E o vencedor é? — perguntou Christopher.

— A propriedade é de uma sociedade limitada registrada nas Ilhas Virgens Britânicas.

— A empresa tem nome?

— Driftwood Holdings.

Christopher baixou o binóculo e olhou sério para Peel.

— Você está com uma pistola, Timothy?

— Não estou.

— Sabe usar uma?

— Muito bem, na verdade.

— Já atirou em alguém?

— Nunca.

Christopher devolveu o binóculo à mochila.

— Bom, Timothy Peel, pode ser sua noite de sorte.

53

SOMERSET

Timothy Peel entrou oficialmente no território da Polícia de Avon e Somerset às 3h02, quando seu Vauxhall Insignia à paisana passou por cima da pequena ponte em arco que atravessava o rio Batherm. Para piorar a situação, seu passageiro estava lhe dando um tutorial rápido sobre a operação básica de uma pistola Glock 19. Peel, que não era autorizado a carregar nem disparar uma arma de fogo independentemente do condado, não deveria nem estar no mesmo carro que ela.

— O carregador comporta quinze balas. — Christopher apontou para a parte inferior do cabo. — É só inserir aqui.

— Eu sei como carregar a porcaria de uma arma.

— Não fale, só escute. — Christopher enfiou o pente no cabo. — Quando estiver pronto pra disparar sua arma, você precisa engatar a munição na câmara puxando o ferrolho. A Glock tem um mecanismo de segurança que desengata automaticamente quando você puxa o gatilho. Se por algum motivo você sentir a necessidade de puxar quinze vezes, o ferrolho vai trancar na posição aberta. Ejete seu carregador vazio, apertando o retém do lado esquerdo da empunhadura e insira o reserva. Aí, é só repetir a operação. — Ele entregou a arma totalmente carregada a Peel. — E tente não atirar em mim, Timothy. Vai aumentar muitíssimo suas chances de sobreviver aos próximos minutos.

— Eu nunca soube que oficiais do SIS portavam armas.

MORTE NA CORNUALHA

— Não sou um oficial normal do SIS.

— Isso eu percebi. — Peel apontou a silhueta de uma torre se elevando acima da pradaria à esquerda deles. — Ali está a igreja de Saint Michael.

— Não me diga.

— Eu estava só tentando orientar você.

— Talvez seja uma surpresa, mas já fiz esse tipo de coisa uma ou duas vezes.

— Algum lugar em particular?

— West Belfast, South Armagh e outras paisagens agradáveis na província da Irlanda do Norte. — Ele acendeu outro cigarro. — Foi lá que adquiri este hábito terrível. Um de vários, por sinal.

Peel virou à esquerda na Churchill Lane e seguiu para o norte.

— Desligue os faróis — disse Christopher.

Peel fez como lhe foi pedido.

— O farolete também.

— Eu não vou conseguir enxergar.

— Não fale, só escute.

Peel apagou as luzes e reduziu a velocidade. Nuvens obscureciam a lua e as estrelas, e o nascer do sol ainda ia demorar três horas. Era como dirigir de olhos fechados.

— Um pouco mais rápido, Timothy. Eu gostaria de chegar antes de matarem os dois.

Peel pisou no acelerador, e uma sebe arranhou o lado esquerdo do Vauxhall.

— Tente manter este negócio na pista, pode ser?

— Que pista?

Christopher olhou seu celular.

— Você está se aproximando da Hill Lane.

Peel conseguiu fazer a curva à direita sem danificar ainda mais o Vauxhall e começou a subir a ladeira do morro que dava nome à rua. Enquanto se aproximavam do cume, Christopher instruiu Peel a achar um lugar para deixar o carro. Ele virou na porteira aberta de um pasto

331

DANIEL SILVA

e parou. Um rebanho de ovelhas, invisível na escuridão cerrada, baliu em protesto.

Christopher saiu do carro e colocou a mochila nas costas, depois atravessou correndo outra sebe e se lançou pelo pasto. Peel foi atrás, com a Glock 19 não autorizada na mão direita. A grama batia na altura do joelho, o solo era saturado e instável. As galochas de Peel patinhavam ruidosamente sob seus pés, mas Christopher conseguia de algum jeito flutuar pelo pasto sem emitir som.

Eles furaram outra sebe e cruzaram um segundo pasto, este ocupado por vacas. Um bosque fechado marcava a fronteira norte. Christopher se virou para Peel na escuridão absoluta e falou baixinho:

— Por favor, engatilhe sua arma, sargento-investigador.

Peel puxou o ferrolho, colocando a primeira bala na câmara.

— Fique com o dedo ao lado do guarda-mato e a arma apontada para o chão. E não fale mais nada a não ser que eu fale com você antes.

Christopher virou e desapareceu entre as árvores. Peel seguiu um passo atrás, as duas mãos na Glock, o cano num ângulo seguro para baixo. A escuridão era total. Ele não conseguia ver nada, exceto o leve contorno dos ombros largos de Christopher.

O homem do SIS de repente congelou e levantou a mão direita. Peel parou como uma estátua atrás dele, sem saber o que provocara a reação. Não tinha nada para ver, e o único som que Peel escutava era seu próprio coração batendo como um tímpano.

Christopher abaixou a mão e retomou seu avanço metódico. Quando ele congelou uma segunda vez, tirou a mochila das costas e pegou o binóculo Zeiss. Olhou para a escuridão por um longo momento, aí entregou-o a Peel. Ele lhe revelou a grande propriedade que tinha visto alguns minutos antes, parado ao pé da torre de celular. As luzes continuavam acesas no térreo da mansão georgiana de tijolos vermelhos, e o furgão Mercedes permanecia estacionado em frente à coleção de galpões agrícolas. Não parecia haver ninguém ao volante.

Christopher colocou de novo o binóculo na mochila e a pendurou nos ombros, aí saiu com Peel da mata para o terreno do imóvel. Ao

MORTE NA CORNUALHA

contrário dos pastos ao redor, não havia animais para alertar sobre a presença deles. Uma bem cuidada entrada de carros feita de cascalho se estendia da mansão até os prédios anexos nos fundos. Christopher caminhou pela beirada sem fazer som, com a Glock na altura dos olhos, indicador no gatilho. A arma de Peel continuava apontada para o chão.

Havia três prédios anexos no total, também de tijolos vermelhos e estilo georgiano, dispostos em torno de um pátio central murado. Chegar à entrada exigia uma travessia de cerca de vinte metros no cascalho. Christopher escolheu velocidade em vez de furtividade e entrou voando no pátio com a Glock na mão estendida. Peel se preparou para o som de tiros, mas só houve silêncio. Ele entrou no pátio e encontrou Christopher passando pela porta aberta de um dos três prédios. Ele saiu um momento depois carregando dois capuzes pretos, um deles incrustado de sangue seco.

Peel tirou uma foto da placa do furgão, depois abriu a porta de trás. Uma luz no teto iluminava o compartimento de carga. Christopher ficou olhando as manchas de sangue, aí fechou a porta sem fazer som. Um momento depois, estava atravessando discretamente um prado escuro na direção da mansão georgiana, uma Glock nas mãos estendidas, Timothy Peel um passo atrás.

A mesa era circular e feita de jacarandá. Dispostos nela estavam uma pilha de documentos, uma caneta-tinteiro Montblanc, uma bolsa de Faraday, um celular e uma pistola SIG Sauer P320. Gabriel e Ingrid estavam sentados lado a lado num par de cadeiras George VI iguais. Sem capuz, conseguiram se olhar pela primeira vez. Havia um grande hematoma do lado direito do rosto de Ingrid, e o olho dela estava muito vermelho por causa de uma hemorragia subconjuntival. Gabriel estava confiante de que parecia bem pior. Até Trevor Robinson parecia estar com vergonha da aparência dele.

Trevor caminhou até uma mesa de canto de folhas rebatíveis e tirou um cigarro de uma caixa de prata antiga.

DANIEL SILVA

— Confio que tenha caído em si, Allon.

— Não quero seu dinheiro, Trevor.

— E o Picasso?

— Vou recuperá-lo de um jeito ou de outro.

— Se estiver morto, não vai. — Robinson acendeu o cigarro e sentou à mesa. — Além do mais, Allon, você quer mesmo deixar sua esposa viúva por causa de um quadro que por acaso pertencia a um judeu qualquer que morreu na câmara de gás?

— Você está tentando me agradar, Trevor?

— Eu nem sonharia. Mas estou interessado em ajudar você a chegar à melhor decisão para todos os envolvidos. — Robinson colocou um documento diante de Gabriel e a caneta-tinteiro em cima. — Isto dá à Harris Weber poder legal para cuidar em seu nome dos assuntos relacionados a essa questão, incluindo a criação de uma sociedade limitada de fachada registrada nas Ilhas Virgens Britânicas. Por favor, assine no local indicado.

— Seria bastante difícil, considerando que minhas mãos estão amarradas atrás das costas.

Robinson fez um aceno de cabeça para um dos homens.

— Nem precisa — disse Gabriel. — Não tenho intenção nenhuma de assinar.

— Talvez isto faça você mudar de ideia. — Robinson pegou o revólver e mirou na cabeça de Ingrid. — Não vou fazer aqui, claro. Seria uma zona. Mas, se não assinar esses documentos, você vai vê-la morrer.

— Abaixe a arma, Trevor.

— Sábia escolha, Allon.

Robinson colocou a arma na mesa, e um dos homens cortou a fita dos pulsos de Gabriel. Os ombros dele estavam duros, como se em *rigor mortis*, e os dedos da mão direita tiveram dificuldade para segurar a elegante caneta-tinteiro. O que ele queria era a arma, a SIG Sauer P320. Mas, em sua atual condição, não tinha nenhuma certeza de que conseguiria pegá-la antes de Robinson. Além do mais, agora que suas mãos estavam livres, os quatro ex-soldados de elite também haviam empunhado suas SIGs. Qualquer tentativa de Gabriel tomar posse da arma, mesmo que bem-sucedida, resultaria num banho de sangue.

Robinson estava apontando para o marcador vermelho grudado no pé da página.

— Assine aqui, por favor.

— Quero ler antes, com licença — disse Gabriel, e focou os olhos na frase de abertura do documento.

Foi aí que ele escutou algo que soava como um galho de árvore sendo quebrado. Por um instante, achou que fosse uma miragem causada por sua concussão. Mas a reação de alerta dos quatro profissionais de segurança lhe garantiu que não.

O que se chamava Sam foi o primeiro a levantar a arma. Na sala cavernosa, o som do tiro foi ensurdecedor. Seguiu-se uma resposta de três tiros, que abriram um buraco grande no peito de Sam. Os próximos dois homens caíram como alvos numa barraca de parque de diversões, mas o quarto conseguiu disparar vários tiros ensandecidos antes de uma parte de sua cabeça desaparecer e suas pernas cederem.

Só aí Trevor Robinson pegou a SIG Sauer e apontou mais uma vez para a cabeça de Ingrid. Gabriel se atirou na frente dela ao som de vários tiros. Um momento depois, viu um rosto familiar pairando acima dele, o rosto do garotinho que morava no chalé na ponta do esteiro em Port Navas. Mas o que ele estava fazendo justamente ali? E por que estava com uma Glock 19 na mão? *Certamente*, pensou Gabriel, *a visão era ilusória*. Era só sua mente desordenada lhe pregando peças de novo.

54

VAUXHALL CROSS

Dois quilômetros e meio separavam o opulento imóvel georgiano do pasto onde Peel tinha deixado o Vauxhall. Ele cobriu essa distância com suas galochas em pouco mais de dez minutos, parando duas vezes para vomitar violentamente, e dirigiu de volta à propriedade com os faróis apagados. Na sala de estar cheia de respingos de sangue, encontrou Christopher fotografando o rosto dos cadáveres. O próprio Peel tinha matado dois deles, incluindo o homem grisalho de terno e gravata que estava se preparando para atirar em Gabriel e Ingrid.

Ele baixou os olhos para o rosto do morto.

— Quem é ele?

— Trevor Robinson. Pelo menos era. — Christopher tirou uma foto do homem, aí, depois de analisar a imagem, tirou uma segunda. — É o camarada que organizou o assassinato da professora Blake. E você jamais vai mencionar nada disso aos seus superiores. Afinal, como poderia? Você não estava aqui hoje.

— Eu matei duas pessoas.

— Você não fez nada disso.

Peel levantou a mão direita.

— E quando a Polícia de Avon e Somerset me examinar em busca de resíduos de pólvora?

— Tenho quase certeza de que não vão.

— Por que não?

— Porque também não vamos mencionar nada disso a eles.

Peel ficou olhando os cinco corpos.

— Não podemos simplesmente largá-los aqui.

— Claro que podemos.

— Por quanto tempo?

— Até alguém os encontrar, imagino.

Gabriel enfiava documentos numa bolsa de náilon. A lateral de seu pescoço estava coberta de sangue seco, e sua bochecha estava muito inchada. Ingrid parecia ter se safado apenas com uma única contusão. Estava limpando computadores e HDs destruídos de um aparador como se nem percebesse a carnificina ao seu redor.

— E eles? — perguntou Peel. — Estavam aqui hoje?

— Não seja ridículo — respondeu Christopher.

— O sangue de Gabriel está naquele anexo e na parte de trás da van.

— Fique tranquilo, ele tem mais.

Peel se virou para Gabriel e perguntou:

— Você tocou em alguma coisa?

Ele segurou a caneta-tinteiro Montblanc no ar, aí a jogou na bolsa de náilon.

Peel apontou para o celular que estava na mesa circular.

— E aquilo?

— Era do falecido Trevor Robinson. O que sobrou do meu celular está naquela bolsa de Faraday.

Ele adicionou os dois itens à bolsa.

— Passaporte e carteira? — inquiriu Peel.

Gabriel deu um tapinha na parte da frente do casaco.

— E a Ingrid também está com os dela. Não tem nada pra provar que estivemos aqui um dia.

— Exceto o vídeo do sistema de segurança.

— Esta propriedade é de um bilionário russo corrupto. — Gabriel fechou o zíper da bolsa de náilon. — Não tem vídeo.

DANIEL SILVA

Eles apagaram as luzes e saíram, fechando a porta da frente arruinada atrás de si. Gabriel e Ingrid jogaram as bolsas no porta-malas e entraram no banco de trás. Christopher sentou-se na frente, ao lado de Peel. Ele subiu a entrada de carros com os faróis apagados e parou quando chegaram na Hill Lane.

— Para onde?

— Para a estação aérea da Marinha Real em Yeovilton. Tem um Sea King que vai levar a gente de volta a Londres.

— A gente?

— Você não achou mesmo que a gente ia te deixar aqui sozinho, né?

Peel virou na Hill Lane e imediatamente raspou numa sebe.

— Permissão para acender as porcarias dos faróis.

— Permissão concedida — respondeu Gabriel.

Peel encontrou o olhar dele no retrovisor.

— Você um dia vai me contar o que aconteceu hoje?

— Você salvou nossa vida. E, por isso, nós dois somos muito gratos.

— O que eles queriam de você?

— Os documentos que pegamos da Harris Weber & Company em Mônaco.

— O que explicaria por que eles destruíram seus computadores e celulares.

— E os dois HDs externos — completou Gabriel.

— Pena que vocês não guardaram uma cópia na nuvem.

— É — disse Ingrid, sorrindo. — Pena.

Eram quase cinco da manhã quando Peel guiou o Vauxhall pelo posto da sentinela da estação aérea naval. O Sea King esperava na pista, com os motores turboeixo Rolls-Royce Gnome zunindo. O helicóptero os levou para o leste até o heliporto de Battersea, onde eles subiram numa van cinza-escura com janelas obscurecidas. Em vinte minutos, após um trajeto angustiante pela Battersea Park Road, a van virou na garagem da sede do SIS no Albert Embankment.

MORTE NA CORNUALHA

Peel e Ingrid foram imediatamente levados até uma sala de espera no subsolo. Mas Gabriel, visitante frequente do prédio em sua vida prévia, teve permissão de subir com Christopher até o escritório magnífico de Graham Seymour com vista para o Tâmisa. O chefe do SIS estava sentado atrás de sua escrivaninha de mogno, a mesma usada por cada um de seus predecessores. Perto, havia um elegante relógio de chão construído por *sir* Mansfield Smith-Cumming, o primeiro "C" do Serviço Secreto de Inteligência. Os ponteiros mostravam 6h30.

Graham se levantou devagar e, por um longo instante, fitou Gabriel.

— Quem fez isso com você?

— Um camarada chamado Trevor Robinson e quatro capangas contratados.

— Conheci um Trevor Robinson quando ainda estava no Cinco. Ele trabalhava na Divisão D. Da última vez que tive notícia, ele morava em Mônaco e ganhava milhões trabalhando para uma firma de advocacia especializada em serviços financeiros *offshore*.

— É o mesmo Trevor — respondeu Gabriel.

— Onde ele está agora?

— Numa linda mansão georgiana em Somerset. É de Valentin Federov, o oligarca russo cuja contribuição para o Partido Conservador derrubou a primeira-ministra Edwards. Trevor pegou emprestada.

— Não imagino que ele ainda esteja vivo.

— Infelizmente não.

Os olhos de Seymour pousaram em Christopher.

— Por favor, me diga que você não matou um ex-oficial do MI5.

— Qual resposta você gostaria de ouvir?

— E os quatro comparsas dele?

— Use sua imaginação, Graham.

Ele se virou para Gabriel.

— Estou entendendo que Lucinda Graves está metida nessa zona de alguma maneira?

— Sem dúvida alguma. E o marido dela também.

339

DANIEL SILVA

— Quem disse?

— O falecido Trevor Robinson.

— Bem — falou Graham. — Isso nos coloca em um certo problema, não é mesmo?

Entre as muitas comodidades presentes na sede à beira-rio do Serviço Secreto de Inteligência estavam quadras de squash, uma academia, um bar e restaurante ótimo e uma clínica médica 24 horas. A médica de plantão, após um breve exame, determinou que seu paciente provavelmente tinha sofrido uma concussão de moderada a grave. Mesmo assim, ele conseguiu dar ao chefe do SIS, Graham Seymour, uma descrição detalhada da improvável sucessão de acontecimentos que tinham ocasionado sua presente condição. Omitiu apenas um único fato relevante: que Christopher havia tido um pequeno papel no roubo de documentos confidenciais entre advogados e clientes do escritório em Mônaco de uma firma de advocacia registrada na Inglaterra. Graham imaginou isso pelo fato de que Gabriel tinha dirigido o Bentley de Christopher até a Cornualha. Também estava razoavelmente confiante de que a esposa de Christopher, Sarah, havia se metido nisso até o pescoço. Os três eram unha e carne.

— Quais as chances de a Galeria Courtauld ainda ter uma cópia daquele vídeo?

— Com base na reação do diretor da galeria — respondeu Gabriel —, eu diria que próximas de zero.

— Nesse caso, você não tem uma única prova que ligue Lucinda Graves ao assassinato daquela professora de Oxford. E, por sinal, também não consegue ligar Lucinda a uma conspiração para dirigir o marido ao cargo de primeiro-ministro. Aliás, não consegue nem provar que essa conspiração existiu, pra começo de conversa.

— O pagamento de dez milhões de libras de Valentin Federov ao tesoureiro do Partido Conservador sugeriria que existiu.

— *Sugeriria* é a palavra-chave aqui — disse Graham. — Mas por que derrubar Hillary Edwards? O que ela fez pra merecer esse destino?

— Trevor Robinson se recusou a responder a essa pergunta. — Gabriel pausou. — Mas talvez você possa fazer isso.

Graham foi até a janela. O céu de Londres começava a clarear. O Tâmisa estava da cor de chumbo derretido.

— Pouco depois da invasão da Ucrânia — falou ele após um momento —, ficou bastante óbvio para Amanda Wallace e para mim que o fracasso da Inglaterra em limpar seu setor de serviços financeiros não era só um problema doméstico, tinha virado também uma ameaça à segurança global. Nós somos, simplesmente, a capital mundial da lavagem de dinheiro. Bilhões incontáveis de dinheiro sujo e roubado fluem por nossos bancos e firmas de investimento a cada ano, muitos deles de origem russa. Esse dinheiro tornou muita gente em Londres extremamente rica. Mas também prejudicou muito a nossa sociedade. E apodreceu o cerne da nossa política.

— Se não me falha a memória — disse Gabriel —, você e eu já tivemos uma discussão acalorada sobre esse exato assunto.

— Pelo que me lembro, foi uma briga ardente. E, como muitas vezes acontecia, você tinha razão. — Graham foi até sua mesa e pegou uma pasta parda da gaveta superior. — Esta é uma cópia de um relatório confidencial que Amanda e eu apresentamos a Hillary Edwards no outono do ano passado. Recomendava novas leis duras contra lavagem de dinheiro e outras reformas para tirar o dinheiro sujo do nosso sistema financeiro e do nosso mercado imobiliário, e também da nossa política. Depois de ler o relatório, a primeira-ministra queria ir ainda além. E o ministro das Finanças e o ministro das Relações Exteriores também.

— E Hugh Graves?

— O ministro do Interior estava preocupado que a legislação proposta enfraquecesse uma indústria britânica importante e irritasse desnecessariamente os apoiadores financeiros abastados do partido em Londres. A primeira-ministra discordou e informou ao gabinete que pretendia seguir em frente com uma primeira leitura da proposta de lei o mais rápido possível. Aí, apareceu a reportagem no *Telegraph* e ela estava acabada.

DANIEL SILVA

— Talvez você possa convencê-la a reconsiderar a decisão de renunciar.

— Impossível. — Graham olhou o mostrador do relógio de chão. Passava alguns minutos das sete. — Em mais ou menos quatro horas, Hillary Edwards vai ao Palácio de Buckingham entregar sua demissão ao rei. Sua Majestade, então, vai convidar Hugh Graves a formar um novo governo em seu nome, e nesse ponto ele se torna primeiro-ministro. Agora, nada pode impedi-lo.

— E se Sua Majestade se recusasse a encontrá-lo?

— Transformaria nosso sistema político num caos.

— Talvez *você* possa intervir.

— Uma ideia ainda pior. — Graham ofereceu a pasta a Gabriel. — Você, porém, está numa posição única para nos ajudar a sair dessa situação infeliz.

Gabriel aceitou o documento.

— Sobram os cinco cadáveres na propriedade de Valentin Federov em Somerset.

— Uma situação lamentável — disse Graham. — Quem você acha que estava por trás disso?

Gabriel sorriu.

— Com certeza foram os russos.

— Sim — concordou Graham. — Aqueles desgraçados são implacáveis, não são?

55

QUEEN'S GATE TERRACE

A ambição de Samantha Cooke, tendo trabalhado na noite anterior até as duas da manhã, era dormir até pelo menos 8h30, o que lhe daria o tempo necessário para chegar a Downing Street e testemunhar a partida de uma primeira-ministra e a chegada de outro. Seu celular, porém, a acordou às 7h15. Ela não reconheceu o número, mas mesmo assim clicou em ACEITAR.

— O que raios você quer?

— Isso é jeito de falar com um velho amigo?

O velho amigo era Gabriel Allon.

— Eu te liguei umas mil vezes ontem à noite. Onde você estava, pelo amor de Deus?

— Desculpa, Samantha. Mas eu estava de mãos atadas, não consegui atender.

— Quer explicar?

— Adoraria. Um carro vai aparecer na sua porta em poucos minutos. Por favor, entre nele.

— Não posso, infelizmente. Preciso chegar a Downing Street pra cobrir a troca da guarda.

— Não vai haver uma. Não se eu puder evitar.

— Mesmo? E como você vai conseguir isso?

— Com você — disse ele, e a ligação ficou muda.

DANIEL SILVA

★ ★ ★

O carro era um Mini Cooper elétrico azul neon. O homem atrás do volante tinha o comportamento benevolente de um pároco de interior, mas dirigia como um demônio.

— A gente já se encontrou em algum lugar antes? — perguntou Samantha enquanto eles aceleravam pela Westway.

— Nunca tive o prazer — respondeu ele.

— Seu nome é Davies, não é? Você me levou para aquela casa segura lá em Highgate há alguns anos.

— Deve ter sido meu sósia. Meu nome é Baker.

— Prazer em conhecê-lo, sr. Baker. Meu nome é Victoria Beckham.

Eles passaram por Bayswater num borrão, aí se lançaram por Kensington até Queen's Gate Terrace, onde pararam de chofre na frente de uma grande casa georgiana cor de creme. O motorista instruiu Samantha a usar a entrada de baixo.

— E, por sinal — adicionou ele —, foi um prazer revê-la, srta. Cooke.

Ela saiu do carro e desceu o lance de escada que levava à entrada de baixo. Um homem bonito de feições irregulares, olhos azul-claros e um buraco no centro do queixo quadrado, esperava para recebê-la.

— Entre, por favor, srta. Cooke. Não temos muito tempo.

Ela entrou atrás dele numa cozinha grande com espaço para refeições. Uma mulher bonita de trinta e poucos anos, com aparência escandinava, servia-se de uma xícara de café. Gabriel estava sentado numa banqueta na ilha com tampo de granito, olhando um celular. Estava conectado a um notebook. Ao lado do notebook, havia uma pilha de documentos.

— O que aconteceu com você? — perguntou Samantha.

— Eu escorreguei e caí num estacionamento na Garrick Street.

— Quantas vezes?

Ele levantou os olhos do celular, aí indicou a banqueta ao seu lado.

— Sente-se, por favor.

Samantha tirou o casaco e sentou. Gabriel lhe entregou uma cópia impressa de uma reportagem do *Telegraph*. Era o furo dela sobre a contribuição de Valentin Federov.

— Parabéns, Samantha. Tem muitos poucos repórteres que podem dizer que derrubaram uma primeira-ministra. Infelizmente, você não apurou a história inteira. — Ele deslizou um extrato de banco pela ilha. Era do BVI Bank nas Ilhas Virgens Britânicas. O nome da conta era algo chamado LMR Overseas. — Reconhece essas iniciais?

— Não posso dizer que sim.

— A LMR Overseas é uma empresa anônima de fachada de propriedade do lorde Michael Radcliff. Se você revisar a atividade da conta, vai ver que a LMR Overseas recebeu um pagamento de dez milhões de dólares de uma empresa chamada Driftwood Holdings só 48 horas depois de Radcliff renunciar em desonra.

— O *timing* é significativo?

— Eu diria que sim. Veja, Samantha, o proprietário beneficiário da Driftwood Holdings é ninguém menos que Valentin Federov.

— Não é possível — sussurrou ela.

— Você está segurando a prova.

Ela analisou atentamente o documento.

— Mas como você pode ter certeza de que lorde Michael Radcliff é mesmo o proprietário beneficiário da LMR Overseas? Ou que Federov controla a Driftwood Holdings?

Gabriel empurrou mais vários documentos pela bancada.

— Esses são da firma de advocacia que criou e administra essas duas empresas de fachada. Eles provam que os verdadeiros proprietários são lorde Radcliff e Valentin Federov.

Samantha olhou o cabeçalho do primeiro documento.

— Harris Weber & Company?

— Está registrada nas Ilhas Virgens Britânicas também, mas esses documentos vieram do escritório da firma em Mônaco. — Gabriel entregou um pen drive a ela. — Esses também. Você vai precisar de

DANIEL SILVA

uma equipe de repórteres investigativos experientes pra ajudar a revisar todo o material.

— Quanto tem aí?

— Tem 3,2 terabytes.

— Cacete! Quem é a fonte?

— Nós recebemos a assistência de alguém próximo à firma. É só o que eu posso dizer.

— Nós?

Gabriel olhou a mulher de aparência escandinava.

— Minha companheira e eu.

— Ela tem nome?

— Não que seja relevante a este trabalho.

Samantha apontou na direção do homem com olhos azul-claros.

— E ele?

— O nome dele é Marlowe.

— O que ele faz?

— É consultor empresarial. A esposa dele administra uma galeria de arte em St. James.

— É mesmo? — Samantha olhou brevemente para os documentos diante dela. — Vamos ver se entendi corretamente. Lorde Michael Radcliff, tesoureiro do Partido Conservador, aceita uma contribuição de um milhão de libras de um empresário russo pró-Kremlin que leva à sua própria renúncia e à renúncia da primeira-ministra Hillary Edwards. E depois lorde Radcliff recebe um pagamento de dez milhões de libras do mesmíssimo empresário russo?

— Correto.

— Por quê?

— Por ajudar Hugh Graves a virar primeiro-ministro. — Gabriel conseguiu sorrir. — Por que mais?

— Eu fui manipulada para publicar aquela reportagem? É isso que você está dizendo?

— Claro.

— Por que motivo?

346

MORTE NA CORNUALHA

Outro documento veio deslizando pela bancada. Era um memorando dos diretores do Serviço Secreto de Inteligência e do MI5, dirigido à primeira-ministra Edwards.

— Ouvi rumores sobre isso — falou Samantha. — Mas nunca consegui provar a existência.

— Sugiro que você ligue para o ministro das Relações Exteriores. Evidentemente, ele era muito favorável à proposta. O ministro das Finanças também.

— E Graves?

— O que você acha?

— Suponho que Hugh Graves e sua adorável esposa, Lucinda, devam ter achado a ideia terrível.

— Graves definitivamente era contra as novas regulamentações. Quanto à adorável esposa dele...

— Ela tem algum envolvimento nisso?

— Você provavelmente deveria fazer essa pergunta à pessoa que lhe contou sobre a contribuição de Federov.

— Não sei quem era a fonte.

— Claro que sabe, Samantha. A resposta está bem na sua cara.

Ela olhou os documentos.

— Onde?

Gabriel apontou o segundo parágrafo da reportagem anterior dela.

— Desgraçado.

Samantha ligou imediatamente para Clive Randolph, editor de política do *Telegraph*, e, numa mostra impressionante de habilidade jornalística, ditou oito parágrafos de um texto impecável, ainda que alarmante. Randolph, que teve um papel secundário na derrubada de uma primeira-ministra britânica, não estava a fim de destruir o sucessor dela antes mesmo que ele se acomodasse no número 10 da Downing Street.

— Não com essa papa fina — disse ele.

— Eu tenho as provas, Clive.

347

DANIEL SILVA

— Onde já ouvi isso antes?

— Eu fui enganada. Acontece.

— Quem disse que você não está sendo enganada de novo?

— Os documentos são irrefutáveis.

— Mande-os pra mim agora mesmo. Mas quero uma declaração, Samantha. Uma confissão completa, senão vamos esperar.

— Se a gente esperar...

A conexão caiu antes que ela pudesse terminar o pensamento.

Rapidamente, ela fotografou os extratos do BVI Bank e os documentos entre advogados e clientes da Harris Weber e, como instruído, mandou por e-mail para seu editor. Aí, releu o memorando que Graham Seymour e Amanda Wallace haviam preparado para a primeira-ministra Edwards. Com uma ligação para o ministro das Relações Exteriores, Stephen Frasier, confirmou que Edwards tinha a pretensão de seguir em frente com as reformas, com total apoio de Frasier.

— E Hugh Graves? — perguntou ela.

— Preciso mesmo responder isso?

— Ele era contra, certo?

— Veementemente. Mas não me cite. É anônimo. Agora, se me der licença, Samantha, meu carro está chegando na frente do número 10. A reunião final do gabinete seguida pela última fotografia tradicional. Nem preciso dizer que não estou ansioso por isso.

Samantha desligou e devolveu o memorando a Gabriel.

— Você se lembra das nossas regras? — perguntou ele.

— Só posso caracterizar o documento. Sem transcrições.

Ela enfiou na bolsa os documentos e o HD externo e colocou o casaco. Gabriel estava de novo olhando o celular, que vibrava.

— Não é melhor você atender?

— Não é importante. — Ele colocou o celular para baixo na bancada e desceu da banqueta. Era óbvio que estava com muita dor.

— O que você *não* está me contando, Gabriel Allon?

— Muita coisa.

— Você entende que minha carreira e reputação estão em risco?

348

— Você pode confiar em mim, Samantha.

— Posso fazer só mais uma pergunta?

— Por favor.

Ela olhou o telefone na bancada.

— De quem era essa ligação?

— Lucinda Graves.

— Por que ela estaria ligando justamente pra você?

— Ela não está.

56

NÚMERO 10

A atmosfera em Downing Street era de uma execução pública iminente. O instrumento da morte, um púlpito de madeira, estava a
alguns passos da famosa porta preta do número 10. Sedentos de sangue,
os espectadores, neste caso a imprensa de Whitehall e seus colegas do
mundo todo, estavam reunidos do outro lado da rua. O flash de suas
câmeras ofuscou os olhos de Stephen Frasier quando ele saiu de seu carro
ministerial. Ele saboreou o momento: era a última vez que chegaria à
sede do poder britânico como ministro das Relações Exteriores. Uma
parte dele na verdade estava ansiosa para voltar a ficar na retaguarda.
Pelo menos era esse o conto de fadas que contara a si mesmo depois de
sair da disputa pela liderança. Ele não havia dormido um minuto na
noite passada. Só torcia que não desse para ver.

A imprensa estava latindo, atrás de um comentário. Frasier fez alguns
elogios finais a seu rival antes de passar pelo púlpito na direção da porta
do número 10. Como sempre, ela se abriu automaticamente. Tapetes
vermelhos retangulares estavam dispostos por todo o piso xadrez branco
e preto no saguão. Alguns outros membros do gabinete se encontravam
ali, como estranhos num funeral.

A chegada de Frasier ocasionou um punhado de aplausos educados.
Pelo jeito, a decisão dele de poupar o partido de uma briga arrastada pela
liderança tinha sido bem recebida por seus colegas. Vários lhe garantiram

em cochichos com cheiro de café que ele era seu candidato preferido. Ele estava certo de que haviam dito a mesma coisa para o ministro das Finanças — e que logo estariam se debatendo para garantir a Hugh Graves que secretamente torciam por ele o tempo todo. Eram essas as regras do jogo. Frasier o jogava tão bem quanto qualquer um deles.

Hillary Edwards estava rindo de algo que o ministro da Saúde tinha acabado de dizer. Parecia a Frasier que ela estava feliz por enfim ter acabado. Seu mandato terminaria no instante em que ela entregasse a demissão ao rei, apesar de manter diversos benefícios, incluindo o carro com motorista e o esquema de segurança. Frasier, por sua vez, logo estaria indo de metrô para a Câmara dos Comuns, sem nenhuma proteção exceto sua perspicácia e sua maleta. Ele estava ansioso por isso também, ou era o que dizia a si mesmo.

Ele foi até a primeira-ministra e deu um beijo na bochecha que ela ofereceu.

— Você não merecia isso, Hillary.

— Nem você, Stephen. — Ela abaixou a voz. — Se você repetir isso um dia, vou negar e denunciá-lo como um mentiroso, mas eu estava torcendo pra ser você.

— Isso é muito importante pra mim.

— Podemos conversar em particular? — Ela o levou à Sala do Gabinete e fechou a porta. — Você está com uma cara péssima, Stephen.

— Não dormi nada.

— Somos dois. — A primeira-ministra foi até a cadeira no centro da mesa, a única da Sala do Gabinete que tinha braços, e passou a mão pelo couro castanho. — Vou sentir saudade, sabe? Só lamento não ter conseguido estar à altura dos padrões determinados por alguns de meus predecessores. E se você um dia repetir isso, Stephen Frasier, vou negar também.

— Sempre fui leal a você, Hillary. Até durante os tempos difíceis. Você me nomeou como ministro das Relações Exteriores. Nunca vou esquecer isso.

DANIEL SILVA

— Você ouviu algum boato sobre seu sucessor?

— Os nomes de sempre estão sendo ventilados, mas ainda nada definitivo.

— Estou preocupada, Stephen.

— Com?

— A política externa que Hugh pretende seguir como primeiro-ministro. Para tomar emprestada uma frase de Margaret, agora não é hora de vacilar. Hugh sempre disse as coisas certas sobre a guerra na Ucrânia, mas nunca tive certeza de que era de coração.

— Nem eu. Mas, se ele tentar retirar nosso apoio aos ucranianos, a Frente Parlamentar vai se rebelar, e eu vou liderar a revolta.

— Comigo ao seu lado. — A primeira-ministra olhou o horário. — Provavelmente deveríamos convidar os outros a entrar.

— Você tem um segundo pra uma fofoca suculenta?

Ela sorriu.

— Sempre.

— Recebi uma ligação muito interessante há alguns momentos.

— De quem?

— Samantha Cooke, do *Telegraph*.

— Minha repórter favorita — falou a primeira-ministra com frieza. — O que ela queria?

— Ela me perguntou se a gente estava planejando impor novas regras estritas de transparência ao setor financeiro. Tive a sensação de que já sabia a resposta.

— E o que você disse a ela?

— Reconheci que o projeto de lei de fato existia e que tinha meu apoio irrestrito. Talvez também tenha mencionado que Hugh era contrário ao plano.

— Mas por que Samantha está indo atrás disso logo hoje? Por que ela não está na frente do número 10 com o resto da turba?

— Veremos — disse Frasier, e começou a ir para a porta.

— Stephen?

Ele pausou.

352

MORTE NA CORNUALHA

— Não que importe agora, mas eu não tive absolutamente nada a ver com a aprovação daquela contribuição de Valentin Federov.

— Você sempre deixou isso muito claro.

— Mas você acredita em mim, certo, Stephen?

— Claro, Hillary. Por que não acreditaria?

— Porque ninguém mais acredita. Eu posso ter fracassado como primeira-ministra, mas não sou corrupta. E não aprovei, de jeito algum, aquela contribuição.

— Posso creditar essa fala a você?

Hillary Edwards se recostou na cadeira pela última vez.

— Por favor.

O motorista com cara de padre do Mini Cooper azul neon cobriu os quatro quilômetros de Queen's Gate Terrace a Warwick Square em pouco menos de dez minutos. Lorde Michael Radcliff morava em uma das grandes casas em estilo Regency, no flanco norte da praça. A campainha convocou uma empregada vestida com uniforme tradicional. Samantha disse que lorde Radcliff a esperava, e a empregada, após um momento de indecisão, a convidou a entrar.

O lorde estava parado no majestoso hall central, com uma das mãos no quadril largo, a outra segurando um celular no ouvido. Ele abaixou o dispositivo e olhou Samantha com apreensão.

— Não lembrava que tínhamos uma reunião, srta. Cooke.

— Não temos. Mas vai ser rápido.

Radcliff disse à pessoa do outro lado da linha que havia surgido uma pequena crise e desligou. Aí, olhou para Samantha e perguntou:

— Você já não causou dano suficiente?

— Foi você que causou o dano, lorde Radcliff. Não eu.

— De que diabos você está falando?

— Você foi a verdadeira fonte dos documentos vazados sobre a contribuição de Federov. Você é o motivo de Hillary Edwards estar prestes a fazer um discurso de despedida na porta do número 10.

353

DANIEL SILVA

— Você parece estar esquecendo, srta. Cooke, que eu também fui forçado a renunciar por causa do escândalo Federov.

— Mas foi bem compensado em troca, não é? Dez milhões de libras, por sinal. Nada mau por alguns minutos de trabalho.

Radcliff lhe deu um sorriso de desdém.

— Você por acaso enlouqueceu?

Ela lhe entregou o extrato do BVI Bank. Ele pôs os óculos de leitura em formato de meia-lua antes de conferir o documento.

— Isto não prova nada, srta. Cooke. É uma mera coincidência essa empresa *offshore* ter as mesmas iniciais que eu.

— Mas isso não é verdade, Vossa Excelência. — Samantha entregou os documentos da Harris Weber. — Isto prova sem sombra de dúvida que *você* é o proprietário beneficiário da LMR Overseas.

Ele folheou os documentos em silêncio por um momento, aí perguntou:

— Onde você arrumou isso?

— Uma fonte de confiança me deu. Ao contrário de você, ele teve a decência de entregar pessoalmente.

— São documentos confidenciais que com certeza foram roubados dos meus advogados. Se você publicar qualquer coisa sobre eles, vou arrastá-la para o tribunal e processá-la até acabar com a sua vida.

Ela arrancou os documentos da mão dele.

— Talvez você devesse ligar para seu advogado que cuida de injúria e difamação. Porque pretendo revelar o pagamento de dez milhões de libras que você recebeu de Federov no fim da manhã. Minha reportagem também vai sugerir que foi parte de uma trama da Harris Weber e de seus clientes milionários para garantir que a chamada Lavanderia de Londres continue aberta e funcionando.

— Os dez milhões de libras estavam relacionados ao meu trabalho como consultor empresarial e investidor internacional, não meu trabalho para o partido. Foram honorários por um serviço feito, nada mais.

— Pagos a uma conta *offshore* no nome de sua empresa de fachada anônima? — perguntou Samantha.

354

MORTE NA CORNUALHA

— Esse tipo de arranjo é bastante comum e perfeitamente legal. Meus advogados e eu adoraríamos explicar a burocracia a você. — Outro sorriso. — Que tal semana que vem?

— Se foi tudo perfeitamente legal e bastante comum, por que você mentiu pra mim sobre a LMR Overseas?

— Porque indivíduos ricos como eu usam empresas anônimas *offshore* por um motivo. Reconhecer a propriedade beneficiária de uma empresa dessas iria contra o propósito, não é mesmo?

— Vocês usam empresas anônimas, em parte para proteger negócios escusos como esse dos olhos enxeridos da imprensa. Felizmente, eu tenho os meios de torná-lo público. Algo me diz que seus concidadãos não vão ver sua relação profissional com Federov de modo favorável. Aliás, tenho certeza de que sua reputação vai ser arruinada depois da minha reportagem.

— E é por isso que sugiro que você tenha muito cuidado, senão vai ser procurada pelos meus advogados. — Ele passou por ela e abriu a porta. — Por favor, vá embora, srta. Cooke. Não tenho mais nada a dizer.

— Você não tem nenhuma declaração?

— Escreva o que quiser. Mas tenha em mente que terá consequências profundas.

— É o que eu espero — disse Samantha, irritada, e saiu batendo o pé da casa de Radcliff.

— Um momento, srta. Cooke.

Ela pausou ao pé da escada.

— Sua reportagem vai estar errada por outro motivo.

— Qual?

— Talvez a gente deva primeiro discutir as regras — falou Radcliff.

— Sua escolha.

— Fonte anônima.

— Prossiga, Vossa Excelência.

— A conspiração pra derrubar Hillary Edwards ia muito além de uma única firma de advocacia.

— Quanto além?

355

DANIEL SILVA

— Vou contar tudo o que você precisa saber. — Radcliff pausou, aí completou: — Com uma condição.

— Qual é?

— Sua reportagem não pode mencionar os dez milhões de libras que recebi de Valentin Federov.

— Nada feito.

— Se você publicar os detalhes desse pagamento, vamos passar os próximos vários anos arrancando membro por membro um do outro no tribunal. Nenhum de nós vai sair com a reputação intacta. Estou oferecendo uma saída, pra não mencionar a reportagem da sua vida. O que vai ser, srta. Cooke? Dou-lhe uma. Dou-lhe duas...

57

PALÁCIO DE BUCKINGHAM

O Mini Cooper estava esperando no meio-fio quando Samantha saiu da casa do lorde Radcliff. O celular dela tocou no instante que ela se acomodou no banco do passageiro.

— E aí? — perguntou Gabriel.

— Tivemos um diálogo bastante animado, pra dizer o mínimo.

— Ele negou tudo?

— Mas é claro. Aí, depois de ameaçar me processar até a morte, me contou a verdade.

— Por que ele faria uma coisa dessas?

— Porque acontece que Sua Excelência foi um ator com um papel muito pequeno numa conspiração bem mais ampla pra derrubar o governo Edwards. E ele não ia cair sozinho.

— Ele deu nomes?

— Um bom punhado — disse Samantha. — Mas você nunca vai adivinhar o nome da cabeça.

— Calma, coração.

— O meu está batendo a cem por hora.

— Você está com as evidências?

— Uma gravação, na verdade. Agora, se me der licença — falou ela antes de desligar —, tenho uma reportagem a escrever.

DANIEL SILVA

★ ★ ★

Às 10h15, a primeira-ministra Hillary Edwards emergiu do número 10 na Downing Street e subiu ao púlpito para fazer seu discurso de despedida. Havia preparado o texto sem ajuda de seus redatores e o decorara durante sua última noite insone no apartamento privado do número 10. Ela não mencionou o escândalo que derrubou seu governo, nem falou de seu sucessor. Também não fez nenhuma tentativa de defender seu mandato turbulento, tendo decidido deixar isso aos historiadores e à imprensa. Estava resignada com o fato de que o veredito deles provavelmente seria duro.

Com a conclusão de seus comentários, ela entrou em seu Range Rover Sentinel oficial e deixou Downing Street pela última vez como primeira-ministra. Alguns turistas ficaram olhando boquiabertos durante o curto trajeto até o Palácio de Buckingham, mas não houve mostra de apoio. O escudeiro do rei, vestido com um kilt e adornado com decorações, a recebeu no quadrângulo central e a acompanhou até a Sala 1844, no andar de cima, onde Sua Majestade aguardava. A conversa deles foi breve, algumas cordialidades, uma ou duas perguntas sobre os filhos e os planos dela. Aí, ela entregou sua demissão e acabou. Saiu com a distinta impressão de que o monarca não lamentava vê-la partir.

O escudeiro, então, a escoltou escada abaixo até o quadrângulo e a ajudou a entrar no Range Rover. O celular dela estava largado no banco de trás, vibrando com um fluxo de mensagens que chegavam. Ela supôs que fossem expressões de apoio de seus colegas do partido, os mesmos colegas que, sem cerimônia, a haviam jogado para fora do número 10. Resolveu se conceder um indulto de algumas horas antes de responder — tempo suficiente, considerou, para a dor de sua defenestração pública abrandar. Ela ainda não tinha cinquenta anos e tampouco intenção de se retirar da Câmara dos Comuns e entrar na obscuridade. Memórias do fiasco Federov logo desvaneceriam, e ela concorreria para ser líder do partido. Não tinha nada a ganhar com uma vingança mesquinha.

MORTE NA CORNUALHA

Mas, enquanto seu Range Rover acelerava pela Birdcage Walk, o fluxo de mensagens de repente virou um rio furioso. Ela relutantemente pegou o celular e leu a mensagem que aparecia no topo da tela. Era o membro do Parlamento de Waveney, um amigo e aliado inabalável.

Ele precisa ser parado...

Não havia indicação de quem *ele* era ou por que esse camarada precisava ser parado. Mas mensagens subsequentes rapidamente desvendaram o mistério. Várias continham um link para um furo de reportagem publicado enquanto Hillary se reunia com o rei. Escrito por Samantha Cooke, dizia que o *Telegraph* havia obtido uma gravação da proeminente financista de Londres Lucinda Graves conspirando com o tesoureiro afastado do Partido Conservador, lorde Michael Radcliff, para derrubar o governo. O centro da trama era a contribuição de um milhão de libras de Federov. Havia sido feita, segundo um informante de dentro do partido, com a intenção específica de prejudicar a primeira-ministra.

Uma primeira-ministra, pensou Hillary Edwards, *que tinha acabado de entregar sua demissão ao rei.*

Ela ligou para Stephen Frasier.

— Veremos, hein? — disse ele. — Eu tinha a sensação de que era algo grande.

— Agora sabemos por que Samantha estava perguntando sobre o pacote de reforma financeira. Só queria que ela tivesse publicado a reportagem alguns minutos antes. Eu teria pensado duas vezes sobre minha renúncia.

— Se você tivesse feito isso, Hillary, teria transformado o partido num caos.

— Se as mensagens no meu celular forem um indicativo, o partido já está um caos. Alguém tem que convencer Hugh a cancelar a reunião dele com o rei. Ele não está em posição de aceitar um convite para formar um novo governo.

— Convite que, por sinal, Sua Majestade também não deveria fazer.

— Por falar em caos... — disse Hillary.

— Talvez você devesse ligar pra ele.

DANIEL SILVA

— Para Sua Majestade? — perguntou ela.

— Para Hugh Graves. Se ele vai atender alguém, é você.

— Que ideia esplêndida.

A primeira ligação dela para Graves caiu direto na caixa postal. Quando mais duas tentativas de falar com ele tiveram o mesmo resultado, ela ligou de novo para Stephen Frasier.

— Para minha grande surpresa — falou ela em tom sombrio —, Hugh não está atendendo.

— Provavelmente é porque ele está agora a caminho do Palácio.

— Alguém tem que mandá-lo dar meia-volta.

— Concordo — disse Frasier. — Mas quem?

— Só para deixar registrado — falou Christopher ao volante de seu Bentley na South Carriage Drive —, esta é uma ideia muito ruim mesmo.

— Minha especialidade — respondeu Gabriel do banco de trás.

— A minha também — concordou Ingrid.

Christopher olhou de relance para o sargento-investigador taciturno encurvado no banco do passageiro.

— E você, Timothy? Não tem uma opinião?

— Eu não estou aqui, lembra?

— Muito bem, garoto. Você obviamente tem um futuro brilhante.

— Eu *tinha* um futuro brilhante. Agora não tenho futuro nenhum.

— Podia ser pior — disse Christopher. — Pergunte a Hugh Graves.

Segundo a Rádio 4, o primeiro-ministro designado se encontrava a caminho do Palácio de Buckingham, sem saber, aparentemente, da reportagem explosiva no *Telegraph* sobre o envolvimento de sua esposa no escândalo Federov. Os apresentadores da BBC estavam ficando sem adjetivos para descrever a natureza sem precedentes da crise política que se desdobrava. Gabriel, por sua vez, curtia imensamente o espetáculo.

— Vire à esquerda na Park Lane — instruiu ele.

— Eu sei a porcaria do caminho — respondeu Christopher.

360

MORTE NA CORNUALHA

— Eu fiquei com receio de você estar se aproveitando da minha capacidade mental reduzida.

— Seu cérebro parece estar funcionando normalmente. — Christopher olhou de relance pelo retrovisor. — Mas seu rosto com certeza ficaria melhor com um retoque.

— Por enquanto, vai ter que servir.

— Como você planeja explicar esse hematoma feio a sua esposa e seus filhos?

— Estou decidindo entre você e o bode. Estou pendendo na sua direção.

Christopher virou em Stanhope Gate e atravessou Mayfair em direção ao leste.

— Muito bem — comentou Gabriel.

— Quer mais um machucado?

Ingrid riu baixinho.

— Não o encoraje — falou Gabriel.

— Desculpa. Mas vocês dois são bem engraçados.

— Acredite, tivemos nossos altos e baixos.

Samantha Cooke tinha se juntado à cobertura da BBC por telefone, a partir da redação do *Telegraph*. Sob intenso questionamento dos apresentadores, ela se recusou a dizer como tinha obtido a gravação de Lucinda Graves e lorde Michael Radcliff. Então, expressou arrependimento por ter publicado a matéria original sobre a contribuição de Federov. Havia sido enganada, falou, como parte da conspiração para derrubar a primeira-ministra Edwards.

Aquele que havia sido escolhido para ser sucessor dela chegou aos portões do Palácio de Buckingham enquanto Christopher contornava a Berkeley Square. Dois minutos depois, após uma corrida pela Savile Row, ele freou com tudo na frente de um prédio comercial contemporâneo de seis andares na Old Burlington Street. Um Range Rover Sentinel cinza esperava no meio-fio, guardado por dois oficiais do Comando de Proteção da Polícia Metropolitana. A imprensa estava

361

DANIEL SILVA

reunida do outro lado da rua, com as câmeras apontadas para a entrada do prédio.

— Só pra deixar registrado — disse Christopher.

— Eu te ouvi da primeira vez — respondeu Gabriel, e saiu do carro.

Os funcionários da Lambeth Wealth Management tinham notado que havia algo errado no minuto em que Lucinda Graves chegou ao escritório. O estado de tensão dela, pensaram, era compreensível. Seu marido estava prestes a se tornar primeiro-ministro, o que exigia uma suspensão da carreira dela. Lucinda já havia selecionado um CEO substituto e transferido sua substancial fortuna pessoal para um truste cego. Só faltava mesmo um discurso de despedida para as tropas. Conhecendo Lucinda, seria caloroso como o mar do Norte no inverno. Ela reservava seu charme sedutor para os clientes endinheirados da Lambeth. Seus funcionários tinham uma maior probabilidade de estar do lado que sofria com seu temperamento volátil. Ela possuía admiradores relutantes na firma, mas nenhum amigo próximo. Era temida, não amada, e era assim que preferia que fosse.

Mesmo assim, a equipe organizou uma recepção para marcar o momento. Aconteceu no quinto andar, a sala de máquinas, como chamavam os lambethianos. As televisões de tela plana, em geral ligadas nos canais financeiros, tinham sido sintonizadas na BBC. Estavam no mudo enquanto Lucinda falava — coincidentemente, no mesmo momento em que Hillary Edwards fazia seu discurso de despedida na frente do número 10. O discurso de Lucinda foi o mais longo dos dois. Depois ela fez uma social pela sala, com uma taça de champanhe intocada na mão. Seu sorriso era forçado. Parecia ansiosa para seguir caminho.

Exatamente às 10h45, enquanto Hillary Edwards entregava sua demissão ao rei, um silêncio caiu sobre a reunião, e os funcionários perplexos da firma se viraram para as televisões. Ninguém ousou aumentar o volume, mas também não era necessário: o banner de "notícia urgente" no pé da tela era suficiente. Lucinda foi a última

362

a notar. Seu frágil sorriso desapareceu, mas a mão que segurava a taça de champanhe permaneceu firme.

— Aumente, por favor — disse ela após um momento, e alguém aumentou o volume.

A voz que eles ouviram foi a de Lucinda; não havia como não reconhecer seu contralto gutural. Era uma gravação de uma conversa dela alguns meses antes com o lorde Michael Radcliff, o tesoureiro caído do Partido Conservador e cliente de longa data da Lambeth. Eles estavam discutindo um plano para derrubar o governo Edwards. Os apresentadores e os analistas políticos da BBC tinham dispensado qualquer máscara de objetividade e estavam transtornados de indignação.

— Podem me dar licença? — pediu Lucinda, e subiu a escada interna até o sexto andar.

As persianas que davam privacidade à sua sala estavam fechadas, o que não era o caso quando ela desceu para a recepção. O culpado se encontrava parado diante da janela com vista para a Old Burlington Street, uma mão no queixo, a cabeça levemente virada para o lado. Lucinda conseguiu não gritar quando ele se virou.

— Você — falou ela com um arquejo.

— Sim — respondeu ele, sorrindo. — Eu.

58

OLD BURLINGTON STREET

— Como você entrou aqui?
— Você deixou a porta aberta.
— Fora! — disse Lucinda entre dentes. — Senão vou mandar te prender.

Gabriel sorriu.

— Por favor, faça isso.

Ela foi até sua escrivaninha e tirou o telefone do gancho.

— Solte isso, Lucinda. Você vai me agradecer depois.

Ela hesitou, aí pôs de novo o telefone no gancho.

— Uma jogada bem mais sensata da sua parte.

Ela apontou para a televisão.

— Imagino que isso tudo seja coisa sua.

— Foi o *Telegraph* que deu o furo. Diz bem ali no pé da tela.

— Onde a Samantha Cooke arrumou aquela gravação?

— Como só havia duas pessoas na sala no momento, estou apostando que tenha sido com o lorde Radcliff. Ele é cliente da sua firma, se não me engano. E, quando precisou de empresas de fachada *offshore* não rastreáveis para esconder alguns de seus negócios mais suspeitos, você o enviou à Harris Weber & Company. Você tem enviado clientes milionários para eles há anos. E, no processo, ganhou centenas de milhões em comissões e propinas. Você faz parte da equipe, é um membro da família.

— Vou te contar um segredinho, sr. Allon. *Todos* nós somos parte da equipe. Não tem um banco ou casa de investimento em Londres que *não* tenha negócios com a Harris Weber. E a melhor parte é que é tudo perfeitamente legal.

— Mas Hillary Edwards planejava fechar a Lavanderia de Londres, e foi por isso que teve que ser removida do cargo. Seus colegas pediram que você cuidasse do trabalho sujo. Afinal, você e seu marido eram quem tinha mais a ganhar. — Gabriel olhou de relance a televisão. — E a perder, no fim das contas.

— Não tem nada de ilegal em conspirar contra um rival político, sr. Allon. Fazemos isso nesta terra abençoada há mais de um milênio.

— Duvido que a Procuradoria da Coroa concorde. Felizmente pra você, gosto muitíssimo deste país e não tenho nenhum desejo de ver o sistema político jogado no caos. Não quando democracias em torno do mundo estão sitiadas. Portanto, estou disposto a ser razoável. — Ele pausou antes de completar: — O que é mais do que você merece.

Lucinda fechou a porta de sua sala e sentou decorosamente no sofá. Gabriel admirou sua compostura. *Era um desperdício ela ser lavadora de dinheiro*, pensou ele. *Teria dado uma excelente espiã.*

— Café? — perguntou ela.

— Não, obrigado.

Lucinda se serviu uma xícara e se virou para a televisão. O Range Rover de seu marido se encontrava parado no quadrângulo central do Palácio de Buckingham. Um oficial encarregado pela proteção estava parado ao lado da porta traseira, que permanecia bem fechada. Por enquanto não havia nem sinal do escudeiro do rei.

— Quer fazer uma previsão? — perguntou Lucinda.

— Estou mais interessado na sua.

— O escudeiro vai aparecer em um momento e acompanhar Hugh à Sala 1844, onde Sua Majestade vai pedir que ele forme um governo. Este escândalo desimportante vai passar em alguns dias, em grande parte porque os membros da retaguarda do partido estão bem contentes com

DANIEL SILVA

a saída da infeliz da Hillary Edwards. Além do mais, vão concluir que mais uma disputa pela liderança vai fazer mais mal do que bem.

— Que bonito pensar assim — respondeu Gabriel.

— Muito bem, sr. Allon. Vamos ouvir a *sua* previsão.

— O mandato de seu marido como primeiro-ministro, se chegar a acontecer, vai ser medido em dias, se não horas. O partido vai selecionar um novo líder rapidamente, e você vai enfrentar acusações de evasão fiscal criminosa e lavagem de dinheiro. Além disso, é provável que seja acusada como cúmplice do assassinato de Charlotte Blake.

— Eu não tive nada a ver com a morte dela.

— Mas definitivamente alertou seus parceiros da Harris Weber de que ela estava investigando o Picasso. Você fez isso porque vários de seus clientes de alto nível estavam usando a estratégia da arte para tirar suas fortunas do país. Trevor Robinson, o chefe de segurança da firma, fez o problema desaparecer.

— Não estou familiarizada com ninguém com esse nome.

— Foi Trevor que fez com que minha amiga e eu fôssemos se-questrados ontem. Com sua ajuda, claro. Você me convidou a vir aqui para determinar quanto eu sabia. E, quando ficou evidente que eu sabia muita coisa, Trevor e seus capangas nos pegaram num estacionamento na Garrick Street. Você com certeza supôs que eu estivesse morto. E foi por isso que ficou branca como fantasma quando me viu um momento atrás.

— Que imaginação vívida, sr. Allon!

Ele tirou o celular de Trevor Robinson do bolso do casaco e discou. O telefone de Lucinda vibrou um instante depois.

— Talvez você devesse atender.

Ela olhou o número na tela e rejeitou a ligação. Aí seu olhar voltou a pousar na televisão, onde o impasse no Palácio continuava.

— Termos — disse ela baixinho.

— Ligue para seu marido. Mande-o ir embora do Palácio e renun-ciar como líder do partido.

— E se eu fizer isso?

— Vou garantir que você nunca seja ligada ao assassinato da pro-fessora Blake.

366

Lucinda ficou incrédula.

— E como exatamente você pretende fazer isso, sr. Allon?

— Tenho diversos amigos influentes aqui em Londres. — Gabriel sorriu. — Pelo menos é o que dizem os boatos.

Lucinda relutantemente pegou seu celular e digitou, depois o colocou com a tela para baixo na mesa de centro. Juntos, eles assistiram à imagem na televisão, um Range Rover cinza imóvel num pátio marrom-avermelhado.

— Talvez você devesse mandar outra mensagem — sugeriu Gabriel.

— Dê um minuto a ele. Não é fácil renunciar ao número 10. É tudo o que ele sempre quis.

— E poderia ter tido, se não fosse por você.

— Se não fosse por *mim* — respondeu ela —, o lindo Hugh não teria nem virado membro do Parlamento. Eu o tornei quem ele é.

Uma vergonha mundial, pensou Gabriel.

Finalmente, o oficial responsável pela proteção se afastou da porta, e o Range Rover cinza moveu-se para a frente devagar. Lucinda aumentou o volume. Os apresentadores e os analistas políticos da BBC estavam com dificuldade para compreender o drama que se desenrolava diante de seus olhos.

— Você não vai esquecer nosso acordo, certo, sr. Allon?

— Para o bem ou para o mal, Lucinda, eu sou um homem de palavra.

Ela ficou de pé, de repente parecendo exaurida.

— Posso fazer uma pergunta antes de você ir embora?

— Você quer saber o que estou fazendo com o telefone de Trevor Robinson?

Os olhos de Lucinda ficaram vagos.

— Sinto muito, mas não estou familiarizada com ninguém com esse nome.

— Somos dois — respondeu Gabriel, e saiu.

O Bentley estava estacionado numa zona de carga na ponta sul da Old Burlington Street. Gabriel sentou-se no banco de trás ao lado de Ingrid,

DANIEL SILVA

e o carro se afastou do meio-fio. A equipe da Rádio 4 estava sem palavras, certamente algo inédito na história da radiodifusão britânica.

— Imagino que você teve algo a ver com isso — disse Christopher.

— Foi ideia da Lucinda. Eu só a ajudei a chegar à melhor decisão pelo bem do país.

— Como?

— Prometendo que ela não seria acusada pelo assassinato da professora Charlotte Blake.

Christopher olhou para Peel.

— Você acha que consegue isso, Timothy?

— Depende de eu ainda ter um emprego ou não.

— Não se preocupe. Vou explicar tudo ao seu chefe de polícia.

— Tudo?

— Talvez uns cinco por cento de tudo. — Christopher virou na Piccadilly e olhou para Gabriel no retrovisor. — Já terminou?

— Certamente espero que sim. Estou exausto.

— Quais são seus planos?

— O voo das duas da tarde da British Airways para Veneza. Se decolar no horário, chego em casa a tempo do jantar.

— Eu deixo você em Heathrow a caminho de Exeter. Mas e sua cúmplice?

— Ela vai comigo.

Ingrid olhou para Gabriel com surpresa.

— Vou?

— Quando aqueles documentos da Harris Weber vierem a público, várias centenas de pessoas muito ricas vão ficar extremamente iradas, incluindo alguns russos. Acho que seria uma boa ideia você ficar em Veneza até a tempestade passar. Se puder se comportar, claro.

Franzindo a testa, Ingrid pegou o celular.

— Eu sempre gostei do Cipriani.

Gabriel riu.

— Talvez seja melhor você ficar na nossa casa.

368

Parte Quatro

O CHALÉ

59

LONDRES

O Comitê de 1922 de membros da base conservadora se reuniu na Sala 14 do Palácio de Westminster às duas daquela tarde e, numa voz unânime, elegeu o ex-primeiro-ministro Jonathan Lancaster como novo líder do Partido Conservador. Ele se encontrou com o rei no Palácio de Buckingham uma hora depois e, às quatro da tarde, da porta da Downing Street, 10, dirigiu-se a uma Inglaterra chocada. Prometeu competência, estabilidade e uma volta à decência. A imprensa de Whitehall, tendo acabado de testemunhar o dia mais turbulento da história política britânica moderna, estava desconfiada, com razão.

Lá dentro, Lancaster se reuniu pela primeira vez com seu gabinete montado às pressas. Stephen Frasier continuou no Ministério das Relações Exteriores, mas Nigel Cunningham, brilhante advogado antes de entrar para a política, virou o novo ministro do Interior. A sucessora de Cunningham como ministra das Finanças era ninguém menos que Hillary Edwards. Os itens pessoais de sua família, tendo sido extraídos do número 10 da Downing Street mais cedo, naquela manhã mesmo foram transportados para sua nova residência oficial na casa ao lado.

A imprensa declarou que era uma jogada de mestre da parte de Lancaster, e um colunista proeminente do *Telegraph* chegou até a prever que era possível uma volta à normalidade. Foi forçado a voltar atrás algumas horas depois, porém, quando sua colega Samantha Cooke

DANIEL SILVA

publicou outro artigo explosivo, este detalhando o tamanho e o escopo
da trama contra Hillary Edwards. O epicentro da conspiração era a
Harris Weber & Company, uma firma de advocacia pouco conhecida
que se especializava em serviços financeiros *offshore*. Mas executivos dos
maiores bancos e casas de investimento da Grã-Bretanha, incluindo a
Lambeth Wealth Management, também estavam envolvidos — motiva-
dos por um desejo de manter a chamada Lavanderia de Londres aberta e
funcionando —, assim como Valentin Federov. Segundo o *Telegraph*, o
oligarca russo havia participado do esquema a pedido de seu presidente,
que usara a Lavanderia de Londres para enterrar dezenas de bilhões de
dólares no Ocidente.

A manhã seguinte trouxe mais um desenvolvimento chocante.
Desta vez, a notícia foi dada pelo chefe da Polícia de Avon e Somerset
e dizia respeito à descoberta de cinco corpos numa propriedade perto
do vilarejo de Raddington. A análise balística preliminar indicava que
as vítimas tinham sido mortas com duas armas de nove milímetros
diferentes. Quatro dos homens eram ex-soldados que ganhavam a vida
como agentes de segurança particular — uma descrição que cobria todo
tipo de pecado —, e o quinto era um ex-oficial de contrainteligência do
MI5 que trabalhava para a Harris Weber & Company. Mais intrigante
ainda era o proprietário nominal do imóvel onde o incidente ocorrera: a
Driftwood Holdings, uma empresa de fachada anônima controlada por
Valentin Federov. O primeiro-ministro Lancaster, numa breve aparição
diante de repórteres na frente do número 10, disse que as evidências
disponíveis sugeriam envolvimento russo. Com exceção do mentiroso
porta-voz do Kremlin, ninguém contestou a afirmação.

Ligações para o escritório da Harris Weber & Company em Mônaco não foram atendidas. Nem um e-mail *pro forma*, enviado três dias
depois, oferecendo aos sócios-fundadores da firma a oportunidade de
comentar uma reportagem que logo seria publicada no site do *Telegraph*.
Escrita por Samantha Cooke e outros quatro experientes repórteres
investigativos, a denúncia revelava como a firma de advocacia sigilosa
havia ajudado algumas das pessoas mais ricas do mundo a esconder

MORTE NA CORNUALHA

suas riquezas e evadir a taxação usando empresas de fachada anônimas registradas em centros financeiros *offshore*. Armado com milhões de documentos confidenciais entre advogado e cliente fornecidos por uma fonte não identificada, o jornal conseguiu descascar as camadas de sigilo e identificar os verdadeiros proprietários de entidades corporativas com nomes vagos. Grandes empresários e magnatas, cleptocratas e criminosos. Os mais ricos dos ricos, os piores dos piores.

Horas após a publicação da reportagem, manifestantes saíram às ruas de capitais em todo o mundo, exigindo maiores salários para trabalhadores, impostos mais altos para bilionários e justiça para governantes autocráticos que enriqueciam às custas de seu povo. O maior dos protestos aconteceu na Trafalgar Square, em Londres, e incluiu um embate tenso com a polícia nos portões da Downing Street. O primeiro-ministro Lancaster, ele próprio um homem de posses, prometeu reformas amplas no setor de serviços financeiros e no mercado imobiliário britânicos. Os comentários fizeram o índice FTSE entrar brevemente em parafuso. Os donos do dinheiro da cidade de Londres, temerosos de que a música estivesse prestes a parar, expressaram sua desaprovação.

Novas matérias apareciam quase todos os dias. Uma detalhava como a Harris Weber & Company tinha ajudado um soberano do Oriente Médio a comprar secretamente mais de um bilhão de dólares em imóveis na Inglaterra e nos Estados Unidos. Outra explorava como a firma usava um esquema elaborado conhecido como "a estratégia da arte" para mover o dinheiro dos clientes de seu país de origem a paraísos fiscais *offshore*. Um ator-chave na fraude era Edmond Ricard, o *marchand* assassinado cuja galeria ficava dentro das fronteiras do Porto Franco de Genebra. Usando um documento interno do Porto Franco, cuja fonte jamais foi revelada, a reportagem identificava mais de uma dúzia de colecionadores bilionários que armazenavam quadros ali. O presidente multibilionário de um conglomerado de bens de luxo francês, indignado com a divulgação, anunciou planos de levar sua enorme coleção a Delaware. E, quando o governo francês começou uma revisão das declarações fiscais mais recentes do executivo, ele ameaçou fazer residência

DANIEL SILVA

na Bélgica, onde os impostos eram menores. Para o espanto de seus concidadãos, os belgas sugeriram que ele ficasse em casa.

Uma matéria subsequente revelou a conexão antes desconhecida da Harris Weber com o *Retrato sem título de uma mulher*, óleo sobre tela, 94 por 66 centímetros, de Pablo Picasso. Dessa vez, a equipe de repórteres do *Telegraph* identificou a fonte: era Charlotte Blake, a historiadora de arte e especialista em pesquisa de proveniência de Oxford que fora assassinada perto de Land's End, na Cornualha, supostamente pelo serial killer conhecido como Picador. A professora Blake havia determinado que o dono de direito do quadro era Emanuel Cohen, um médico parisiense que tinha caído dos degraus da rue Chappe, em Montmartre, e morrido. O momento de sua morte, apenas três dias após o assassinato da professora Blake, sugeria uma possível conexão — e intenção criminosa da parte de alguém. No mínimo, o quadro pelo qual dr. Cohen estava procurando acabou por enfim dar um nome ao escândalo. Daquele ponto em diante, a imprensa passou a se referir a ele como "o Dossiê Picasso".

A polícia francesa abriu imediatamente uma investigação sobre a morte do dr. Cohen, e suas contrapartes na Cornualha abaixaram discretamente o número de mortes atribuídas ao Picador de seis para cinco. A Sûreté de Mônaco, sempre tolerante com evasão fiscal e outras peripécias financeiras, emitiu um raro compromisso de cooperação, mas logo estavam investigando o primeiro caso de homicídio de que se tinha memória no principado. A vítima era Ian Harris, sócio-fundador da firma de advocacia corrupta que levava seu nome. Ele morreu na calçada do boulevard des Moulins após ser atingido por nada menos que doze balas. Mais tarde seria amplamente presumido, ainda que nunca provado de modo conclusivo, que os dois atiradores tinham sido despachados por um cliente irado.

Os advogados restantes da firma sabiamente picotaram seus arquivos e se esconderam. Konrad Weber voltou à sua Zurique natal, onde logo virou alvo de uma ampla investigação liderada pela FINMA, a agência regulatória financeira suíça. Ele encontrou seu fim sob as rodas de um bonde Número 11. Uma mão nas costas, e lá se foi ele. Ninguém viu o homem que o empurrou.

Quase submersos no dilúvio diário de revelações estavam os Graves. Hugh tentou brevemente agarrar-se a seu assento na Câmara dos Comuns, mas ouviu que, caso não renunciasse, enfrentaria uma expulsão. Fez isso em um comunicado escrito, evitando, assim, um confronto feio com a imprensa de Whitehall. Numa eleição suplementar especial apenas seis semanas depois, os conservadores entregaram um assento que era seu há mais de uma geração. Ainda que pequena, a margem da vitória do Partido Trabalhista foi suficiente para que a equipe política da Sede do Partido nutrisse a esperança de uma derrota respeitável, em vez de uma aniquilação completa, na eleição seguinte.

Lucinda não se deu muito melhor. Uma volta à Lambeth Wealth Management estava fora de questão, pois a Lambeth teve que fechar as portas depois de ser abandonada por seus clientes. Ela buscou trabalho em outras casas de investimento — várias das quais haviam participado do plano para manobrar seu marido até Downing Street —, mas nem mesmo a divisão de gestão de patrimônio do Deutsche Bank queria chegar perto dela. Determinada a salvar sua reputação, contratou a maior empresa de gestão de crise de Londres, apenas para receber o conselho de que seria melhor ela e o marido desaparecerem. Seus caros advogados criminalistas acharam a ideia ótima.

Eles venderam as mansões em Holland Park e Surrey — para empresas de fachada anônimas, é lógico — e sumiram tão rapidamente que era quase possível imaginar que nunca haviam existido para começo de conversa. Aonde foram, ninguém tinha como saber. Houve supostas aparições nos lugares de sempre, Mustique, Fiji e coisas assim, mas nenhuma evidência documental para apoiar as alegações. Uma teoria completamente infundada circulava dizendo que Lucinda tivera o mesmo destino de Ian Harris e Konrad Weber. Outro rumor deixava implícito que ela havia escondido mais de um bilhão de libras nas Ilhas

DANIEL SILVA

Cayman. Este tinha alguma verdade, como o *Telegraph* logo descobriria. A verdadeira quantia de dinheiro *offshore* de Lucinda era mais próxima de meio bilhão de libras, tudo guardado em empresas de fachada.

Quando por fim os Graves reapareceram, foi em Malta, uma das escalas favoritas de vigaristas e sonegadores de impostos do mundo todo. Seu primeiro-ministro, cliente da Harris Weber & Company, emitiu passaportes malteses para o casal em tempo recorde e era um visitante frequente da luxuosa *villa* deles à beira-mar. Lucinda encontrou trabalho como intermediadora em um dos bancos mais corruptos de Malta. Hugh, não tendo nada melhor a fazer, começou a trabalhar num romance, um thriller picante sobre um político britânico que busca poder a qualquer custo e perde a alma. Uma outrora lendária editora inglesa comprou a obra sem nem ler por quatro milhões de libras.

A reinvenção de Hugh Graves como figura literária — para não mencionar o tamanho chocante de seu adiantamento — acendeu uma tempestade de críticas da imprensa britânica. O pequeno escândalo logo foi ofuscado, porém, pelo assassinato brutal de uma mulher de 23 anos da aldeia córnica de Leedstown, a última vítima do Picador, segundo o que tudo indicava. A Polícia Metropolitana ainda estava no controle da investigação, e o sargento-investigador Timothy Peel, que retornara ao dever após uma breve licença, se viu livre para ir atrás de uma questão particular. Alguém, pelo jeito, tinha roubado o veleiro dele.

60

SENNEN COVE

O chalé ficava na ponta de Maria's Lane, no vilarejo de Sennen Cove. Tinha quatro quartos, uma cozinha moderna e uma sala de estar espaçosa que Gabriel, após uma meticulosa pesquisa das alternativas, escolheu como seu estúdio. A publicidade favorável em torno de sua recente aparição na Galeria Courtauld causou uma avalanche de pedidos lucrativos por seu serviço. Infelizmente, um compromisso anterior financeiramente assimétrico, feito sob pressão durante um almoço com drinques no Claridge's, exigia sua atenção primeiro.

A obra em questão, *A virgem e a criança*, óleo sobre tela, 94 por 76 centímetros, de Orazio Gentileschi, chegou ao chalé na traseira de um furgão Mercedes. Gabriel extraiu o quadro de sua caixa de transporte e o prendeu em um grande cavalete de estúdio. Uma brisa fresca do mar, soprando pelas janelas abertas, ventilava os vapores nocivos de seus solventes. Ainda assim, por insistência de Chiara, ele concordou em usar uma máscara de proteção pela primeira vez em sua longa carreira.

Ele se levantava toda manhã ao nascer do sol e trabalhava sem pausa até meio-dia. As crianças, depois de corajosamente experimentarem a comida de pub inglesa, convenceram a mãe a preparar almoços venezianos de verdade em vez disso. Depois, Gabriel andava pelo Caminho da Costa Sudoeste até o minúsculo porto de Mousehole, onde havia escondido o barco. As perigosas correntes de retorno e marés rápidas

DANIEL SILVA

da costa da Cornualha eram um desafio bem-vindo à sua navegação. As longas caminhadas de volta ao chalé em Sennen Cove tiraram mais de dois quilos de seu físico já esguio.

Voltando para casa no fim de uma tarde, ele ficou surpreso de ver Nicholas Lovegrove sentado no terraço com Chiara, uma taça de vinho na mão. Tinha viajado até a Cornualha, alegava, para checar o status do Gentileschi. O verdadeiro propósito da visita, porém, era interrogar Gabriel sobre o escândalo do Dossiê Picasso. Gabriel contou a Lovegrove o máximo que podia, o que era quase nada.

— Ah, vai, Allon. Revela alguma coisinha.

— Basta dizer, Nicky, que você teve um papel pequeno mas vital em evitar que Hugh Graves se tornasse primeiro-ministro.

— Isso eu imaginei. Mas como?

— Uma coisa levou a outra. É só o que posso dizer.

— E o Picasso?

— Os dados de voo do jato executivo da Harris Weber sugerem que o quadro esteja nas Ilhas Virgens Britânicas. As autoridades de lá estão procurando agora mesmo.

— Chutando portas, é?

— Dificilmente.

— É uma pena o quadro ter escorregado pelos nossos dedos — disse Lovegrove. — Ainda assim, tenho que admitir, gostei muito de nossa pequena aventura. Especialmente do tempo que passei com Anna Rolfe. — Ele se virou para Chiara. — Ela é mesmo extraordinária, não acha?

Gabriel interrompeu antes que a esposa pudesse responder:

— Talvez devêssemos discutir o Gentileschi em vez disso.

— Em quanto tempo você consegue finalizar?

— A não ser que eu consiga enfiá-lo na minha mala de mão, vai ter que estar pronto antes de irmos embora para Veneza.

— Quanto antes, melhor.

— Onde é o incêndio, Nicky?

— Na Isherwood Fine Arts.

— Como é?

— Pelo jeito, sua querida amiga Sarah Bancroft tem um comprador. Muito confidencial. Empresa de fachada anônima. Esse tipo de coisa.

— Quanto ela conseguiu por ele?

— Oito dígitos.

— Além das comissões, imagino.

— Mas é claro.

— Então, você e minha querida amiga Sarah Bancroft vão ganhar mais de um milhão de libras cada um com a venda — falou Gabriel. — E eu, meros cinquenta mil.

— Você não está tentando dar pra trás no nosso acordo, né?

— O combinado não sai caro, Nicky.

Lovegrove sorriu.

— Bom saber.

Por causa da geografia da costa oeste da Cornualha, duas vezes a cada tarde Gabriel passava por uma cena de crime. O estacionamento em Land's End onde Charlotte Blake deixara seu Vauxhall Astra. A sebe crescida onde o corpo dela tinha sido encontrado. A elegante mansão de pedra onde seu amante, Leonard Bradley, morava com a esposa e três filhos. Era inevitável, então, que Gabriel e Bradley acabassem se encontrando. Aconteceu no fim de uma tarde, perto do farol Tater-du. Gabriel voltava ao chalé depois de deixar o barco no porto de Mousehole. Bradley ponderava sobre um dia de *trading* particularmente lucrativo.

— Allon — chamou ele. — Eu estava torcendo mesmo pra encontrar você.

O comentário pegou Gabriel de surpresa.

— Como você sabia que eu estava nas redondezas?

— Ouvi o boato no restaurante de *fish and chips* em Sennen Cove.

— Eu ficaria muito grato se não o repassasse.

— Tarde demais pra isso, infelizmente. Parece que você é o assunto da Cornualha. — Eles seguiram juntos pelo caminho da costa. Bradley caminhava com as mãos unidas atrás das costas. Seu ritmo e

DANIEL SILVA

seu comportamento eram deliberados. Enfim, ele falou: — Você me enganou na tarde em que foi à minha casa com o investigador.

— Foi mesmo?

— Você disse que era sua primeira visita à Cornualha. Mas sei de fontes confiáveis que você e sua esposa moraram por um tempo justamente em Gunwalloe. E você também me enganou em relação à natureza da sua investigação. Você já sabia a verdade sobre o OOC Group Ltd. quando veio me ver.

— Eu sabia a maior parte da verdade — admitiu Gabriel. — Mas não tudo. Você me deu a última peça do quebra-cabeça.

— Lucinda?

Gabriel fez que sim.

— Ela é responsável pela morte de Charlotte?

— Ela não teve um papel no assassinato. Mas, sim, Lucinda é culpada pelo que aconteceu.

— O que significa que eu também sou.

Gabriel ficou em silêncio.

— Tenho direito de saber, Allon.

— Você mandou Charlotte para Lucinda Graves com a melhor das intenções. Não pode se culpar pelo assassinato dela. Foi só...

— Azar?

— É.

Bradley diminuiu o passo e parou em Boscawen Cliff.

— Mágico, né?

— Eu sempre achei que sim.

— Tem um chalé lindo no mercado perto de Gwennap Head. Estão pedindo dois, mas eu sei sem sombra de dúvida que dá pra comprar por um e meio.

— Não estou procurando no momento. Mas obrigado por pensar em mim.

— Você e sua família pelo menos aceitam jantar com a gente uma noite? Cordelia cozinha maravilhosamente bem.

— Talvez seja meio desconfortável, não?

MORTE NA CORNUALHA

— Nós somos ingleses, Allon. Somos especialistas em jantares desconfortáveis.

— Nesse caso, adoraríamos.

— Que tal sábado à noite?

— Até lá — disse Gabriel, e saiu pela trilha.

Ele chegou ao chalé meia hora depois e descobriu que Irene tinha se trancado no quarto e se recusava a sair. Aparentemente, ela havia escutado na Rádio Cornualha um relato sobre o assassinato mais recente e juntado lé com cré. A mãe dela, que já estava no seu limite, parecia feliz com isso. Lia uma cópia esfarrapada de *O homem magro* lá fora, no terraço. Gabriel contou a ela de seu encontro com Leonard Bradley — e do convite para jantar. A esposa o informou que eles tinham outros planos.

— Não — disse ele. — Não, não, não, não.

— Sinto muito, meu amor, mas já está tudo combinado. Além do mais, é o mínimo que você pode fazer. — Chiara balançou a cabeça devagar, em reprovação. — Você foi muitíssimo rude com eles.

E foi assim que, numa noite quente de muito vento, Gabriel se viu atrás do volante de um sedã da Volkswagen alugado, atravessando a península Lizard na direção sudoeste. Irene, convencida de que logo deparariam com um louco armado com uma machadinha ensanguentada, estava em choque. Raphael, com o nariz enfiado num livro de matemática, encontrava-se alheio aos delírios dela. A mãe deles, no banco do passageiro, seguia serena e deslumbrante.

— Você *vai* se comportar, não vai? — perguntou ela.

— Prometo ser encantador como sempre.

— É disso que eu tenho medo.

Eles chegaram a Gunwalloe e encontraram o Lamb and Flag aceso. Gabriel parou na última vaga do estacionamento e desligou o motor.

— Pelo menos desta vez não tem fotógrafos.

— Eu não teria tanta certeza — disse Chiara, e logo desceu.

381

DANIEL SILVA

Ladeado pelos filhos, Gabriel entrou no pub atrás dela, onde a maioria dos duzentos residentes de Gunwalloe comemorou sua chegada. Não foi uma surpresa que a organizadora da festa, a irrepreensível Vera Hobbs, o tenha confrontado primeiro.

— Eu soube desde o momento em que pus os olhos em você — disse ela com uma piscadinha travessa. — Você estava escondendo alguma coisa. Dava pra ver claramente.

Dottie Cox, do Corner Market, foi a próxima.

— Foram esses seus lindos olhos verdes que te entregaram. Sempre se movendo, eles. Como duas lanternas.

Duncan Reynolds não perdeu tempo com cordialidades.

— Muito possivelmente o homem mais grosseiro que já conheci.

— Não era eu, Duncan. Era só um papel que eu estava interpretando na época.

O velho ferroviário engoliu sua cerveja.

— Imagino que você soube da coitada da professora Blake.

— Eu li nos jornais.

— Você a conhecia?

— Não, na verdade.

— Mulher maravilhosa. E muito linda, se quer minha opinião. Me lembrava uma daquelas mulheres…

Vera Hobbs o interrompeu:

— Já chega, Duncan, querido. Senão o sr. Allon nunca mais volta.

Ele consentiu em fazer alguns comentários, que concluiu com um pedido de desculpas sincero, ainda que estridentemente engraçado, pelo seu comportamento do passado. Depois se banquetearam com comidas típicas da região, incluindo pastéis de carne recém-saídos do forno de Vera. Quando a festa enfim acabou à meia-noite, vários homens insistiram em escoltar a família Allon para o carro, por causa da ameaça do Picador. Isso fez Irene ter outro espasmo de pânico. Gabriel achou que era uma folga bem-vinda do medo dela de sempre das geleiras derretendo e das cidades submersas.

382

— Foi impressão minha — disse Chiara quando as crianças tinham pegado no sono — ou você se divertiu imensamente?

— Preciso admitir que sim.

— Irene e Raphael amam aqui, sabe?

— Como não amar? É muito especial.

— É o lugar perfeito pra passar o verão, não acha?

— A gente sempre pode alugar um chalé por algumas semanas.

— Mas você não preferiria ter algo seu?

— Não temos dinheiro.

Chiara não se deu ao trabalho de retorquir.

— Tem um chalé lindo perto de Gwennap Head que acabou de entrar no mercado.

— Leonard Bradley diz que dá pra comprar por um milhão e meio.

— Na verdade, consegui fazer com que eles aceitassem um e quatrocentos.

— Chiara...

— O chalé é extraordinário, e tem um prédio separado onde dá pra você montar seu estúdio.

— E trabalhar até os dedos caírem pra pagar tudo.

— Por favor, diga sim, Gabriel.

Ele olhou para a filha por cima do ombro.

— E o Picador?

— Você vai pensar em algo — falou Chiara. — Você sempre pensa.

61

PORT NAVAS

Levaria mais uma semana para Gabriel completar a restauração do Gentileschi. Ele enviou o quadro para a Isherwood Fine Arts, que o vendeu a algo chamado Quantum International Ltd. pela magnífica soma de dez milhões de libras. Sarah Bancroft vazou detalhes da venda para Amelia March, da *ARTnews*, junto com o nome do restaurador célebre que tinha colocado a tela em forma. Sarah também concordou em dar ao restaurador célebre uma fatia de sua lucrativa comissão. Ele transferiu uma parte dos fundos para um ladrão baseado em Marselha e investiu o resto num chalé de cinco quartos perto de Gwennap Head, nos cafundós do oeste da Cornualha.

Eles tomaram posse formal da propriedade numa quarta à tarde no fim de agosto. Chiara passou o resto de suas férias planejando uma reforma arquitetônica completa que levaria o custo final do projeto para além do preço original pedido. Gabriel, por sua vez, aceitou várias encomendas que manteriam a família Allon financeiramente saudável.

Mas a cada tarde ele fazia a trilha do Caminho da Costa Sudoeste até o minúsculo porto de Mousehole e velejava sua antiga galeota de madeira pelas traiçoeiras águas da costa córnica. Durante uma excursão o clima de repente ficou violento, e ele teve sorte de o barco não se quebrar em pedaços em Logan Rock. Naquela noite, a família Allon jantou na casa de Cordelia e Leonard Bradley. A ocasião foi salva da

MORTE NA CORNUALHA

perfeição pela notícia de mais um assassinato, este em Port Isaac. A pobre Irene passou uma noite insone de terror na cama dos pais. A Beretta de Gabriel, que ele trouxera ao país com a anuência do chefe do SIS, Graham Seymour, descansava na mesa de cabeceira.

A manhã seguinte, a última deles na Cornualha, foi passada fazendo as malas e preparando o chalé de Gwennap Head para o inverno. Gabriel deixou para trás o cavalete de estúdio e os suprimentos que havia adquirido para a restauração do Gentileschi, depois partiu a pé para Mousehole. O *fair play* exigia que ele devolvesse o barco ao local de onde o havia furtado. Chiara e as crianças planejavam pegá-lo no cais em Port Navas, desde que, claro, Irene pudesse ser convencida a sair do quarto. De lá eles seguiriam para o Hilton Hotel, no Terminal 5 de Heathrow. Tinham comprado o primeiro voo da manhã para Veneza.

O *timing* preciso da operação, porém, foi feito de refém pela natureza volúvel dos ventos e das marés da Cornualha. Gabriel cruzou Mount's Bay em pouco menos de três horas, mas condições desfavoráveis desaceleraram sua jornada em torno de Lizard Point, e o sol estava começando a se pôr quando enfim chegou à boca do Helford. Ele ligou para Chiara e a atualizou sobre sua posição e o horário estimado de chegada. Com a ajuda de Raphael, ela convenceu Irene a entrar no carro e se dirigiu ao leste.

A vazante estava forte e rápida, desacelerando ainda mais o progresso de Gabriel. Ele abaixou as velas em Padgagarrack Cove e seguiu rio acima com o motor. A enseada de Port Navas, sem ondas e calma na escuridão cada vez maior, o recebeu como um amigo de confiança. Ele apontou a proa na direção do cais de pedra perto do velho chalé do capataz e, desejando prolongar a jornada mais um momento, reduziu a velocidade até o mínimo. Foi aí que viu o facho de uma lanterna. Sorrindo, piscou as luzes de navegação duas vezes em resposta.

— Permissão pra subir a bordo.

Gabriel franziu o cenho para os sapatos pretos de policial de Peel.

— Com esses sapatos, de jeito nenhum.

DANIEL SILVA

Peel deixou os calçados no cais e passou por cima do cabo de segurança.

— Tem alguma coisa pra beber neste barco?

— Isso é um interrogatório oficial, sargento-investigador?

— Seria bom tomar uma cerveja, só isso.

— É possível que tenha umas Carlsbergs no isopor.

Peel entrou na cabine e emergiu com duas garrafas pingando e um abridor. Tirou a tampa de uma e entregou a Gabriel.

— Você não encalhou nem bateu em nada, né?

— Tive umas intercorrências, mas consegui escapar por um triz.

— Eu mesmo escapei por um triz recentemente. Uma situação complicada em Somerset, vizinha daqui. — Peel abriu a segunda Carlsberg. — Mas, graças ao seu amigo Christopher, saí ileso.

— E quando saiu a reportagem sobre Charlotte Blake e o Picasso?

— Eu me fiz de bobo, né?

— Meu nome foi citado?

— Não na sede da Polícia de Devon e Cornualha. E meus colegas de Avon e Somerset não têm ideia de que você e Ingrid estiveram naquela casa. É como se nunca tivesse acontecido.

— É mesmo, Timothy?

Ele tomou um pouco da cerveja, mas não disse nada.

— Será que um dia você vai me perdoar? — perguntou Gabriel.

— Pelo quê?

— Por deixar que você fosse colocado numa situação em que foi forçado a tirar duas vidas humanas.

— Não foi culpa sua, sr. Allon. Foi coisa do seu amigo Christopher. Além do mais, os homens que eu matei não eram exatamente pilares da comunidade, não é mesmo?

— Nem os homens que eu matei. Mas mesmo assim paguei um preço terrível. Matar pessoas arruinou minha vida, Timothy. Eu me odiaria se arruinasse a sua.

— Quanto Chiara sabe do que aconteceu?

— O básico.

— Ela sabe que você se jogou na frente da Ingrid?

Gabriel fez que não.

— A coisa mais corajosa que eu já vi.

— Mas você não vai mencionar pra ela, certo? Já estou encrencado o suficiente.

— Fique tranquilo, sr. Allon. Vai ser o nosso segredinho. — Peel olhou de relance para o velho chalé do capataz. — Igualzinho a quando eu era criança. Você cuidou de mim naquela época. E agora eu vou cuidar de você.

— Não sabia que eu precisava de cuidados.

Peel deu um sorriso de quem sabia de algo.

— Você comprou ou não comprou uma propriedade enorme em Gwennap Head?

— Onde você ouviu uma coisa dessas?

— Parei na Cornish Bakery pra comer um pastel de carne outro dia. Vera Hobbs me contou tudo. Eu queria poder ter ido à festa no Lamb and Flag.

— Seria bom ter tido sua ajuda. Eles acabaram comigo.

— É melhor a gente manter distância por um tempo, eu acho. Mas planejo visitar frequentemente sua mansão em Gwennap Head.

— É um chalé, Timothy.

— Um chalé bem grande — disse Peel. — Com uma das melhores vistas do planeta.

Gabriel olhou as águas negro-prateadas do esteiro.

— Esta também não é nada má.

Peel não respondeu. Estava olhando o celular.

— Mais uma, não — falou Gabriel.

Peel balançou a cabeça em negativa.

— Uma pequena inconsistência em um caso em que estou trabalhando. Uma quadrilha de assaltantes operando a partir de Plymouth. Prendemos um dos membros ontem de manhã, e ele imediatamente entregou o resto da equipe.

— E a inconsistência?

DANIEL SILVA

— O número exato de trabalhos que eles fizeram. Eles confessaram 23 assaltos separados, mas só 22 foram relatados à polícia.

— E qual não foi?

— Uma casa na Tresawle Road em Falmouth.

— O que eles roubaram?

— Uma coleção de moedas raras. Aparentemente, conseguiram uns milhares por ela.

— Você já falou com o ocupante da casa na Tresawle Road em Falmouth?

— Ele não retornou minha ligação.

— Não fico surpreso. — Gabriel deu um gole na cerveja, aí balançou a cabeça. — Não te ensinaram nada na escola de investigação, Timothy?

62

TRESAWLE ROAD

— O nome dele é Miles Lennox.

— Parece um serial killer pra mim.

— É um nome perfeitamente bom.

— Para um assassino com um machado — falou Gabriel.

— Machadinha, sr. Allon. O Picador usa uma machadinha. — Peel virou na Hillhead Road e atravessou terras agrícolas escuras na direção de Falmouth. — E com certeza tem uma explicação perfeitamente razoável pra ele não ter ligado pra gente depois de as moedas serem roubadas.

— Tem mesmo — disse Gabriel. — Não ligou porque não queria que descobrissem a coleção de machadinhas ensanguentadas dele.

— Faz um certo sentido, tenho que admitir. E por acaso ele também se encaixa no nosso perfil. Idade certa, altura e peso certos, estado civil certo e ocupação certa.

— Colecionador de moedas raras?

— Caminhoneiro. Trabalha pra uma distribuidora de bebidas.

— O que lhe dá uma desculpa perfeita para dirigir pela Cornualha e por Devon procurando jovens pra matar.

— Ainda não chegamos lá.

— Vamos chegar em cinco minutos.

— Vamos chegar em três, na verdade — disse Peel quando chegaram às bordas de Falmouth.

DANIEL SILVA

Ele atravessou a cidade na direção leste e parou na frente de uma casa conjugada na Tresawle Road. Tinha dois andares e uma fachada de seixos cinza. Uma luz estava acesa atrás das cortinas de renda da janela da sala de estar.

Peel desligou o motor.

— Provavelmente eu deveria chamar os caras da Metropolitana. Afinal, o caso é deles.

— Provavelmente — concordou Gabriel. — Mas, se você mesmo fizer a prisão, vai ser maravilhoso para a sua carreira.

— Preciso de reforços.

— Não para um interrogatório rotineiro sobre um assalto. Além do mais, você tem reforço.

— Você? — Peel balançou a cabeça. — Sem chance, sr. Allon.

Gabriel ofereceu a Beretta.

— Pelo menos leve isto.

— Guarda esse negócio.

Gabriel prendeu a arma de novo em sua lombar.

— Coloque as algemas nele enquanto estiver se apresentando. E, o que quer que faça, não dê as costas pra ele.

Peel saiu do carro e subiu o caminho do jardim. A porta se abriu e revelou o próprio rosto da morte. Peel mostrou sua identificação e, depois de um momento de hesitação, recebeu permissão para entrar no local. Gabriel não ouviu nada que indicasse uma briga lá dentro.

Finalmente, o telefone dele tocou.

— Melhor você seguir caminho, sr. Allon. As coisas vão ficar bem movimentadas por aqui.

Gabriel saiu do carro e se pôs a andar pela rua escura. Ouviu as primeiras sirenes quando dobrava a esquina da Old Hill. Chiara ligou para ele um momento depois.

— Quer me dizer onde você está? — perguntou ela.

— Falmouth.

— Algum motivo em particular?

— Mudança de planos. E fale para a nossa filha não se preocupar — disse Gabriel. — Eu cuidei daquele probleminha.

NOTA DO AUTOR

Morte na Cornualha é uma obra de entretenimento e não deve ser lida como nada mais do que isso. Nomes, personagens, locais e incidentes retratados na história são produto da imaginação do autor ou foram usados ficcionalmente. Qualquer semelhança com pessoas, vivas ou mortas, negócios, empresas, acontecimentos ou locais reais é inteiramente coincidência.

Há de fato uma paróquia civil chamada Gunwalloe na costa oeste da península Lizard, mas ela tem pouca semelhança com o local que aparece em *Morte na Cornualha* ou em três romances prévios de Gabriel Allon. Infelizmente a Cornish Bakery, o Corner Market e o pub conhecido como Lamb and Flag não existem. O restante da notável região está, na maior parte, representado com precisão. Peço profundas desculpas à Polícia de Devon e Cornualha pela conduta do sargento-investigador Timothy Peel, mas eu precisava de um mecanismo literário para inserir um proeminente restaurador de arte de Veneza em uma investigação de assassinato britânica.

O restaurador em questão não poderia ter deixado um Bentley num estacionamento na Garrick Street, porque esse estacionamento não existe. Há de fato uma galeria de arte na esquina nordeste de Mason's Yard, mas é de propriedade de Patrick Matthiesen, um dos *marchands* de Velhos Mestres mais bem-sucedidos e respeitados do mundo. Fico

DANIEL SILVA

feliz de relatar que o roubo e a recuperação de *Autorretrato com a orelha cortada*, de Vincent van Gogh, uma das posses mais estimadas da Galeria Courtauld, aconteceu apenas no universo habitado por Gabriel Allon e seus comparsas. O quadro icônico foi roubado num ousado assalto nas páginas de abertura de *O caso Rembrandt*. Os culpados nunca foram identificados, mas suspeito que um deles tenha sido ninguém menos que René Monjean.

O retrato surrealista de Picasso que aparece em *Morte na Cornualha* é fictício, assim como sua proveniência. Portanto, o quadro não poderia ter sido vendido na Christie's em Londres por 52 milhões de libras. A venerável casa de leilões foi alvo de um processo aberto em 2018 por causa da venda de *Primeiro dia da primavera em Moret*, de Alfred Sisley. O *marchand* Alain Dreyfus pagou 338,5 mil dólares pelo quadro em 2008, só para descobrir que tinha pertencido ao colecionador francês judeu Alfred Lindon. Antes de fugir de Paris em 1940, Lindon colocou toda a sua coleção num cofre no Chase Manhattan Bank na rue Cambon. Os quadros caíram nas mãos do Reichsmarschall Hermann Göring, visitante frequente de Paris durante a Ocupação. O nazista ganancioso deu dezoito dos quadros de Lindon, incluindo a paisagem de Sisley, para um *marchand* corrupto, em troca de uma única obra de Ticiano.

O Museu do Louvre de fato contratou uma especialista renomada em mercado de arte francês da Segunda Guerra para purgar sua coleção de pinturas saqueadas, mas estou confiante de que ela teria recusado o pedido de Gabriel de criar seis proveniências inventadas para seis falsificações. Há de fato galerias de arte operando dentro do Porto Franco de Genebra, mas nenhuma com o nome Galerie Edmond Ricard S.A. Concedi a mim mesmo certa licença poética em relação a algumas das regras e dos regulamentos mais misteriosos do Porto Franco, mas, em questões importantes, segui a verdade. A estimativa é de que 1,2 milhão de pinturas estejam armazenadas no Porto Franco, incluindo mais de mil obras de Picasso. Quase todos os clientes do Porto Franco alugam cofres usando empresas anônimas de fachada para esconder suas identidades. Um colecionador pode comprar um quadro num leilão em Nova York e evitar todos os impostos simplesmente enviando a obra para o Porto Franco. Se o colecionador escolher vender o quadro lá dentro, não vai ter obrigações fiscais. O dinheiro muda de mãos *offshore*, de empresa de fachada anônima para empresa de fachada anônima, tornando as transações basicamente invisíveis para as autoridades fiscais e a segurança pública. As pinturas são, então, transportadas a um novo cofre.

Muitos dos clientes super-ricos do Porto Franco sem dúvida residem em Mônaco, considerado por diversos governos europeus um paraíso para sonegadores de impostos e lavadores de dinheiro. Visitantes do minúsculo principado podem jantar no Le Louis XV ou jogar roleta inglesa no famoso Cassino de Monte Carlo, mas procurarão em vão uma firma de advocacia chamada Harris Weber & Company, pois essa entidade não existe. Há inúmeras firmas do tipo, porém, incluindo a Mossack Fonseca & Company, a hoje defunta fornecedora de serviços *offshore* que estava no centro do escândalo dos Panama Papers, em 2016.

Como minha fictícia Harris Weber, a Mossack Fonseca criou e administrou milhares de empresas de fachada anônimas para ajudar seus clientes a evitar impostos e esconder a riqueza e as posses deles. Fez isso, em muitos casos, a pedido de bancos, mais de quinhentos no total. Entre eles estavam Credit Suisse, Société Générale e HSBC, que, segundo o jornalista investigador vencedor do Prêmio Pulitzer Jake Bernstein, compraram empresas de fachada dormentes da Mossack Fonseca em massa. Foi por causa da associação prévia dos bancos com a firma que me senti livre para mencionar o nome deles junto com minha fictícia Harris Weber. Além do mais, nenhuma das três instituições é exatamente um pilar da comunidade financeira global. Reguladores norte-americanos multaram o HSBC em 2012 em 1,9 bilhão de dólares, um recorde, por lavar mais de 881 milhões para os cartéis de drogas mexicanos e colombianos. A Société Générale, por sua vez, chegou a um acordo de 860 milhões de dólares com o Departamento de Justiça em 2018 por subornar oficiais líbios e manipular a taxa interbancária de Londres (LIBOR). E o Credit Suisse? Bem, o que mais precisa ser dito?

DANIEL SILVA

Cinco anos após o escândalo Panama Papers, o mesmo grupo de repórteres — o impressionante Consórcio Internacional de Jornalistas Investigativos — divulgou um conjunto de documentos ainda maior que chamou de Pandora Papers. Obtido de catorze fornecedores *offshore* separados, o rastro burocrático revelou que 130 indivíduos considerados bilionários pela revista *Forbes* tinham contas *offshore*, assim como 330 funcionários públicos e chefes de Estado. Entre eles estava o rei Abdullah da Jordânia, que usou uma rede extensa de empresas de fachada e contas bancárias para comprar secretamente oitenta milhões de dólares em imóveis de luxo em Malibu e Georgetown — adições reluzentes a um portfólio de propriedades internacionais que já incluía terrenos extensos no Reino Unido. Não importa que, segundo uma pesquisa regional recente, o povo de Sua Majestade esteja entre os mais pobres do mundo árabe.

Os Pandora Papers também levantaram questões desconfortáveis sobre a fonte de várias grandes contribuições feitas ao Partido Conservador britânico. Não foi a primeira vez que o financiamento deles enfrentou escrutínio público. Como reportou o *New York Times* em maio de 2022: "Não é segredo que industrialistas russos ricos fizeram enormes doações ao Partido Conservador ao longo dos anos". Nem é um segredo que políticos de ambos os principais partidos do Reino Unido tenham aberto os braços para a enchente de dinheiro russo sujo que entrou em Londres depois da queda da União Soviética. Banqueiros, gestores de patrimônio, advogados, contadores e agentes imobiliários também deram boas-vindas ao dinheiro russo. E por que não dariam? Muitos ficaram incrivelmente ricos como resultado.

Só recentemente o governo britânico reconheceu que não era sábio abrir a porta de Londres ao crime organizado e a barões usurpadores de um Estado petrolífero corrupto governado por tipos como Vladimir Putin. Num impressionante relatório divulgado em julho de 2020, o Comitê de Inteligência e Segurança do Parlamento descobriu que a Rússia havia se envolvido numa campanha prolongada e sofisticada para minar a democracia britânica e corroer suas instituições. A arma

MORTE NA CORNUALHA

de escolha do Kremlin, é evidente, foi o dinheiro. Uma das descobertas mais alarmantes do relatório foi que vários membros da Casa dos Lordes estavam fazendo negócios com oligarcas russos pró-Kremlin. Os nomes dos lordes foram suprimidos da versão pública do relatório, assim como os nomes de políticos britânicos que tinham aceitado contribuições de fontes russas.

O relatório também usou a palavra pouco lisonjeira *lavanderia* para se referir ao setor de serviços financeiros de Londres, há muito considerada a capital mundial da lavagem de dinheiro. A própria Agência Nacional de Crimes (NCA) do Reino Unido declarou recentemente: "Embora não haja números exatos, há uma possibilidade realista de que a escala da lavagem de dinheiro que impacta o Reino Unido todo ano esteja nas centenas de bilhões de libras". O problema é tão difundido, concluiu a NCA, que "tem o potencial de ameaçar a segurança nacional, a prosperidade nacional e a reputação internacional do país". O jornalista financeiro Nicholas Shaxson, em seu livro *The Financial Curse* [A maldição financeira], de 2018, descreveu assim a reputação do Reino Unido: "A Grã-Bretanha é a primeira escolha de todos os cleptocratas e ditadores do mundo". Mas a chamada Lavanderia de Londres não poderia funcionar, como documenta Shaxson em detalhes minuciosos, sem o arquipélago de paraísos fiscais que surgiu nos remanescentes do Império Britânico — minúsculos territórios insulares com controles financeiros limitados que efetivamente "aspiram" o dinheiro sujo do mundo. Os Pandora Papers ligaram 956 empresas *offshore* a funcionários públicos, mas dois terços dessas entidades estavam registrados no mesmo centro financeiro *offshore*: as Ilhas Virgens Britânicas.

Em fevereiro de 2022, dias após a Rússia invadir a Ucrânia, o primeiro-ministro Boris Johnson introduziu uma legislação para impor transparência ao opaco mercado imobiliário britânico, declarando: "Não há espaço para dinheiro sujo no Reino Unido". O jornalista e especialista em corrupção Misha Glenny comparou as reformas propostas a "fechar a porta do estábulo depois de o cavalo ter partido". Seis meses depois, com a Lavanderia de Londres ainda aberta, Johnson anunciou sua

DANIEL SILVA

renúncia, encerrando um mandato turbulento assolado por escândalos pessoais e financeiros numerosos demais para mencionar. Sua sucessora, Liz Truss, sobreviveu apenas 44 dias antes de ser forçada a sair de Downing Street numa revolta que um ministro de gabinete comparou a um golpe de Estado. No total, houve cinco primeiros-ministros conservadores desde que o Partido Trabalhista entregou o poder em 2010. Durante o período anterior de dominância conservadora, que durou incríveis dezoito anos, houve dois: Margaret Thatcher e John Major.

Durante um confronto irascível com um executivo da minha fictícia Harris Weber & Company, Gabriel Allon sugere, em tom seco, que a firma deveria doar um bilhão de libras a organizações de caridade britânicas para expiar seus pecados de ajudar os ricos a evitar pagar seu quinhão de impostos. Tristemente, o número, embora substancial, representaria pouco mais do que um erro de arredondamento do total estimado de impostos não recolhidos em âmbito global. A verdade é que ninguém sabe exatamente quanto dinheiro está fluindo pelo mundo invisível *offshore* — nem quanto foi desviado de maneira antiética ou criminosa de tesouros nacionais.

A crescente disparidade entre ricos e pobres, porém, é fácil de ver. O um por cento mais rico hoje controla mais de metade da riqueza privada do mundo, que em 2024 se estimava em 454,4 trilhões de dólares. O Banco Mundial estima que 9,2 por cento dos habitantes do planeta, ou 719 milhões de seres humanos, vivam com apenas dois dólares por dia, a medida da extrema pobreza. Nos Estados Unidos, o país mais rico do mundo, 11,6 por cento da população, ou 38 milhões de pessoas, é pobre. No Reino Unido, o número é um chocante vinte por cento.

Mas como explicar o multibilionário super-rico que contrata uma firma como a Mossack Fonseca para tirar alguns milhões de sua declaração de impostos? Ou o bandido cleptocrata que esconde dinheiro numa conta bancária *offshore* ou num imóvel londrino chique enquanto seu povo empobrecido luta para alimentar as crianças? "Talvez o que motive todos eles", escreveu o repórter investigativo britânico Tom Burgis em seu livro *Cleptopia*, de 2020, "seja o medo: o medo de que em breve não haverá o suficiente para todos, de que, num planeta em ebulição, esteja chegando a hora daqueles que reuniram tudo o que podem para si mesmos se libertarem dos muitos, dos outros. Só há um lado para estar se você deseja evitar a destruição: o deles. Ou você está com os cleptopianos ou está contra eles. A Terra não consegue sustentar a todos nós".

Mas o planeta, em ebulição há alguns anos, agora está queimando, e milhões de pessoas desesperadas estão em busca de uma vida melhor. Em países desenvolvidos a imigração está drenando os recursos e exacerbando as tensões políticas. Muitos negócios, porém, consideram os refugiados bem-vindos, pois são uma fonte de mão de obra barata e explorável — capital humano, no léxico dos extratores de riqueza, disposto a fazer trabalhos castigantes e perigosos que cidadãos nativos não aceitam. Eles colhem frutas e vegetais sob o sol escaldante, labutam em matadouros ensopados de sangue e frigoríficos, lavam pratos e limpam quartos em hotéis de luxo, cuidam de doentes e moribundos.

Em muitos casos, os imigrantes fugiram de um país governado por um cleptocrata com contas bancárias *offshore* criadas para ele pela Lavanderia de Londres — a mesma máquina que ajudou incontáveis bilionários, os mais ricos dos ricos, a ocultar sua imensa fortuna e sonegar impostos. Escondidos por empresas de fachada e trustes em camadas, esses membros de uma plutocracia global cada vez mais poderosa vivem num universo paralelo, acessível a apenas uns poucos escolhidos. A arte confere aos super-ricos um verniz de sofisticação e respeitabilidade instantâneas, mesmo que eles não tenham nenhuma das duas coisas. O que talvez explique por que tantos de sua laia escolheram esconder suas pinturas multimilionárias no Porto Franco de Genebra para negar às autoridades fiscais o que lhes é de direito. O que mais precisa ser dito?

AGRADECIMENTOS

Sou eternamente grato à minha esposa, Jamie Gangel, que ouviu com muita paciência enquanto eu trabalhava na trama de *Morte na Cornualha* e depois editou habilmente meu primeiro esboço. Minha dívida com ela é imensurável, assim como meu amor.

David Bull, cujo nome aparece no terceiro capítulo do livro, foi mais uma vez uma fonte valiosa de informações sobre todas as questões relacionadas a arte e restauração. Maxwell L. Anderson, que foi cinco vezes diretor de um museu de arte norte-americano, incluindo o Whitney Museum of American Art em Nova York, me forneceu uma janela para alguns dos aspectos mais desagradáveis do comércio de arte.

Meu superadvogado de Los Angeles, Michael Gendler, foi, como sempre, fonte de sábios conselhos. Meu querido amigo Louis Toscano fez incontáveis melhorias em meu manuscrito, assim como minha preparadora pessoal com olhos de águia, Kathy Crosby. Qualquer erro tipográfico que tenha passado pela habilidade formidável deles é minha responsabilidade, não deles.

O presidente e publisher da Harper, Jonathan Burnham, que teve a infelicidade de também servir como meu editor, me forneceu um conjunto de anotações eruditas e cheias de *insights* sobre assuntos que iam de música clássica a culinária veneziana. Um agradecimento sincero ao restante da minha equipe extraordinária na HarperCollins, especialmente Brian Murray, Leah Wasielewski, Doug Jones, Leslie Cohen, David Koral e Jackie Quaranto.

Tal qual o fictício Gabriel Allon, eu sou pai de gêmeos. Os meus se chamam Lily e Nicholas, e, como sempre, foram fonte de amor e inspiração ao longo do ano de escrita. Têm muito em comum com Irene e Raphael, especialmente a inteligência, a gentileza inata e o senso de humor. Na época da escrita, porém, nenhum dos dois adotou um animal do World Wildlife Fund nem caiu num desespero incurável com a perspectiva de geleiras derretendo ou cidades submersas. Na família Silva, essas características foram designadas à figura no fim da meia-idade que trabalha atrás de uma porta trancada, ouvindo músicas que irritam àqueles ao seu redor.

Este livro foi impresso pela **Vozes**, em 2025, para a HarperCollins Brasil.
O papel do miolo é **avena** 70g/m² e o da capa é cartão 250g/m².